Um HOTEL *na* ESQUINA *do* TEMPO

Mamãe
Que o tempo mais
passe para a senhora.
Feliz aniversário
Rosane
26/06/2010

JAMIE FORD

Um HOTEL *na* ESQUINA *do* TEMPO

Tradução:
Regina Lyra

Título original: Hotel on the Corner of Bitter and Sweet

Editora Nova Fronteira S.A.
Rua Nova Jerusalém, 345 – Bonsucesso – 21042-235
Rio de Janeiro – RJ – Brasil
Tel.: (21) 3882-8200 – Fax: (21)3882-8212/8313
www.novafronteira.com.br
sac@novafronteira.com.br

Texto revisto pelo novo Acordo Ortográfico

CIP-Brasil. Catalogação na fonte
Sindicato Nacional dos Editores de Livros, RJ

F794h

Ford, Jamie
Um hotel na esquina do tempo / Jamie Ford ; tradução Regina Lyra. - Rio de Janeiro : Nova Fronteira, 2010.

Tradução de: Hotel on the Corner of Bitter and Sweet
ISBN 978-85-209-2182-1

1. Pais e filhos - Ficção. 2. Chineses - Estados Unidos - Ficção. 3. Romance americano. I. Lyra, Regina. II. Título.

CDD 813
CDU 821.111(73)-3

Para Leesha, meu final feliz

My poor heart is sentimental
Not made of wood
I got it bad, and that ain't good

Meu pobre coração é emotivo
Não é de madeira
Doeu pra valer e não gostei
— Duke Ellington, 1941

Sumário

O Hotel Panamá

(1986)

O velho Henry Lee contempla, hipnotizado, a enorme comoção diante do Hotel Panamá. O que começou como um punhado de transeuntes curiosos apreciando uma equipe de repórteres transformou-se agora num pelotão educado de compristas, turistas e uns tantos meninos de rua de aparência *punk*, todos tentando descobrir o motivo de tamanha confusão. No meio da multidão está Henry, as sacolas de compras esquecidas nas mãos. É como se acordasse de um sonho há muito esquecido. Um sonho que teve uma vez quando era menino.

Ele visitou o antigo marco de Seattle duas vezes na vida. A primeira aos doze anos, nos idos de 1942 — "os anos da guerra", como gostava de chamar. Até então, o velho hotel de solteiros funcionava como um portal que separava Chinatown de Nihonmachi, o bairro japonês de Seattle. Dois postos avançados de um conflito do velho mundo — onde imigrantes chineses e japoneses raramente se falavam, embora os filhos nascidos nos Estados Unidos costumassem brincar juntos de chutar latas nas ruas. O hotel sempre foi um ótimo ponto de referência. Um lugar perfeito para encontros — onde ele encontrou no passado o amor da sua vida.

A segunda vez é hoje. Estamos em 1986. Quarenta e quantos anos depois? Henry parou de contar os anos à medida que os arquivava na memória. Afinal, viveu toda uma vida entre essas duas visitas. Um casamento. O nascimento de um filho ingrato. Um câncer e um enterro. Sente falta da esposa, Ethel. Faz seis meses que ela morreu. Mas a saudade não é tão grande como seria de esperar, por pior que isso soe. Na verdade, parece mais um alívio sereno. A saúde dela andava mal — não, pior que mal. O câncer nos ossos foi totalmente incapacitante — para ambos —, recorda ele.

Nos últimos sete anos, era Henry quem lhe dava comida, banho e a levava ao banheiro quando ela tinha vontade, trazendo-a de volta depois que esta era satisfeita. Cuidou dela dia e noite, vinte e quatro horas por dia, sete dias por semana, como se diz atualmente. Marty, o filho, achava que a mãe devia ir para um asilo, mas Henry não admitia sequer tocar no assunto. "Não enquanto eu estiver vivo", dizia, resistindo. Não era apenas por ser chinês (embora isso fosse parte da sua resistência). O ideal confucionista de piedade filial — respeito e reverência aos pais — era uma relíquia cultural difícil de ignorar para a geração de Henry, criada para cuidar pessoalmente dos entes queridos. Pôr alguém num *asilo* era inaceitável. O filho, Marty, jamais entendeu plenamente que lá no fundo havia um buraco em forma de Ethel na vida de Henry, e que sem ela tudo que lhe restava sentir era a corrente de ar da solidão, fria e cortante, com os anos correndo como sangue de uma ferida que não cicatriza jamais.

Agora ela se foi para sempre. Precisava ser enterrada, pensou Henry, do jeito tradicional chinês, com oferendas de comida, cobertores de longevidade e cerimônias de oração que duraram vários dias — apesar do ataque de fúria de Marty, que queria cremá-la. Ele é muito *moderno*. Anda consultando um terapeuta e lidando com a morte da mãe com a ajuda de um grupo de apoio on-line, seja lá o que isso for. Comunicar-se on-line é quase o mesmo que falar sozinho, experiência esta que Henry teve em primeira mão — na vida real. Solitário. Quase tão solitário quanto o cemitério Lake View, onde sepultou Ethel. Ela agora tem uma vista gloriosa do lago Washington e está enterrada com outros chineses famosos de Seattle, como Bruce Lee e o filho, Brandon. No final das contas, porém, cada qual ocupa um túmulo solitário. Sozinho para sempre. Não importa quem sejam os vizinhos. Eles não respondem.

Quando cai a noite, e ela em algum momento cai, Henry conversa com a esposa, perguntando como foi seu dia. Ela nunca responde, claro. "Não é que eu seja louco", costuma dizer Henry para ninguém, "apenas tenho a mente aberta; nunca se sabe quem está ouvindo". Depois, ele se ocupa podando sua palmerinha-leque-da-China ou as sempre-vivas — plantas domésticas cujas folhas marrons já denunciam os meses de descuido. Mas agora lhe sobra tempo novamente. Tempo para cuidar de algo que possa ser fortalecido, para variar.

De vez em quando, contudo, Henry pensa nas estatísticas. Não as de mortalidade por câncer, o câncer que levou sua amada Ethel. Não, ele pensa sobre si mesmo e o tempo que lhe resta viver, calculado em alguma tabela atuarial de companhia de seguro de vida. Tem apenas cinquenta e seis anos — um jovem, segundo seus próprios padrões. Mas leu na *Newsweek* a respeito do inevitável declínio da saúde de cônjuges sobreviventes na sua faixa etária. Quem sabe o relógio não está *mesmo* dando sinais... Disso ele não tem certeza, porque assim que Ethel faleceu, o tempo passou a se arrastar, com ou sem relógio.

Henry concordou com uma aposentadoria prematura na Boeing e agora tem todo o tempo do mundo e ninguém com quem dividi-lo. Ninguém com quem caminhar até a padaria Mon Hei para comprar *yuet beng*, bolinhos da lua com cenoura, nas noites frias do outono.

Ao invés, cá está ele, sozinho no meio de um monte de estranhos. Um homem entre duas vidas, de pé, outra vez, à porta do Hotel Panamá. Subindo os degraus de mármore branco lascado que fazem o hotel lembrar uma hospedaria *art déco*. O prédio, como acontece com Henry, parece pertencer a dois mundos diferentes. Ainda assim, Henry se sente nervoso e excitado, como na infância, toda vez que passa por ele. Depois de ouvir um boato no mercado, veio para cá ao sair da locadora de vídeo na South Jackson. No início, achou que se tratava de um acidente, porque o grupo de curiosos não parava de aumentar. Mas não ouviu nem viu coisa alguma, nenhuma sirene, nada de luzes piscando. Só gente se encaminhando para o hotel, como uma onda, esticando os pés, seguindo em frente, dando um passo de cada vez.

Quando se aproximou, Henry viu uma equipe de filmagem chegar e foi atrás dela. A multidão se abriu quando espectadores tímidos educadamente se afastaram, deixando o caminho livre. Henry ia logo atrás, arrastando os pés de modo a não pisar em ninguém nem ser pisado, sentindo-se empurrado pela multidão às suas costas. No alto da escadaria, no limiar do saguão, a nova proprietária do hotel anunciou:

— Encontramos uma coisa no porão.

Encontraram o quê? Um corpo, talvez? Ou, quem sabe, um laboratório de drogas? Não, se o hotel fosse a cena de um crime, haveria policiais cercando a área.

Antes da nova dona, o hotel ficou fechado desde 1950, e nesses anos Chinatown se transformou no portão de entrada de um gueto de *tongs* — as gangues de Hong Kong e Macau. Os quarteirões ao sul da King Street aparentam uma decadência charmosa de dia; o lixo e o rastro de bebida alcoólica na calçada costumam ser ignorados pelos turistas que espicham o pescoço a fim de admirar as sancas de gesso decoradas, típicas da arquitetura chinesa de uma outra época. Crianças em excursões escolares, vestidas com casacos e chapéus coloridos, caminham de mãos dadas, atraídas pelo aroma, na direção de uma imagem de dar água na boca: o pato laqueado nas janelas, lembrando lápis de cera púrpura derretendo ao sol. À noite, porém, os traficantes e as prostitutas quarentonas, que vendem seus serviços por qualquer tostão, assombram ruas e becos. O fato de este ícone da sua infância ter se tornado um ponto improvisado de viciados em *crack* faz com que Henry sinta uma melancolia doída que não lhe assalta desde que segurou a mão de Ethel e a viu exalar seu longo e lento último suspiro.

As coisas preciosas parecem ir embora para nunca mais voltar.

Quando tirou o chapéu e começou a se abanar com o pedaço de brim puído, a turba avançou, pressionando-o por trás. Flashes espocaram. Na ponta dos pés, ele tentou enxergar alguma coisa por sobre o ombro do repórter espadaúdo à sua frente.

A nova dona do hotel, uma caucasiana esbelta, ligeiramente mais moça que ele, subia a escadaria segurando... *uma sombrinha*? Abriu-a de repente, e o coração de Henry bateu um pouco mais rápido quando ele viu do que se tratava. Uma sombrinha japonesa, feita de bambu, em vermelho cintilante e branco — com uma *koi* laranja pintada, uma carpa que parecia um gigantesco peixe dourado. Uma nuvem de poeira se levantou, momentaneamente suspensa no ar, quando a dona do hotel girou o artefato de aparência frágil diante das câmeras. Outros dois homens trouxeram do porão um baú de navio cheio de adesivos de portos estrangeiros, paradas dos navios da Admiral Oriental Lines que faziam a rota entre Seattle e Yokohama, em Tóquio. Na lateral do baú lia-se o nome Shimizu, pintado à mão em grandes letras brancas. O baú foi aberto diante da multidão curiosa. Dentro havia roupas, álbuns de fotos e uma velha panela elétrica de cozinhar arroz.

A nova dona do hotel explicou que encontrara no porão os pertences de trinta e sete famílias japonesas que, supunha, haviam sido perseguidas e levadas embora. Os pertences escondidos nunca foram reclamados — eram uma cápsula do tempo, dos *anos da guerra*.

Henry observou em silêncio quando um pequeno arsenal de engradados de madeira e malas de couro foi trazido para cima e viu a multidão apreciar, maravilhada, os objetos um dia preciosos neles contidos: um vestido branco de primeira comunhão, castiçais de prata oxidados, uma cesta de piquenique — objetos empoeirados, intocados durante mais de quarenta anos. Guardados para dias melhores que jamais viriam.

Quanto mais pensava nas bugigangas velhas, nos tesouros esquecidos, mais Henry se perguntava se seu coração partido poderia ter ficado ali, escondido entre os pertences não reclamados de outros tempos. Hóspedes no porão de um hotel condenado. Perdidos, mas jamais olvidados.

Marty Lee
(1986)

Henry se afastou da multidão em frente ao Hotel Panamá e voltou para casa, em Beacon Hill. Não morava afastado o bastante para ter uma vista privilegiada da av. Rainier. Sua casa ficava na área mais modesta, logo além de Chinatown, uma casinha simples de três quartos com um porão — ainda inacabado depois de todos esses anos. Planejara terminá-lo quando o filho, Marty, fosse para a faculdade, mas a saúde de Ethel havia piorado e todo o dinheiro poupado para uma emergência foi gasto numa enxurrada de despesas médicas, enxurrada essa que durou quase uma década. A Previdência Social entrou em cena perto do fim, bem na horinha, e até teria pagado os custos de um asilo, mas Henry se manteve fiel aos votos conjugais: cuidar da esposa na saúde e na doença. Além disso, quem haveria de querer passar os últimos dias numa instituição pública que parecia uma prisão em que todos viviam no corredor da morte?

Antes que conseguisse responder à própria pergunta, Henry ouviu Marty bater duas vezes à porta da frente e entrar direto, cumprimentando-o com um despreocupado "Tudo bem, pai?" e seguindo imediatamente para a cozinha.

— Já volto, não se levante. Só preciso beber alguma coisa. Vim a pé desde Capitol Hill. Exercício, sabe? Você devia pensar em se exercitar um pouco também. Acho que ganhou uns quilinhos desde que a mamãe morreu.

Henry olhou para a própria cintura e, usando o controle remoto, cortou o som da tevê. Estava assistindo ao telejornal em busca de notícias sobre a descoberta de hoje no Hotel Panamá, mas nada havia sido dito a respeito até agora. Provavelmente foi um dia cheio de notícias. Tinha no colo um punhado de velhos álbuns de fotografias e alguns anuários escolares manchados e cheirando a mofo por causa da umidade de Seattle, que esfriava a laje de concreto do porão para sempre inacabado de Henry.

Desde o funeral, ele e Marty pouco têm se falado. Marty anda ocupado com o curso de química na Universidade de Seattle. O que é bom, porque aparentemente evita que ele arrume problemas. Mas a faculdade também parece afastá-lo da vida de Henry, o que era aceitável quando Ethel estava viva, mas agora só faz aumentar o buraco deixado na vida do pai — como alguém a gritar da borda de um precipício, sempre à espera de um eco que jamais se faz ouvir. Quando Marty enfim aparece, as visitas parecem servir apenas para lavar roupa, encerar o carro ou arrancar algum dinheiro de Henry — dinheiro que ele sempre dá, sem jamais demonstrar aborrecimento.

Ajudar Marty a pagar a faculdade foi um segundo *front* de guerra para Henry, supondo-se que cuidar de Ethel tenha sido o primeiro. Apesar de uma pequena bolsa, Marty ainda precisou fazer empréstimos para pagar os estudos, mas Henry optara pelo plano de aposentadoria prematura na Boeing a fim de cuidar de Ethel em tempo integral — no papel, tinha um bocado de dinheiro. Dava uma genuína impressão de *abastança*. Para a instituição financeira, Marty pertencia a uma família com uma conta bancária decente, só que não era o banco que pagava as despesas médicas. Quando Ethel morreu, sobrou apenas o suficiente para custear um enterro digno, despesa essa que Marty considerou desnecessária.

Henry também não se deu ao trabalho de contar a Marty sobre a segunda hipoteca — a que fez para acabar de pagar a faculdade quando o empréstimo estudantil secou. Por que deixá-lo preocupado? Por que pôr mais essa pressão sobre o filho? Já bastava ter que estudar tanto. Como qualquer bom pai, Henry desejava o melhor para Marty, mesmo que os dois não conversassem muito.

Henry contempla os álbuns de fotos, lembretes desbotados da sua própria época de estudante, procurando alguém que nunca há de encontrar. Tento não viver no passado, pensa ele, mas às vezes o passado mora em mim. Desviando os olhos das fotos, vê Marty se aproximar com um copo longo de chá verde gelado. Por um instante, o rapaz se senta no sofá, mas depois opta pela espreguiçadeira de curvim da mãe, ficando de frente para Henry, que se sente melhor por ver alguém — seja lá quem for — no lugar preferido de Ethel.

— Você pegou o *restinho* de chá gelado? — pergunta Henry.

— Peguei — responde Marty — e trouxe o último copo para você, pai — acrescenta, pousando-o num descanso de jade ao lado de Henry.

Henry percebe o quanto se deixou envelhecer e ficar rabugento nos meses que se seguiram ao funeral. A culpa não é de Marty. É dele. Precisa sair mais de casa. Hoje foi um bom começo.

Ainda assim, um "obrigado" rosnado é tudo que consegue dizer.

— Me desculpe por andar meio sumido, as provas finais acabaram comigo. E, além do mais, eu não quis desperdiçar todo aquele dinheiro suado que você e mamãe gastaram para eu poder sentar o traseiro nos bancos da faculdade.

Henry agora sente o rosto enrubescer de culpa enquanto a caldeira barulhenta desliga automaticamente, esfriando a casa.

— Aliás, eu trouxe para você um presentinho de agradecimento — diz Marty, entregando ao pai um pequeno envelope *lai see,* vermelho vivo, com uma gravação dourada na parte de cima.

Henry segura o presente com ambas as mãos.

— Um envelope da sorte. Você está me reembolsando?

Marty sorri e ergue as sobrancelhas:

— De certa forma.

Não importa do que se trata. Henry se sente tocado pela delicadeza do filho. Passa o dedo no lacre dourado, sobre o qual está gravado o símbolo cantonês da prosperidade. Dentro do envelope, um pedaço de papel dobrado. O boletim de Marty. Ele obteve uma belíssima média 9.

— Estou me formando *summa cum laude,* o louvor máximo.

Faz-se um silêncio, quebrado apenas pelo zumbido eletrônico da tevê sem som.

— Você está bem, pai?

Henry enxuga o canto do olho com as costas da mão calejada.

— Quem sabe da próxima vez *você* me empresta algum dinheiro, não é?

— Se você um dia quiser terminar a faculdade, adianto com prazer o dinheiro, pai. Dou a você uma bolsa de estudos.

Bolsestudo. A expressão tem um significado especial para Henry, e não apenas por não ter se formado, embora isso possa, sim, ser um agravante. Em 1949, largou a Universidade de Washington para se tornar um desenhista aprendiz. O programa oferecido pela Boeing era uma grande oportunidade, mas no fundo Henry sabia o verdadeiro motivo que o levou a abandonar os estudos — o motivo doloroso. O convívio difícil. De todos aqueles anos ficou uma sensação de isolamento. Não exatamente de pressão dos colegas. Mais precisamente de rejeição dos colegas.

Baixando os olhos para o anuário escolar da sexta série, Henry se lembra de tudo que odiava e de tudo que amava na escola. Rostos estranhos brincam em seus pensamentos, imagem após imagem, como num velho cinejornal. Os olhares cruéis dos inimigos do pátio escolar, em agudo contraste com a inocência risonha das fotos do anuário. Na coluna que ladeia a foto grande da classe reunida, há uma lista de nomes — os "não fotografados". Henry encontra seu nome na lista. Realmente está ausente das muitas fileiras de crianças sorridentes. Mas não faltou à aula naquele dia. Passou o dia todo na escola.

Sou chinês
(1942)

O jovem Henry Lee parou de falar com os pais aos doze anos. Não por causa de alguma tola má-criação infantil, mas para atender ao pedido dos próprios pais. Ao menos foi essa a sua interpretação. Os dois lhe pediram — quer dizer, mandaram — que parasse de falar chinês, sua língua nativa. Era o ano de 1942, e o casal estava desesperado para que o filho aprendesse inglês. O que só contribuiu para deixar Henry mais confuso ainda quando o pai lhe prendeu um *button* na camisa do uniforme escolar com os dizeres "Sou chinês". A contradição pareceu absurda. Isso não faz sentido algum, pensou o garoto. O orgulho do meu pai finalmente o derrotou.

— *Ming bak?* — perguntou Henry no mais perfeito cantonês. — Não estou entendendo.

O pai sapecou-lhe uma bofetada. Na verdade, um tapinha leve, mais para chamar sua atenção.

— Chega. Só americano — advertiu o pai em *chinglês*.

— Não estou entendendo — repetiu Henry em inglês.

— Hã? — perguntou o pai.

— Se não posso falar chinês, por que preciso usar este *button*?

— Hã, que disse?

O pai se virou para a mãe, que espiava da porta da cozinha. Ela respondeu com uma expressão confusa e um simples dar de ombros, voltando em seguida para o fogão, no qual, a julgar pelo aroma, assava um bolo de castanhas. O pai tornou a se virar para Henry e, com um leve aceno de mão, despachou o filho para a escola.

Como não podia falar cantonês e os pais mal entendiam inglês, Henry deixou o assunto para lá, passou a mão na merenda e na sacola de livros e desceu as escadas, saindo em direção ao salgado e cheirando a peixe da Chinatown de Seattle.

A CIDADE INTEIRA GANHAVA VIDA DE MANHÃ. Homens vestindo camisetas sujas de peixe empurravam engradados de bacalhau e baldes de mariscos semienterrados no gelo. Henry seguiu seu caminho e ouviu os homens grunhirem uns para os outros num dialeto chinês que nem *ele* entendia.

Continuou caminhando pela rua Jackson e passou por uma carrocinha de flores e um adivinho que vendia bilhetes de loteria, em vez de tomar a direção da escola chinesa, a apenas três quarteirões do apartamento de segundo andar onde morava com os pais. Sua rotina matutina, subir a rua, o fazia bater de frente com dezenas de garotos da mesma idade, todos andando na direção oposta.

— *Baag gwai! Baak gwai!* — gritaram os meninos, embora alguns apenas apontassem, às gargalhadas.

A tradução era "diabo branco", expressão geralmente reservada aos caucasianos, e mesmo assim apenas se a ofensa verbal fosse merecida. Uns poucos, porém, tinham pena dele, seus ex-colegas e outrora amigos. Garotos que ele conhecia desde a primeira série, como Francis Lung e Harold Chew, o chamavam apenas de Gasparzinho, por causa do Fantasminha Camarada. Pelo menos não o apelidaram de Herman ou Katnip, a famosa dupla animada de gato e rato também na moda.

Talvez seja para isso que ele serve, pensou Henry, olhando o ridículo *button* onde se lia "Sou chinês". Obrigado, pai. Por que não aproveitou para pendurar um cartaz nas minhas costas dizendo "Me chute"?

Henry apressou o passo, dobrando finalmente a esquina e mudando de direção. A meio caminho da escola, sempre parava na arcada de ferro da rua South King, onde dava seu almoço a Sheldon, um saxofonista com o dobro da sua idade que fazia ponto na esquina tocando para entreter os turistas e ganhar algum trocado. Apesar da atividade frenética na fábrica Boeing, a prosperidade aparentemente não chegava a residentes como Sheldon, um músico experiente de jazz, cuja pobreza tinha menos a ver com talento musical do que com a cor da sua pele. Henry gostou dele de imediato. Não porque fossem ambos párias, embora, pensando bem, talvez houvesse um quê de verdade aí. Não, Henry gostou dele por causa da música. Não sabia o que era jazz, apenas que se tratava de algo que os pais não ouviam, e isso o levava a gostar mais ainda do ritmo.

— Bonito *button*, meu jovem — disse Sheldon, enquanto arrumava sua maleta para a apresentação vespertina. — Uma ideia boa à beça, com esse negócio de Pearl Harbour e tudo o mais.

Henry baixou os olhos para o *button* preso à camisa. Já se esquecera dele.

— Ideia do meu pai — resmungou.

O pai odiava os japoneses. Não porque tinham posto a pique o *USS Arizona*... ele os odiava porque durante os últimos quatro anos, dia e noite, os japoneses só faziam bombardear Chongqing. O pai de Henry nunca pôs os pés lá, mas sabe que a capital temporária de Chiang Kai-shek já se tornou a cidade mais bombardeada da história.

Sheldon assentiu, demonstrando aprovação, e deu uma palmadinha na lancheira de metal presa à bolsa de livros de Henry.

— Qual é o almoço hoje?

Henry lhe entregou a lancheira.

— O de sempre.

Um sanduíche de ovo e azeitona, palitinhos de cenoura e uma pera-nashi. Ao menos a mãe tinha a gentileza de mandar um almoço americano.

Sheldon sorriu, exibindo um dentão de ouro.

— Obrigado, meu senhor, tenha um bom dia.

Desde o segundo dia de aula na escola primária Rainier, Henry vinha dando seu almoço a Sheldon. Era mais seguro assim. O pai ficara visivelmente animado quando a escola de brancos lá no finalzinho da Yesler Way aceitou o filho. Foi um momento de orgulho para os pais de Henry, que não conseguiam parar de falar disso com os amigos na rua, no mercado e na Associação Beneficente Bing Kung, onde todos iam jogar bingo e *mah-jongg* aos sábados.

— Deram a ele *bolsestudo* — era tudo que ouvia os dois dizerem em inglês.

Mas o que Henry sentiu estava bem longe de ser orgulho. Suas emoções extrapolaram o medo, a ponto de virarem uma luta pela sobrevivência. Razão pela qual, depois de levar uma surra de Chaz Preston por causa do almoço no primeiro dia de aula, achou por bem dá-lo a Sheldon. Além disso, auferia um lucro considerável com a transação, pescando uma moeda no fundo da maleta de Sheldon ao voltar da escola todos os dias. Uma vez por semana, Henry comprava para a mãe um lírio oriental, a flor preferida dela, com esse recém-descoberto dinheiro do almoço — ficava um tantinho culpado por não comer o que ela preparava com tanto carinho, mas compensava a culpa levando a flor.

— Como você comprou flores? — a mãe indagava em chinês.

— Estavatudoemliquidaçãohojepromoção.

Henry arrumava alguma desculpa em inglês, na tentativa de explicar essa abastança — e o troco extra que aparentemente sempre trazia para casa quando ia ao supermercado. Falando rápido para se assegurar de que ela não entendesse. A expressão confusa da mãe se transformava em aprovação satisfeita quando ela assentia com a cabeça e guardava o troco na bolsa. Pouco entendia de inglês, mas dava para Henry ver que ela admirava seu talento para pechinchar.

Seus problemas na escola bem que podiam ser resolvidos com a mesma facilidade.

Para Henry, *bolsestudo* pouco tinha a ver com instrução e muito com trabalho. Felizmente, aprendeu rapidamente a trabalhar. Teve que aprender. Sobretudo quando se tratava dos deveres do último tempo antes do almoço — ele era sempre dispensado dez minutos mais cedo, o tempo justo para chegar ao refeitório, onde enfiava um avental branco engomado que batia abaixo dos joelhos para servir o almoço aos outros alunos.

Nos últimos meses, aprendera a ficar calado e ignorar as provocações — sobretudo de encrenqueiros como Will Whitworth, Carl Parks e Chaz Preston.

E a sra. Beatty, a merendeira, também não era de grande ajuda. A personificação volumosa, de redinha no cabelo, de uma das palavras americanas de que Henry mais gostava — *amplo* —, ela cozinhava, literalmente, à mão, calculando as quantidades nas mãos sujas e pregueadas. Os braços fortes eram a prova de que jamais usara uma batedeira elétrica. No entanto, como um cachorro de canil que se recusa a fazer suas necessidades no mesmo lugar em que dorme, a sra. Beatty não comia o que preparava. Em vez disso, trazia o almoço de casa. Assim que Henry amarrava o avental, ela se livrava da rede de cabelo e sumia de vista, levando a marmita do almoço e um maço de Lucky Strikes.

Para Henry, *bolsestudo* no refeitório significava nunca aproveitar o recreio. Quando o último aluno acabava de almoçar, chegava para ele a hora de comer pêssegos em calda dentro da despensa, sozinho, cercado de um estoque gigante de molho de tomate e coquetel de frutas.

Hasteando a bandeira
(1942)

Henry não sabia ao certo o que era mais frustrante: a implicância ininterrupta no refeitório da escola ou o silêncio incômodo no diminuto apartamento do Beco Cantonês que dividia com os pais. Ainda assim, quando amanhecia, tentava aproveitar ao máximo a barreira linguística doméstica enquanto cumpria a rotina cotidiana.

— *Jou san* — saudavam os pais com um "bom-dia" em cantonês.

Henry sorria e respondia em seu melhor inglês:

— Vou abrir um guarda-chuva nas calças.

O pai assentia, com uma solene expressão aprovadora, como se tivesse ouvido Henry citar algum profundo pensamento filosófico ocidental. *Perfeito*, pensava Henry, é isso que se ganha quando se manda o filho fazer *bolsestudo*. Prendendo o riso, tomava o café da manhã, uma pequena pirâmide de arroz papa aromatizado com carne de porco e cogumelos orelha-de-judeu. A mãe ficava olhando, aparentemente ciente de que ele estava aprontando, mesmo que não entendesse as palavras.

Quando virou a esquina naquela manhã, dirigindo-se à escadaria principal da escola Rainier, Henry se deu conta de que dois alunos da sua sala haviam sido escalados para hastear a bandeira. Essa missão era invejada por todos os alunos da sexta série e até por algumas meninas, proibidas de desempenhá-la por motivos que Henry desconhecia.

Antes do primeiro sinal, a dupla de garotos retirava a bandeira do seu escaninho em forma de triângulo na secretaria e se dirigia ao mastro diante da escola. Ali, eles a desdobravam com cuidado, atentos para que nenhum pedacinho encostasse no chão, já que uma bandeira assim profanada teria que ser imediatamente queimada. Ao menos era o que diziam, pois nem Henry nem qualquer outro aluno em passado recente jamais ouviram falar que isso de fato tivesse ocorrido. Mas a ameaça era lendária. Henry imaginava o vice-diretor Silverwood, um sujeito corpulento com a aparência de um urso velho, queimando a bandeira no estacionamento diante do corpo docente chocado... E depois mandando a conta para os pais do estabanado aluno culpado. Os pais sem dúvida se envergonhariam a ponto de se mudar para o subúrbio e trocar de nome para que ninguém jamais os encontrasse.

Infelizmente, Chaz Preston e Denny Brown, encarregados de hastear a bandeira, não pareciam prestes a se mudar tão cedo, independentemente do que fizessem. Ambos pertenciam a respeitáveis famílias locais. O pai de Denny era advogado, juiz ou algo do gênero, e a família de Chaz possuía vários prédios residenciais no centro. Embora Denny não fosse amigo de Henry, a verdadeira ameaça vinha de Chaz. Henry sempre achou que Chaz acabaria como cobrador da sua família. Chaz gostava de viver à custa dos outros. Era tão briguento que os outros brigões tinham medo dele.

— Ei, *Tojo*, você se esqueceu de saudar a bandeira — gritou Chaz.

Henry continuou andando na direção da escadaria, fingindo não ter ouvido. Nunca entenderia por que o pai achou tão boa a ideia de botá-lo nesta escola. Pelo canto do olho, observou Chaz desamarrar a bandeira e começar a caminhar até ele. Apressou o passo, mirando a segurança da escola, mas Chaz barrou-lhe o caminho.

— Ah, é mesmo! Vocês, japas, não saúdam a bandeira *americana*, certo?

Henry não sabia o que era pior: sofrer provocações por ser chinês ou levar a pecha de "japa". Embora Tojo, o primeiro-ministro do Japão, fosse conhecido como "o Lâmina" devido à afiada mente legalista, tudo que Henry queria era ser esperto o bastante para faltar à aula quando seus colegas de classe faziam discursos sobre o *Perigo Amarelo*. A professora, a sra. Walker, que raramente se dirigia a Henry, não cortava os comentários incovenientes e racistas. E nunca, nem uma vezinha sequer, chamou Henry ao quadro-negro para resolver um problema de matemática, convencida de que ele não entendia inglês — embora suas notas, cada vez melhores, pudessem tê-la alertado do contrário, ao menos um pouco.

— Ele não vai enfrentar você, ele é um covarde amarelo. Além disso, o segundo sinal vai tocar a qualquer minuto — desdenhou Denny olhando para Henry antes de entrar na escola.

Chaz não se mexeu.

Henry ergueu os olhos para o valentão que lhe bloqueava a passagem, mas nada disse. Aprendera a ficar de bico calado. A maioria dos colegas o ignorava, mas os que faziam questão de persegui-lo em geral se enfastiavam quando ele não reagia. Foi quando se lembrou do *button* que o pai o obrigara a usar e apontou-o para que Chaz visse.

— "Sou chinês" — leu Chaz em voz alta. — Não faz diferença nenhuma para mim, nanico. Vocês não festejam o Natal, festejam?

O segundo sino soou.

— Ho, ho, ho — respondeu Henry.

Já chega de manter a boca fechada, pensou. Festejamos o Natal, *sim*, junto com o Chun Jie, o ano-novo lunar. Mas o Dia de Pearl Harbor, não. Esta não é uma data festiva.

— Sorte a sua eu não poder me atrasar para não perder o direito de hastear a bandeira — disse Chaz antes de fingir que ia investir contra Henry, que nem se mexeu.

Henry observou o valentão recuar e entrar no prédio da escola. Soltou o ar, finalmente, e percorreu o corredor vazio até a sala da sra. Walker, que o repreendeu por chegar atrasado e lhe deu como castigo ficar na escola uma hora a mais depois da saída. Henry aceitou a punição sem dizer palavra. Sequer lançou um olhar para a mestra.

Keiko
(1942)

Quando entrou na cozinha da escola naquela tarde, Henry se deparou com uma cara nova, embora não pudesse vê-la direito, já que estava virada para as bandejas manchadas de beterraba. Mas não havia dúvida de que pertencia a uma menina, provavelmente da mesma série que ele e mais ou menos da sua altura, escondida atrás de uma comprida franja e madeixas de cabelo negro que lhe emolduravam o rosto. Ela estava escaldando as bandejas com água fervendo antes de pô-las para secar, uma a uma, no escorredor de pratos. Quando a menina se virou lentamente em sua direção, Henry reparou no rosto fino, na pele perfeita, macia e livre das sardas que salpicavam os rostos das outras garotas da escola. Acima de tudo, porém, Henry reparou naqueles meigos olhos castanho-escuros. Podia jurar ter sentido, por um segundo, um aroma qualquer, como o de jasmim, doce e misterioso, perdido nos odores gordurosos da cozinha.

— Henry, esta é a Keiko. Ela acaba de ser transferida para a Rainier, mas é da *sua* parte da cidade.

Aparentemente a sra. Beatty, a merendeira, encarava a aluna nova como mais um utensílio de cozinha, jogando-lhe um avental, empurrando-a para que se juntasse a Henry atrás do balcão de servir.

— Ei, aposto que vocês dois são parentes, hein?

Quantas vezes ele já ouvira isso?

A sra. Beatty não perdeu tempo para pescar no bolso um isqueiro Zippo, acender o cigarro e se mandar com o próprio almoço.

— Me chamem quando tiverem acabado tudo — disse ela.

Como a maioria dos garotos da sua idade, Henry gostava bem mais de meninas do que era capaz de admitir para si mesmo ou demonstrar a alguém, principalmente a outros meninos, que tentavam parecer indiferentes, como se as garotas fizessem parte de uma estranha espécie nova. Por isso, embora agindo com naturalidade, tentando ao máximo afetar indiferença, ficou secretamente encantado por contar com um rosto amistoso na cozinha.

— Meu nome é Henry Lee. Moro na rua South King.

A desconhecida sussurrou:

— O meu é Keiko.

Henry se perguntou por que nunca a vira no bairro. Talvez a família tivesse acabado de chegar.

— De onde vem esse nome, Kay-Ko?

Fez-se uma pausa. Então o sinal do almoço tocou e os dois ouviram o barulho das portas batendo no corredor.

A menina pegou o longo cabelo negro em punhados iguais com ambas as mãos e o amarrou com uma fita.

— Keiko *Okabe* — disse ela, pondo o avental e esperando por uma reação.

Henry perdeu a fala. Ela era *japonesa*. Com o cabelo puxado, dava para ver nitidamente. E parecia envergonhada. Que diabos estaria fazendo *aqui*?

Por acaso, a soma de todos os amigos japoneses de Henry era um número que rima com *quero*. O pai não permitia. Um nacionalista chinês, ele havia sido, segundo a mãe de Henry, praticamente um agitador na juventude. Na adolescência, recebera o famoso revolucionário dr. Sun Yat-sen quando este visitou Seattle a fim de angariar fundos para ajudar o recém-nascido exército Kuomintang a lutar contra os manchus. Primeiramente, ajudou com um fundo de guerra, e mais tarde na abertura de um escritório de verdade. Imagine só, um *escritório* para o exército chinês, logo ali no final da rua. Era lá que o pai de Henry se ocupava levantando milhares de dólares para a luta contra os japoneses na terra natal. A *dele*, não a minha, pensou Henry. O ataque a Pearl Harbor foi terrível e inesperado, claro, mas virava café pequeno em comparação aos bombardeios a Xangai ou à pilhagem de Nanjing. Ao menos, segundo o pai. Henry, por outro lado, não conseguia sequer encontrar Nanjing num mapa.

Mesmo assim, não tinha um único amigo japonês, embora houvesse duas vezes mais crianças japonesas da sua idade do que chinesas, e elas morassem a apenas algumas ruas de sua casa. Henry se pegou encarando Keiko, cujo olhar nervoso aparentemente identificou a reação dele.

— Sou americana — protestou ela, na defensiva.

Ele não soube o que dizer, por isso concentrou-se nas hordas de alunos famintos que entravam no refeitório.

— É melhor pôr mãos à obra.

Os dois tiraram as tampas das travessas fumegantes, fazendo uma careta ao sentir o cheiro, entreolhando-se enojados. Dentro havia uma gororoba marrom com aspecto de espaguete. Keiko parecia prestes a vomitar. Henry, habituado ao fedor pútrido, nem piscou. Simplesmente mostrou a ela como servir usando uma velha concha para sorvete, enquanto os garotos sardentos de cabelo à escovinha, até mesmo os mais novos, comentavam "Olha só, o china trouxe a namorada" ou "Mais *chop suey*, faz favor!".

Na pior das hipóteses, eles espicaçavam, na melhor, faziam caretas e observavam desconfiados. Henry se manteve calado, furioso e envergonhado como sempre, mas fingindo não entender. Uma mentira em que adoraria acreditar, nem que fosse em autodefesa. Keiko o imitou. Durante trinta minutos os dois ficaram lado a lado, vez por outra se entreolhando e rindo, enquanto serviam porções extragrandes da gororoba nojenta da sra. Beatty aos garotos mais implicantes ou à ruivinha que puxou os cantos dos olhos e arreganhou os dentes numa careta horrorosa.

— Olha, eles nem sabem falar inglês! — guinchou ela.

Henry e Keiko sorriram um para o outro até que o último aluno fosse servido e todas as travessas e panelas estivessem lavadas e guardadas. Então, os dois almoçaram juntos, dividindo uma lata de pera em calda na despensa.

Henry achou as peras especialmente gostosas naquele dia.

A volta para casa
(1942)

Uma semana depois da chegada de Keiko, Henry estabeleceu uma nova rotina. Os dois almoçavam juntos, depois se encontravam perto do armário do zelador quando acabavam as aulas, a fim de partir para a segunda parte das tarefas que lhes cabiam. Lado a lado, limpavam os quadros-negros, esvaziavam lixeiras e batiam os apagadores num velho toco que havia nos fundos da escola. Não era ruim. Contar com Keiko significava cortar pela metade o trabalho que fazia antes, e Henry apreciava a companhia da menina, mesmo sendo japonesa. Além disso, enquanto cumpriam essas tarefas, davam aos outros alunos tempo de sobra para pegarem as bicicletas ou o ônibus e estarem longe muito antes que ele pusesse os pés no pátio.

Era assim que devia funcionar.

Mas hoje, enquanto segurava a porta para Keiko passar quando saíram do prédio, Chaz esperava ao pé da escada. Deve ter perdido o ônibus, concluiu Henry. Ou talvez tenha percebido um murmúrio de felicidade em Henry desde que Keiko chegou. Um olhar, um sorriso trocado entre os dois. Mesmo que ele esteja aqui para me humilhar, tudo bem, pensou Henry, desde que não a machuque.

Junto com Keiko desceu os degraus e passou por Chaz, caminhando ao lado da menina de forma a interpor-se entre ela e o valentão. Enquanto desciam, Henry se conscientizou de que o inimigo era uns bons trinta centímetros mais alto que ele ou Keiko.

— Aonde você *pensa* que vai?

Chaz deveria estar mais adiantado, mas tinha sido reprovado — duas vezes. Henry há muito suspeitava que o outro repetira o ano de propósito, de modo a continuar reinando em seus domínios da sexta série. Por que abrir mão disso para ser um joão-ninguém na oitava série?

— Perguntei aonde você pensa que vai, japa *lover*?

Keiko já ia responder quando Henry lançou-lhe um olhar, envolveu-a com o braço e obrigou-a a continuar caminhando.

Chaz barrou-lhes o caminho:

— Sei que vocês estão entendendo tudo que eu digo, já vi os dois conversando depois da aula.

— E daí? — atalhou Henry.

— Daí...

Chaz agarrou Henry pelo colarinho e o levantou do chão, ficando tão próximo que dava para sentir o bafo do almoço de horas antes — as cebolas e o leite em pó ainda infestavam seu hálito.

— O que acha de eu dar um jeito para você nunca mais conseguir falar... Que tal?

— Para! — gritou Keiko. — Solta ele!

— Deixe o garoto em paz, Charlie — interrompeu a sra. Beatty, que descia as escadas acendendo um cigarro.

A julgar pela sua fleugma, Henry concluiu que ela estava habituada aos deslizes de comportamento de Chaz.

— O meu nome é Chaz.

— Certo, Chaz, meu amor. Se você machucar o garoto, vai ficar no lugar dele na cozinha, entendeu?

Do jeito que ela falou, quase pareceu que se importava. Quase. A expressão severa em seu rosto criou suficiente dúvida na cabeça de Chaz para fazê-lo soltar Henry — porém não antes de lhe arrancar da camisa o *button* "Sou chinês", deixando um pequeno rasgo em seu lugar. Chaz pregou o *button* no próprio colarinho e abriu um sorriso cheio de dentes para Henry antes de finalmente seguir caminho, possivelmente para aterrorizar outros meninos.

Keiko ajudou Henry a se levantar, entregando-lhe seus livros. Quando este se virou para agradecer à sra. Beatty, ela já ia longe. Sem sequer um até logo. *Obrigado, mesmo assim*. Será que ela se importava com as demonstrações de valentia no pátio da escola ou estava apenas protegendo os empregados da cozinha? Não dava para saber. Henry limpou a poeira do fundilho das calças e espanou o pensamento da cabeça.

Depois da semana partilhada com Keiko na cozinha, Henry achava impossível sentir mais alguma frustração ou vergonha. Que surpresa! Mas se Keiko se decepcionara com ele devido ao embate com Chaz, decerto não estava demonstrando. Chegou mesmo a tocar-lhe a mão, oferecendo a sua enquanto caminhavam, mas Henry fingiu que não viu. Não que fosse tímido com garotas, mas uma japonesa era como uma bandeira vermelha. Ou uma bandeira branca, com um baita sol vermelho dentro, na realidade. Meu pai cairia morto, pensou. E alguém do bairro acabaria vendo a gente.

— Você sempre estudou na Rainier? — indagou Keiko.

Ele notou o quanto a voz dela soava bem. Clara e simples. Seu inglês era muito melhor do que o da maioria das meninas chinesas que conhecia.

Henry balançou a cabeça:

— Só desde setembro. Meus pais querem que eu tenha uma educação ocidental, que eu faça faculdade, em vez de voltar para Cantão e estudar lá, como os outros garotos do meu bairro.

— Por quê?

Henry não soube o que responder.

— Por causa de gente como você.

Quando as palavras lhe saíram da boca, ele se sentiu mal por descontar nela as frustrações do dia. Mas em parte *era* verdade, certo? Pelo canto do olho, Henry viu Keiko desamarrar a fita que lhe prendia o cabelo. Longas madeixas negras lhe emolduraram o rosto, a franja quase encobrindo os olhos castanhos.

— Desculpe, a culpa não é sua, mas do exército japonês, que invadiu as províncias do nordeste. A luta está bem longe de Cantão, mas mesmo assim meus pais não querem que eu volte para lá. A maioria dos garotos do meu bairro estuda na escola chinesa e depois volta para a China para se formar. Foi o que meu pai sempre planejou para mim. Ao menos até o outono passado.

Henry não sabia mais o que dizer.

— Quer dizer que você não nasceu na China?

Ele balançou a cabeça de novo, apontando para First Hill, onde se via a silhueta do Hospital Columbus, na periferia de Chinatown.

— Nasci bem ali.

Ela sorriu:

— Eu também nasci lá. Sou japonesa, mas americana, em primeiro lugar.

— Seus pais lhe ensinaram a dizer isso?

Mordeu a língua em seguida, temeroso de magoá-la novamente. Afinal, os pais dele haviam lhe ensinado a dizer a mesma coisa.

— Foi. Meu avô se mudou para cá depois do grande incêndio, em 1889. Sou a segunda geração.

— Foi por isso que mandaram você para a Rainier?

Os dois passaram pelos negros arcos de ferro de Chinatown, a caminho de Nihonmachi. Henry morava a sete quarteirões de distância e só estivera ali uma vez, quando o pai precisou se encontrar com alguém para almoçar no Hotel Pacífico Norte, próximo ao mercado japonês. Mesmo assim, o pai insistiu para que fossem embora depois de descobrir que o lugar fora construído por Niroky "Frank" Shitamac, um empresário japonês local. Os dois partiram antes mesmo que a comida chegasse.

— Não — respondeu Keiko, parando e olhando à volta. — Me mandaram para a Rainier por causa disto.

Para onde quer que olhasse, Henry só via bandeiras americanas, exibidas em todas as vitrines e penduradas em todas as portas. No entanto, várias outras lojas tinham as janelas quebradas, algumas delas totalmente bloqueadas com tábuas. Parado em frente, um caminhão-guincho laranja da prefeitura tomava três vagas de carro. Um homem barbudo na caçamba retirava a placa da rua Mikado para substituí-la por outra, onde se lia "rua Dearborn".

Henry se lembrou do *button* que o pai lhe dera e tocou o tecido rasgado na altura do coração, onde, até pouco antes, o trazia pregado. Olhou para Keiko e pela primeira vez em todo o dia, pela primeira vez em toda a semana, a viu amedrontada.

Nihonmachi
(1942)

O sábado era um dia especial para Henry. Enquanto outros garotos ligavam o rádio para ouvir *As Aventuras do Super-Homem*, Henry cumpria suas tarefas o mais rápido possível e corria até a esquina da Jackson com a Maynard. É claro que ele gostava do Homem de Aço — que criança de doze anos não gostava? Mas durante os anos da guerra, as aventuras eram... Ora, não muito aventureiras. Em lugar de acabar com robôs de outro planeta, o nativo de Crípton passava os dias desencavando colaboracionistas e redes de espionagem japonesas, o que não despertava grande interesse em Henry.

Isso, porém, não o impedia de cismar com o próprio Super-Homem. O autor que emprestava a voz ao herói era um mistério em 1942. Ninguém sabia quem ele era. Ninguém. E por todo lado as crianças viviam obcecadas em descobrir sua verdadeira identidade. Por isso, enquanto descia correndo a rua, Henry analisava os sujeitos de aparência tímida que vestiam ternos e usavam óculos, como Clark Kent, imaginando se um deles seria o dono da voz do Super-Homem. Nem os chineses e os japoneses escapavam ao seu escrutínio, porque nunca se sabe.

Henry se perguntou se Keiko também ouvia o programa do Super-Homem nas manhãs de sábado. Pensou em caminhar até o lado Nihonmachi da cidade só para dar uma espiada. Talvez esbarrasse nela. O bairro não podia ser tão grande assim.

Foi quando ouviu o sax de Sheldon ao longe e seguiu a música.

Sábado era o único dia da semana em que podia ouvir Sheldon tocar. Na maioria das vezes em que Henry passava por ele no caminho de volta da escola, a maleta do sax tinha pouco mais de dois ou três dólares em moedas, e àquela hora o músico em geral estava se preparando para ir embora. Mas aos sábados era diferente. Com todos aqueles turistas influenciáveis, os marujos e até mesmo a multidão de moradores que ia passear na rua Jackson, esse era o dia "do contracheque", como dizia Sheldon.

Quando Henry chegou naquela manhã, havia umas vinte pessoas acompanhando o ritmo da música e sorrindo enquanto seu amigo tocava uma peça de jazz cadenciada. O garoto abriu caminho até a frente da plateia e sentou na calçada, aproveitando o dia surpreendentemente ensolarado. Sheldon notou sua presença e piscou, sem falsear uma única nota.

Quando a peça acabou, os aplausos vieram, e quando terminaram, a multidão se dispersou, deixando na maleta do sax quase três dólares em moedas. Sheldon pôs um cartaz escrito à mão sobre a maleta — "Próximo show em quinze minutos" — e recuperou o fôlego. Quando inspirava profundamente, o peito amplo parecia testar os limites do colete de cetim, que já havia perdido um dos botões inferiores.

— Bom público — saudou Henry.

— Nada mau, nada mau mesmo. Mas, rapaz, veja só isso! Hoje em dia tem um monte de clubes por aqui, uma concorrência danada.

Sheldon apontou com o sax para as filas de letreiros e cartazes dupla face que indicavam as boates nas duas calçadas da Jackson.

Henry percorrera uma vez a rua inteira, tendo contado trinta e quatro clubes ao todo — incluídos aí o Black & Tan, o Rocking Chair, o Ubangi, o Colony Club e o Jungle Temple. Só para falar nos *oficiais*, os que ostentavam letreiros em neon para todos verem. Havia inúmeros outros escondidos em porões e salas nos fundos de lojas. O pai costumava reclamar da barulheira que faziam.

Nas noites de sábado, Henry admirava da janela a paisagem em constante mutação de frequentadores indo e vindo. Durante o dia, viam-se rostos asiáticos por todo lado, mas à noite a multidão dobrava, a maioria dela de brancos engalanados a caminho de uma noitada de jazz ou música para dançar. Havia sábados em que Henry conseguia ouvir acordes de música à distância, mas a mãe não gostava que ele dormisse com a janela aberta, temendo que pegasse gripe ou pneumonia e morresse.

— Como andam os testes? — indagou Henry, ciente de que Sheldon vinha tentando conseguir um emprego regular à noite.

Sheldon lhe entregou um cartão em que se lia "Negro Nativo 493".

— O que é isto?

— Dá para acreditar? Entrei para o sindicato. Os músicos brancos criaram um sindicato para ver se arrumavam mais trabalho, mas os negros criaram outro, só deles, e agora estamos conseguindo mais empregos do que podemos dar conta.

Henry não entendeu direito o significado de um cartão de sindicato, mas Sheldon parecia entusiasmado, o que indicava que a notícia era boa.

— Arrumei até um trabalho como substituto no clube Black Elks. Hoje à noite. O saxofonista de lá foi preso sei lá por quê, e eles ligaram para o sindicato e o sindicato ligou para *mim*. Dá para acreditar que vou tocar no Black Elks?...

— Com Oscar Holden! — completou Henry.

Ele jamais ouvira Holden tocar, mas vivia vendo seus cartazes por toda a cidade, e Sheldon sempre falava nele num tom normalmente reservado a heróis e celebridades.

— Com Oscar Holden — confirmou Sheldon com a cabeça, antes de tirar alguns acordes alegres do sax. — É só esta noite, mas, cara, é um trabalho bacana, com um sujeito dos bons.

— Estou muito feliz! — disse Henry com um amplo sorriso. — Ótima notícia!

— Por falar em boas notícias, quem é a garota que vi voltando da escola com você, hein? Tem alguma coisa para me contar?

Henry sentiu o sangue aflorar às bochechas.

— É só... só uma amiga da escola.

— Hã, hã. Seria, quem sabe, uma *namorada*?

Henry imediatamente respondeu, na defensiva:

— Não, ela é uma amiga *japonesa*. Meus pais me matam se descobrirem.

E apontou para o *button* na camisa, um novo, que o pai o obrigara a usar depois de Chaz arrancar o anterior.

— Sou chinês. Sou libanês. Sou pequinês. Sou a bola da vez — atalhou Sheldon, balançando a cabeça. — Da próxima vez que estiver com sua amiga japonesa, diga a ela *oai deki te ureshii desu*.

— Ai de qui teu rechideso — imitou Henry.

— Quase... É um cumprimento em japonês. Quer dizer "Tudo bem com você, linda?".

— Não posso dizer isso — interrompeu Henry.

— Pode, sim. Ela vai gostar. Já usei com todas as gueixas destas bandas. Todas entendem. Além do mais, ela vai gostar de ouvir algo na língua dela. É um bocado sofisticado. *Misterioso*.

Henry treinou a frase em voz alta mais algumas vezes. E outras tantas em silêncio, mentalmente. *Oai deki te ureshii desu*.

— Por que você não parte agorinha para o bairro japonês e experimenta? De todo jeito, vou embora mais cedo hoje — disse Sheldon. — Mais um show e depois vou descansar o fôlego para a minha grande apresentação com o Oscar, logo à noite.

Henry daria tudo para ver e ouvir Sheldon tocar com o famoso pianista de jazz. Daria tudo para ver como um clube de jazz de verdade era por dentro. Sheldon havia lhe dito que a maioria deles tinha pista de dança, mas quando Oscar tocava, todo mundo ficava sentado ouvindo, de tão bom que ele era. Henry gostava de imaginar uma sala escura, todos muito bem-vestidos, segurando copos de pé alto, ouvindo a música fluir do palco iluminado, uma bruma fria subindo de um espelho d'água negro.

— Sei que você vai ser brilhante hoje à noite — disse Henry, virando-se na direção do bairro japonês, em lugar de pegar o caminho de volta para casa.

Sheldon abriu seu sorriso adornado pelo dente de ouro:

— Obrigado, meu senhor. Tenha um ótimo dia — completou, voltando depois a atenção para a apresentação seguinte.

Henry treinou a frase em japonês, repetindo-a várias vezes enquanto continuava a andar — até que os rostos negros à sua volta foram substituídos pelos brancos, e depois pelos japoneses.

O BAIRRO JAPONÊS ERA MAIOR do que Henry imaginara — no mínimo quatro vezes maior que Chinatown, e quanto mais ele andava pelas ruas apinhadas, mais se dava conta de que encontrar Keiko talvez fosse impossível. Sim, ele costumava acompanhá-la até a metade do caminho quando voltavam da escola, mas apenas até as cercanias do bairro. Chegavam até a escola de dança Hatsunekai, onde se despediam, e ele a via prosseguir em direção ao Hotel Monte Fuji. Dali, Henry voltava para a Jackson e continuava pela South King em direção à própria casa. Descer a avenida Maynard era como ser despejado num outro mundo. Havia bancos, barbearias, alfaiatarias e até dentistas e editoras de jornais japoneses. Os letreiros em neon continuavam ligados de dia, e os prédios residenciais ostentavam lanternas de papel do lado de fora da entrada, enquanto crianças pequenas trocavam figurinhas de beisebol dos times japoneses de que eram fãs.

Henry encontrou um lugar vago num banco e leu um exemplar do dia anterior do *Japanese Daily News*, em boa parte, por incrível que pareça, escrito em inglês. A livraria Taishodo anunciava uma liquidação para entrega das chaves, e a joalheria Nakamura já tinha um novo dono. Olhando à volta, Henry reparou que várias lojas se encontravam aparentemente à venda, enquanto outras estavam fechadas em pleno dia. Tudo isso fazia sentido, já que muitas matérias do jornal falavam dos tempos difíceis em Nihonmachi. Ao que parece, os negócios já iam mal mesmo antes de Pearl Harbor — desde a distante época em que os japoneses invadiram a Manchúria, em 1931. Henry só se lembrava do ano devido à frequência com que o pai falava da guerra na China. Segundo a matéria, a Associação Beneficente Chong Wa convocara um boicote a toda a comunidade japonesa. Henry não sabia ao certo o que era a Chong Wa, uma espécie de comissão de Chinatown como a Associação Bing Kung, à qual sua família pertencia — porém maior e mais política, abrangendo não só o seu bairro, mas a região inteira e todas as sociedades secretas chinesas — redes sociais que às vezes lembravam gangues. O pai fazia parte dela.

Enquanto contemplava a multidão que circulava nas ruas, fazendo compras, brincando, pensou que a quantidade de pessoas desmentia os tempos difíceis, os boicotes e as vitrines de lojas cobertas por tábuas e ostentando bandeiras americanas. Esquadrinhando a vizinhança, Henry não despertava a atenção da maioria dos residentes, embora algumas crianças japonesas apontassem e falassem alguma coisa ao vê-lo, até serem advertidas pelos pais. Mais que uns poucos rostos negros salpicavam a multidão, mas não havia sequer um rosto branco à vista.

Então Henry parou de súbito ao ver, finalmente, o rosto de Keiko — ou uma foto, a bem da verdade — na vitrine do estúdio fotográfico Ochi. Lá estava ela, numa fotografia sépia escura, uma menininha vestindo seu traje de domingo sentada numa enorme poltrona de couro e segurando uma sombrinha japonesa floreada, um para-sol de bambu estampado com uma *koi*.

— *Konichi-wa* — saudou-o à porta um japonês bastante jovem, a julgar pela aparência. — *Konichi-wa, Ototo-san*?

Confuso com o cumprimento em japonês, Henry abriu o casaco e apontou para o *button* onde se lia "Sou chinês".

O jovem fotógrafo sorriu.

— Olhe, não falo chinês, mas como vai você? Quer tirar uma foto? Quer posar? Ou só está procurando alguém?

Foi a vez de Henry ficar surpreso. O inglês do jovem fotógrafo parecia quase perfeito comparado ao seu próprio domínio — sofrível — da língua.

— Esta menina é minha colega de escola.

— Os Okabe? A filha deles frequenta a escola chinesa?

Henry balançou a cabeça, acenando com a mão.

— Keiko Okabe, isso mesmo. Nós dois estudamos na Rainier... A escola de brancos lá para os lados da Yesler Way.

Um momento de silêncio perdeu-se na zoeira dos motores dos carros que passavam rugindo. Henry continuou olhando enquanto o fotógrafo apreciava a foto de Keiko.

— Então vocês dois devem ser alunos muito especiais.

Desde quando *especial* se tornou esse fardo? Uma maldição, para ser exato. Nada havia de especial na *bolsestudo* da Rainier. Nadinha. Por outro lado, ele estava aqui à procura de alguém. Talvez *ela* fosse especial.

— O senhor sabe onde ela mora?

— Não, lamento. Mas costumo ver a família perto do auditório Nippon Kan. No parque. Procure por ela lá.

— *Domo* — disse Henry. Era a única palavra japonesa que sabia, afora a frase que Sheldon lhe ensinara pouco antes.

— De nada. Volte para tirar uma foto! — gritou o fotógrafo.

Henry já ia longe.

Henry e Keiko passavam pelo parque Kobe diariamente na volta da escola, e ele sabia situar o parque por causa das inúmeras cerejeiras que margeavam as ruas. Em frente ficava o auditório Nippon Kan, na verdade mais teatro de *kabuki* que auditório, cheio de cartazes de peças que ele nunca vira ou ouvira falar — como *O Some Hisamatsu* ou *Yuku No Ichiya* —, escritos em ideogramas do *kanji* e em inglês. Como em Chinatown, toda a área em torno do parque parecia despertar aos sábados. Henry seguiu a multidão e, depois, a música. Em frente ao Nippon Kan havia artistas de rua, trajando roupas típicas, empunhando espadas cintilantes que se vergavam e arqueavam ao cortar o ar. Atrás deles, alguns músicos tocavam instrumentos estranhos, que pareciam violões de três cordas. Nada tinham a ver com o *yuehu* ou o *gao wu*, os violinos de duas cordas que Henry costumava ouvir sempre que a Ópera de Pequim encenava um número de luta.

Com tanta música e dança, Henry se esqueceu por completo de procurar Keiko, embora de vez em quando murmurasse as palavras aprendidas com Sheldon — *Ai de qui teu rechideso* —, mais como um tique nervoso.

— Henry!

Mesmo com o barulho da música, Henry reconheceu a voz dela. Olhou ao seu redor, examinou a multidão, perdido, até localizá-la sentada num morrinho gramado, o ponto mais alto do parque Kobe, apreciando os artistas de rua, acenando. Henry subiu a ladeira, suando nas mãos. *Ai de qui teu rechideso. Ai de qui teu rechideso.*

Ela pôs de lado um caderninho e ergueu os olhos, sorrindo:

— Henry, o que você está fazendo aqui?

— *Ai de qui teu...*

As palavras lhe rolaram da língua com a suavidade de um trator. Ele sentiu o suor brotar na testa. *E as palavras?* Como era mesmo o resto?

— *Oi rechide... so.*

A expressão de Keiko congelou num sorriso de surpresa, interrompido apenas por um ocasional piscar de olhos.

— O que foi que você disse?

Respire, Henry. Respire fundo. Outra vez.

— *Oai deki te ureshii desu!*

As palavras saíram de forma perfeita! *Consegui!*

Silêncio.

— Henry, eu não falo japonês.

— O quê?

— Eu. Não. Falo. Japonês — repetiu Keiko, antes de cair na gargalhada. — Nem na escola japonesa se aprende mais. Pararam de ensinar no outono passado. Minha mãe e meu pai falam, mas querem que eu aprenda apenas inglês. Tudo que sei de japonês é *wakarimasen.*

Henry sentou-se ao lado dela, de olhar fixo nos artistas de rua.

— Que significa...

Keiko deu uma palmadinha em seu braço:

— Significa "não entendi", entendeu?

Henry se recostou na grama fresca. Por todo lado, podia sentir o aroma das minúsculas rosas japonesas, que salpicavam o solo como retalhos de estrelas amarelas.

— Seja o que for, Henry, você falou lindamente. O que significa?

— Nada. Significa "Que horas são?".

Henry virou-se, envergonhado, para Keiko e viu a expressão de incredulidade em seus olhos.

— Você se deu ao trabalho de vir até aqui para me perguntar que horas são?

Henry deu de ombros.

— Um amigo acabou de me ensinar, achei que você ficaria impressionada. Mas me enganei... Que caderninho é este?

— De desenho. E *estou* impressionada por você ter se dado ao trabalho de vir até aqui. Seu pai ficaria furioso se soubesse. Ou será que sabe?

Henry balançou a cabeça. Este seria o último lugar onde o pai o procuraria. Henry geralmente zanzava pela zona portuária aos sábados, com outros garotos da escola chinesa, visitando lugares assombrados como Ye Olde Curiosity Shop, no cais Colemanout — vendo múmias de verdade e genuínas cabeças encolhidas, uns desafiando os outros a tocar nos objetos. Desde que começou a frequentar a Rainier, porém, todos passaram a tratá-lo de um jeito diferente. Ele não mudou, mas aos olhos dos outros, sabe-se lá por quê, estava diferente. Não era mais um deles. Como Keiko, virou alguém *especial*.

— Não é nada de mais. Eu estava na vizinhança.

— Sério? E que vizinho lhe ensinou a falar japonês?

— Sheldon, o saxofonista da South King.

Os olhos de Henry pousaram no caderno:

— Posso ver seus desenhos?

Ela lhe entregou o caderninho de capa preta. Dentro, havia desenhos de flores e plantas, e vez por outra um dançarino. O último mostrava a multidão, os dançarinos e o perfil de Henry no meio dos espectadores lá embaixo.

— Sou eu! Há quanto tempo você já tinha me visto ali? Ficou me olhando o tempo todo... Por que não me chamou?

Keiko fingiu não entender.

— *Wakarimasen*. Sinto muito, não falo inglês.

Fazendo troça, ela pegou de volta o caderninho de desenhos.

— A gente se vê na segunda, Henry.

A loja de discos Bud's Jazz
(1986)

Henry fechou o anuário escolar em seu colo e o pousou na mesinha de cerejeira defronte ao sofá, ao lado do porta-retratos com a foto dele e de Ethel no trigésimo aniversário de casamento. Para Henry, o rosto sorridente da esposa parecia magro, ocultando graciosamente uma certa tristeza.

Na época, Ethel estava reagindo bem ao tratamento, mas continuava quase careca devido à radioterapia. O cabelo não caíra todo de uma vez, como se vê nos filmes, mas em tufos desiguais, maiores aqui, menores ali. Ela pediu a Henry para lhe raspar toda a cabeça, pedido que ele atendeu, com relutância. Foi o primeiro de vários momentos íntimos que os dois partilhariam. Um longo período sabático de cuidados cotidianos, parte da mecânica da morte. Henry fez tudo o que pôde. Mas a opção de cuidar da esposa com carinho equivalia a jogar um avião contra uma montanha da maneira mais delicada possível. O desastre é iminente, o que importa é como se administra a queda.

Henry pensou em seguir em frente, mas sequer sabia por onde começar. Por isso, decidiu-se pelo lugar aonde sempre ia a fim de estimular os sentidos, mesmo quando criança — um lugar onde sempre encontrava um certo consolo. Pegou o chapéu e o paletó e se viu percorrendo os corredores empoeirados da loja de discos Bud's Jazz.

A loja de Bud estava ali na South Jackson, junto à velha praça Pioneer, desde que Henry se entendia por gente. Claro que o Bud original há muito não era seu dono, mas o novo sujeito — um cara encanecido cujas bochechas flácidas lembravam a de um buldogue — cumpria o papel de forma simpática. Cuidava do balcão de discos, onde atendia prontamente.

— Faz tempo que não vejo *você*, Henry.

— Tenho andado por aí — respondeu Henry, vasculhando uma gaveta de discos de 78rpm, na esperança de descobrir algum de Oscar Holden, o Santo Graal das gravações de jazz de Seattle. Segundo um relato apócrifo, Oscar gravara um 78 nos anos 1930, em vinil, não em cera. No entanto, dos supostos trezentos discos, nenhum sobreviveu. Não que se saiba. Por outro lado, quase ninguém hoje faz ideia de quem *foi* Oscar Holden. Os grandes filhos de Seattle, como Ray Charles e Quincy Jones, o sucederam, alcançando fama e fortuna na Celebrilândia. Ainda assim, Henry sonhava acordado com o dia em que talvez encontrasse uma cópia em vinil. E agora que os CDs começavam a vender mais do que os discos, as gavetas de LPs de segunda mão na Bud's Jazz viviam lotadas.

Se existisse unzinho que fosse, mais cedo ou mais tarde seria jogado fora ou trocado, sem que o dono desconfiasse o que significava a velha e chiada gravação para os ávidos colecionadores como Henry. Afinal, *quem* foi mesmo esse Oscar?

Bud baixou um pouco o volume da música.

— Por *aqui* é que você não tem andado, porque eu teria visto.

O som que ouviam era moderno, Overton Berry, supôs Henry, a julgar pela profunda melancolia do piano.

Henry pensou na própria ausência. Frequentava a loja desde a juventude, assiduamente depois de adulto.

— Meu toca-discos estava quebrado.

Estava mesmo, não era mentira. Além disso, como é que eu digo a ele que a minha mulher morreu há seis meses? Não faz sentido transformar uma loja de discos de jazz numa loja de discos de fado.

— Você já soube do Hotel Panamá? — perguntou o velho vendedor.

Henry assentiu com a cabeça, ainda entretido com os discos, o nariz comichando devido à poeira, que era a marca registrada da loja de porão.

— Eu estava lá quando começaram a trazer as coisas para cima.

— Não diga! — falou Bud, esfregando a careca negra. — Eu sei o que você vem sempre procurar aqui. Eu mesmo já desisti de encontrar o disco do Oscar. Mas isso faz a gente pensar, não é? Quer dizer, eles lacraram o prédio todo em... por volta de 1950? Aí alguém vai e compra o hotel, faz uma vistoria e descobre todos aqueles *troços* trancados lá esses anos todos. O jornal disse que não tem nada de muito valioso. Nada de barras de ouro ou coisa assim. Mas isso faz a gente pensar...

Henry não fazia outra coisa desde que vira subir aquele primeiro baú de navio. Desde que a proprietária abrira a sombrinha japonesa.

Henry pescou um LP do baterista de jazz de Seattle, Webb Coleman, e o pôs sobre o balcão.

— Acho que é só isto.

Depois de enfiar o velho disco numa sacola usada do armazém Uwajimaya, Bud a entrega ao freguês.

— Este é cortesia da casa, Henry. Lamento pela sua esposa — diz Bud, cujos olhos aparentam já ter visto um bocado de sofrimento no passado. — Ethel era uma mulher bacana. Sei que você foi correto com ela.

Henry consegue esboçar um sorriso débil e agradecer. Há gente que diariamente lê o obituário, mesmo num lugar espraiado como a Cidade Esmeralda. Mas o Distrito Internacional é uma aldeia. Todo mundo sabe tudo sobre todo mundo. E, exatamente como em outras aldeias, quem parte não volta mais.

Dim sum
(1986)

No correr do final de semana, Henry passou pelo velho teatro Nippon Kan, ou o que sobrou dele, os pés esmigalhando pedaços de vidro quebrado e lâmpadas estilhaçadas. A marquise colorida, que no passado iluminava as ruas escuras, estava agora abarrotada de bocais de lâmpadas vazios e lustres quebrados. O brilho cálido de outrora, um reflexo de quanta esperança Henry nutrira na adolescência, se apagara sob décadas de ferrugem e abandono. Reforma ou demolição? Henry não soube dizer qual das duas possibilidades faria mais sentido. O Nippon Kan havia sido abandonado décadas antes, como o Hotel Panamá. No entanto, assim como o hotel, também foi comprado nos últimos anos e passava por uma remodelação. A última notícia dava conta de que o antigo coração cultural do bairro japonês em breve viraria uma estação rodoviária.

Nesses anos todos Henry jamais entrou no prédio e, embora tenha havido uma festa de reabertura quarenta anos mais tarde, não arrumou coragem para comparecer. Parando para registrar o que via, Henry observou os operários da construção atirarem pela janela do segundo andar velhas cadeiras estofadas em tecido lilás direto no lixão, lá embaixo na rua. Devem ser do balcão, pensou Henry. Não sobrou muita coisa, talvez esta seja a minha última chance de passar pela velha bilheteria e ver o velho teatro *kabuki* como ele foi um dia. A ideia era muito tentadora, mas já estava meio atrasado para encontrar-se com Marty no restaurante Sea Fortune para almoçar e odiava se atrasar.

Para ele, o velho restaurante antiquado era o melhor de Chinatown. Na verdade, há anos o frequentava, desde os tempos de menino, embora o lugar ainda fosse uma loja de massas na primeira vez em que ali esteve. Desde então, pertenceu a uma série de chineses. Proprietários espertos, que sempre mantiveram os empregados da cozinha, que sempre mantiveram a qualidade da comida. Essa era a verdadeira chave para o sucesso na vida, pensou Henry — constância.

Marty, por sua vez, não era fanático por toda aquela comida do chá matutino *dim sum* do restaurante. "Tradicional demais", alegava, "delicado demais". O filho preferia os estabelecimentos mais novos, como o House of Hong ou o Top Gun Seafood. Pessoalmente, Henry não apreciava esses restaurantes chiques que quebravam a tradição e serviam *dim sum* aos *yuppies* que lotavam o bar até bem depois da meia-noite. Como também não morria de amores pela nova cozinha eurasiana — ingredientes como salmão defumado ou banana nada tinham a ver com um cardápio *dim sum*, ao menos na opinião das papilas gustativas de Henry.

Quando pai e filho se instalaram nas almofadas encaroçadas e gastas do sofá de vinil vermelho vivo, Henry abriu a tampa do bule de chá, cheirando o conteúdo, como se provasse algum vinho de boa safra. Estava velho. Era apenas uma água marrom em que o chá passara ao longe, praticamente sem aroma algum. Empurrando o bule para o lado, com a tampa aberta, fez sinal para a senhora idosa que servia os fregueses e que vinha empurrando, na direção deles, um carrinho de bolinhos assados no vapor.

Depois de examinar as amostras de bolinhos de camarão, tortinhas de ovo e pãezinhos fumegantes chamados de *hum bau*, Henry apontou e assentiu, sem sequer perguntar o que Marty queria — afinal, conhecia muito bem as preferências do filho.

— Por que será que algo me diz que tem alguma coisa nova incomodando você? — indagou Marty.

— O chá?

— Não, isso aí é só você se achando um *sommelier* de folhas secas em saquinho. Você tem andado diferente. Quer me contar alguma coisa, pai?

Henry tirou do invólucro os pauzinhos de madeira barata, friccionando um contra o outro para se livrar de quaisquer farpas.

— Meu filho vai se formar suma cumilaudi...

— *Suma cum laude* — corrigiu Marty.

— Foi o que eu disse. Meu filho vai se formar *com a honra máxima* — emendou Henry, abocanhando um *shui mai* de camarão pelando e falando de boca cheia. — O que pode haver de errado?

— Bom, para começar, mamãe se foi. E você agora está aposentado de vez. Do emprego. De cuidar dela. Estou preocupado com você, só isso. O que anda fazendo para preencher o tempo ultimamente?

Henry ofereceu *bau* de carne de porco ao filho, que o pegou com os pauzinhos e tirou o papel manteiga do fundo, antes de dar uma baita dentada.

— Passei no Bud's. Comprei uma coisinha. Tenho saído de casa — disse Henry.

Para sublinhar a afirmação, Henry levantou a sacola contendo o disco. *Viu? Isso é uma prova conclusiva de que estou ótimo*.

Henry viu o filho desenrolar uma flor de lótus e comer o arroz empapado em seu interior. Percebeu, pelo tom preocupado na voz de Marty, que não o convencera.

— Vou até o Hotel Panamá. Estou pensando em perguntar se eles me deixam dar uma olhada. Encontraram um monte de velharias no porão. Coisas do *tempo da guerra*.

Quando terminou de mastigar, Marty disse:

— Quem sabe não anda por lá um disco de jazz há muito sumido...

Henry esquivou-se da sugestão, não querendo mentir para o filho, que sabia que os discos antigos de jazz o interessavam desde garoto. Mas isso era tudo que Marty sabia da infância do pai, embora tivesse noção de que Henry enfrentara tempos difíceis quando menino. Por quê? Ele jamais perguntou. Era um assunto que parecia meio sagrado e que Henry raras vezes partilhava. Em troca, o filho provavelmente o achava um bocado chato. Um homem que cuidou de cada detalhe dos últimos dias de vida da esposa, mas que era totalmente previsível. O Senhor Confiável. Sem um átimo de rebeldia ou espontaneidade.

— Estou procurando *uma coisa* — acrescentou Henry.

Marty pousou os pauzinhos na beirada do prato e olhou para o pai:

— E posso saber que coisa é essa? Vai ver posso ajudar, pai.

Henry deu uma mordida numa tortinha de ovo, abandonando-a depois no prato, que empurrou.

— Se encontrar algo que valha a pena, aviso a você.

Quem sabe você se surpreenda comigo. *Espere para ver. Espere. E veja.*

Marty não pareceu convencido.

— Tem algo incomodando *você*? Você é que parece cismado com alguma coisa, afora o estudo e as notas.

Henry achou que o filho estava prestes a dizer algo, mas Marty se fechou. O senso de oportunidade parecia ser tudo nessa família. Sempre houve um momento certo e um momento errado para as conversas entre Henry e o pai. Talvez o filho sentisse o mesmo.

— Ele vai lidar com isso do jeito dele e no tempo dele — dissera Ethel, pouco depois de se descobrir com câncer. — Ele é seu filho, mas não é um produto da *sua* infância, não precisa acontecer o mesmo.

Ethel havia levado Henry até o lago Green para um passeio de barco sob o céu ensolarado de agosto para lhe dar a má notícia.

— Não pretendo partir tão cedo — disse ela. — Mas quando eu me for espero que isso sirva para unir vocês dois.

Ethel nunca deixou de ser maternal com o filho, nem, a bem da verdade, com Henry. Até começar o tratamento. Então, houve uma troca de papéis. E as coisas permaneceram assim.

Agora pai e filho aguardaram em silêncio, ignorando os carrinhos do *dim sum* que passavam por eles. O momento de constrangimento foi interrompido pelo barulho de pratos quebrando em algum lugar da cozinha, pontuado pelos palavrões disparados em chinês e inglês pelos empregados, falando entre si. Havia muito a dizer e a perguntar, mas nem Henry nem Marty se dispuseram a abordar mais profundamente o assunto. Apenas esperaram pela senhora que os servia, que logo lhes traria mais chá e rodelas de laranja.

Henry cantarolou baixinho uma antiga música — não se lembrava mais da letra, mas nunca esquecera a melodia. E quanto mais cantarolava, mais sentia vontade de sorrir novamente.

Marty, por sua vez, apenas suspirava, o olhar buscando, ansioso, a garçonete.

Lake View
(1986)

Henry pagou a conta e ficou olhando o filho se despedir com um aceno, enquanto acomodava uma enorme sacola para viagem no banco dianteiro do Honda Accord prata. Henry insistira para que ele levasse os petiscos extras. Sabia que o filho se virava com a comida da universidade, mas lá não havia nada que se comparasse a uma dúzia de *hum baus* fresquinhos, e, além disso, bolinhos de porco cozidos no vapor podiam ser facilmente requentados no forno de micro-ondas do quarto de Marty, no dormitório da faculdade.

Contente em saber que o filho estava traçando o seu próprio caminho, Henry parou numa barraquinha de flores e depois esperou no ponto de ônibus mais próximo, onde pegou o nº 10 para chegar a Capitol Hill, de onde poderia seguir a pé até o cemitério Lake View.

Quando Ethel morreu, Henry jurou que visitaria seu túmulo uma vez por semana. Mas já fazia seis meses, e ele fora vê-la uma única vez — no dia em que teriam comemorado trinta e oito anos de casados.

Pôs os lírios orientais fresquinhos, iguais aos que os dois cultivavam no próprio jardim, sobre a pequena lápide de granito, que foi tudo que ficou para lembrar ao mundo que Ethel um dia viveu aqui. Rendeu suas homenagens, afastando com a mão as folhas mortas e limpando o musgo do túmulo, onde pousou mais um buquezinho de flores.

Deixando de lado o guarda-chuva e ignorando a garoa fina de Seattle, abriu a carteira e tirou dela um pequeno envelope branco com o caractere chinês para Lee — o sobrenome de Ethel durante os últimos trinta e sete anos. Dentro do envelope havia uma bala dura e uma moeda de vinte e cinco *cents*. Os pequenos envelopes haviam sido distribuídos quando ele deixou o salão funerário Bonney-Watson, onde o velório de Ethel teve lugar. A bala era para que todos, ao partir, sentissem um gosto doce e não amargo. A moeda serviria para comprar mais balas a caminho de casa — um símbolo tradicional de vida eterna e felicidade duradoura.

Henry lembrava-se de ter saboreado a bala, de menta. Mas não teve disposição para parar no baleiro na volta para casa. Marty, ironicamente, insistiu para que honrassem a tradição, mas Henry se recusou.

— Me leve para casa — foi tudo o que disse quando Marty diminuiu a velocidade do carro próximo ao armazém South Gate.

Henry não pôde suportar a ideia de gastar aquela moeda. Era tudo que ficara de Ethel. Sua felicidade duradoura teria que esperar. Guardaria a moeda, andaria com ela. Para sempre.

Henry pensou nessa felicidade quando tirou a moeda do envelopinho que carregava com ele diariamente. Ela nada tinha de especial, uma moeda comum que qualquer pessoa usaria para telefonar ou comprar uma xícara de café ruim. Mas para Henry era a promessa de algo melhor.

Henry relembrou o dia do velório de Ethel. Havia chegado mais cedo para encontrar-se com Clarence Ma, o mestre de cerimônias fúnebres designado para a sua família. Um homem gentil, na casa dos sessenta anos, com tendência a reclamar das próprias mazelas de saúde, Clarence era o santo padroeiro de tudo que dizia respeito a funerais em Chinatown. Cada vizinhança tinha o seu. Suas fotos emolduradas cobriam as paredes imponentes do salão funerário Bonney-Watson — uma O.N.U. de mestres de cerimônias fúnebres de diferentes etnias.

— Henry, você está adiantado... Posso ajudar? — indagou Clarence, erguendo os olhos da mesa sobre a qual se achavam os envelopes que estava enchendo de balas e moedas.

— Eu só queria checar as flores — respondeu Henry, dirigindo-se à capela, onde se via um grande retrato de Ethel cercado de arranjos de flores de diversos tamanhos.

Clarence juntou-se a ele, pousando um braço em seu ombro:

— Lindo, não é mesmo?

Henry concordou de cabeça.

— Fizemos questão de pôr as suas flores juntinho ao retrato dela. Que mulher bonita, Henry. Tenho certeza de que ela está em um lugar mais feliz, mas acho difícil que seja mais bonito.

Clarence entregou a Henry um pequeno envelope branco, dizendo:

— Caso você não se lembre de pegar depois do velório. Fique com ele, por via das dúvidas.

Henry traçou o contorno da moeda lá dentro. Aproximou o envelope do nariz e sentiu o aroma de menta em meio à fragrância úmida e doce do aposento florido.

"Obrigado" foi tudo que conseguiu dizer.

Agora, de pé sob a chuva fina no cemitério Lake View, Henry aproximou novamente o envelope do nariz. Não sentiu cheiro de nada.

— Lamento não ter vindo aqui com a devida frequência — desculpou-se.

Segurou a moeda entre os dedos e pôs o envelope no bolso. Escutou, atento, o som do vento soprando entre as árvores. Sem esperar resposta, mas sempre aberto a essa possibilidade.

— Tem uma coisa que preciso fazer. E quis vir lhe contar primeiro, mas você provavelmente já sabe.

A atenção de Henry desviou-se para a lápide ao lado da de Ethel: a de seus pais. Depois retornou ao lugar onde Ethel estava enterrada.

— Você sempre me conheceu muito bem.

Afastou da testa o cabelo grisalho, molhado de chuva.

— Vou levando a vida, mas me preocupo com Marty. Sempre me preocupei com ele. Acho que quero pedir que você o proteja. Quanto a mim, posso me proteger sozinho. Eu me viro.

Henry olhou à volta para se certificar de que ninguém observava essa conversa estranha, de mão única. Estava sozinho. Sequer tinha certeza de que Ethel o ouvia. Uma coisa era falar com a esposa em casa, onde ela morou. Mas aqui, no solo frio junto aos seus pais, com certeza Ethel não haveria de estar. Henry precisara vir até aqui para se despedir.

Beijou a moeda e a colocou sobre a lápide. Esta era a nossa promessa de felicidade, pensou. É tudo que me sobrou para lhe dar a fim de que você possa ser feliz sem mim.

Em seguida recuou, as mãos lhe pendendo ao longo do corpo, e fez três reverências.

— Agora preciso ir — concluiu.

Antes de partir, pegou um lírio do buquê de Ethel e o pôs sobre o túmulo da mãe. Chegou mesmo a tirar algumas folhas mortas da lápide do pai antes de abrir o guarda-chuva e descer a colina na direção do parque Volunteer.

Tomou o caminho de volta mais longo, descendo a trilha que daria no estacionamento quase vazio. O cemitério Lake View era um belo lugar, apesar dos túmulos sombrios, frios lembretes de perda e saudade. O lugar do descanso eterno da filha do Chefe Seattle e outros notáveis, como Asa Mercer e Henry Yesler, o cemitério era uma excursão turística a pé pela história esquecida de Seattle. Não muito diferente do memorial Nisei num dos extremos, um monumento menor — menor que as lápides dos membros da família Nordstrom —, dedicado aos veteranos nipo-americanos, os residentes que morreram combatendo os alemães. Hoje em dia passa quase despercebido, salvo de Henry, que bateu uma breve continência ao sair.

Fale americano
(1942)

Henry postou-se diante do espelho, examinando o uniforme escolar. Pedira à mãe para passá-lo a ferro, mas ainda parecia amassado. Experimentou um velho boné dos Seattle Indians, mas o descartou, penteando mais uma vez o cabelo. A ansiedade nas manhãs de segunda-feira não era nenhuma novidade. Na verdade, ela em geral começava a se instalar no domingo à tarde. Ainda que estivesse habituado à rotina da escola Rainier, o estômago dava um nó com o passar das horas, cada minuto tornando mais próxima a volta à escola de brancos — as provocações, as implicâncias e as tarefas no refeitório da sra. Beatty na hora do almoço. Nesta manhã de segunda-feira, porém, o ritual de servir os outros alunos lhe parecia simplesmente excitante. Esses quarenta preciosos minutos na cozinha haviam se tornado um tempo bem gasto, já que veria Keiko. O lado bom de um pesadelo? *Com certeza*.

— Grande sorriso hoje, Henry — comentou o pai em chinês, sorvendo ruidosamente sua *jook*, a sopa espessa de arroz com repolho picante em conserva.

Não era o prato favorito de Henry, mas ele comeu por educação.

Henry tirou algumas lascas de ovo de pato em conserva do próprio prato e pôs no da mãe antes que ela voltasse da cozinha. Gostava das lascas salgadas, mas sabia que esta era a iguaria predileta dela, que nunca se servia com largueza. Na mesa de cerejeira escura havia uma bandeja rotativa para as travessas das quais se serviam. Henry devolveu-a à posição original justo antes da chegada da mãe, com o prato em frente à sua dona.

O pai lia o jornal. A manchete de primeira página dizia: Britânicos evacuam Rangum.

— Está gostando da escola agora, hã? — comentou o pai, virando a página.

Henry, ciente de que não devia falar cantonês em casa, assentiu com a cabeça.

— Consertaram a escada, hã? Onde você caiu, é?

Novamente Henry assentiu, registrando o cantonês do pai e continuando a tomar a espessa sopa matutina. Ouvia o pai durante essas conversas truncadas, de mão única, mas jamais respondia. Na verdade, Henry praticamente não falava, salvo em inglês quando queria mostrar seu progresso. Mas como o pai só entendia cantonês e um pouco de mandarim, as conversas mais pareciam ondas, vindo e voltando, grandes vagas de oceanos diferentes.

A verdade é que Henry levara uma surra de Chaz Preston no primeiro dia de aula, mas os pais queriam tanto mantê-lo na escola que não se mostrar agradecido soaria como um terrível insulto. Por isso, Henry inventou uma desculpa, *que verbalizou em americano*. Claro que os pais não entenderam e imploraram *para que fosse mais cuidadoso da próxima vez*. Henry fazia o possível para respeitar e honrar os pais. Ia para a escola diariamente no contrafluxo de um mar de crianças chinesas que o chamavam de "diabo branco". Trabalhava na cozinha da escola enquanto os diabos brancos o chamavam de "amarelo". Mas tudo bem. Faço o que for preciso, pensava Henry. Mas nesse meio-tempo, acho que cansei de *ser cuidadoso*.

Terminou a refeição, agradeceu à mãe e pegou os livros da escola. Cada um ostentava uma capa nova, feita com folhetos de divulgação de clubes de jazz.

NAQUELA QUARTA-FEIRA DEPOIS DA AULA, Henry e Keiko cumpriram suas obrigações. Esvaziaram as lixeiras das salas. Bateram os apagadores. Depois esperaram o perigo passar. Chaz e Denny Brown eram responsáveis por tirar a bandeira do mastro todos os dias, missão que os retinha na escola um pouco além do tempo habitual. Mas o último sino já soara há trinta minutos e os dois não estavam à vista. Henry deu o sinal de partida a Keiko, escondida no toalete feminino enquanto Henry esquadrinhava o estacionamento.

Salvo pela equipe regular de limpeza, ele e Keiko são sempre os últimos a sair da escola. E hoje não está sendo diferente. Caminham lado a lado, descem a escada e passam pelo mastro vazio, balançando as bolsas de livros enquanto andam.

Henry repara no caderno de desenhos de Keiko, o mesmo que viu com ela no parque, dentro da bolsa de livros que a menina porta.

— Quem lhe ensinou a desenhar? — pergunta.

E desenhar tão bem, pensa ele com uma pontinha de inveja, secretamente admirando o talento da amiga.

Keiko dá de ombros:

— Minha mãe, acho. Principalmente ela. Era artista quando tinha a minha idade. Sonhava em ir para Nova York e trabalhar numa galeria de arte, mas agora tem dores nas mãos e não desenha nem pinta muito, por isso me deu seu material. Ela quer que eu faça faculdade no Instituto Cornish, em Capitol Hill. É uma faculdade de arte, você sabe.

Henry já ouviu falar de Cornish, um curso de quatro anos para artistas plásticos, músicos e bailarinos. Um lugar chique. De prestígio. Está impressionado. Nunca conheceu um artista de verdade, a não ser, talvez, Sheldon, mas...

— Não vão aceitar você.

Keiko se detém para indagar de Henry:

— Por quê? Porque sou mulher?

Às vezes a língua de Henry é maior que a boca. Como não sabe como contornar o assunto de forma delicada, acaba dizendo simplesmente o que lhe vem à cabeça.

— Não vão aceitar porque você é japonesa.

— É por isso que a minha mãe quer que eu me candidate. Para ser a primeira.

Keiko recomeça a andar, deixando Henry alguns passos atrás.

— Por falar na minha mãe, perguntei a ela o que significa *Oai deki te ureshii desu*.

Henry segue logo atrás dela, olhando à volta, nervoso. Reparou no vestido florido de Keiko. Para alguém que parece tão meiga, ela sabe direitinho como alfinetá-lo.

— Foi uma ideia idiota do Sheldon — justifica-se ele.

— Achei muito bacana.

Keiko faz uma pausa, como se admirasse um bando de gaivotas que cruza o céu, e depois torna a olhar para Henry, que percebe um brilho maroto em seu olhar.

— Obrigada a você *e* a Sheldon.

E com um sorriso continua a andar.

Quando os dois se aproximam da esquina de Sheldon, não há música, não há gente nem sinal do saxofonista, que normalmente faz sua exibição defronte ao prédio da Companhia de Luz Rainier, cuja entrada ainda se encontra protegida por sacos de areia devido ao medo de bombardeios, meses atrás. Os turistas passam indiferentes, como se o músico jamais tivesse existido. Henry e Keiko se entreolham cismados.

— Ele estava aqui de manhã — diz Henry. — Comentou que se saiu bem no teste do clube Black Elks. Quem sabe foi chamado de volta...

Talvez tivesse conseguido um trabalho fixo com Oscar Holden, que, segundo Sheldon, promovia sessões de improviso toda noite de segunda e de quarta-feira. Como não cobravam entrada, um monte de gente aparecia para tocar ou apenas apreciar a música.

Henry, em pé na esquina, olha os letreiros de neon que identificam os clubes de jazz dos dois lados da Jackson.

— Até que horas seus pais deixam você brincar na rua? — pergunta ele, com o olhar no horizonte, tentando descobrir o sol escondido em algum lugar por trás da neblina densa que encobre o porto de Seattle.

— Sei lá. Geralmente saio com o meu caderno de desenhos, por isso acho que até escurecer.

Henry olha para o clube Black Elks, imaginando a que horas deve ser o show de Sheldon.

— Comigo é a mesma coisa. Minha mãe lava os pratos e depois descansa, e o meu pai lê o jornal e ouve as notícias no rádio.

Com isso, sobram umas horinhas para Henry. Acontece que à noite as ruas são um lugar perigoso para se andar. Como muitos motoristas pintaram os faróis de seus carros de azul ou os cobriram com celofane para obedecer às restrições do blecaute, os acidentes — tanto colisões frontais como atropelamentos de pedestres atravessando a rua no escuro — só fazem aumentar. A espessa neblina de Seattle, que faz o tráfego fluir mais devagar e cria problemas para os navios que entram e saem da baía Elliott, tornou-se um cobertor confortável, escondendo casas e prédios dos bombardeiros fantasmas japoneses ou da artilharia dos temidos submarinos nipônicos. Aparentemente, o perigo espreita em todo lado, dos marinheiros bêbados em seus lemes aos sabotadores japoneses, sem falar no pior de todos: os pais de Henry, se descobrissem sua escapada.

— Eu quero ir — insiste Keiko.

Seu olhar pousa primeiro em Henry, depois varre a rua, passando pela fileira de clubes de jazz. Afasta a franja dos olhos, dando a entender que já tomou uma decisão sobre a qual nem foi consultada.

— Você nem sabe o que estou pensando...

— Se for ouvir Sheldon tocar, quero ir junto.

Henry faz uma pausa para pensar. Se já infringiu as regras indo passear em Nihonmachi, por que não partir para a Jackson e ver o que há por lá, talvez até ouvir o que tocam? Tudo bem, desde que não sejam vistos e desde que voltem para casa antes de escurecer.

— Não vamos a lugar nenhum juntos. Meu pai me mata. Mas se você quiser me encontrar em frente ao clube Black Elks às seis, depois do jantar, estarei lá.

Dito isso, Henry acompanhou Keiko até Nihonmachi, fazendo o percurso habitual dos dois. Nem imaginava como conseguiriam entrar no clube Black Elks. *Um*, não eram negros. Ainda que substituísse o *button* que usava por outro onde se lesse "Sou negro", de nada adiantaria. E *dois*, provavelmente não tinham a idade mínima para frequentar o clube, embora ele achasse já ter visto famílias inteiras

— com crianças a tiracolo — entrarem. Mas apenas em determinadas noites. Como a noite do bingo na Associação Beneficente Bing Kung. Tudo que sabia era que teria alguma ideia. Ouviriam a música em pé na rua, se necessário. O clube ficava a uns poucos quarteirões de casa, um pouco mais longe para Keiko, mas nem tanto. Perto de casa, mas a um mundo de distância — ao menos do mundo dos pais.

— Por que você gosta de jazz? — perguntou Keiko.

— Não sei — respondeu Henry.

E realmente não sabia.

—Talvez por ser tão diferente, mas em todos os lugares as pessoas gostam de jazz, aceitam os músicos, independentemente da cor da pele deles. Além disso, meu pai odeia.

— Por que ele odeia?

— Porque é diferente *demais*, eu acho.

Quando chegaram ao prédio de Keiko, Henry acenou se despedindo, deu meia-volta e rumou para casa. Ao se afastar, observou o reflexo de Keiko no espelho lateral de um carro estacionado. Ela olhou por cima do ombro e sorriu. Pego em flagrante, Henry olhou para o outro lado, atravessou o terreno baldio atrás da editora Nichibei e passou pelo Naruto-Yu, uma *sento* — casa de banhos — japonesa. Henry não conseguia se imaginar tomando banho com os pais, como era o hábito de algumas famílias japonesas. Não conseguia se imaginar fazendo um monte de coisas com os pais. Pensou em Keiko e na família dela e no que achariam seus pais da ida da filha, às escondidas, a um clube de jazz, e, pior ainda, na companhia de Henry. Sentiu o estômago se contrair. O coração disparou quando pensou em Keiko, mas o estômago se contraiu do mesmo jeito.

À distância, Henry ouviu os longínquos acordes dos músicos de jazz se aquecendo.

Gengibre jamaicano
(1942)

Quando Keiko surgiu diante do clube Black Elks, Henry imediatamente se sentiu malvestido. Trajava, basicamente, a mesma roupa que usara à tarde, com o *button* "Sou chinês" ainda pregado na camisa do uniforme escolar. Keiko, porém, se vestira de forma especial, com um vestido rosa forte e sapatos lustrosos de couro marrom. O cabelo, que havia sido enrolado com grampos e rolos quentes, descia agora em ondas fartas até os ombros. Por cima do vestido, tinha um suéter branco, tricotado, segundo ela, pela mãe. Portava, ainda, cuidadosamente enfiado sob o braço, o caderno de desenhos.

Aparvalhado, Henry disse a primeira coisa que lhe veio à cabeça:

— Você está bonita.

Falou em inglês, observando o rosto de Keiko se iluminar, atônito ante a transformação da menina, que apenas vagamente lembrava a garota boboca de avental que conhecera na cozinha da escola.

— Nada de japonês? Nada de *oai deki te ureshii desu*? — provocou ela.

— Estou sem palavras.

Keiko devolveu-lhe o sorriso.

— A gente entra e pronto?

— Não podemos.

Henry balançou a cabeça e apontou para um cartaz que dizia "Proibida a entrada a menores após as 18h". Apontou depois para o beco, que ele e Keiko atravessaram, descobrindo a porta dos fundos. Embora fosse de vidro, a música vazava pela porta de tela, ligeiramente entreaberta.

— A gente vai entrar de penetra? — indagou Keiko, preocupada.

Henry balançou a cabeça.

— Vamos ser vistos e expulsos.

Em vez disso, ele arrastou dois caixotes de leite e ambos se sentaram para ouvir a música, ignorando o odor acre de cerveja e mofo que vinha do beco. Não acredito que *ela* está aqui, pensou Henry. O sol ainda brilhava e a música era vigorosa e alegre.

Depois da primeira apresentação, de quinze minutos, a porta de tela se abriu com um ruído e um velho negro saiu para acender um cigarro. Assustados, Henry e Keiko deram um salto, prontos para correr. Estavam certos de que seriam tocados dali por vadiagem.

— O que duas crianças estão fazendo aqui? Querem matar este velho de susto?

O homem deu uma palmadinha no peito, sobre o coração, depois se sentou no lugar que Henry vagara. O velho mal-ajambrado vestia uma calça comprida, presa por um par de suspensórios, e uma camisa amassada abotoada até embaixo, com as mangas arregaçadas. Para Henry, ele parecia uma cama por fazer.

— Desculpe — disse Keiko, alisando as rugas do vestido. — Só estávamos ouvindo a música, já íamos embora...

Henry a interrompeu:

— O Sheldon está tocando com o conjunto hoje?

— Que Sheldon? Temos um bocado de caras novas aí dentro hoje, filho.

— Ele toca sax.

O velho enxugou as mãos suadas na calça e acendeu o cigarro. Pigarreando e tossindo, tragou rapidamente, como se estivesse numa competição e fosse o time perdedor tentando uma virada. Henry ouviu-o tomar fôlego entre as baforadas.

— Ele está lá dentro, fazendo bonito. Você é um fã?

— Apenas um amigo. E eu quis vir para ouvir Oscar Holden. Sou fã de Oscar Holden.

— Eu também — acrescentou Keiko, arrebatada pelo momento, aproximando-se de Henry.

O velho apagou o cigarro sob a sola gasta do sapato, depois jogou a guimba na lata de lixo mais próxima.

— Então é fã de Oscar Holden, hein? — provocou, apontando para o *button* de Henry. — Ele agora tem um fã-clube exclusivamente chinês?

Henry cobriu o *button* com o casaco.

— Isso é só... Coisa do meu pai.

— Tudo bem, garoto, às vezes até eu quero ser chinês.

O velho deu uma gargalhada rouca de fumante, que logo se transformou num acesso de tosse que lhe tirou o fôlego. Depois cuspiu no chão.

— Bem, se vocês são fãs do *Sheldon do Sax* e fãs do *Oscar do Piano*, acho que o Oscar não vai se incomodar de receber duas crianças do seu fã-clube em casa hoje. Mas não contem isso a ninguém, certo?

Henry olhou para Keiko, sem saber se o velho estava ou não brincando. Ela só fazia sorrir. Seu sorriso era maior que o dele. Ambos balançaram a cabeça, para enfatizar que não.

— Não contamos a uma alma sequer — prometeu Keiko.

— Ótimo. Preciso que estes dois fãs mirins me façam um favorzinho, se é que querem ser admitidos no clube esta noite.

Henry murchou um tantinho ao ver o velho tirar do bolso da camisa uns pedacinhos de papel, entregando um a Keiko e outro a ele. Comparou o seu com o da amiga. Eram quase idênticos. Alguma coisa rabiscada com uma assinatura embaixo — de um médico.

— Agora levem isto até a farmácia da rua Weller. Digam que é para pôr na nossa conta. Tragam de volta e boto vocês para dentro.

— Acho que não entendi — atalhou Henry. — Isto é remédio...

— É uma receita de gengibre jamaicano, um ingrediente secreto por estas bandas. É assim que o mundo funciona, filho. Com a guerra, tudo anda racionado: açúcar, gasolina, pneus... *cana*. Além do mais, os clubes de gente de cor não têm licença para vender bebida alcoólica, por isso fazemos o que *eles* faziam alguns anos atrás, durante a Lei Seca. A gente se vira, garoto.

O velho apontou para um letreiro de neon que mostrava uma taça de martíni.

— Para fins medicinais, como todos sabem. Agora vão.

Henry olhou para Keiko, sem saber o que fazer ou em que acreditar. Não parecia um pedido dos grandes. Ele já devia ter ido centenas de vezes à farmácia para a mãe. Além disso, Henry adorava beliscar gengibre seco. Talvez fosse algo do tipo.

— Já voltamos — garantiu Keiko, puxando Henry pela manga do casaco e levando-o de volta pelo beco até a rua Jackson.

A Weller ficava a um quarteirão de distância.

— SERÁ QUE VIRAMOS contrabandistas de bebida? — perguntou Henry ao ver, pela vitrine da farmácia, as fileiras de frascos na prateleira. Estava ao mesmo tempo nervoso e excitado com a missão. Ouvira no rádio o programa *Este é o seu FBI*, sobre agentes que estouravam redes de contrabando do Canadá. A gente torce pelos mocinhos, mas quando brinca de polícia e ladrão na rua, no dia seguinte todo mundo quer ser o bandido.

— Acho que não. Não é mais ilegal. Além disso, só estamos cumprindo uma tarefa. Como disse o velho, tem bebida à venda, mas eles não podem comprar nas lojas de branco e por isso "fabricam".

Henry deixou de lado qualquer preocupação com más ações e entrou na Owl Drug Store, que, convenientemente, ficava aberta até oito da noite. Contrabandistas não frequentam farmácias, disse a si mesmo. Ninguém vai preso por buscar uma encomenda, vai?

Se o velho farmacêutico magricela achou estranho duas crianças asiáticas pedirem cada uma um frasco que continha 80% de álcool, não demonstrou. Com efeito, pelo jeito como precisou examinar as receitas e rótulos com uma enorme lente de aumento, o sujeito provavelmente não enxergava grande coisa. Mas o balconista, um jovem negro, simplesmente deu uma piscadela e um sorriso matreiro enquanto botava os frascos em duas sacolas separadas.

— Nada a pagar — disse ele.

Na saída, Henry e Keiko sequer se detiveram para cobiçar, com água na boca, os potes de balas. Entreolharam-se com uma indiferença fingida, cada um se sentindo um pouquinho mais adulto ao caminhar a passos largos pela rua, balançando frascos de trezentos gramas de álcool junto ao corpo. Pequenos vitoriosos numa caçada de gente grande.

— Que diabos eles fazem com isto? Bebem? — indagou Henry, olhando para o seu frasco.

— Meu pai me disse que as pessoas costumavam usar este tipo de coisa para fazer gim caseiro.

Henry imaginou os marinheiros que viviam cambaleando pela rua e arrumando brigas tarde da noite. Tropeçavam como se as pernas pertencessem a outra pessoa. Eram chamados de "Tommy-tudo" por causa do gim falsificado. Marujos e soldados da base aérea Paine foram proibidos de entrar em alguns clubes noturnos do centro por causa das brigas, e por isso acabavam indo parar nos becos de jazz da South Jackson ou até, vez por outra, em Chinatown, diante de um bar que lhes servisse bebida. Henry não podia acreditar que alguém bebesse esse troço, mas quando viu a multidão reunida à porta do clube Black Elks, notou logo que aquela gente estava lá pela mesma razão que ele. Para partilhar algo exuberante, inebriante e quase proibido: a música. E esta noite, na porta, havia uma fila de retardatários e alguns estavam até sendo barrados. Era uma plateia enorme para um dia de semana. Oscar sem dúvida lotava a casa.

Do beco, nos fundos do clube, Henry podia ouvir os músicos afinando seus instrumentos para o próximo show. Achou ter ouvido Sheldon dedilhando o sax.

Na escada dos fundos, um homem mais jovem de avental branco e gravata-borboleta preta os aguardarva. Abriu a porta de tela e os fez entrar rapidamente, passando por uma copa-cozinha improvisada, onde os dois depositaram os frascos de gengibre jamaicano numa tina com gelo, juntamente com outros frascos de formatos estranhos contendo líquidos com propriedades misteriosas.

No salão principal, próximo a uma pista de dança de madeira gasta, o guia apontou para algumas cadeiras ao lado da porta da cozinha, perto de um cumim que dobrava uma pilha de guardanapos de pano, transformando-os em pequenos e perfeitos triângulos brancos.

— Sentem ali e não arrumem confusão, que eu vou ver se o Oscar está pronto — disse o rapaz.

Henry e Keiko observaram, estupefatos, o lugar escuro e enfumaçado em que se destacavam os copos altos sobre toalhas de mesa bordô e as joias cintilantes dos frequentadores à volta de mesas iluminadas por velas.

A conversa baixou de volume quando um velho se dirigiu ao bar, onde tomou um copão de água gelada, enxugando o suor da testa. Era o mesmo velho que conversara com eles nos fundos do clube, o que havia ido ao beco fumar. O queixo de Henry caiu quando o velho subiu ao palco, flexionou os pulsos e estalou as juntas dos dedos antes de sentar-se ao piano imponente à frente de um grande conjunto de jazz. Sheldon estava empoleirado num banquinho lá atrás com o restante dos instrumentistas de sopro.

O velho baixou os suspensórios dos ombros, dando ao torso espaço para se espalhar, e dedilhou o teclado enquanto o resto da banda entrava no ritmo. Para Henry, a plateia pareceu prender o fôlego. O velho ao piano falou ao mesmo tempo que atacava uma introdução:

— Esta é para os meus dois novos amigos. Chama-se *Alley Cat Street*. É um pouquinho diferente, mas acho que vocês vão gostar.

HENRY JÁ ESCUTARA WOODY HERMANN e Count Basie uma ou duas vezes no rádio, mas ouvir uma orquestra de doze componentes *ao vivo* não se comparava a nenhuma experiência anterior. Quase todas as músicas que eventualmente escutava vazar dos clubes dos dois lados da Jackson South eram do tipo que os pequenos conjuntos tocavam, com uma batida simples, irregular, além de uns raros improvisos. Em comparação, aquilo era um trem de carga a toda disparada. O contrabaixo e a percussão conduziam a melodia até se calarem repentinamente para permitir que Oscar ocupasse o centro do palco com seus característicos solos de piano.

Henry virou-se para Keiko, que, tendo aberto o caderno de desenhos, fazia o possível para registrar a cena.

— Isto é *swing* jazz — disse ela. — O tipo de música que meus pais ouvem. Minha mãe diz que ninguém toca assim nos clubes de brancos, porque é ousado demais para o gosto de algumas pessoas.

Depois de ouvir a menção aos pais de Keiko, Henry começou a reparar na plateia. Quase todos os espectadores eram negros, alguns sentados e balançando o corpo, enquanto outros se exibiam de pé, dançando espontaneamente ao ritmo frenético da orquestra. Destacavam-se na multidão vários casais japoneses, bebendo e absorvendo a música, como flores voltadas para o sol. Henry procurou algum rosto chinês. Não viu nenhum.

Keiko apontou para uma mesa onde três casais japoneses estavam sentados, bebericando seus drinques e rindo.

— Aquele é o sr. Toyama. Foi meu professor de redação em inglês na escola japonesa durante um semestre. Aquela deve ser a mulher dele. Acho que os outros dois também são professores.

Observando os casais japoneses, Henry pensou em seus pais. Na mãe, ocupada com as tarefas domésticas ou o trabalho comunitário na Associação Beneficente Bing Kung, onde trocava cupons de gasolina por cartões de racionamento — vermelhos para carne, toucinho e óleo, e azuis para feijão, arroz e enlatados. No pai, com o ouvido grudado no rádio, escutando as últimas notícias da guerra na Rússia. Da guerra no Pacífico. Da guerra na China. O pai, que passava o dia promovendo movimentos para arrecadar fundos a fim de bancar o Kuomintang, o exército nacionalista que combatia os japoneses nas províncias do norte da China. Dispusera-se até a combater aqui, voluntariando-se a atuar como fiscal de quarteirão em Chinatown. Foi um dos poucos civis a receber uma máscara antigás como precaução contra a iminente invasão japonesa.

A guerra afetava todo mundo. Até no clube Black Elks, as cortinas do blecaute estavam fechadas, tornando o ambiente secretamente misterioso para Henry. Como um lugar protegido dos problemas do mundo. Talvez fosse essa a razão por que tantas pessoas estavam ali. Para escapar — fugir para longe, graças a um martíni feito com gengibre jamaicano, acompanhado da interpretação de Oscar Holden de "I Got It Bad and That Ain't Good".

Henry poderia ficar a noite toda. Provavelmente Keiko também. Mas quando afastou uma pontinha da cortina pesada para espreitar a rua, Henry viu que o sol se punha à distância, lá para os lados do estreito de Puget, atrás das montanhas Olympic. Viu, pela janela, adolescentes mais velhos que ele e Keiko correrem para cima e para baixo na calçada, gritando:

— Apaguem as luzes! Apaguem as luzes!

Do lado de dentro, Oscar fez mais uma pausa.

— Já está quase escuro. Hora de ir embora — disse Henry.

Keiko olhou para Henry como se tivesse sido despertada de um sonho maravilhoso por ele.

Acenaram para Sheldon, que finalmente os viu e acenou de volta, parecendo feliz e surpreso. Juntou-se aos dois próximo à porta da cozinha.

— Henry! E esta deve ser...

Sheldon esbugalhou os olhos. Henry viu a expressão. O amigo parecia mais impressionado que surpreso.

— Esta é a Keiko. A minha amiga da escola. Também é bolsista.

Keiko apertou a mão de Sheldon.

— Prazer em conhecê-lo. Foi ideia de Henry, a gente ficou lá nos fundos e depois...

— Depois o Oscar pôs vocês para trabalhar. Foi o que aconteceu, não foi? Ele é assim, sempre cuidando do próprio clube. Cuidando da banda. O que acharam?

— O máximo. Ele devia gravar um disco — despejou Keiko.

— Calma, precisamos andar antes de aprender a correr. Há contas para pagar, sabiam? Bom, vamos nos preparar para o show das oito, por isso é melhor vocês saírem agora. Já está quase escuro, e não sei quanto a você, senhorita, mas *sei* que Henry não pode ficar na rua até tão tarde. O pequeno não tem irmão, por isso *eu sou* o irmão mais velho dele, preciso tomar conta do garoto. Na verdade, a gente se parece, não acha? — disse Sheldon, aproximando o rosto do de Henry. — É só por isso que ele usa esse *button*, para não ser confundido comigo.

Keiko sorriu e caiu na risada. Tocou o rosto de Sheldon com a palma da mão, os olhos brilhando ao encontrarem os de Henry.

— Quanto tempo você vai tocar aqui? — perguntou Henry.

— Só até o fim de semana terminar. Depois, o Oscar ficou de *conversar comigo*.

— Arrase com eles — arrematou Henry, dirigindo-se com Keiko para a porta de vai e vem da cozinha.

Sheldon sorriu e ergueu o sax:

— Obrigado, meu senhor. Tenha um bom dia.

Henry e Keiko seguiram caminho pela cozinha, esgueirando-se entre uma enorme tábua de carne sobre rodinhas e prateleiras de pratos, copos e talheres. Alguns empregados observaram com expressão confusa os dois sorrirem e prosseguirem em direção à porta dos fundos, que ia dar no beco.

A noite havia sido incrível. Como Henry gostaria de contar aos pais sua aventura! Talvez contasse, no café da manhã. Em inglês.

A porta para o beco estava fechada e trancada. Logo começaria o blecaute. Quando abriu a pesada porta de vai e vem, Henry viu, a espreitar lá fora, dois brancos em ternos pretos comuns bloqueando o restinho de luz do crepúsculo. Prendeu a respiração, congelou, ao ouvir pela primeira vez na vida o frio ruído metálico de um revólver sendo engatilhado. Cada um dos homens tinha nas mãos uma arma. Canos curtos, perfurantes, apontavam diretamente para seu corpinho de doze anos, e ele despertou da paralisia para se pôr na frente de Keiko, escudando-a da melhor maneira possível. Os ternos ostentavam distintivos nas lapelas. Aqueles homens eram agentes federais. A música no interior do clube Black Elks parou. Os únicos sons que Henry podia ouvir eram as batidas do próprio coração e, por todo lado, homens gritando *"FBI"*.

Henry sabia. Os dois iam ser presos por contrabando. Por traficar frascos de gengibre jamaicano para um bar clandestino onde seriam usados para fabricar gim caseiro. Por mais chocado que estivesse — atônito, para ser mais preciso —, em comparação a ele Keiko parecia aterrorizada.

Henry sentiu as mãos pesadas dos dois sujeitos do FBI quando estes escoltaram ambos de volta pela cozinha, ignorando os empregados na despensa, que Henry reparou estarem ocupados despejando garrafas de uísque e de gim nos ralos. Os agentes os ignoraram. *Não faz sentido*, pensou Henry.

No salão, os agentes ordenaram que os dois se sentassem nas mesmas cadeiras que haviam ocupado antes. Dali, Henry podia contar no mínimo meia dúzia de outros agentes, alguns com fuzis apontados para a plateia, falando aos gritos com alguns frequentadores e empurrando outros para abrir passagem.

Henry e Keiko procuraram por Sheldon, que se perdera na confusão, em meio aos policiais e componentes da orquestra de jazz, que, no momento, silenciosa e cuidadosamente guardavam os instrumentos, protegendo os bens que lhes garantiam o próprio sustento.

Alguns frequentadores agarraram casacos e chapéus que estavam à mão, outros os deixaram para trás, dirigindo-se para as saídas.

Henry e Keiko viram o próprio Oscar Holden ficar de pé na beirada do palco e, com o microfone na mão, implorar para que todos mantivessem a calma. Perdeu ele mesmo a sua, porém, quando um agente do FBI tentou, aos gritos e sob a mira da arma, fazê-lo sentar. Oscar continuou a falar grosso.

— Eles só estão ouvindo música. Por que prendê-los?

O velho de camisa branca manchada de suor levantou os suspensórios, lançando uma sombra comprida sobre a pista de dança, contra a iluminação suave às suas costas, como se fosse Deus fazendo sermão do alto da montanha. No centro da sua sombra dava para ver os clientes japoneses, os homens e as mulheres, deitados de bruços no chão da pista de dança, com armas apontadas para suas cabeças.

Henry olhou para Keiko, que parecia congelada, de olhos fixos no japonês estirado no chão.

— É o sr. Toyama? — perguntou.

Keiko assentiu com a cabeça, lentamente.

Oscar continuou gritando até que Sheldon abriu caminho na multidão e o afastou do agente do FBI parado na pista, sob o palco.

Ainda segurando o sax, Sheldon fez o possível para tentar acalmar o solista da banda e o policial, que acabara de carregar a arma.

O clube parecia oco sem a música, substituída agora pelos berros de agentes federais e um ou outro clique de algemas se fechando. O salão de danças na penumbra ainda cintilava vez por outra quando as velas nas mesas vazias iluminavam as taças de martíni semivazias.

Os seis clientes japoneses foram algemados e conduzidos até a porta, as mulheres fungando e os homens perguntando *"Por quê?"* em inglês. Henry ouviu um grito de *"Sou americano"* quando o último deles foi preso e levado para fora.

— Que diabos vamos fazer com estes dois? — berrou o agente mais próximo para um homem corpulento de terno marrom-escuro, que parecia mais velho que os demais.

— O quê... O que temos aqui? — indagou o homem do terno marrom enfiando a arma no coldre e tirando o chapéu para coçar a cabeça calva. — Um pouco jovens para espiões, eu diria.

Henry lentamente abriu o casaco, mostrando o *button* "Sou chinês".

— Nossa mãe, Ray, você pegou dois chinas por engano. Provavelmente trabalham na cozinha. Belo emprego. Ainda bem que não precisou dar uma imprensada neles, pois talvez os garotos levassem a melhor.

— Deixem as crianças em paz, os dois trabalham para mim! — berrou Oscar, passando por Sheldon e abrindo caminho, desabaladamente, por entre a plateia remanescente, na direção dos agentes mais próximos de Henry. — Não vim lá do sul para ver as pessoas serem tratadas deste jeito!

Todos se afastaram para ele passar. Todos, menos os dois agentes mais jovens, que guardaram as armas nos coldres, liberando ambas as mãos a fim de deter o homem maior. Um terceiro agente apareceu esbaforido, segurando um par de algemas. Oscar se livrou dos dois e investiu com o ombro contra um deles, quase derrubando o sujeito sobre uma mesa, espalhando taças de martíni no chão, onde se quebraram com um ruído fino e cristalino, salpicando o assoalho com cacos de vidro que se esmigalhavam sob os pés de quem os pisasse.

Sheldon fez o possível para impedir que as coisas escapassem ainda mais ao controle. Conseguiu interpor-se entre os agentes e Oscar. Henry não saberia dizer se o ato do amigo salvou Oscar dos agentes ou estes do negro enfurecido. Sheldon mais uma vez apoiou o líder da banda, e os agentes, apesar de gritarem ameaças, liberaram ambos. Já haviam prendido os japoneses atrás dos quais tinham vindo. Não pareciam interessados em estourar um bar clandestino ou prender seu dono.

— Por que estão levando essas pessoas? — Henry ouviu Keiko perguntar baixinho em meio à confusão.

A porta pela qual o sr. Toyama havia saído escoltado fechou-se ruidosamente, apagando a claridade remanescente vinda do mundo lá fora.

O homem de terno marrom pôs o chapéu de volta na cabeça, como se tivesse cumprido sua missão e estivesse pronto para partir.

— Colaboradores, menina. O Ministro da Marinha diz que havia espiões japoneses trabalhando no Havaí... todos residentes. Não vai acontecer aqui. Há navios demais em Bermerton e ancorados bem ali — concluiu o agente, apontando na direção do estreito de Puget.

Henry encarou Keiko, torcendo para que a menina lesse seus pensamentos, esperando ardentemente que ela lesse seus olhos. *Por favor, não diga. Não diga que aquele homem, o sr. Toyama, foi seu professor.*

— O que vai acontecer com eles? — indagou Keiko, com palpável preocupação na voz infantil.

— Eles podem pegar pena de morte se forem condenados por traição, mas provavelmente passarão apenas alguns anos numa cela segura e confortável.

— Mas ele não é espião, ele era...

— Já está quase escuro, temos que ir — disse Henry, interrompendo a conversa de Keiko com o agente e puxando a menina pelo cotovelo.

— Não podemos nos atrasar, lembra?

O rosto dela ostentava rugas de preocupação e estava vermelho de raiva.

— Mas...

— Temos que ir. Agora — insistiu Henry, empurrando-a para a saída mais próxima. — Por favor...

Um agente troncudo se afastou para deixá-los sair pela porta da frente. Henry olhou à volta e viu Sheldon tomando conta de Oscar próximo à beirada do palco, mantendo o velho calado. Sheldon se virou e acenou, fazendo sinal para que saíssem sem demora.

Depois de passar por fileiras de carros de polícia pintados com tinta escura, Henry e Keiko pararam na entrada de um prédio residencial no outro lado da rua. Assistiram aos policiais uniformizados dispersarem a multidão. Um repórter branco do *Seattle Times* tomava notas e tirava fotos, os flashes da câmera esporadicamente iluminando a fachada do clube Black Elks. O repórter pegou um lenço para trocar a lâmpada quente e deixou cair a usada no chão, pisando nela, esmagando-a na calçada. Gritou perguntas para o policial mais próximo, cuja única resposta era "sem comentários".

— Não aguento mais ver isto — disse Keiko, se afastando.

— Lamento ter trazido você aqui — desculpou-se Henry, enquanto os dois caminhavam até as cercanias da South Main, onde se despediriam para seguir seus diferentes caminhos para casa. — Lamento que a nossa grande noitada tenha sido estragada.

Keiko parou e olhou para Henry. Baixou os olhos para o *button* do menino, o que o pai o obrigava a usar.

— Você *é* chinês, não é, Henry?

Ele assentiu, sem saber o que responder.

— Tudo bem. Seja o que você é — disse ela, dando as costas ao menino, com uma expressão desapontada no olhar. — Mas *eu sou* americana.

Sou japonês
(1986)

Henry acordou com o barulho da sirene de uma patrulha da polícia soando à distância. Havia cochilado, sonhando acordado durante a longa viagem de ônibus desde o cemitério Lake View até o Distrito Internacional — o DI, como chamava Marty. Henry cobriu a boca para esconder um bocejo e olhou pela janela. Para ele, toda a área a nordeste de Kingdome era simplesmente Chinatown. Era assim que a chamava quando criança e não iria mudar agora, apesar da invasão de clubes de *karaoke* vietnamitas, de locadoras de vídeo coreanas e de um ou outro *sushi bar* que se enchia de fregueses, em sua maioria caucasianos, na hora do almoço.

Marty não sabia muita coisa sobre a infância de Henry. Henry falava da juventude apenas de passagem, quando contava histórias sobre os próprios pais, sobretudo sobre a avó de Marty. Ou, às vezes, sobre o avô que o filho jamais conheceu. A ausência de uma comunicação efetiva entre pai e filho tinha origem numa vida inteira de isolamento. Henry havia sido filho único, sem irmãos com quem conversar, com quem partilhar regularmente a vida. O mesmo acontecia com Marty. Quaisquer que tenham sido os métodos trôpegos de comunicação usados com o pai, aparentemente Henry os legara a Marty. Ao longo dos anos, ambos usaram Ethel para suprir a lacuna, mas agora Henry teria que cumprir tal papel. Só não sabia ao certo o que dizer ao filho. Nem quando. Para um garoto chinês, decoro e senso de oportunidade eram tudo. Afinal, Henry não conversara com os próprios pais, ao menos não muito, durante três anos — durante a guerra.

Mas agora, lá no fundo, Henry queria contar tudo ao filho. Como parecia injusta a vida quando olhava para trás, e como era incrível que todos tivessem simplesmente aceitado o que tinham e tirado o melhor proveito disso. Queria contar ao filho sobre Keiko — e sobre o Hotel Panamá. Mas só fazia seis meses que Ethel tinha morrido. Claro que ela partira sete anos e seis meses atrás, mas Marty provavelmente não entenderia. Além disso, o que havia para contar? Henry não sabia ao certo.

Pensando naquela sombrinha pintada, Henry fez o possível para conciliar seus sentimentos: a perda de Ethel e a possibilidade de encontrar alguma coisa no porão do hotel em reforma. Ponderou com tristeza o que mais poderia haver ali, bem debaixo do seu nariz todos esses anos, e se perguntou quanta esperança deveria se permitir sentir, quanto o seu coração aguentaria. Mas não dava para esperar mais. Passados alguns dias, a notícia veio e se foi. Estava na hora de descobrir.

Por isso Henry se viu descendo do ônibus três pontos antes do seu e caminhando até o Hotel Panamá, a fronteira entre dois mundos quando era menino, a fronteira entre dois tempos, agora que era adulto. Um lugar que evitara durante anos, mas do qual agora não conseguia manter distância.

Por todo lado, dentro do hotel havia operários usando capacetes. As placas do teto rebaixado manchadas de umidade estavam sendo substituídas, e o assoalho, raspado até atingir o verniz original. As paredes no corredor superior recebiam jatos de areia. Só o barulho do compressor já obrigava Henry a tapar com as mãos os ouvidos, enquanto via a poeira e a areia se assentarem no alto da escada.

Afora um eventual transeunte que vez por outra invadia o local pulando uma janela dos fundos, ou os bandos de pombos que se abrigavam nos quartos do andar superior, ninguém ocupava o hotel desde 1949. Mesmo quando Henry era criança, ele tinha poucos móveis e vivia semivazio, principalmente durante e após a guerra, mais ou menos de 1942 até o Dia da Vitória. Desde então, estava abandonado.

— O sr. Pettison está? — gritou Henry para o operário mais próximo, a fim de se fazer ouvir acima do barulho ensurdecedor de serras elétricas e jateadores de areia.

O homem ergueu os olhos e tirou a proteção dos ouvidos.

— Quem?

— Estou procurando Palmer Pettison.

O operário apontou para o escritório temporário aparentemente improvisado no cômodo onde outrora os hóspedes penduravam seus casacos. A julgar pelas várias plantas do arquiteto e documentos da obra pregados num quadro de cortiça bem na entrada da sala, o hotel parecia prestes a recuperar sua antiga glória.

Henry tirou o chapéu e enfiou a cabeça pela fresta da porta.

— Estou procurando o sr. Pettison.

— Eu sou a *sra.* Pettison. Palmira Pettison, a proprietária, caso seja com ela que queira falar. E o senhor é...?

Henry se apresentou, nervoso, falando mais rápido que o habitual. O coração batia disparado só de estar no velho hotel. O lugar o assustava e excitava ao mesmo tempo. Era um território proibido, segundo as regras do pai, um território profundamente misterioso e bonito. Mesmo abandonado e danificado pelas infiltrações, por dentro continuava um assombro.

— Estou interessado nos pertences que foram encontrados no porão. Os pertences armazenados.

— Sério? Foi uma descoberta curiosa. Comprei o prédio há cinco anos, mas levei outros cinco para conseguir financiamento e tirar licenças para a reforma. Antes de começar a fazer parte da demolição do interior, fui até o porão para inspecionar a caldeira e encontrei aquilo tudo. Baús de navio e malas, fileiras e mais fileiras, amontoadas até o teto em alguns lugares. O senhor quer comprar alguma coisa?

— Não, eu...

— Pertence a algum museu?

— Não...

— Então em que posso ajudá-lo, sr. Lee?

Henry coçou a testa, levemente ruborizado. Não estava habituado a lidar com empresários loquazes.

— Não sei como explicar... Estou procurando *uma coisa*. Realmente não sei o que é, mas saberei quando vir.

A sra. Pettison fechou o livro contábil em cima da mesa. Seu olhar parecia, de alguma forma, dizer a Henry que ela o compreendia.

— Então deve ser algum parente, certo?

Henry achou surpreendente que, passados mais de quarenta anos, ainda o tomassem, de vez em quando, por japonês. Pensou no *button* que o pai o fazia usar todos os dias, durante todos aqueles meses na escola, mesmo no verão. Pensou em como aprendera com os pais a ser ultrachinês, que o bem-estar da família dependia dessa diferença étnica. Como odiava ser chamado de japa na escola! Mas o que não falta na vida é ironia.

— Isso! Sou japonês — afirmou Henry, sublinhando as palavras com um movimento de cabeça. — Claro que sim. E realmente adoraria dar uma olhada, se pudesse.

Se este é o preço a pagar para entrar no porão, serei japonês. *Serei um imigrante marciano-canadense de sangue azul, se for necessário,* pensou ele.

— Basta escrever o seu sobrenome na lista — disse a proprietária, entregando a Henry uma prancheta. — Pode descer e dar uma olhada. Só peço que não retire nada, por enquanto. Ainda temos a esperança de encontrar mais parentes das famílias que deixaram seus pertences aqui.

Henry ficou surpreso. Havia apenas outros três sobrenomes na folha de papel. A grande descoberta chegara às manchetes locais, mas pouca gente se apresentara para reclamar o que foi deixado para trás.

— Ninguém veio recolher o que era seu?

— Faz muito tempo. Muita coisa pode acontecer em mais de quarenta anos. As pessoas seguem em frente.

Henry observou-a escolher as palavras. O tom reverente ia de encontro à sua postura seca de executiva.

— Às vezes também acontece de as pessoas *partirem*. É bem provável que muitas dessas pessoas tenham falecido.

— E os parentes? Alguém deve ter ouvido a notícia. Será que não telefonariam?

— Foi o que também achei no início, mas suponho que um bocado de gente simplesmente não quis voltar. Às vezes é o melhor a fazer, viver o presente.

Henry entendeu. Perfeitamente. Sabia o que era deixar algo para trás. Seguir em frente e viver o futuro, em lugar de reviver o passado.

Mas sua doce Ethel já se fora, juntamente com a responsabilidade que tinha para com ela.

Henry agradeceu à sra. Pettison e escreveu um único nome na folha: "Okabe."

O porão
(1986)

Henry desceu por uma escada com a tinta descascando e passou por uma pesada porta de madeira que rangia nas dobradiças. A porta se abria numa grande área de subporão, debaixo do velho hotel. A única iluminação provinha de um punhado de lâmpadas nuas, presas por grampos enormes ao longo do teto, como luzinhas de árvore de Natal. Um comprido fio de extensão laranja indicava o caminho.

Ao entrar, Henry respirou fundo várias vezes, sentindo uma onda de claustrofobia lhe apertar o peito. O depósito subterrâneo estava lotado. Henry mal podia avaliar a quantidade de objetos guardados aqui. Um caminho estreito, por onde apenas uma pessoa por vez poderia passar, atravessava uma floresta de caixotes, malas e baús que se empilhavam até o teto, em várias camadas. Alguns eram amarelos, outros, azuis. Grandes e pequenos. Uma fina camada de poeira cobria tudo. Os pertences estavam intocados há décadas.

À primeira vista, o cômodo parecia um brechó. Havia uma velha bicicleta Luxus, do tipo que Henry gostaria de ter tido quando criança, e grandes baldes de metal, cheios de rolos de papel e, aparentemente, gravuras de arte. Um formulário de encomenda da Sears Roebuck datado de 1941 podia ser visto projetando-se parcialmente de uma caixa ao lado de um velho exemplar da revista *Physical Culture*. Um tabuleiro de xadrez de mármore finamente entalhado se equilibrava sobre uma tigela de madeira para arroz.

Afora a sombrinha que fora levada para cima no primeiro dia, nada era sequer remotamente familiar, mas ele também não podia ter certeza de que o para-sol de bambu pertencera mesmo a Keiko. Ele só o vira numa velha foto em preto e branco de quando Keiko era menina, há uns quarenta anos. Sim, por mais que tentasse descartar o fato como mera coincidência, seu coração dizia outra coisa. Era dela. Os pertences da família de Keiko estavam aqui. Alguns dos seus bens mais preciosos estavam aqui. E ele os encontraria. Ao menos o que restasse deles.

Henry tirou com cuidado da pilha uma pequena valise, abriu os fechos enferrujados e olhou seu interior, sentindo-se um intruso na casa de alguém. Na mala de couro havia um kit de barba, um velho frasco de água de colônia Farnesiana e um ninho de rato de velhas gravatas de seda. O nome gravado no interior da mala era "F. Arakawa". Quem quer que fosse *ele*.

A mala seguinte, um exemplar grandão de couro com uma alça de plástico duro transparente, praticamente se desmanchou quando Henry a abriu. O tecido estava molhado e mofado depois de exposto a décadas de umidade. Examinando mais de perto, Henry pôde ver do que se tratava. Os bordados em pérola. Os botões forrados de seda. Ao tirá-lo da mala ficou evidente que o tecido branco vaporoso era o vestido de noiva de alguém. Havia ainda um par de sapatos combinando e uma liga de renda. Numa caixinha sob o vestido, Henry descobriu um buquê de noiva seco, frágil e delicado, mas não encontrou fotos ou qualquer outra identificação.

Em seguida, Henry desceu da pilha um velho engradado de maçãs do vale de Wenatchee abarrotado de coisas de bebê. Sapatinhos em bronze numa placa, com o nome Yuki gravado na base. Enfiado na lateral do engradado destacava-se um par de diminutas galochas vermelhas. Misturado a isso tudo havia um punhado de coisas cujo valor ia além do afetivo: chocalhos de prata, um aparelho de chá de prata, do tipo americano, além de um faqueiro folheado a ouro enrolado em papel. Debaixo dos garfos e colheres se achava um álbum de fotos. Henry sentou-se num banquinho de couro e ergueu a capa empoeirada. Eram retratos de uma família japonesa que ele não reconheceu: os pais e os filhos pequenos. Muitos haviam sido tirados em South Seattle ou nos arredores, e havia até alguns da família nadando na praia Alki. Todos pareciam muito sérios nas fotografias. Folheando o álbum, Henry reparou nos espaços vazios, às vezes páginas inteiras. Mais da metade das fotos se perdera. Haviam sido removidas, deixando em seu rastro quadrados brancos na página que, por estar protegida em seu esconderijo contra o ar úmido de Seattle, não amarelou.

Henry hesitou, mas depois encostou o nariz na página e inspirou. De início achou ter imaginado o cheiro e inspirou novamente. Estava certo, as páginas cheiravam a fumaça.

Decretos do governo
(1942)

Quando acordou na manhã seguinte, Henry imediatamente sentiu o aroma delicioso dos *siu beng*, bolinhos doces de gergelim, o café da manhã favorito do pai e um genuíno luxo, já que os cupons de açúcar andavam em falta. À mesa viu o pai vestido em seu melhor terno — na verdade, o único que possuía. Encomendara o traje cinza-escuro a um alfaiate recém-chegado de Hong Kong.

Henry sentou-se e ouviu o pai ler em voz alta as notícias do jornal, citando cada nova prisão de residentes japoneses. Todos agora encaminhados à prisão federal. Henry não entendia. Estavam pegando professores e empresários, médicos e vendedores de peixe. As prisões soavam aleatórias, e as denúncias, vagas. O pai parecia satisfeito — pequenas batalhas vitoriosas em um conflito maior.

Henry soprou seu bolinho de gergelim cor de mel, diretamente saído do forno, para esfriá-lo o mais rápido possível. Observou o pai, aparentemente absorto em um artigo, e pensou em Keiko e nas prisões no clube Black Elks. O pai virou-se para mostrar a matéria a Henry, mas tudo que o filho viu foi que estava escrita em chinês e era uma mensagem da Associação Beneficente Bing Kung. O *chop* da instituição, seu logotipo, destacava-se no pé da página.

— Esta é uma *notícia importante* para nós, Henry — explicou o pai em cantonês.

Henry finalmente mordeu o bolinho e assentiu com a cabeça, ouvindo e mastigando ao mesmo tempo.

— Você sabe o que é um decreto do governo?

Henry tinha uma vaga noção, mas, proibido de responder ao pai em sua língua nativa, simplesmente balançou a cabeça indicando que não. Mas você vai me dizer, não é mesmo?

— É uma declaração muito importante, como quando Sun Yat-sen proclamou que o dia 1º de janeiro de 1912 seria o primeiro dia do primeiro ano da República da China.

Henry já ouvira o pai falar da República da China em várias ocasiões, embora o pai não pusesse os pés em solo chinês desde a juventude. Fazia muitos anos — ele tinha a idade de Henry — que havia sido mandado a Cantão para concluir sua instrução chinesa.

O pai também tinha o hábito de falar num tom reverente, de adoração, do falecido dr. Sun Yat-sen, um revolucionário que instaurou o *governo do povo*. Henry gostava do nome: dr. Sun, dr. Sol. Dava a impressão de alguém contra quem o Super-Homem lutaria.

O pai dedicara a maior parte da vida às causas nacionalistas, todas voltadas para o fortalecimento dos Três Princípios do Povo — nacionalismo, democracia e bem-estar — proclamados pelo falecido presidente chinês. Assim, é claro, conforme aos poucos entendia a razão do entusiasmo do pai com esses pequenos conflitos locais com nipo-americanos, Henry percebia um boca*do de confusão e contradição em tudo isso. O pai acreditava em um governo do povo,* mas desconfiava dos que faziam parte desse povo.

— O presidente Roosevelt acaba de assinar o *Decreto 9102*, criando o Departamento de Realocação de Civis na Guerra. Isso complementa o *Decreto 9066*, que deu aos Estados Unidos o poder de estabelecer novas áreas militares.

Como uma nova base ou um forte do exército, pensou Henry, conferindo as horas no relógio para ter certeza de não se atrasar para a escola.

— Henry, *toda a Costa Oeste* foi declarada área militar.

Henry ouviu, sem entender o que isso queria dizer.

— Metade de Washington, metade do Oregon e a maior parte da Califórnia estão agora sob supervisão militar.

— Por quê? — indagou Henry em inglês.

O pai deve ter entendido a palavra, ou talvez simplesmente achado que Henry devesse saber.

— Aqui diz: "Pela presente autorizo e instruo o ministro da Guerra e os comandantes militares" — começou o pai, fazendo o possível para ler corretamente em cantonês — "a estabelecer áreas militares em locais e com a extensão considerados convenientes por essas autoridades, locais dos quais toda e qualquer pessoa possa ser removida, e com respeito aos quais, o direito de entrada, permanência ou saída fique sujeito a quaisquer restrições impostas pelo ministro da Guerra a seu critério."

Henry engoliu o último pedaço do bolinho de gergelim. A seu ver, o decreto bem poderia ter sido promulgado na Alemanha. A guerra estava por todo lado. Ele crescera com ela. O memorando presidencial não soava fora do comum.

— Eles podem remover qualquer um. Podem nos remover. Ou remover os imigrantes alemães — disse o pai, olhando para Henry e pousando o jornal — *ou os japoneses*.

A última parte preocupou Henry. Ele se preocupou com Keiko, com a família dela. Olhou pela janela, mal notando a chegada da mãe. Ela vinha da cozinha e trazia uma tesoura com a qual cortou o caule do lírio oriental que Henry lhe comprara dias atrás, tornando a colocar a flor no vaso da mesinha da cozinha.

— Não podem levar *todos* embora. O que seria das fazendas de morangos na ilha Vashton e do moinho em Bainbridge? E os pescadores? — disse ela.

Henry ouviu a conversa dos pais em cantonês, como se ela estivesse sendo transmitida por uma longínqua emissora de rádio.

— Não faltam operários chineses, não faltam operários de cor. Tem tão pouca mão de obra por aí que até a Boeing anda contratando chineses. Os estaleiros Todd também. E pagando o mesmo salário dos brancos — respondeu o pai, sorrindo.

Henry pegou a bolsa dos livros e dirigiu-se para a porta, imaginando o que poderia acontecer a Keiko se o pai dela fosse preso. Ele nem sequer sabia o que o pai da menina fazia para ganhar a vida, mas isso não tinha grande importância agora.

— Henry, você esqueceu o almoço — lembrou a mãe.

Ele respondeu que não estava com fome. Em inglês. Ela olhou para o marido, cismada. Não entendia o filho. Nenhum dos dois entendia.

HENRY PASSOU PELA ESQUINA da South Jackson. Tudo parecia sereno e vazio sem Sheldon para despachá-lo para a escola. Henry estava feliz porque o amigo conseguira um emprego, mas a presença de Sheldon era como uma apólice de seguro. Nenhum valentão que seguisse Henry jamais iria além da esquina e do olhar protetor de Sheldon.

Durante a aula daquele dia, a sra. Walker contou a todos que o colega de classe Will Whitworth estaria ausente no restante da semana. O pai havia sido morto enquanto servia à Marinha a bordo do *USS Marblehead,* atacado por bombardeiros japoneses próximo a Bornéu, no estreito de Makassar. Henry não sabia onde ficava isso, mas dava a impressão de ser um lugar quente, tropical e remoto — desejou estar lá quando sentiu os olhos dos colegas lhe furarem a pele como pequeninos dardos perfurantes e acusadores.

Henry tivera um único embate com Will, bem no início do ano. Aparentemente, Will se considerava um herói de guerra, representando seu papel no combate à ameaça amarela no *front* doméstico, ainda que apenas no pátio do recreio depois da aula. A despeito do olho roxo deixado como lembrança por Will, Henry genuinamente sentiu pena do garoto ao ouvir a notícia. Como não sentir? Os pais não são perfeitos, mas mesmo um mau pai era melhor que nenhum — ao menos no caso de Henry.

Quando, felizmente, aproximou-se a hora do almoço, Henry foi dispensado. Correu, depois andou, depois voltou a correr pelo corredor até chegar à cozinha do refeitório.

Keiko não estava lá.

Em vez dela, Henry viu Denny Brown, um dos amigos de Chaz, de pé, usando um avental, segurando a concha de servir. O garoto fez uma careta para ele, como a de um rato preso numa ratoeira.

— Está olhando o quê?

A sra. Beatty atravessou a cozinha em seu passo pesado, apalpando os bolsos na tentativa de descobrir onde deixara os fósforos.

— Henry, este é o Denny. Ele está substituindo Kay-Ko. Foi pego roubando da loja da escola. Por isso o vice-diretor Silverwood me disse para botá-lo para trabalhar.

Henry ficou ali imóvel, mortificado. Keiko se fora. A cozinha dele agora estava ocupada por um de seus torturadores. A sra. Beatty desistiu da busca dos fósforos e acendeu o cigarro numa das bocas do fogão, depois rosnou algo do tipo *não arrumem confusão* e se retirou para comer o próprio almoço.

No início, Henry ouviu Denny resmungar por ter sido pego, por ter perdido o privilégio de hastear a bandeira e ser obrigado a trabalhar na cozinha, obrigado a fazer o trabalho de uma garota japonesa. Mas quando o sino do almoço soou e os garotos famintos começaram a chegar, a postura de Denny mudou diante dos sorrisos e das palavras de estímulo dos colegas. Todos queriam ser servidos por ele, retendo suas bandejas e olhando de esguelha para Henry ao passarem.

Para *eles*, pensou Henry, estamos em guerra, e *eu sou o inimigo*.

Não esperou a volta da sra. Beatty. Pousou a concha, despiu o avental e foi embora. Nem mesmo retornou à sala de aula. Deixou para trás os livros e o dever de casa, atravessando o corredor e saindo pela porta principal.

À distância, lá para as bandas de Nihonmachi, reparou que havia pequenos rolos de fumaça sumindo no céu cinzento da tarde.

Incêndios
(1942)

Correndo na direção da fumaça, Henry evitou se aproximar de Chinatown. Não porque temesse ser visto pelos pais durante o horário da escola, embora em parte por isso, mas, *sim*, por causa dos inspetores escolares. Para as crianças que moravam no bairro de Henry, era quase impossível matar aula. Os inspetores escolares patrulhavam ruas e parques e até mesmo pequenas fábricas de massas e de latas, atrás de filhos de imigrantes cujos pais muitas vezes obrigavam a trabalhar em horário integral em lugar de frequentar a escola. As famílias provavelmente precisavam do dinheiro extra, mas residentes como o pai de Henry acreditavam que filhos instruídos significavam menos crime. Talvez tivessem razão. O Distrito Internacional costumava ser bastante tranquilo, afora um ou outro episódio de violência entre gangues rivais ou brigas ocasionais provocadas por recrutas que vinham passear e saíam bêbados e prontos para arrumar confusão. Além disso, qualquer policial que visse uma criança asiática na rua durante o horário escolar em geral também a detinha. A pobrezinha era mandada para casa, onde o castigo recebido provavelmente a fazia desejar ter sido jogada na cadeia.

Por isso, Henry seguiu cuidadosamente seu caminho subindo a Yesler Way, do lado Nihonmachi, até o parque Kobe, àquela altura deserto. Caminhando pelas vielas do bairro japonês, viu pouca gente na rua. Parecia uma manhã de domingo no centro de Seattle, quando lojas e escritórios permaneciam fechados e os que abriam recebiam uns poucos clientes.

O que estou fazendo aqui?, perguntou a si mesmo, erguendo os olhos das ruas vazias para o céu invernoso, no qual serpenteava a fumaça negra vinda ele não sabia de onde. Nunca vou encontrá-la.

Ainda assim, continuou vagando de prédio em prédio, evitando as expressões esquisitas nos rostos dos poucos homens e mulheres com os quais cruzava.

No coração do bairro japonês, Henry encontrou mais uma vez o estúdio fotográfico Ochi. Não pôde deixar de ver o jovem proprietário, empoleirado num caixote de leite, os olhos pregados numa máquina fotográfica avantajada montada sobre um tripé de madeira. Tirava fotos de um beco que corria paralelo à avenida Maynard, onde Henry percebeu o foco dos incêndios. Não se tratava de lares ou lojas japonesas, como temera. Eram grandes latões e latas de lixo ardendo no beco, o fogo e a fumaça subindo em espiral, chegando aos apartamentos em frente.

— Por que está tirando fotos do lixo queimado? — indagou Henry, sem sequer ter certeza de que o fotógrafo o reconheceria.

O homem examinou Henry atentamente. Depois piscou, parecendo se lembrar do garoto provavelmente graças ao *button* usado por Henry. O fotógrafo voltou a atenção para a câmera, com as mãos trêmulas.

— Não é lixo queimado.

Henry ficou de pé no T formado pelo encontro do beco com a rua, ao lado do fotógrafo empoleirado no engradado de leite com sua câmera e seus flashes. Olhando para o beco, Henry viu gente entrando e saindo dos prédios residenciais, jogando coisas nos latões em chamas. Uma mulher gritou da janela de um terceiro andar para um homem na rua e jogou para ele um quimono cor de ameixa, que desenhou um arco no ar e caiu rodopiando como flocos de neve na calçada suja e coberta de fuligem do beco. O homem pegou o quimono do chão, admirou-o por um momento, hesitou e depois o atirou no fogo. O tecido de seda se incendiou e pedaços incandescentes se desprenderam do fogo e flutuaram como borboletas cujas asas estremecessem ao vento, enpretecendo e se desmanchando numa chuva de cinzas negras.

Uma mulher idosa passou por Henry segurando uma pilha de papéis, que ao serem atirados no fogo produziram um som sibilante.

Henry sentiu no rosto uma onda de calor e recuou um passo. Mesmo à distância dava para ver que se tratava de pergaminhos — um trabalho de artista, escrito e desenhado à mão. Os grandes caracteres japoneses desapareceram em meio às chamas.

— Por que estão fazendo isto? — perguntou Henry, sem entender direito o que via com os próprios olhos.

— Prenderam mais gente ontem à noite. Japoneses, na cidade toda. Até no estreito de Puget. Talvez até no estado todo — contou o fotógrafo. — As pessoas estão se livrando de tudo que possa ligá-las à guerra com o Japão. Cartas da terra natal, roupas. Tudo tem que desaparecer. É perigoso demais ficar com elas. Até fotos antigas. Esta gente está queimando fotografias dos pais, das famílias...

Henry observou um velho colocar, cauteloso, uma bandeira japonesa cuidadosamente dobrada no latão mais próximo, fazendo uma saudação quando ela pegou fogo.

O fotógrafo apertou o botão da câmera, registrando a cena.

— Queimei todas as *minhas* fotos antigas ontem à noite.

Virou-se para Henry, que viu o tripé estremecer quando o rapaz o segurou. Com a outra mão, o fotógrafo limpou a boca com um lenço e disse:

— Queimei as fotos do meu próprio casamento.

Henry sentiu uma ardência nos olhos quando estes se encheram de fumaça e fuligem. Ouviu uma mulher gritar algo em japonês, em algum lugar ao longe. Parecia mais choro que grito.

— Nós tivemos um casamento tradicional bem aqui em Nihonmachi. Depois tiramos as fotos no arvoredo do Washington Park, diante das magnólias e estevas. Usamos quimonos. O que Shinto vestiu estava na minha família há três gerações.

O fotógrafo pareceu assombrado ante a cena à sua frente. Assombrado com a destruição dos lembretes tangíveis da vida.

— Queimei tudo.

Henry já tinha visto tudo que podia aguentar. Dando meia-volta, correu para casa, ainda sentindo na boca o gosto de fumaça.

Novidades velhas
(1986)

Henry prosseguiu em sua busca no porão empoeirado do Hotel Panamá, espirrando e tossindo, durante quase três horas. Ao longo desse tempo, encontrou inúmeros álbuns de fotos de bebês e instantâneos em preto e branco de famílias comemorando o Natal e o Ano-Novo, além de caixas e mais caixas de louças e utensílios finos e roupa suficiente para encher uma pequena loja. Os objetos eram muito aleatórios, facilitando a tarefa de esquecer que seus donos um dia os trataram com carinho suficiente para escondê-los, esperando vir buscá-los noutra ocasião — supostamente quando a guerra acabasse.

Mas os lembretes realmente sombrios eram os sobrenomes — como Inada, Watanabe, Suguro e Hori. A maioria das caixas e baús trazia etiquetas identificadoras, enquanto em outras os nomes se achavam pintados diretamente nas laterais ou nas tampas das próprias malas, como recordações silenciosas das vidas tanto tempo antes desalojadas.

Henry flexionou as costas doloridas e examinou uma frágil cadeira de jardim de alumínio que decerto já vira dias melhores em churrascos e piqueniques no quintal. A cadeira gemeu quando Henry a abriu, fazendo coro aos joelhos dele, que estalaram quando ele se sentou, sentindo o corpo cansado de passar tanto tempo curvado sobre caixas e caixotes.

Descansando da labuta, Henry pescou um jornal de um maço próximo. Era um velho exemplar do *Hokubei Jiji — The North American Times*, um jornal local ainda em circulação. Estava datado de 12 de março de 1942.

Henry correu os olhos pelos velhos artigos noticiosos em estilo antiquado, impressos em inglês em colunas verticais bem-arrumadas.

Leu as manchetes sobre o racionamento local e a guerra na Europa e no Pacífico. Fazendo força para enxergar as letrinhas miúdas no porão mal-iluminado, reparou num editorial na primeira página. A manchete dizia: ÚLTIMO NÚMERO. "Lamentamos que este seja o nosso último número até segunda ordem, mas desejamos reafirmar nossa mais profunda lealdade e apoio aos Estados Unidos da América, seus aliados e a causa da liberdade..." Era o último jornal impresso em Nihonmachi antes do confinamento, antes que todos fossem levados, pensou Henry. Havia outras matérias, uma sobre oportunidades de realocação longe da costa — em lugares como Montana e Dakota do Norte. E uma reportagem policial sobre um homem que se fizera passar por agente federal para assediar duas japonesas no apartamento delas.

— Encontrou alguma coisa? — perguntou a sra. Pettison, que descera ao porão munida de uma lanterna, dando um susto em Henry, já habituado ao silêncio solitário do lugar.

Ele largou o jornal e se levantou, passando as mãos na roupa para espanar a poeira e limpando-as na calça, carimbada agora com duas manchas de pó do tamanho de um palmo.

— Bem, não exatamente o que vim procurar. Tem uma quantidade tão grande de... De *tudo*.

— Não se preocupe. Vamos ter que fechar agora, mas o senhor será mais que bem-vindo na semana que vem. A poeira precisa assentar para podermos limpar, por isso vamos lacrar tudo amanhã. Mas quando reabrirmos, sinta-se à vontade para voltar e continuar procurando.

Henry agradeceu à proprietária, desapontado por nada ter encontrado que pertencesse a Keiko ou à família dela. Mas não perdeu a esperança. Durante anos — décadas, na verdade —, passou pela porta do hotel sem suspeitar de que algo de valor ainda existisse. Convenceu-se de que tudo do tempo da guerra havia sido reclamado anos atrás, aceitou o fato e tentou seguir em frente. Mas contemplando a montanha de caixas ainda a investigar, sentiu a presença de Keiko. Algo dela ficara ali. Esforçou-se por ouvir sua voz na lembrança. Perdida em meio aos pensamentos. Está lá. *Eu sei.*

Pensou também em Ethel. O que ela acharia disso? Será que aprovaria se o visse ali xeretando, desencavando o passado? Quanto mais pensava, mais se dava conta do que soubera o tempo todo. Ethel sempre aprovou qualquer coisa que pudesse fazê-lo feliz. Mesmo agora. Sobretudo agora.

— Eu volto na semana que vem. Tudo bem? — perguntou Henry.

A sra. Pettison assentiu e os dois subiram a escada, deixando para trás o porão.

Henry piscou, permitindo que os sentidos se acostumassem à luz do dia e ao céu frio e cinzento de Seattle, que podia ser visto pelas janelas envidraçadas do saguão do Hotel Panamá. Aparentemente tudo — a cidade, o céu — estava mais claro e mais nítido que antes. Muito moderno, se comparado à cápsula do tempo lá embaixo. Quando saiu do hotel, Henry olhou para o poente, onde o sol desaparecia, uma bola castanha-avermelhada inundando o horizonte. Recordou-se de que o tempo era curto, mas que finais felizes ainda podiam ser encontrados ao término de dias frios e sombrios.

A namorada de Marty
(1986)

No dia seguinte, Henry passou a tarde em Chinatown. Foi ao barbeiro, à padaria — tudo era desculpa para passar pelo Hotel Panamá. Espiou pelas janelas abertas, vendo sempre apenas operários de obra e nuvens de poeira por todo lado. Quando finalmente encontrou o caminho de casa, Marty estava à sua espera diante da porta. Ele tinha a chave, mas se trancara do lado de fora, pelo jeito. Recostado na escada de cimento, Marty batia impacientemente o pé no chão e tinha os braços cruzados sobre o peito, parecendo nervoso e apreensivo.

Henry sentira no almoço da véspera que algo andava incomodando o filho, mas deixou-se distrair pela ideia de descobrir algo — qualquer coisa — pertencente a Keiko no porão do Hotel Panamá. Agora o filho estava ali. *Ele veio para brigar comigo*. Para me dizer que errei na maneira de cuidar da mãe dele, pensou Henry.

O último ano de Ethel havia sido difícil. Enquanto a esposa esteve lúcida o bastante para interagir com ambos, ele e Marty pareciam se dar brilhantemente, mas quando sua saúde piorou, e a palavra *asilo* brotou, as desavenças começaram.

— Pai, você não pode manter a mamãe aqui. Este lugar cheira a velhice — argumentara Marty.

Henry esfregou os olhos, temendo a discussão.

— Nós *somos* velhos.

— Você já esteve no Asilo da Paz? Parece um *resort*! Não quer que a mamãe termine seus dias num *lugar bonito*?

Marty disse isso revirando os olhos e contemplando o teto, cuja pintura amarelara devido aos muitos cigarros de Ethel ao longo dos anos.

— Este lugar é uma pocilga! Não quero a minha mãe presa aqui, podendo estar em uma instituição que é o que há de melhor.

— Aqui *é* a casa dela — retrucou Henry, levantando-se da espreguiçadeira. — Ela quer ficar aqui. Não quer morrer num lugar desconhecido, por mais bonito que seja.

— *Você* quer que ela fique aqui. Não pode viver sem ela, sem controlar tudo! — revidou Marty, quase chorando. — Vão cuidar dos remédios dela, pai, eles têm enfermeiras...

Henry se zangou, mas não quis piorar a situação dando início a mais um concurso de gritos sem sentido, principalmente com Ethel dormindo no quarto ao lado.

O atendimento domiciliar do asilo havia providenciado tudo para tornar os últimos meses da esposa mais confortáveis: uma cama hospitalar e paliativos — morfina, atropina e Ativan — suficientes para mantê-la serena e livre das dores. Ligavam diariamente, e um enfermeiro aparecia sempre que necessário, embora não com a frequência que Henry esperara.

— Henry...

Tanto ele quanto Marty congelaram ao ouvir a voz fraca de Ethel. Havia no mínimo uma semana que nenhum dos dois a ouvia falar.

Henry foi ao quarto deles. *Quarto deles*. Ainda o chamava assim, embora nos últimos seis meses dormisse no sofá ou, vez por outra, numa espreguiçadeira junto à cama de Ethel. Mas apenas nas noites em que ela se mostrava inquieta ou amedrontada.

— Estou aqui. Shussh-shhhhh. Estou aqui... — disse ele, sentando-se na beirada da cama e segurando a mão frágil da esposa. Aproximou-se para tentar obter a atenção dela.

— Henry...

Ele fitou a esposa, cujo olhar assustado estava fixo na janela.

— Tudo bem, estou aqui — tranquilizou ele, enquanto lhe ajeitava a camisola e tornava a cobri-la com o cobertor.

— Me leve para casa, Henry — implorou Ethel, apertando a mão do marido. —Não aguento mais este lugar, me leve para casa...

Henry ergueu os olhos para o filho, de pé à porta do quarto, emudecido.

Depois daquele dia, as discussões cessaram. Mas também cessaram as conversas.

— Pai, acho que precisamos conversar.

A voz de Marty despertou Henry da própria melancolia. Ele galgou alguns degraus até conseguir olhar o filho nos olhos.

— Não é melhor a gente entrar, sentar e conversar sobre o que você quer? — perguntou.

— Prefiro falar aqui.

Notou que o filho contemplava surpreso a sua roupa coberta de poeira por passar um tempo observando as obras de reforma do hotel.

— Tudo bem com você? Por acaso jogou beisebol num campinho de terra?

— Você tem a sua história e eu tenho a minha.

Henry sentou-se ao lado do filho, observando a comprida sombra de Beacon Hill projetada atrás das árvores, aumentando a largura da avenida. Os postes de luz piscaram e zumbiram, ganhando vida.

— Pai, a gente não tem conversado muito desde que a mamãe morreu, sabia?

Henry assentiu estoicamente, preparando-se para um rosário de críticas.

— Queimei os miolos para tirar boas notas. Tenho tentado ser o filho que você quer que eu seja.

Henry ouviu e sentiu remorso. Vai ver passei tempo demais cuidando de Ethel — *vai ver eu o alijei,* pensou. Se fiz isso, foi sem querer.

— Não precisa se desculpar por nada. Tenho um orgulho imenso de você — disse ele.

— Sei disso, pai. Eu vejo, eu sei. Por isso mesmo venho adiando esta conversa. Primeiro, porque tanta coisa estava acontecendo com a mamãe, segundo... Porque não sabia como você iria reagir.

Henry franziu a testa. Agora *estava* preocupado. A mente checou todas as coisas que o filho pudesse lhe contar nessas circunstâncias:

está usando drogas. Foi expulso da faculdade. Acabou com o carro, entrou para uma gangue, cometeu um crime e vai para a cadeia, é gay...

— Pai, estou noivo.

— De uma garota?

Henry fez a pergunta com a maior seriedade. Marty soltou uma gargalhada.

— Claro que é de uma garota.

— E teve medo de me contar isso?

Henry tentou encontrar no filho alguma pista. No rosto, nos olhos, no gestual.

— Ela está grávida.

O pai disse isso mais como uma afirmação do que uma pergunta. Do mesmo jeito que se diz "Entregamos os pontos" ou "Perdemos na prorrogação".

— Não, pai! Não é nada disso.

— Então, por que estamos conversando aqui fora...

— Porque ela está lá dentro, pai. Quero que você a conheça.

Henry se animou. Claro que estava disfarçando uma pontinha de mágoa porque o filho mantivera essa garota misteriosa em segredo, mas Marty andava ocupado, com certeza tinha seus motivos.

— É só que... Ora, eu sei como os seus pais eram fanáticos. Quer dizer, não eram só chineses, mas superchineses, se é que me entende. Pareciam cubos de gelo no caldeirão americano das raças. Viam as coisas de um único jeito.

Marty se esforçou para encontrar as palavras.

— E você se casou com a mamãe num casamento tradicional. E me mandou para a escola chinesa, como fez o seu pai, e sempre me disse para encontrar uma boa moça chinesa para constituir família, uma moça como a mamãe.

Fez-se uma pausa, um instante de silêncio. Henry observou o filho, esperando que ele continuasse. Nada se mexeu, salvo as sombras nos degraus quando os ramos dos pinheiros ondularam com a brisa ligeira.

— Não sou como Yay Yay, como seu avô — disse Henry, entendendo o que se passava, espantado de se ver classificado na mesma categoria do pai.

No fundo, adorava o pai; que filho não adora? O pai só tinha querido o melhor para ele. Mas depois de tudo que sofreu, tudo que viu e fez, será que mudara tão pouco assim? Seria tão parecido com o próprio pai? Ouviu um clique quando a porta se abriu atrás deles. Uma jovem pôs a cabeça para fora e depois saiu sorrindo. Tinha longos cabelos louros e límpidos olhos azuis — do tipo que Henry chamava de olhos de irlandês.

— O senhor deve ser o pai de Marty! Não acredito que estão aqui fora esse tempo todo. Por que você não disse nada, Marty?

Henry sorriu e a viu olhar surpresa para Marty, que parecia nervoso, como se pego em flagrante fazendo alguma besteira.

Henry estendeu a mão para a futura nora.

Ela brilhou como um farol.

— Meu nome é Samantha. Eu estava morrendo de vontade de conhecer o senhor.

Ignorando a mão estendida, ela abraçou o futuro sogro. Henry afagou-lhe as costas, tentando respirar. Depois desistiu e retribuiu o abraço. Olhando por cima do ombro da moça — sorrindo —, Henry levantou o polegar, fazendo para Marty o sinal de Ok.

A UMÊ
(1986)

NO QUINTAL, HENRY CALÇOU as luvas de jardinagem e podou os galhos secos de uma velha ameixeira — salpicada de pequenos frutos verdes usados no vinho chinês.

A árvore tinha a idade do filho.

Marty e a noiva estavam sentados nos degraus da entrada dos fundos, observando Henry enquanto tomavam chá verde com gengibre. Henry havia tentado fazer chá gelado com os pós *darjeeling* ou *pekoe,* mas o gosto ficava amargo demais, não importando quanto açúcar ou mel acrescentasse.

— Marty me disse que era para ser uma surpresa. Espero não ter estragado tudo. É que ele me contou tudo a seu respeito, e eu estava louca para conhecer o senhor.

— Não há muito a contar, para ser franco — atalhou Henry, com polidez.

— Ora, para começar, ele me disse que esta é a sua árvore favorita — disse Samantha, esforçando-se ao máximo para preencher o silêncio embaraçoso entre pai e filho —, e que o senhor a plantou quando ele nasceu.

Henry continuou podando, ocupado com um galhinho onde brotavam delicados botões brancos.

— É uma árvore umê — esclareceu, pronunciando lentamente o nome, "u-mÊ". — As flores brotam até no clima mais inclemente, até no inverno mais rigoroso.

— Vai começar... — sussurrou Marty para Samantha, num tom alto o bastante para o pai escutar. — *Viva la revolución...* — brincou.

— Ei, o que você quis dizer com isso? — indagou Henry, fazendo uma pausa no trabalho.

— Não se ofenda, pai, é só que...

Samantha interrompeu:

— Marty me disse que esta árvore tem um significado especial para o senhor. Que simboliza alguma coisa.

— É verdade — disse Henry, tocando um brotinho pequeno, de quatro pétalas, de ameixa. — As flores da umê são usadas como enfeite durante o Ano-Novo chinês. A árvore também é um símbolo da antiga cidade de Nanjing, e agora é a flor nacional de toda a China.

Marty levantou-se parcialmente e imitou uma reverência.

— Por que isso? — perguntou Samantha.

— Conte a ela, pai.

Henry continuou podando, na tentativa de ignorar a piada do filho.

— Era também a flor favorita do meu pai.

Lutou com a tesoura de jardinagem até finalmente conseguir cortar um grande galho morto.

— É um símbolo de perseverança ante a adversidade, um símbolo dos revolucionários.

— Seu pai foi um revolucionário? — quis saber Samantha.

Henry se pegou rindo da ideia.

— Não, nada disso. Meu pai era um nacionalista. Sempre teve medo dos comunistas, mas ainda acreditava numa China unida. A umê era especial para ele nesse sentido, entende?

Samantha sorriu e assentiu com a cabeça, bebericando o chá.

— Marty disse que a muda veio de uma árvore do seu pai, que o senhor a plantou aqui quando ele morreu.

Henry olhou para o filho e depois balançou a cabeça e cortou mais um galho.

— A mãe disse isso a ele.

Henry sentiu-se mal por mencionar Ethel. Por tingir de tristeza o que até ali havia sido um dia feliz.

— Sinto muito — disse Samantha. — Gostaria de tê-la conhecido.

Henry apenas sorriu, solene, e assentiu, enquanto Marty abraçava a noiva, beijando-a na têmpora.

Samantha mudou o assunto:

— Marty me disse que o senhor era um engenheiro incrível. Que inclusive permitiram que se aposentasse antes do tempo.

Henry podia ver Samantha pelo canto do olho enquanto cuidava da árvore. Era como se ela estivesse ticando uma lista imaginária: "O senhor é bom cozinheiro, gosta de jardinagem e é o melhor pescador do mundo. Marty me falou de todas as vezes que o senhor o levou ao lago Washington para pescar..."

— Pois é... — disse Henry, olhando para o filho e se perguntando por que ele nunca dizia essas coisas para *ele*.

Depois pensou nas lacunas de comunicação, verdadeiros abismos, para ser exato, entre ele e o próprio pai, e descobriu a resposta.

Samantha tomou um gole de chá gelado, mexendo os cubos de gelo com o dedo:

— Ele me disse que o senhor adora jazz.

Henry olhou para a moça, intrigado. *Agora estamos conversando*.

— E não qualquer tipo de jazz. Só jazz de raiz da Costa Oeste e suingue, como Floyd Standifer e Buddy Catlett. E que o senhor é um superfã de Dave Holden e mais fã ainda do pai, Oscar Holden.

Henry cortou um galhinho e o jogou num balde branco.

— Gosto dela — comentou com Marty, alto o bastante para que a moça ouvisse. — Você escolheu bem.

— Fico feliz que aprove, pai. Sabe, você me surpreendeu.

Henry fez o possível para comunicar-se sem palavras. Para dar ao filho aquele sorriso, para fazer aquela cara de aprovação. Tinha certeza de que Marty entenderia cada frase dessa comunicação muda. Depois de uma vida inteira de acenos de cabeça, testas franzidas e sorrisos estoicos, ambos eram fluentes em estenografia emocional. Sorriram um para o outro enquanto Samantha demonstrava seu conhecimento notável da rica história musical de Seattle antes da guerra. Quanto mais ouvia, mais Henry pensava em seu retorno ao Hotel Panamá na semana seguinte. Em remexer naquele porão. Naqueles caixotes todos. Naqueles baús, caixas e malas. E em como seria muito mais fácil se tivesse ajuda.

Mas, acima de tudo, Henry odiava ser comparado ao pai. Aos olhos de Marty, a ameixa não caíra longe da árvore. Ao contrário, se agarrava teimosamente aos ramos. Foi isso que ensinei com meu exemplo, pensou Henry, percebendo que contar com a ajuda de Marty no porão aliviaria mais que o peso físico.

Henry descalçou as luvas de jardinagem, pousando-as num degrau da varanda.

— A umê era a árvore favorita do meu pai, mas a muda que plantei não era dele. Veio de uma árvore do parque Kobe...

— Mas este parque não ficava no bairro japonês? — perguntou Marty.

Henry assentiu.

Na noite em que Marty nasceu, Henry fez uma incisão no pequeno galho de uma ameixeira — uma das muitas que havia no parque —, colocando um palito no corte e enrolando-o numa tirinha de pano. Voltou semanas depois e cortou o resto do galho. Novas raízes haviam crescido ali. Plantou-o no quintal. E sempre cuidou dele.

Henry havia pensado em transplantar uma cerejeira, mas os botões eram bonitos demais, as lembranças demasiado dolorosas. Mas agora Ethel se fora. O pai de Henry partira há muito. Até o bairro japonês desaparecera. Tudo que sobrou foram dias cheios de horas intermináveis, e a ameixeira de que ele cuidara em seu quintal. Transplantada na noite em que o filho nasceu, uma árvore chinesa num jardim japonês, tantos anos atrás.

Aquela árvore ficou esquecida durante a doença de Ethel. Henry tinha menos tempo para podar os galhos volumosos que acabaram enchendo o espaço confinado do quintal. Mas depois que Ethel morreu, Henry voltou a cuidar da árvore, e ela começou a dar frutos.

— O que vocês vão fazer na quinta-feira que vem? — perguntou Henry.

Viu o casal se entreolhar e dar de ombros. O rosto do filho ainda estampava uma expressão confusa.

— Não temos nada planejado — respondeu Samantha.

— Encontrem comigo no salão de chá do Hotel Panamá.

Incêndios domésticos
(1942)

Henry entrou esbaforido em casa, quinze minutos mais cedo que o horário habitual em que voltava da escola. Não se importou com isso, nem, aparentemente, se importaram os pais. Ele precisava falar com alguém. Precisava contar aos pais o que estava se passando. Eles saberiam o que fazer, não é mesmo? Deviam saber, não? Henry tinha que fazer alguma coisa. Mas o que podia fazer um garoto de apenas doze anos?

— Mãe, preciso lhe contar uma coisa! — gritou, tentando recuperar o fôlego.

— Henry, que bom que você chegou! Temos convidados para o chá — disse a mãe lá da cozinha, falando em cantonês.

No seu inglês claudicante, ela veio lá de dentro para empurrá-lo para a modesta sala de estar:

— Vai, vai.

Henry se viu mergulhar numa fantasia absurda. Keiko fugira e estava ali, sã e salva. Talvez toda a sua família tivesse fugido, pouco antes que o FBI arrombasse a porta da casa e a encontrasse deserta — a janela aberta e as cortinas ondulando ao vento. Henry não conhecia os pais de Keiko, mas podia imaginá-los, nitidamente, correndo pelo beco, surpreendendo e confundindo os agentes do FBI.

Dirigiu-se à sala de estar e sentiu um sobressalto no estômago, como se as entranhas tivessem despencado no chão, rolado para baixo do sofá, perdendo-se ali.

— Você deve ser o Henry. Estávamos esperando por você — disse um homem caucasiano mais velho, usando um terno escuro alinhado, sentado em frente ao pai de Henry. A seu lado estava Chaz.

— Senta, senta — insistiu o pai de Henry em seu chinglês.

— Henry, meu nome é Charles Preston. Tenho um empreendimento imobiliário. Acho que você conhece o Júnior aqui. Lá em casa, ele é Chaz. Você pode chamá-lo como quiser.

Henry tinha algumas opções de nome. Nas duas línguas, até. Acenou para Chaz, que lhe devolveu um sorriso tão meigo que Henry reparou, pela primeira vez, em suas covinhas.

Ainda assim, não entendia o que estava acontecendo. Ainda por cima em sua própria casa.

— O que...

O que *você* está fazendo aqui, pensou ele, mas as palavras entalaram na garganta quando se deu conta de que o pai envergava o terno — o terno que usava em encontros importantes.

— Seu pai e eu estávamos tentando ter uma conversa de negócios, e ele sugeriu que você seria um tradutor perfeito. Disse que você está aprendendo inglês na Escola Rainier.

— Oi, Henry — saudou Chaz com uma piscadela, virando em seguida para o pai. — Henry é um dos alunos mais inteligentes da sala. Pode traduzir qualquer coisa. *Até japonês*, aposto.

As últimas palavras saíram como cubos de gelo enquanto Chaz novamente sorria para Henry. Dava para ver que Chaz estava tão pouco à vontade ali quanto ele, mas se comprazia em brincar de gato e rato com Henry, ao mesmo tempo que se fingia de inocente sentado ao lado do pai.

— Henry, o sr. Preston é dono de vários prédios residenciais nos arredores e está interessado em fazer um empreendimento imobiliário na avenida Maynard, no bairro japonês — explicou o pai de Henry em cantonês. — Como sou membro do conselho de Chong Wa, ele precisa do meu apoio e do apoio da comunidade chinesa que mora no Distrito Internacional para que o projeto seja aprovado pela câmara municipal.

O jeito como o pai falou — o tom, o olhar, o gestual — levou Henry a perceber que se tratava de algo importante. Algo muito sério, mas também muito entusiasmador. O pai não se deixava entusiasmar com muita coisa. As vitórias sobre o exército japonês na China, que eram poucas, e a *bolsestudo* de Henry na Rainier eram as únicas coisas das quais falava com um entusiasmo eletrizante. Ao menos até então.

Henry sentou-se no banquinho entre os dois homens, sentindo-se pequeno e insignificante, imprensado entre uma e outra rocha, dois pedaços colossais de granito em forma de adulto.

— O que querem que eu faça? — perguntou em inglês e depois em cantonês.

— Basta traduzir o que cada um de nós disser, da melhor maneira possível — respondeu o sr. Preston.

O pai de Henry assentiu com a cabeça, tentando acompanhar as palavras em inglês que o pai de Chaz pronunciou devagar.

Henry limpou a areia e a fuligem dos cantos dos olhos, imaginando onde estariam Keiko e sua família. Pensou nos três casais de japoneses deitados com a cara no chão sujo do clube Black Elks em seus melhores trajes de noite. Sendo arrastados e jogados em alguma prisão. Voltou o olhar para o sr. Preston, um homem disposto a comprar o chão debaixo dos pés de famílias que estavam agora queimando seus bens mais preciosos a fim de evitar serem acusadas de traição ou espionagem.

Pela primeira vez, Henry se deu conta de onde estava: do lado de cá de uma linha invisível entre ele e o pai e tudo o mais que conhecia. Não se lembrava de quando cruzara a linha e não conseguia ver um jeito fácil de voltar atrás.

Olhou para o sr. Preston e para Chaz, depois para o pai e assentiu. Vão em frente, eu traduzo. Farei o *melhor* possível, pensou.

— Henry, pode dizer a seu pai que estou tentando comprar o terreno baldio atrás da editora Nichibei? Se conseguirmos obrigar o jornal japonês a fechar, ele aprovará a compra do imóvel da editora também?

Henry ouviu atento. Depois se virou para o pai, falando em cantonês:

— Ele quer comprar o terreno atrás do jornal japonês e o prédio do jornal também.

O pai, que evidentemente conhecia bem o local, respondeu:

— Esse imóvel pertence à família Shitame, mas o chefe da família foi preso há algumas semanas. Faça uma proposta ao banco e o banco tira a propriedade deles.

As palavras saíram devagar, possivelmente para que Henry não perdesse nenhum detalhe na tradução.

Henry ficou chocado com o que ouviu. Procurou com os olhos a mãe. Ela não estava à vista, provavelmente descera para lavar roupa ou estava preparando o chá para as visitas. Hesitou um instante e depois se virou para o sr. Preston com expressão séria e disse:

— Meu pai não aprovará a venda. O lugar já foi um cemitério japonês e dá má sorte construir ali. Por isso o terreno está abandonado.

Henry imaginou um caça bombardeiro se aproximando do alvo, carregado de munição.

O sr. Prestou riu.

— Ele está brincando, certo? Pergunte a ele se é brincadeira.

Henry mal podia acreditar que pela primeira vez em muitos meses estava realmente falando com o pai — e lhe contando mentiras. *Mas são mentiras necessárias*, pensou. Olhou para Chaz, que contemplava o teto, aparentemente por falta do que fazer.

O pai de Henry ouvia, ansioso, cada palavra em cantonês dita pelo filho.

— O sr. Preston disse que quer transformar o prédio em um clube de jazz. Esse tipo de música é muito popular e rende muito dinheiro — explicou Henry, vendo o bombardeiro imaginário liberando sua carga, as bombas chovendo cá embaixo... *schiiii...*

O pai pareceu mais ofendido que confuso. Na mosca. As bombas explodiram ao acertar o alvo. O Distrito Internacional precisava de muitas coisas, argumentou o pai, porém mais boates e mais marinheiros bêbados evidentemente não constituíam uma prioridade no projeto do pai de Henry de promover o progresso comunitário, ainda que isso significasse desalojar alguns japoneses em Nihonmachi.

A partir dali, a conversa despencou ladeira abaixo.

O sr. Prestou se zangou, acusando o pai de Henry de se entregar a superstições japonesas. O pai de Henry acusou o sr. Preston de se entregar com demasiada frequência às bebidas alcoólicas que pretendia vender no clube de jazz que planejava abrir.

Depois de mais uma dose de traduções truncadas por parte de Henry, a conversa bilíngue se encerrou, com os interlocutores concordando em discordar e se entreolhando desconfiados.

Mas os dois continuaram a discutir, passando por cima de Henry, mal entendendo um ao outro. Chaz encarava Henry sem sequer piscar. Abriu o casaco e mostrou ao colega o *button* que roubara dele. Os pais não perceberam, mas Henry viu. Chaz abriu um sorriso matreiro e fechou o casaco, sorrindo angelicalmente quando o pai disse:

— Já basta desta conversa. Estou vendo que foi uma péssima ideia vir aqui. A sua gente nunca será capaz de fazer negócios de verdade.

A mãe de Henry entrou trazendo um bule do seu melhor chá de crisântemos, fresquinho, justo a tempo de ver Chaz e o sr. Preston se levantarem e saírem porta afora, parecendo jogadores que acabavam de perder o último centavo numa rodada de tudo ou nada.

Henry pegou uma xícara de chá e delicadamente agradeceu à mãe — em inglês. Ela não entendeu as palavras, é claro, mas aparentemente gostou do tom.

Quando terminou o chá, Henry pediu licença e retirou-se para o quarto. Era cedo, mas estava exausto. Deitou, fechou os olhos e pensou no sr. Preston, a versão adulta de Chaz, ganânciosamente retalhando o bairro japonês, e no próprio pai, tão ansioso para ajudar com essas importantes questões *comerciais*. Henry esperava sentir-se feliz por estragar os planos de ambos, mas em seu íntimo havia apenas alívio e culpa. Jamais desobedecera ao pai tão ostensivamente. Mas foi preciso. Tinha visto aquelas piras em Nihonmachi e os moradores queimando seus pertences valiosos — lembretes transformados em cinzas das pessoas que haviam sido, que ainda continuavam a ser. Fachadas de lojas cobertas por tapumes com bandeiras americanas nas janelas. Ele pouco entendia de negócios, mas sabia que aqueles eram tempos difíceis e que a situação vinha piorando. Precisava encontrar Keiko, precisava vê-la. Quando escureceu, ele a imaginou em alguma foto de família, num retrato em chamas, cujas pontas se enroscaram, arderam e viraram cinzas na mente de Henry.

Alô, alô
(1942)

Quando finalmente abriu os olhos de novo, Henry só viu a escuridão. *Que horas são? Que dia é hoje? Quanto tempo dormi?* Seus pensamentos passavam em disparada enquanto ele esfregava os olhos e piscava, fazendo o possível para despertar. Uma nesga de luar vazava por entre as cortinas do blecaute na janela do quarto.

Alguma coisa o acordou. O quê? Um barulho? Foi quando escutou de novo: uma campainha na cozinha.

Espreguiçou-se, reajustando o corpo ao tempo e ao espaço, depois se virou e pousou os pés no frio assoalho de madeira, sentando na beirada da cama. Os olhos se habituaram à escuridão e Henry pôde ver o contorno de uma bandeja, o que queria dizer que a mãe, carinhosa, lhe trouxera o jantar. Tinha até posto um vaso com o seu lírio oriental na bandeja como adorno singelo.

Ouviu novamente o ruído, o som inconfundível do telefone tocando. Henry ainda não se habituara à campainha alta, estridente. Menos da metade dos lares em Seattle tinha telefone, e um número menor ainda ficava em Chinatown. O pai havia insistido em instalar um aparelho quando os Estados Unidos declararam guerra às potências do Eixo. Ele era um vigilante de bairro e suas responsabilidades incluíam contatos, embora Henry não soubesse exatamente com quem.

O telefone tocou novamente, espalhafatoso como um despertador de corda.

Henry começou a bocejar, mas congelou a meio caminho quando se lembrou de Chaz. *Ele sabe onde moro*. Pode estar lá fora me esperando agora mesmo. Esperando que eu saia de casa, desavisado, para pôr o lixo na rua ou para buscar a roupa lavada. Então, ele ataca, para ficarmos quites, sem professores ou inspetores escolares para atrapalhar.

Espiou pela fresta das cortinas pesadas, bolorentas, mas a rua, dois andares abaixo, lhe pareceu fria e vazia, molhada por uma chuvarada recente.

Na cozinha, ouviu a mãe atender ao telefone: "*Wei, wei?*", alô, alô.

Henry abriu a porta do quarto e saiu pelo corredor a caminho do banheiro. A mãe balbuciava ao telefone, tentando explicar que não falava inglês. Acenou para Henry, apontando o telefone. A chamada era para ele. Mais ou menos.

— Alô — atendeu o garoto.

Henry estava habituado a atender ligações para o número errado. Costumavam ser em inglês. Ou telefonemas do pessoal do recenseamento que lidava com a comunidade asiática. Mulheres estranhas que perguntavam a Henry quantos anos ele tinha e se era o homem da casa.

— Henry, preciso da sua ajuda.

Era Keiko. Seu tom soou calmo, mas incisivo.

Henry hesitou, pois não esperava ouvir a vozinha meiga da amiga. Começou a cochichar, mas depois se lembrou de que os pais não entendiam inglês.

— Está tudo bem? Você faltou à aula. Sua família está bem?

— Dá para me encontrar no parque, naquele parque em que nos vimos da última vez?

Ela estava sendo vaga. Propositalmente vaga. Henry podia falar livremente, mas ela obviamente não. Pensou nos telefonistas, que quase sempre escutavam as ligações, e entendeu.

— Quando? Agora? Esta noite?

— Dá para encontrar comigo daqui a uma hora?

Uma hora? O pensamento de Henry voou. Já estava escuro. O que vou dizer aos meus pais? Finalmente concordou.

— Daqui a uma hora. Vou fazer o possível.

Arrumaria um jeito.

— Obrigada. Até logo — agradeceu Keiko, fazendo uma pausa.

Justo quando Henry achou que ela diria algo mais, Keiko desligou.

Uma voz feminina aguda, esganiçada, entrou na linha.

— O outro intelocutor desligou. Quer a minha ajuda para fazer nova ligação?

Henry desligou imediatamente, como se tivesse sido pego roubando.

A mãe estava parada olhando, quando ele se virou. Henry não conseguiu concluir se aquela expressão era de curiosidade ou preocupação.

— O quê? É *namorada* talvez? — indagou ela.

Henry deu de ombros e respondeu em inglês:

— Não sei.

E verdade seja dita, não sabia. Se é que estranhou o fato de a menina do outro lado da linha não falar chinês, a mãe nada disse. Talvez achasse que todos os pais obrigavam os filhos a *falar americano*. Quem sabe? Talvez obrigassem mesmo.

Henry pensou como iria chegar até o parque Kobe, a altas horas da noite, no horário do blecaute. Felizmente se deitara cedo. Tinha a impressão de que a noite seria longa.

Henry esperou no quarto boa parte da hora que faltava para seu encontro com Keiko. Eram quase nove da noite quando a menina ligou. Os pais se recolheram por volta das nove e meia, não porque estivessem especialmente cansados, mas porque deitar-se cedo era o mais prudente a fazer. Poupar eletricidade, de forma a contribuir com os esforços de guerra, constituía um sacramento para o pai de Henry.

Depois de aguçar o ouvido e não escutar nenhum sinal de vida dos pais, Henry abriu a janela e se esgueirou pela escada de incêndio. A escada não ia até o chão, mas chegava próximo o bastante de uma grande lixeira com tampa para pneus reciclados. Henry tirou o sapato e pulou para a lixeira, que emitiu um ruído metálico abafado quando os pés calçados em meias aterrissaram sobre a tampa pesada. Subir de volta seria meio problemático, mas factível, pensou Henry, tornando a calçar os sapatos.

Enquanto caminhava pela calçada molhada, via a respiração lhe sair pela boca em forma de vapor em espiral, juntando-se à bruma que subia da água. Tentou permanecer nas sombras, apesar do medo que lhe invadia a mente e lhe apertava o estômago. Henry jamais saíra sozinho tão tarde da noite. Embora pouco se sentisse sozinho com o monte de gente que vagava para lá e para cá nas avenidas.

Até South King, a rua se achava iluminada pela luz dos letreiros em neon que desafiavam as restrições do blecaute. Letreiros de bares e boates projetavam tons de verde e vermelho sobre cada poça d'água que Henry pulava. Um carro ou outro clareava a rua ao passar com seus faróis azulados, deixando ver homens e mulheres, chineses e caucasianos, aproveitando a vida noturna — a despeito do racionamento.

Atravessar a Sétima Avenida e entrar em Nihonmachi era como penetrar no lado escuro da lua. Nada de luzes. Nada de carros. Tudo fechado. Até o restaurante Manilha exibia tapumes de madeira cobrindo as janelas para se proteger de vândalos, embora seus proprietários fossem filipinos e não japoneses. As ruas estavam vazias ao longo de todo o percurso até a avenida Maynard. Do armazém Janagi até o auditório Nippon Kan, Henry não viu vivalma, afora Keiko.

No parque Kobe, em frente ao teatro *kabuki*, ele acenou ao vê-la sentada no morrinho, como da última vez, cercada por um arvoredo de cerejeiras cujos botões começavam a florir. Depois de galgar a ladeira íngreme do parque em platôs, Henry recuperou o fôlego e sentou-se numa pedra ao lado da menina. Ela parecia pálida à luz da lua, tremendo no ar frio de Seattle.

— Meus pais me obrigaram a faltar à escola. Tiveram medo de que algo acontecesse, de que a nossa família fosse separada — disse ela.

Henry observou Keiko afastar do rosto o cabelo comprido. Ficou surpreso ao ver como ela parecia em paz, serena.

— A polícia e o FBI chegaram e levaram nossos rádios, máquinas fotográficas e alguns moradores do nosso prédio. Depois foram embora e não voltaram mais.

— Sinto muito.

Foi tudo que ele achou para dizer. O que mais havia para falar?

— Eles vieram e prenderam um monte de gente em dezembro, logo depois de Pearl Harbor, mas há meses tudo andava calmo. Calmo demais, eu acho. Papai disse que a Marinha desistiu de se preocupar com uma invasão e agora tem mais medo de sabotagem, sabe? De gente explodindo pontes, usinas elétricas e coisas do gênero. Por isso fizeram uma varredura e prenderam mais japoneses.

Henry pensou na palava *sabotagem*. Ele sabotara os planos do sr. Preston de comprar parte do bairro japonês. E não se sentia mal por isso. Mas as pessoas presas não eram americanas? Descendentes de japoneses, mas nascidas nos Estados Unidos, certo? Afinal, o pai de Keiko nascera ali.

— Agora tem até toque de recolher.

— Toque de recolher?

Keiko assentiu devagar, contemplando, nas ruas desertas, os efeitos da medida.

— Nenhum japonês pode sair do bairro das oito da noite às seis da manhã. Durante a noite somos prisioneiros.

Henry meneou a cabeça, esforçando-se para acreditar no que ela dizia, mas sabendo que devia ser verdade. Pelas prisões no clube Black Elks e pelo sorriso vitorioso no rosto do pai, Henry sabia que isso estava mesmo acontecendo. Sentiu-se mal por Keiko e pela família dela, pela injustiça cometida contra todos os moradores de Nihonmachi. Ainda assim, sentia-se egoisticamente agradecido por estar com ela. Essa felicidade o deixava culpado.

— Matei aula hoje e saí procurando por você — disse ele. — Fiquei preocupado...

Ela olhou para ele, o sorrisinho tímido crescendo, meio sem graça. Henry ficou nervoso e tropeçou nas palavras.

— Fiquei preocupado por causa da escola. Não podemos ficar para trás, principalmente porque os professores já não nos dão muita bola...

Fez-se um momento de silêncio. Depois, ambos ouviram o apito de mudança de turno soar estridente lá longe, na fábrica Boeing. Milhares de operários iriam para casa. Outros milhares começariam seu dia às dez da noite, construindo aviões para os combates da guerra.

— Bacana você se preocupar com os meus estudos, Henry.

Ele viu a decepção nos olhos dela. Era a mesma expressão que vira quando se despediram na noite da véspera, em seguida às prisões no clube Black Elks.

— Não me preocupei só com isso — admitiu Henry. — Tem outra coisa. Me preocupei com...

— Tudo bem, Henry. Não quero criar problemas para você. Nem na escola nem com seu pai em casa.

— Não estou preocupado com meus problemas...

Ela o encarou e respirou fundo.

— Ótimo, porque preciso de um favor, Henry. Dos grandes.

Keiko se pôs de pé e Henry a seguiu, dando alguns passos ladeira abaixo, até um banco onde um carrinho com caçamba da Radio Flyer estava parcialmente escondido. Na caçamba havia um monte de álbuns de fotos e uma caixa de fotografias.

— São da minha família. Minha mãe pediu para levar para o beco e queimar. Ela não teve coragem. O pai dela foi oficial da Marinha japonesa. Ela queria que eu queimasse todas as suas fotos antigas do Japão.

Keiko olhou para Henry com uma expressão de tristeza:

— Não posso fazer isso, Henry. Queria pedir a você para esconder para nós. Só por um tempo. Faria isso por mim?

Henry se lembrou da cena pavorosa no bairro japonês naquela tarde. O fotógrafo do estúdio Ochi, visivelmente mexido, porém determinado.

— Posso esconder no meu quarto. Tem mais?

— Estas são as coisas importantes. As recordações da minha mãe. Lembranças de família. As fotos de quando eu era bebê podemos guardar, eu acho, e algumas famílias do bairro estão tentando descobrir um lugar para deixar seus pertences. Coisas maiores. Provavelmente poremos o resto lá, se precisarmos.

— Estarão seguras comigo, prometo.

Keiko abraçou Henry por um breve momento. Ele se viu retribuindo o abraço. Com a mão tocou o cabelo dela. Sentiu-a mais quente do que imaginara.

— Preciso voltar antes que descubram que saí — disse Keiko. — A gente se vê na escola amanhã?

Henry assentiu, segurando o puxador do carrinho vermelho e tomando a direção de casa, atravessando as ruas escuras e desertas do bairro japonês. Puxando atrás de si uma vida toda de lembranças. Lembranças que esconderia e um segredo que guardaria para sempre em algum lugar da sua casa.

Ladeira abaixo
(1942)

Quando chegasse ao apartamento do Beco Cantonês, Henry já sabia direitinho onde esconder os álbuns de fotos: no vão oco entre as últimas gavetas da cômoda e o chão. Era exatamente o espaço necessário para enfiar todas as preciosas fotos de família de Keiko, se as arrumasse direito.

Subiria pela escada de incêndio e voltaria com uma fronha. Provavelmente iria precisar fazer duas viagens para levar tudo para cima, mas isso não seria um grande problema. Meu pai ronca, pensou Henry, e mamãe compensa com o sono pesado. Desde que eu não faça muito barulho, vou conseguir me safar sem problemas.

Esforçando-se ao máximo para caminhar nas sombras e ziguezagueando pelos becos escuros, Henry voltou para Chinatown. Um garoto sozinho à noite normalmente não chamaria muita atenção, mas com as restrições do blecaute e o novo toque de recolher imposto aos japoneses, decerto ele seria parado por qualquer guarda que estivesse patrulhando as ruas.

Em meio à escuridão, Henry puxava o carrinho vermelho, bem como a sua carga, pela avenida Maynard, refazendo o caminho que percorrera mais cedo. As ruas do bairro japonês estavam vazias. Parecia ermo, mas seguro. As rodas traseiras do carrinho guinchavam e gemiam de vez em quando, rasgando a noite silenciosa, tranquila. Faltavam apenas uns poucos quarteirões para descer a ladeira, chegar ao coração de Chinatown e pegar o caminho de casa.

Ainda preocupado com Keiko, Henry passou pela editora Rodo-Sha e pelo Ateliê Yada para Senhoras, com seus manequins de porte ocidental e aparência americana nas vitrines e, em seguida, pela clínica dentária Eureka, com seus dentões de mentira pendurados na entrada, pálidos, quase transparentes à luz do luar. Se pudesse de algum jeito ignorar as bandeiras americanas e os *slogans* presos em todas as janelas — ou colados nos tapumes que bloqueavam a fachada das lojas — seria quase possível confundir esta parte da cidade com Chinatown, mas em tamanho maior, uma região mais desenvolvida.

Ao deixar o abrigo silencioso do bairro japonês e pegar com cautela a South King a caminho de casa, Henry viu uma pessoa — um menino. Mal dava para perceber sua silhueta à luz do luar, iluminado por trás pelos postes que zumbiam e chiavam, cercados de mariposas que se debatiam contra o vidro. Quando se aproximou, Henry viu o garoto pincelando o cartaz de uma bandeira americana colado na vitrine do armazém Janagi. Uma tábua de madeira cobria o vidro perto da maçaneta, mas as vitrines enormes estavam intactas. Vai ver são novas, pensou Henry. Cobertas com bandeiras como proteção.

Henry teve a impressão de que o menino estava pintando, passando um pincel na superfície do papel. Ele saiu à noite, pensou Henry, na tentativa de afirmar sua cidadania, de proteger a propriedade da família. Henry relaxou por um instante, aliviado por ver outra criança da sua idade na rua àquela hora.

O garoto ouviu o guincho do carrinho e congelou. Deu as costas à sua obra, saindo da sombra e se posicionando onde Henry poderia vê-lo e, igualmente, ser visto por ele.

Era Denny Brown.

Tinha nas mãos um pincel do qual escorria tinta vermelha para o chão, sujando tudo com manchas em forma de lágrima que desenhavam uma trilha às suas costas.

— O que *você* está fazendo aqui? — perguntou Denny.

Henry percebeu uma fagulha de medo nos olhos do menino. Ele estava apavorado. *Pego em flagrante*. Depois Henry viu o olhar esbugalhado, assustado, se transformar numa expressão de fúria quando os olhos de Denny se contraíram preventivamente. Henry estava sozinho. Não havia mais ninguém. E Denny aparentemente sabia, pois chegou mais perto, enquanto o tempo todo Henry observava impassível, segurando o puxador do carrinho vermelho.

— O que você está fazendo? — perguntou Henry, conhecendo a resposta, mas precisando ouvi-la do próprio Denny.

Era uma tentativa vã de entender. Entendia quem, onde e o quê, mas por mais que fritasse os miolos, não conseguia imaginar *por quê*. Medo? Ódio? Ou seria apenas tédio juvenil o motivo que levara Denny até ali, até o bairro japonês, onde as famílias se escondiam e trancavam as portas, escondendo seus pertences preciosos, temendo a prisão, enquanto Denny, de pé na esquina, escrevia em tinta vermelha "Fora Japas!", sobre bandeiras coladas em vitrines de lojas.

— Bem que eu disse que por dentro ele era um japa!

Henry reconheceu a voz. Virando-se para trás, viu Chaz, com um pé de cabra numa das mãos e o cartaz amassado de uma bandeira americana na outra. *Uma outra forma de jurar a bandeira,* pensou Henry. A porta de madeira atrás mostrava compridos talhos nos pontos de onde ele arrancara o pôster. Atrás dele vinha Carl Parks, outro encrenqueiro da escola. Os três partiram para cima de Henry.

Olhando à volta, Henry não viu mais ninguém. Uma única alma sequer. Nem mesmo uma luz acesa num dos apartamentos vizinhos.

Chaz sorriu.

— Levando seu trenzinho para passear, Henry? O que tem aí? Está entregando jornais japas? Trabalhando como espião japonês?

Henry olhou para os pertences de Keiko. Os álbuns de fotos. O álbum de casamento. Coisas que ele prometera proteger. Mal podia dar conta de um, quanto mais dos três garotos. Sem pensar, Henry baixou o puxador do carrinho Red Flyer, deitando-o na caçamba, e começou a correr, empurrando o carrinho por trás. Pressionou o corpo todo contra ele enquanto corria, forçando-o com as pernas ladeira acima e depois ladeira abaixo — até a South King.

— Peguem ele! O japa *lover* não pode escapar! — gritou Chaz.

— Vamos pegar você, Henry! — gritou Denny, suas passadas soando forte na calçada.

Henry não olhou para trás.

O carrinho ganhou velocidade na descida da ladeira íngreme e Henry achou que cairia de cara na calçada quando ele saiu correndo, mas em vez disso saltou, como se brincasse de pular carniça num parquinho em movimento. Afastou bem os pés e ergueu os joelhos, caindo sentado na caçamba do carrinho, bem em cima dos álbuns de foto de Keiko — as pernas esparramadas, uma de cada lado, as solas de borracha dos sapatos suspensas acima do solo durante o voo livre.

Henry agarrou o puxador, manobrando do melhor jeito possível. O carrinho, bem como sua carga, desceu a South King a toda, chacoalhando ruidosamente no cimento esburacado. Henry ouvia os gritos dos garotos que o perseguiam soarem cada vez mais perto. Sentiu de repente a mão de um deles nas costas da camisa, tentando agarrá-lo pelo colarinho. Henry se inclinou sobre o puxador do carrinho, jogando o peso do corpo para a frente. Olhando rapidamente para trás, viu seus perseguidores se distanciarem, conforme descia a ladeira mais depressa que um trenó na neve. O guincho das rodas era agora um simples murmúrio trêmulo enquanto o eixo do carrinho girava.

— Saiam da frente! Cuidado! Fora! — gritava Henry para os frequentadores dos bares que enchiam as calçadas. Quase atropelou um homem de macacão, mas o barulho era tamanho e a cena toda era tão tensa que a maioria dos transeuntes abria caminho com bastante antecedência. Uma mulher pulou dentro de um carro estacionado pela janela aberta. Henry se deitou, passando por baixo das pernas envoltas em meias de seda que se ergueram no ar.

Ouviu, então, um barulho e um grito. Olhando para trás, viu Chaz e Carl pararem ab-ruptamente quando Denny desabou na calçada de cara no chão. Os três haviam desistido da caça muito antes, no alto da ladeira.

Henry olhou para a frente bem na horinha em que passou raspando por um parquímetro. Dando um solavanco no puxador, perdeu o pouco controle que lhe restava, ricocheteando na roda traseira de um carro que passava lentamente pelo cruzamento da South King com a Sétima Avenida. Um carro de polícia. Chocou-se contra a roda e o para-choque traseiros, uma ladeira negra de metal indo de encontro ao chassi branco do carro.

Os sapatos deixaram marcas de freada na calçada quando ele fincou o pé no chão tentando parar — sacolejando e batendo no chão até os joelhos parecerem duas molas defeituosas. Projetado para a frente, Henry voou por cima do puxador, o lado do corpo atingindo a calota do carro e sendo atirado de volta. O carrinho adernou, despejando seu conteúdo ao lado e embaixo do carro, um leque de fotos soltas e páginas rasgadas espalhadas pelo chão.

Deitado e todo doído, Henry ouviu o freio de mão do carro de polícia ser acionado e o câmbio entrar em ponto morto. O asfalto era frio e duro. O corpo machucado incomodava muito. As pernas latejavam e os pés ardiam, inchados.

As pessoas na rua voltaram a si, umas gritando, outras aclamando, numa algaravia que pareceu a Henry uma comemoração de bêbados. Henry ficou de quatro e aos poucos começou a recolher as fotos aos punhados, colocando-as de volta no carrinho.

Ergueu os olhos e viu o emblema em formato de estrela na porta do carro. Dele desceu um guarda patrulheiro uniformizado.

— Meu Deus! Você vai se matar numa brincadeira destas, ainda por cima à noite. Se aquela coisa tivesse mais potência, a gente podia ter atropelado você.

Para Henry, o guarda parecia mais preocupado que zangado com o projétil em forma de criança que acabava de torpedear seu Cruiser.

Mas eu estaria morto se não tivesse corrido, pensou Henry, enquanto tentava discretamente enfiar as últimas fotos de volta no carrinho. Olhou para o carro. Pelo que podia ver à luz mortiça da noite, não havia danos. Amortecera boa parte do impacto com o próprio corpo quando voou por sobre a parte dianteira do carrinho. Adquirira um monte de hematomas e um galo na testa, mas para isso havia remédio.

— Sinto muito, eu só estava tentando chegar em casa...

O guarda pegou uma foto que escorregara para baixo da radiopatrulha. Examinou-a com a lanterna e depois a mostrou a Henry. Era uma foto bastante manuseada de um oficial japonês posando junto a uma bandeira branca com um sol vermelho, tendo ao lado uma espada.

— E onde exatamente fica a sua *casa*? Sabe que eu podia prender você por estar na rua depois do toque de recolher?

Henry apalpou a camisa, encontrou o *button* e o puxou para os policiais verem.

— Sou chinês. Uma amiga da escola me pediu...

Não conseguiu pensar noutra coisa para dizer. Teria que se virar com a verdade.

— Uma amiga me pediu para guardá-las. A família dela é nipo-americana.

Existem espiões e traidores de todo tipo e tamanho, pensou Henry rezando, mas não disfarçados de alunos da sexta série e vagando pela rua tarde da noite com um carrinho cheio de fotografias.

O guarda remexeu na maçaroca de fotos e folheou os álbuns. Não havia nenhuma foto secreta de hangares de aviões. Não havia fotos detalhadas de estaleiros. Apenas fotografias de casamento, de férias. Embora muitas mostrassem os retratados em roupas típicas japonesas.

Henry entrefechou os olhos, ofuscado pela luz da lanterna que o guarda apontou para o *button* e depois diretamente para sua cara. Não dava para ver o guarda, mas apenas uma sombra negra com um distintivo prateado.

— Onde você mora?

Henry apontou na direção de Chinatow.

— Na South King.

Estava mais preocupado com a reação do pai à sua chegada acompanhado de um policial e de um carrinho cheio de fotos japonesas do que com a possibilidade de ser preso. Em comparação a isso, a cadeia seria um passeio.

O guarda parecia mais chateado que irritado. A noite estava movimentada e ele tinha coisa melhor a fazer do que prender um garoto chinês de doze anos por direção perigosa — de um carrinho de criança Radio Flyer.

— Vá para casa, guri, e leve esta tralha com você. E não me deixe pegá-lo de novo na rua depois que escurecer! Entendido?

Assentindo enfaticamente, Henry partiu célere puxando o carrinho, o coração ainda disparado. Faltava apenas um quarteirão para chegar em casa, e ele não olhou para trás.

Quinze minutos depois, já estava de novo em seu quarto repondo no lugar as gavetas da cômoda, os álbuns de foto dos Okabe em um esconderijo seguro. Devolvera as fotos aos devidos lugares na medida do possível. Mais tarde, as arrumaria. Encontrara um lar para o carrinho de Keiko debaixo das escadas do beco, atrás do prédio em que morava.

Deitou-se na cama e chutou as cobertas. Esfregando a cabeça, sentiu o galo que brotara ali. Quente e ainda suado da correria e da confusão, Henry deixou a janela aberta, para que a brisa fresca vinda da água entrasse. Podia sentir o cheiro da chuva que logo cairia e ouvir as buzinas e sinos das barcaças no cais anunciando a última viagem da noite. E, à distância, Henry ouviu alguém tocando jazz em algum lugar. No clube Black Elks, quem sabe.

O chá
(1986)

Henry ergueu os olhos do jornal, sorrindo ao ver Marty e a noiva, Samantha, lhe acenarem pelo vidro. O casal entrou no minúsculo café instalado junto à entrada do Hotel Panamá, fazendo soar os sinos budistas pendurados sobre a porta principal.

— Desde quando você frequenta confeitarias japonesas? — perguntou Marty, puxando uma cadeira de vime preto para Samantha se sentar.

Henry dobrou o jornal, fingindo indiferença:

— Sou um cliente assíduo.

— Desde quando? — insistiu Marty, mais que surpreso.

— Desde a semana passada.

— Isso significa uma enorme *virada*, não? Para mim é uma novidade total.

Marty virou-se para Samantha e acrescentou:

— Papai seria a última pessoa que jamais imaginei ver aqui. Na verdade, ele odiava vir a este lado da cidade, especialmente deste trecho ao parque Kobe, defronte ao novo teatro, o Nippo Con...

— O teatro Nippo Kan — corrigiu Henry.

— Esse mesmo. Sempre acusei papai de ser um nipofóbico, alguém com horror a tudo que fosse japonês — completou Marty, fingindo uma reação de pavor.

— Por quê? — indagou Samantha, dando a entender que achava se tratar de uma brincadeira ou implicância de Marty com o pai.

A garçonete trouxe um bule de chá quentinho e Marty tornou a encher a xícara do pai, servindo outra para Samantha. Henry, por sua vez, encheu a do filho. Esta era uma tradição que Henry conservava — jamais encher a própria xícara, sempre servir outra pessoa, que retribuía a gentileza.

— O pai do papai, o meu avô, foi um tradicionalista fanático, uma espécie de fundamentalista chinês. Mas era um sujeito famoso por estas bandas. Angariava dinheiro para a luta contra os japoneses lá no seu país. Enquanto durou a guerra no Pacífico, ele contribuiu para os esforços de guerra no norte da China. Um feito e tanto para a época, não é, pai?

— Para dizer o mínimo — concordou Henry, sorvendo o chá da xícara pequena que segurava com ambas as mãos.

— Quando era pequeno, papai não podia vir ao bairro japonês. Era proibido. Se chegasse em casa cheirando a raiz-forte, era posto na rua ou alguma maluquice do gênero.

Samantha fez uma expressão intrigada:

— Por isso o senhor nunca veio aqui nem ao bairro japonês? Por causa do seu pai?

Henry assentiu.

— Era uma época diferente. Por volta de 1882, o Congresso aprovou a Lei de Exclusão dos Chineses. Os chineses não puderam mais imigrar. A briga por empregos ficou feroz. Trabalhadores chineses como meu pai costumavam trabalhar mais para ganhar menos, a tal ponto que quando as peixarias locais começaram a usar máquinas de enlatar, o pessoal as apelidou de "chinas de ferro". Ainda assim, o comércio local precisava de mão de obra barata, e os empresários driblaram a lei de exclusão, permitindo que trabalhadores japoneses viessem para cá. E não apenas trabalhadores, mas também as noivas que escolhiam por fotografia. O bairro japonês desabrochou, enquanto Chinatown estagnava. Meu pai se ressentiu, e quando o Japão invadiu a China...

— Mas o que aconteceu depois? — perguntou Samantha. — Depois que o senhor cresceu, depois que seu pai morreu? Não ficou livre, leve e solto, e capaz de sair por aí fazendo o que quisesse? Nossa, eu me sentiria assim. Fico danada quando alguém me impede de ter alguma coisa, mesmo que eu não saiba o que fazer com ela.

Henry olhou para o filho, que aguardava a resposta a uma pergunta que jamais fizera.

— Quando eu era menino, a maior parte do Distrito Internacional *era* o bairro japonês, o Nihonmachi, como chamavam na época. Meu pai me proibia de entrar nesse grande território, que era meio... — interrompeu-se, buscando a palavra certa. — ...meio *mítico*. E, com os anos, muita coisa mudou por aqui. Naquela época era ilegal vender imóveis para quem não fosse branco, salvo em determinadas áreas. Havia até distritos para imigrantes italianos, para judeus, para negros... Era simplesmente assim. Por isso, depois que levaram os japoneses, toda essa gente se mudou para cá. Era como esperar a maioridade para poder tomar um drinque num certo bar, mas ao fazer vinte e um anos descobrir que o bar virou uma floricultura. Já não seria a mesma coisa.

— Então você perdeu a vontade de vir aqui? — perguntou Marty. — Depois de ser proibido durante tanto tempo, quando finalmente teve a oportunidade, não quis nem dar uma voltinha para bisbilhotar?

Henry serviu mais chá para Samantha, franzindo o cenho.

— Não foi isso que eu disse.

— Mas você falou que tudo mudou...

— E mudou. Mas mesmo assim eu *queria* vir.

— E por que não veio? Por que só agora? — indagou Samantha.

Henry empurrou a xícara, tamborilando os dedos no tampo de vidro da mesa. Deixou escapar um suspiro pesado, que parecia desvendar uma parte de si mesmo, como uma cortina que se abre sobre um palco escuro que aos poucos ganha vida.

— O motivo pelo qual nunca vim a Nihonmachi... É que seria *doloroso* demais.

Henry sentiu os olhos ficarem úmidos, mas ainda não eram lágrimas.

Fez-se um momento de silêncio. Outro freguês deixou o café, fazendo os sinos tilintarem, quebrando o silêncio prenhe entre os três.

— Não entendo. Por que seria doloroso se, para começar, o senhor nunca tinha vindo aqui? Se o seu pai lhe proibia? — perguntou Samantha, antes que Marty o fizesse.

Henry olhou para os dois. Tão jovens. Tão bonitos juntos. Mas quanta coisa desconheciam!

— É, meu pai proibia — confirmou Henry, com um suspiro, contemplando, nostálgico, as fotos de Nihonmachi que cobriam as paredes. — Ele era totalmente contrário a tudo que fosse japonês. Mesmo antes de Pearl Harbor, a guerra na China já durava quase dez anos. O fato de o filho frequentar *aquela outra* parte da cidade, o bairro japonês, seria uma desfeita, uma coisa vergonhosa para ele... Mas, ora, eu vinha mesmo assim. *Apesar dele*. Penetrava no coração de Nihonmachi. Bem aqui, onde estamos sentados agora. Isto tudo era o bairro japonês. Vi muita coisa. Sob vários aspectos, a melhor e a pior época da minha vida foram passadas bem aqui nesta rua.

Henry podia ver a expressão confusa no olhar do filho, uma expressão chocada, para ser exato. Marty crescera supondo que Henry fosse como o avô. Um homem meticuloso, apaixonado pelos velhos costumes e pela Velha Pátria, alguém que nutria inimizade pelos vizinhos, principalmente os vizinhos japoneses, um homem apegado a sentimentos que os *anos da guerra* haviam gerado. Nunca ocorreu ao filho que a paixão arraigada pela tradição e os hábitos indigestos de tempos passados pudessem ter outro motivo.

— Foi por isso que você nos convidou para tomar chá aqui? — indagou Marty. A impaciência em sua voz parecia suavizada. — Para nos contar sobre o bairro japonês?

Henry assentiu com a cabeça e depois se corrigiu:

— *Não*. Na verdade fico feliz por Samantha ter perguntado, porque com certeza isso vai tornar mais fácil explicar o resto.

— Que resto? — perguntou Marty.

Henry reconheceu a expressão nos olhos do filho. Ela o fez relembrar as conversas vacilantes, em meias palavras, que tivera com o próprio pai tantos anos atrás.

— A ajuda de vocês será bem-vinda no porão.

Henry se levantou e puxou do bolso a carteira. Pôs uma nota de dez dólares sobre a mesa para pagar o chá e depois se dirigiu para a escadaria que levava da confeitaria ao saguão do hotel, que continuava em obras.

— Vocês vêm?

— Vamos aonde? — quis saber Marty.

Samantha pegou o braço do noivo e o puxou, obrigando o rapaz a andar. A confusão dele era proporcional à excitação e expectativa dela.

— Explico quando chegarmos lá — disse Henry com um sorriso tímido.

Juntos, os três atravessaram as portas *art déco* de vidro fosco e entraram no saguão reluzente do Hotel Panamá. O lugar cheirava a pó e mofo, mas deu a Henry a sensação de novo quando ele tocou a parede que acabava de ser lavada com jatos de areia e despida de décadas de tinta descascada e de poeira. Varrido e limpo, e novamente varrido. Exatamente como Henry se lembrava dele da época de criança, quando espiava pelas janelas rebuscadas. O hotel voltara a ser o mesmo, como se nada tivesse mudado. Quem sabe ele também não tivesse mudado tanto assim.

Henry, Marty e Samantha fizeram uma parada no escritório improvisado do Hotel Panamá e acenaram para a sra. Pettison, que falava ao telefone — negociando com algum construtor ou empreiteiro. Sobre a sua mesa, plantas de engenharia estavam abertas e ela discutia detalhes da reforma. Alguma coisa sobre não querer fazer mudanças. Sobre querer deixar o hotel do jeito como havia sido. Aparentemente, prédios como este tinham sido demolidos ou transformados em condomínios de luxo.

Pelo pouco que conversou com a sra. Pettison, Henry sabia que não conseguiriam convencê-la, que o seu objetivo era devolver o Hotel Panamá à sua antiga glória, conservar o máximo possível a arquitetura original, os banheiros *sento* de mármore, os quartos singelos. Mais ou menos a mesma coisa que fizera com a confeitaria.

Henry se fez notar, murmurando:

— Estaremos no porão. Desta vez, eu trouxe ajuda... — disse ele, apontando para o filho e a futura nora.

Sem interromper a conversa telefônica, a sra. Pettison assentiu e acenou para que os três fossem em frente.

Descendo a velha escada que ia dar no porão, Marty se impacientou novamente.

— Aonde vamos exatamente, pai?

Henry repetia:

— Espere para ver, espere para ver.

Passando pela porta pesada com suas dobradiças enferrujadas, Henry entrou com o casal no porão-depósito. Apertou o comutador e as lâmpadas precárias se acenderam com um chiado.

— Que lugar é este? — perguntou Samantha, passando os dedos pela superfície empoeirada de malas e caixas velhas.

— Um museu, eu acho. Só que ele ainda não sabe disso. Neste exato momento, é uma espécie de cápsula do tempo de uma época em que vocês ainda não eram nascidos — disse Henry.

— Durante a guerra, a comunidade japonesa foi evacuada. *Supostamente* para o próprio bem. Os japoneses receberam uma notificação com uns poucos dias de antecedência e foram levados à força para os campos de confinamento. Um senador da época, acho que de Idaho, chamou-os de "campos de concentração". Não que fossem ruins assim, mas mudaram a vida de muita gente. As pessoas tiveram que deixar tudo que tinham para trás, só podiam levar duas malas cada uma e uma pequena sacola, do tamanho de uma mochila.

Com as mãos, Henry mostrou aproximadamente o tamanho.

— Por isso, guardaram seus pertences valiosos em lugares como este hotel, em porões de igrejas ou com amigos. O que ficou nas casas em que moravam foi-se muito antes do seu retorno, os saqueadores roubaram tudo. De todo jeito, muitos nunca voltaram.

— E você viu tudo isso, não foi? Quando era menino... — perguntou Marty.

— Eu vivi tudo isso — respondeu Henry. — Meu pai foi *a favor* da evacuação. Ficou entusiasmado com o "Dia E", como muita gente chamava. Eu não entendia direito, mas acabei me envolvendo na situação. Vi tudo isso acontecer.

— Então é por isso que você nunca voltou ao bairro japonês. Muitas lembranças ruins, certo? — indagou Marty.

— É por aí — respondeu Henry. — De certa forma, não havia motivo para eu voltar. Não restou coisa alguma.

— Não estou entendendo. Por que estas coisas continuam aqui? — perguntou Samantha.

— Este hotel foi lacrado com o restante do bairro japonês. O próprio dono foi posto para correr daqui. As pessoas perderam tudo. Os bancos japoneses fecharam. A maioria dos moradores não voltou. Acho que o hotel mudou de mãos algumas vezes, mas permaneceu fechado todos esses anos. Décadas, para ser exato. A sra. Pettison o comprou e descobriu que tudo isto continuava guardado aqui. Sem ter sido reclamado. Ela está tentando achar os donos. Meu palpite é que aqui existem pertences de umas trinta ou quarenta famílias. A sra. Pettison espera que algumas delas se apresentem, que venham buscar o que é seu, mas muito poucas apareceram até agora.

— Ninguém sobreviveu?

— Quarenta anos é um bocado de tempo — explicou Henry. — As pessoas se mudaram. Ou morreram, infelizmente.

Os três contemplaram as pilhas de bagagem em silêncio. Samantha tocou a espessa camada de poeira que cobria um baú de couro rachado.

— Isto é fascinante, pai, mas por que quis nos mostrar?

Marty ainda parecia meio confuso examinando as fileiras de caixas amontoadas até o teto.

— Foi realmente por isso que nos trouxe até aqui?

Para Henry, era como entrar por acaso em algum cômodo secreto da casa em que foi criado, desvendando uma parte do próprio passado, passado esse de cuja existência Marty jamais suspeitou.

— Bom, pedi a vocês para virem aqui porque preciso de ajuda para procurar uma coisa.

Henry olhou para Marty, vendo o reflexo da luz mortiça nos olhos do filho.

— Acho que posso adivinhar. Um velho disco de Oscar Holden? Um disco que, pelo que dizem, não existe mais. Você acha que vai encontrar um deles aqui neste depósito, depois de... Quantos anos mesmo? Quarenta e cinco?

— Quem sabe?

— Eu não sabia que Oscar Holden tinha gravado um disco — atalhou Samantha.

— Este é o Cálice Sagrado do papai. Dizem que foram feitas umas poucas cópias nos anos 1940, mas nenhuma sobreviveu — explicou Marty. — Tem gente que sequer acredita que um dia existiram, porque Oscar estava tão velho quando morreu que nem *ele* se lembrava de ter gravado o dito cujo. Só alguns dos seus companheiros de banda e, é claro, o papai...

— Eu comprei um. *Sei* que existiu — interrompeu Henry. — Mas ele não tocava na velha vitrola dos meus pais.

— Então onde está agora o que o senhor comprou? — indagou Samantha, levantando a tampa de uma velha caixa de chapéu e torcendo o nariz por causa do cheiro de bolor.

— Ah, dei o disco de presente. Há muito tempo. Nunca cheguei a ouvir.

— Que pena! — comentou a moça.

Henry apenas deu de ombros.

— Quer dizer que há um deles aqui? No meio de todas estas caixas? Um disco que talvez tenha sobrevivido todos esses anos?

— É o que estou aqui para descobrir — disse Henry.

— E se houver, quem era o dono? — interrompeu Marty, cismado. — Algum conhecido seu, pai? Alguém com quem o seu velho não queria que você andasse no lado errado da cidade?

— Talvez — disse Henry. — Encontrem o disco e eu conto.

Marty olhou para o pai e para a montanha de caixas, caixotes, baús e malas. Samantha apertou a mão do noivo por um momento, sorrindo.

— Então é melhor começarmos — disse ela.

Discos
(1942)

Quando Henry contou a Keiko sobre a correria desabalada pela South King na noite anterior, a menina desatou a rir. Ela examinou a fila do almoço e tornou a rir quase com a mesma vontade ao ver Denny Brown surgir. O garoto estampava uma expressão derrotada, como a de um cão vira-lata zangado depois de levar uma surra. Tinha as bochechas e o nariz ralados nos lugares em que havia batido com o rosto na calçada ao cair.

Denny sumiu em meio à manada de garotos famintos, que passaram em tropel fazendo as habituais caretas para Henry e Keiko enquanto os dois lhes serviam a gororoba cinzenta que a sra. Beatty chamava, com cara séria, de "Picadinho a la king". O molho borbulhante exibia um leve tom esverdeado, com um brilho quase metálico, como o do olho de um peixe morto.

Ao longo de toda a semana, os dois limparam as travessas e jogaram as sobras no lixo. A sra. Beatty não era chegada a aproveitar sobras. Costumava mandar Henry e Keiko porem o que ficava nos pratos em latões separados, que os criadores de porcos vinham buscar toda noite para alimentar os animais. Hoje, porém, as sobras iriam direto para o latão de lixo comum. Até os porcos têm um certo padrão de qualidade.

Quando chegou a segunda-feira, o almoço já voltara à rotina de sempre. Na despensa, Henry e Keiko, aboletados sobre dois caixotes de leite emborcados, dividiram uma lata de pêssegos e conversaram sobre o acontecido no clube Black Elks na noite em que os professores de inglês da menina foram presos, comentando como o toque de recolher vinha mexendo com todo mundo. Os jornais pouco falaram a respeito. O que saiu publicado sobre as prisões perdeu o destaque ante a grande manchete da semana: o general MacArthur escapara miraculosamente das Filipinas, declarando: "Retirei-me de Bataan, mas voltarei!" Espremida sob essa notícia, havia uma pequena matéria sobre a prisão de supostos *agentes inimigos*. Talvez fosse disso que o pai de Henry andava falando. O conflito, que antes parecia tão longínquo, estava de repente mais perto do que nunca.

Principalmente quando valentões como Chaz, Carl Parks e Denny Brown insistiam em travar batalhas no recreio. Mesmo que alguém jamais se dispusesse a fazer o papel de japa ou do alemão, quase sempre o trio obrigava algum menino menor a se fingir de inimigo, tirando, sem piedade, o couro do infeliz. Pelo que via Henry, eles jamais se cansavam da brincadeira. Aqui, porém, na despensa empoeirada, havia abrigo e companhia.

Keiko sorriu para Henry.

— Tenho uma surpresa para você — disse ela.

Ele a encarou ansioso e lhe ofereceu o último pêssego, que ela pescou com o garfo e devorou em duas baitas dentadas. Os dois partilharam a calda doce e espessa que sobrou na lata.

— É uma surpresa, mas só vou mostrar a você na hora da saída.

Não era aniversário dele, e o Natal há muito ficara para trás. Ainda assim, uma surpresa era uma surpresa.

— É por eu guardar as suas fotos? Se for, não precisa, é um prazer...

Keiko o interrompeu:

— Não. É porque você me levou ao clube Black Elks.

— E quase fiz com que nos jogassem na cadeia — murmurou Henry, sem graça.

Observou Keiko esboçar um sorriso e ponderar o comentário para depois ignorar a aflição dele e dizer, com um brilho no olhar:

— Valeu a pena.

Juntos, os dois aproveitaram um momento de silêncio, interrompido por uma batida na porta entreaberta, que comprovou cientificamente que às vezes o tempo passa depressa demais.

— Vamos, xô daí.

Era o jeito de a sra. Beatty mandar os dois se apressarem. Hora de voltar para a classe. Depois do almoço, ela costumava entrar como um furacão na cozinha, palitando os dentes e, às vezes, sobraçando um exemplar da revista *Life* — enrolado como se fosse um cassetete ou um soquete. Ela o usava para matar moscas, que deixava ali mesmo, com as entranhas esmagadas emplastando as bancadas de metal da cozinha.

Henry segurou a porta para Keiko, que soltou os cabelos e tomou o rumo da sala de aula. Henry foi atrás, vendo, ao sair, a sra. Beatty acomodada para ler a revista, em cuja capa se lia: "Os maiôs estão na moda."

Depois das aulas, os dois bateram os apagadores, tiraram o pó das carteiras e enxugaram o chão dos banheiros. Henry não parava de perguntar sobre a surpresa de Keiko. Ela respondia com evasivas.

— Mais tarde. Eu mostro no caminho para casa.

Em lugar de pegar a direção de Nihonmachi, Keiko levou-o para o extremo oposto da cidade, para o coração do centro de Seattle. Toda vez que Henry perguntava aonde iam, ela apenas apontava para o gigantesco magazine Rhodes, na Segunda Avenida. Henry já visitara o lugar algumas vezes com os pais, mas apenas naquelas ocasiões especiais em que procuravam algo importante ou que não pudesse ser encontrado em Chinatown.

O Rhodes era uma atração local. Passear pelo enorme prédio de seis andares era como estar num catálogo da Sears em tamanho real, mas com um certo charme e imponência requintada, sobretudo por causa do gigantesco órgão, que era sempre tocado durante o almoço e o jantar, em concertos especiais para fregueses famintos. Ao menos até alguns meses atrás, quando o desmontaram e levaram para o novo Centro Cívico de Patinação, lá na rua Mercer.

Henry seguiu Keiko até a seção de áudio, numa extremidade do segundo andar onde se vendiam rádios e fonógrafos. Havia um corredor com compridas prateleiras de madeira contendo discos de vinil, que para Henry pareciam mais leves e mais frágeis do que os de goma-laca. O fornecimento de goma-laca aparentemente havia sido limitado — mais um sacrifício em prol do esforço de guerra

— razão pela qual o vinil agora era usado para as gravações dos últimos sucessos, como "String of Pearls", de Glenn Miller, e "Stardust", de Artie Shaw. Henry adorava música, mas a vitrola dos pais era velha. Duvido que ela toque algum destes discos novos, pensou Henry.

Keiko parou diante de uma das prateleiras de discos.

— Feche os olhos — comandou, pegando as mãos de Henry e pousando-as no rosto do garoto.

Henry primeiro olhou à volta, depois obedeceu. Sentiu-se pouco à vontade, mas tapou os olhos mesmo assim, parado no meio da seção de discos. Ouviu Keiko remexer nas prateleiras e não pôde resistir a espiar por entre os dedos, observando-a por trás enquanto ela examinava os discos. Fechou correndo os olhos quando a menina se virou segurando alguma coisa na mão.

— Pode abrir!

Henry se viu diante de um brilhante disco de vinil dentro de uma capa de papel branco. O rótulo dizia: "Oscar Holden & the Midnight Blue, *Alley Cat Street.*"

Henry perdeu a fala. Abriu a boca, mas não conseguiu emitir som algum.

— Dá para acreditar? — explodiu Keiko, orgulhosa. — É a nossa música, a que ele tocou para nós!

Mesmo com o disco nas mãos, ele não acreditou. Não conhecia nenhum artista que gravasse, jamais tinha visto um deles em carne e osso. A única pessoa famosa que já vira era Leonard Coatsworth, o último sujeito a pisar na ponte Tacoma antes que ela corcoveasse, envergasse e se espatifasse dentro d'água. Coatsworth tinha aparecido nos cinejornais, caminhando no meio da ponte ondulante. Henry o viu depois no Festival Seafair e achou que ele nada tinha de especial. Não era um artista como Oscar Holden.

Claro que Oscar já era famoso na South Jackson, mas isto aqui é fama *de verdade*, pensou Henry. Fama que se pode comprar e segurar na mão. Ao inclinar o disco perfeito, viu as ranhuras e tentou ouvir de novo a música, o som cadenciado dos metais, o sax de Sheldon.

— Não acredito — exclamou, maravilhado.

— Acabou de sair. Economizei para comprar. Para você.

— Para nós — corrigiu Henry. — Aliás, não vou nem poder ouvi-lo, porque não temos toca-discos.

— Então vamos até lá em casa. Meus pais querem mesmo conhecer você.

A ideia de que os pais dela quisessem conhecê-lo deixou Henry lisonjeado e chocado, como um boxeador amador a quem é dada a oportunidade de lutar na final do campeonato. Excitação — arrematada por dúvida e ansiedade. E medo. Os pais dele provavelmente nada iriam querer com Keiko. Será que os de Keiko eram tão diferentes assim? O que achariam de Henry?

Henry e Keiko levaram o disco até o caixa. Uma mulher de meia-idade e cabelo louro comprido, amarrado num coque sob a toca do uniforme, estava ocupada contando e separando dinheiro.

Keiko ergueu o braço e pôs o disco sobre o balcão, abrindo depois uma bolsinha de onde tirou dois dólares — o preço de um disco novo. A loura continuou a contar dinheiro.

Pacientemente, Henry e Keiko esperaram que a funcionária terminasse de contar o que havia no caixa e depois fazer anotações detalhadas das quantias numa folha de papel.

Enquanto os dois aguardavam, uma outra freguesa pôs-se atrás deles, com um pequeno relógio de parede na mão. Henry observou confuso a funcionária do balcão pegar o relógio por cima das cabeças dele e de Keiko e registrar a compra, recebendo o dinheiro e devolvendo o troco, bem como o relógio dentro de uma grande sacola verde com o logotipo da loja.

— Este caixa está aberto? — perguntou Keiko.

A funcionária apenas olhou à volta para ver se havia outros fregueses.

— Com licença, minha senhora. Quero pagar este disco, por favor.

Henry estava ficando mais aborrecido do que, aparentemente, a funcionária do caixa, de mão nos quadris e cara séria. Ela se inclinou e falou baixinho:

— Então por que não voltam para o bairro de vocês e compram lá?

Não era a primeira vez que Henry recebia grosserias, mas jamais passara por algo assim. Tinha ouvido falar de coisas do tipo no sul, em lugares como Arkansas e Alabama, mas não em Seattle. Não por estas bandas.

A funcionária continuou impassível, a mão espalmada sobre o quadril:

— Não atendemos gente como vocês. Além disso, meu marido está lutando no *front*...

— Eu compro — atalhou Henry, pondo o *button* "Sou chinês" sobre o balcão, junto aos dois dólares de Keiko. — Eu disse que vou comprar. Por favor.

Keiko parecia prestes a chorar ou a sair correndo porta afora. Os punhos, que mantinha sobre o balcão, estavam firmemente fechados em frustração.

Henry olhou para a funcionária, que primeiro fez uma expressão confusa e depois aborrecida. A mulher cedeu, arrancando os dois dólares de Henry e empurrando o *button* para o lado. Entregou o disco ao menino, sem sacola nem recibo. Henry insistiu nos dois, temendo que ela chamasse a segurança da loja e dissesse que os dois haviam roubado o disco. A funcionária rabiscou o preço num recibo amarelo e carimbou "pago" antes de entregá-lo de má vontade. Henry o aceitou, agradecendo apesar de tudo.

Pôs o *button* no bolso junto com o pedaço de papel.

— Vamos embora — disse a Keiko.

Durante o longo caminho de volta para casa, Keiko manteve o olhar fixo à frente. A alegria da surpresa se esvaziara como um balão de gás estourado, com um barulho alto e agudo, deixando atrás de si apenas um barbante vazio. Mesmo assim, Henry segurava firme o disco enquanto fazia o possível para consolá-la:

— Muito obrigado, foi uma surpresa maravilhosa, o melhor presente que já ganhei na vida.

— Não estou me sentindo generosa nem agradecida, só zangada — disse Keiko. — Nasci aqui. Nem sei falar japonês. Mesmo assim, toda essa gente, aonde quer que eu vá... Todos me odeiam.

Henry achou um sorriso e agitou o disco na frente de Keiko, entregando-o a ela. O gesto a fez esquecer do acontecido.

— Obrigada.

Ela olhou para o disco enquanto caminhava.

— Acho que estou habituada à implicância na escola. Afinal, meu pai diz que eles são só uns garotos bobos que provocam meninos mais fracos e garotinhas, não importa de que parte da cidade venham. Que ser japonês ou chinês só facilita essa implicância: somos alvos fáceis. Mas estamos longe de casa, num lugar de adultos...

— A gente acha que os adultos não se comportam assim — completou Henry, sabendo por experiência própria que às vezes os adultos eram ainda piores. Muito piores.

Pelo menos temos o disco, pensou ele. Uma recordação de um lugar onde as pessoas parecem não se importar com a nossa aparência, com o país onde nascemos ou nasceu a nossa família. Quando a música toca, não faz a mínima diferença se o nosso sobrenome é Abernathy, Anjou, Kung ou Kobayashi. Afinal, tinham a música como prova.

No caminho de volta, Henry e Keiko debateram sobre quem deveria ficar com o disco.

— É um presente meu para você. Você deve ficar com ele, mesmo que não possa ouvi-lo. Um dia vai poder — insistia ela.

Henry achava que o disco devia ficar com Keiko, já que ela tinha um toca-discos compatível com os novos discos de vinil.

— Além disso — argumentou ele —, a minha mãe está sempre por perto, e não sei se ela aprovaria, porque meu pai não gosta de música moderna.

No final, Keiko cedeu e aceitou a oferta. Porque os pais gostavam de jazz, mas também porque se deu conta de que os dois se atrasariam um bocado se não corressem para casa.

Andaram o mais rápido possível, passando pelo belo cenário do porto, os pés esmagando os eventuais fragmentos de conchas de mariscos espalhados pela calçada. Os pássaros lá em cima deixavam cair as conchas intactas, para que se espatifassem no cimento e depois vinham se banquetear com o conteúdo viscoso, suculento. Para Henry, os mariscos pareciam simplesmente nojentos. Evitava com tanta cautela a sujeira no passeio que mal percebia aonde ia. Tão absorto se encontrava que quase não notou uma fila de soldados próximo ao cais das barcas.

Ele e Keiko foram obrigados a parar num dos lados do cais, juntamente com dezenas de carros e um punhado de gente que passeava na calçada. A maioria demonstrava mais curiosidade do que aborrecimento. Uns poucos se mostravam satisfeitos. Henry não entendeu o que se passava.

— Deve ser um desfile. Espero — disse Henry. — *Adoro desfiles*. O Festival Seafair foi ainda melhor do que o do Ano-Novo chinês na avenida Principal.

— Que dia é hoje? — perguntou Keiko, entregando o disco a Henry e tirando da mochila o caderninho de desenho.

Sentou-se no meio-fio e começou a desenhar a lápis o que via, uma fileira de soldados de uniforme, com as baionetas penduradas no ombro. Todos de aparência limpa, civilizada e educada. A imagem da eficiência, pensou Henry. A barca *Keholoken* estava ancorada, balançando quase imperceptivelmente com o vaivém da água verde-escura do gélido canal Puget.

Henry refletiu:

— Hoje é trinta de março. Que eu saiba, não é feriado.

— Por que será que eles estão aqui? Esta é a barca para a ilha Bainbridge, não? — perguntou Keiko, tocando o rosto com o lápis, confusa.

Henry concordou. Quando baixou os olhos para o desenho da menina, ficou mais impressionado que nunca. Ela era boa. Melhor que boa, tinha talento de verdade.

Foi quando ouviram um apito.

— Deve estar começando — disse Henry.

Olhando à volta, percebeu que havia ainda mais gente nas calçadas, gente parada, como à espera de que o sinal vermelho mudasse para verde.

Mais um apito soou e uma longa fila de pessoas começou a descer da barca. Dava para ouvir o ruído rítmico dos sapatos de couro na rampa de metal. Em uma perfeita fileira, a formação atravessou a rua e tomou a direção sul. Para onde? Henry não fazia ideia. Segundo seus cálculos, seguiam todos para os lados de Chinatown, ou, quem sabe, Nihonmachi.

A fila não acabava mais. Havia mães com filhos pequenos no colo. Velhos andando a passo titubeante, o corpo inclinado para a frente. Os adolescentes saíram correndo na dianteira, mas depois diminuíram o passo quando viram os soldados. Todos carregavam malas e usavam chapéu e capa. Foi então que Henry se deu conta do que Keiko já sabia. Pedaços entreouvidos de conversas lhe indicavam que se tratava de japoneses. Provavelmente a ilha Bainbridge tinha sido declarada zona militar, concluiu. Estão evacuando todos os moradores. Centenas deles. Cada grupo era supervisionado por um soldado que contava cabeças como uma galinha conta seus pintinhos.

Olhando à volta, Henry viu que a maioria dos espectadores demonstrava quase a mesma surpresa que ele. Quase. No entanto, uns poucos pareciam apenas aborrecidos, como se estivessem atrasados e presos no tráfego. Outros se mostravam satisfeitos. Alguns aplaudiam. Ele olhou para Keiko, cujo desenho estava quase pronto. A mão dela segurava o lápis sem encostá-lo no papel, a ponta quebrada, o braço congelado.

— Venha, vamos dar a volta. Temos que ir para casa — disse ele.

Pegando o caderno e o lápis das mãos dela, ele os guardou, ajudando-a a levantar-se. Obrigou a amiga a dar as costas àquela cena, envolvendo seus ombros com o braço, gentilmente empurrando-a na direção de casa.

— Não queremos ficar aqui — disse ele.

Atravessaram a rua, passando diante dos carros parados que aguardavam o fim do desfile de cidadãos japoneses. Não podemos ficar aqui. *Precisamos chegar em casa.* Henry se deu conta de que os dois eram os únicos asiáticos na rua que não portavam malas, e a última coisa que queria era ser varrido pelo vaivém dos soldados.

— Para onde eles vão? — perguntou Keiko num sussurro abafado. — Para onde estão sendo levados?

Henry abanou a cabeça:

— Não sei.

Mas sabia. Estavam todos se dirigindo para os lados da estação ferroviária. Levados pelos soldados. Henry não sabia para onde, mas estavam sendo despachados. Talvez porque Bainbridge ficasse perto demais do estaleiro naval em Bermerton, ou quem sabe porque, pelo fato de ser uma ilha, fosse mais fácil pegar todos lá do que num lugar como Seattle, onde o movimento e a quantidade de pessoas tornaria impossível um feito similar. Não pode acontecer aqui, pensou Henry. Eles são numerosos demais. *Somos numerosos demais*.

HENRY E KEIKO DRIBLARAM A multidão durante todo o caminho até a Sétima Avenida, a zona neutra entre Nihonmachi e Chinatown. A notícia se espalhou, precedendo-os na chegada. Gente de todas as cores encheu as ruas. O povo conversava e olhava na direção da estação ferroviária. Não havia sinal de soldados deste lado da cidade. Nenhum problema.

Henry encontrou Sheldon no meio de um bando de espectadores, a caixa do sax lhe pendendo da mão.

— O que você está fazendo aqui? — indagou Henry, puxando o amigo pela manga.

Sheldon levou um susto, mas depois abriu um sorriso, deixando aparecer o dente de ouro.

— Eu estava me preparando para ir embora. O clube de Oscar foi fechado temporariamente depois da batida e enquanto não reabre, o que espero que não demore, voltei para a rua para tentar ganhar meu sustento. E isto não vai ajudar nadinha os negócios.

Henry estendeu a sacola da Rhodes com o disco. Sheldon sorriu e deu uma piscadela.

— Também comprei um para mim.

Sheldon pousou o braço no ombro de Henry enquanto os dois observavam a cena. Nem um nem outro sentiu vontade de falar de música.

— Evacuaram a ilha toda. Dizem que é para a segurança dos moradores. Dá para acreditar nessa bobagem? — perguntou Sheldon.

Keiko afastou o cabelo dos olhos, agarrada ao braço de Henry.

— Para onde vão levá-los? — perguntou.

Henry estava apavorado por Keiko. Não queria saber a resposta. Inclinou a cabeça até encostar a têmpora na dela e envolveu-a no próprio casaco.

— Não sei, senhorita — respondeu Sheldon. — Não sei. Suponho que para a Califórnia. Ouvi dizer que construíram uma espécie de campo de prisioneiros de guerra por lá, perto de Nevada. Parece que decretaram a prisão de todos os japoneses, alemães e italianos, mas vocês estão vendo algum alemão naquele grupo? Acham que vão prender o Joe DiMaggio?

Henry olhou à volta. Os poucos japoneses na rua se apressavam em voltar para casa, alguns correndo.

— É melhor você ir, seus pais devem estar mortos de preocupação a esta hora — insistiu Henry, entregando a Keiko o disco.

Sheldon concordou, olhando para Henry.

— Você também, meu jovem. Sua família deve estar com a mesma preocupação. Com ou sem *button*.

Keiko abraçou Henry, demoradamente. Erguendo os olhos, Henry pôde ver o medo estampado no olhar da amiga. Não apenas por ela mesma, mas pela família toda. Ele sentia o mesmo. Despediram-se sem trocar palavra antes de se separarem, cada qual correndo para casa, cada um numa direção diferente.

Os pais
(1942)

Uma semana depois, a evacuação da ilha Bainbridge já era notícia velha. Um mês depois, já estava quase esquecida, ao menos aparentemente, com todo mundo fazendo o possível para seguir em frente como de hábito. Até Henry sentia a calmaria inquieta enquanto planejava com Keiko um almoço no domingo. Ela o surpreendera ligando para a casa dele. O pai atendeu o telefonema. Assim que a menina falou em inglês, entregou o fone a Henry. Não quis perguntar quem era, contentando-se em indagar se era uma menina, cansado de saber qual seria a resposta.

Acho que ele só quis ouvir da minha boca, pensou Henry.

— É, é uma menina — foi tudo que se dignou dizer.

As palavras saíram num inglês indiferente, mas Henry enfatizou com a cabeça e um adendo:

— Ela é minha amiga.

O pai pareceu confuso, porém, já que o filho era praticamente um adolescente. Na China, *a Velha Pátria,* casava-se aos treze ou quatorze anos, casamentos algumas vezes arranjados no nascimento da criança, mas apenas quando se era muito pobre ou muito rico.

O pai provavelmente se preocuparia bem mais se soubesse a finalidade da ligação: conhecer a família de Keiko. Não, corrigiu-se Henry, *preocupação* era uma palavra demasiado suave. "Fúria" seria mais apropriada.

Henry, por outro lado, preocupou-se menos até perceber que o almoço talvez pudesse equivaler a um "encontro", ideia que lhe contraiu o estômago e deixou suas mãos suadas. Acalmou-se pensando que não era nada de mais, apenas um almoço na casa dos Okabe.

Na escola tudo parecia anormalmente normal — tão contido e tranquilo que ele e Keiko não sabiam o que pensar. Os outros alunos, e até mesmo os professores, aparentavam desconhecer o êxodo japonês da ilha Bainbridge. O dia começava e acabava numa calma relativa. Quase como se nada tivesse acontecido. Perdido em meio às notícias da guerra, que davam conta de que soldados americanos e filipinos estavam sendo derrotados em Bataan e que um submarino japonês bombardeara uma refinaria de petróleo em algum lugar da Califórnia.

O pai de Henry mais que nunca insistia para que o filho usasse seu *button*.

— Do lado de fora, use do lado de fora, onde todos possam ver! — exigiu o pai em cantonês, quando Henry já ia saindo.

Henry desceu o zíper do casaco e o deixou aberto para que o *button* ficasse bem à mostra, baixando os ombros e aguardando a aprovação solene do pai. Nunca tinha visto o pai tão sério antes. Tanto ele quanto a mãe agora também usavam um *button* idêntico ao de Henry. Uma espécie de esforço coletivo, concluiu o filho. Entendia a preocupação dos pais com a sua segurança, mas não havia como confundi-los com japoneses, já que raramente saíam de Chinatown. E mesmo que saíssem, havia simplesmente gente demais para prender em Seattle. Milhares de pessoas.

HENRY E KEIKO COMBINARAM de se encontrar em frente ao Hotel Panamá. O hotel havia sido construído trinta anos antes por Sabro Ozasa, um arquiteto cujo nome Henry ouvira o pai mencionar uma ou duas vezes. Era japonês, mas desfrutava de algum renome, ao menos segundo o pai de Henry, que raramente via o que quer que fosse na comunidade japonesa sob uma luz positiva, o que fazia desta uma rara exceção.

O hotel era o prédio mais imponente em Nihonmachi — no distrito todo, para ser exato. De pé como uma sentinela entre duas comunidades distintas, provia um lar confortável para quem havia acabado de sair de um navio, alugando quartos por semana, por mês ou até que o hóspede arrumasse emprego, economizasse um dinheirinho e virasse americano. Henry se perguntou quantos imigrantes haviam descansado o corpo cansado no Hotel Panamá, sonhando com uma nova vida iniciada ao descer do navio, vindos de Cantão ou Okinawa, contando os dias para poderem trazer as famílias. Dias que com frequência se transformavam em anos.

Agora o hotel lá estava como um reflexo apagado da sua antiga glória. Imigrantes, pescadores e operários das fábricas de enlatados, que não tinham condições de trazer as famílias da Velha Pátria, o usavam como um permanente lar de solteiros.

Henry sempre quis descer ao piso inferior para conhecer as duas casas de banho de mármore, o *sento*, como chamava Keiko. Tinham a fama de ser as maiores e mais luxuosas da Costa Oeste. Mas o medo era grande demais.

Quase tão grande quanto o de contar aos pais que ia se encontrar com Keiko. Havia insinuado para a mãe — em inglês, ainda por cima — que tinha uma amiga japonesa, ao que ela imediatamente reagiu com um olhar de tamanho choque que na mesma hora Henry desistiu do assunto. A maioria dos pais chineses se mostrava indiferente aos japoneses ou aos filipinos, que chegavam diariamente, fugindo da guerra ou buscando fazer fortuna nos Estados Unidos. Alguns chineses nutriam ressentimentos, mas a maioria não os verbalizava. Os pais de Henry eram diferentes — checavam sua camisa à procura do *button* “Sou chinês” toda vez que o filho saía de casa. O orgulho nacionalista do pai, sua bandeira protetora, só fazia crescer.

Quando deixava Keiko em casa, na volta da escola, um aceno educado ou um eventual “oi” para os pais dela era o máximo que Henry se permitia. Tinha certeza de que de alguma forma o pai acabaria descobrindo, motivo pelo qual mantinha tais visitas reduzidas ao mínimo. Keiko, por sua vez, contava tudo aos pais. Sobre o amigo Henry, sobre o gosto musical dele e sobre seu desejo de encontrá-lo hoje para almoçar.

— Henry!

Lá estava ela sentada na escadaria da frente acenando. Uma primavera prematura mostrava sinais de vida nova, e as cerejeiras já começavam a florescer. Finalmente as ruas, margeadas de flores cor-de-rosa e brancas, cheiravam a outra coisa que não algas, peixe defumado e maresia.

— Também posso ser chinesa — brincou ela, apontando para o *button* de Henry. — *Hou noi mou gin*.

"Tudo bem com você, lindo?" em cantonês.

— Onde aprendeu isso?

Keiko sorriu:

— Procurei na biblioteca.

— *Oai deki te ureshii desu* — rebateu Henry.

Por um momento constrangido os dois apenas se olharam, radiantes, sem saber o que dizer nem em que língua. Então Keiko quebrou o silêncio:

— Meus pais estão fazendo compras no mercado. Vamos encontrar com eles para almoçar.

Os dois apostaram corrida dentro do mercado japonês, à procura dos pais dela. Henry deixou que Keiko ganhasse, um gesto cortês que o pai esperaria dele. E, é claro, Henry não sabia mesmo aonde ir. Seguiu-a até a entrada de um restaurante japonês especializado em massa, recentemente rebatizado de American Garden.

— Henry, que prazer ver você de novo — saudou o sr. Okabe, que vestia calças de flanela cinza e usava um chapéu que o fazia lembrar Cary Grant. Como Keiko, falava um inglês perfeito.

O gerente levou-os até uma mesa redonda perto da janela. Keiko sentou-se defronte a Henry, enquanto a mãe providenciava uma cadeirinha infantil para o caçula. Henry calculou que a criança devia ter uns três ou quatro anos. O menino brincou com os pauzinhos pretos laqueados, apesar das repreensões suaves da mãe, que lhe disse que isso trazia má sorte.

— Obrigado por levar Keiko até em casa todos os dias, Henry. Agradecemos por você ser um amigo tão zeloso.

Henry não sabia ao certo o que significava *zeloso*, mas, sem parar de falar, o sr. Okabe lhe serviu uma xícara de chá verde, razão pela qual supôs ser um elogio. Henry segurou com ambas as mãos a xícara, um sinal de respeito aprendido com a mãe, e se ofereceu para encher a xícara do sr. Okabe, mas o pai de Keiko já começara a se servir por conta própria, usando a bandeja rotativa de mármore para alcançar o outro lado da mesa.

— Obrigado pelo convite.

Henry desejou ter prestado mais atenção às aulas de inglês. Até os doze anos não lhe permitiam falar inglês em casa. O pai queria que o filho crescesse chinês, como acontecera com ele. Agora era o contrário. Só que a cadência da sua pronúncia parecia mais próxima da dos pescadores emigrados da China do que do inglês que Keiko e a família falavam com tamanha fluência.

— Que *button* interessante o seu, Henry — observou a mãe de Keiko com um jeito carinhoso de avó. — Onde o conseguiu?

Erguendo o braço, Henry cobriu o *button* com a mão. Pretendia tirá-lo no caminho, mas se esquecera disso por causa da corrida até o restaurante.

— Meu pai me deu. Ele disse que preciso usá-lo o tempo todo. É embaraçoso.

— Não, seu pai tem razão. Ele é um homem sábio — retrucou o sr. Okabe.

O senhor não acharia isso se o conhecesse.

— Não devemos nos envergonhar do que somos, sobretudo neste momento.

Henry olhou para Keiko, imaginando o que ela estaria pensando desta conversa. A menina simplesmente sorriu e chutou-o por baixo da mesa, obviamente mais à vontade aqui do que na cantina da escola.

— É fácil ser quem a gente é, mas na escola é mais difícil — disse Henry. — Quer dizer, na Rainier.

O que estou dizendo? É difícil ser quem eu sou *na minha própria casa*, com a minha própria família, pensou ele.

O sr. Okabe bebericou o chá, fazendo com que Henry se lembrasse de bebericar o seu. Era mais leve, com um sabor mais sutil e transparente do que os chás pretos que o pai preferia.

— Eu sabia que estudar numa escola caucasiana criaria algumas dificuldades para Keiko — disse o sr. Okabe —, mas nós aconselhamos: "Seja quem você é, não importa o que aconteça." Já avisei que talvez nunca gostem dela, que alguns colegas possam até odiá-la, porém mais cedo ou mais tarde acabarão por respeitá-la, como americana.

Henry estava gostando do rumo da conversa, mas também se sentiu um pouco culpado ao pensar na própria família. Por que ninguém jamais lhe explicou as coisas dessa forma? Em vez disso lhe deram um *button* e o obrigavam a *falar americano*.

— Hoje à noite vai haver um concerto de jazz na rua Jackson. Oscar Holden vai tocar — interveio a mãe de Keiko. — Por que não convida a sua família para ir conosco?

Henry olhou para Keiko, que sorriu e ergueu as sobrancelhas. Não acreditou no que ouvia. Só vira Oscar Holden uma única vez, com Keiko. Já tinha escutado o pianista tocar algumas vezes antes disso, mas apenas porque colara o ouvido na porta dos fundos do clube Black Elks, no beco, quando o lendário astro do jazz estava ensaiando. A proposta era tentadora. Principalmente agora, que ele se encontrava tão pouco com Sheldon, que estava substituindo o saxofonista fixo da banda — "uma oportunidade única de emprego", nas palavras de Sheldon. Com efeito.

No entanto, ao contrário dos pais de Keiko, os de Henry não gostavam de música *de cor*. Na verdade, aparentemente não ouviam mais música alguma. Nem clássica nem moderna. Nem negra nem branca. A única coisa que ouviam no rádio ultimamente era o noticiário.

Foi um convite gentil dos Okabe, mas ele teria que recusar. Henry bem podia imaginar a cena como uma sessão vespertina de filme de horror no cinema Atlas, arrematada com legendas em chinês. Uma tragédia sombria virando realidade quando ele explicasse que não apenas tinha uma amiga japonesa, como também a família toda queria levá-lo ao um concerto de jazz.

Antes que pudesse arrumar uma desculpa esfarrapada para a sra. Okabe, um vidro semivazio de *shoyu* começou a rolar pela mesa. Henry agarrou-o e sentiu o chão tremer.

Pela janela que chocalhava, pôde ver um enorme caminhão militar arrotando fumaça preta entrar trovejando na praça, a carcaça vacilante de metal fazendo coro ao ronco pesado do portentoso motor. Mesmo antes de ouvir o barulho do freio, quem estava na rua começou a correr em todas as direções. Apenas os muito velhos e os muitos moços ficaram para observar o monte de soldados sentados estoicamente no imenso veículo.

Um após outro, mais caminhões chegavam, despejando soldados americanos e policiais militares armados de rifles, que se puseram a esquadrinhar o bairro, pregando pequenos cartazes nas portas, nas vitrines das lojas e nos postes telefônicos. Comerciantes e fregueses saíram para a rua para ver a comoção. Henry e os Okabe foram para a calçada quando os soldados passaram entregando panfletos — "Comunicado Público nº 1" — escritos em inglês e japonês.

Henry olhou o papel que Keiko tinha na mão. As letras de forma gritavam: INSTRUÇÕES A TODOS OS INDIVÍDUOS DE ORIGEM JAPONESA. Falavam da evacuação forçada das famílias japonesas, para o bem delas próprias, que teriam apenas alguns dias para se prepararem e não poderiam levar praticamente nada, apenas o que conseguissem carregar nas mãos. A comunicação vinha assinada pelo presidente dos Estados Unidos e pelo ministro da guerra. O restante do panfleto era um mistério para Henry, mas não para a família de Keiko. A mãe imediatamente se pôs a chorar. O pai pareceu preocupado, mas permaneceu calmo. Keiko tocou o coração com a ponta do dedo e apontou para Henry, que tocou o seu e sentiu o *button* que a própria família usava: "Sou chinês."

Antes eles do que nós
(1942)

Henry irrompeu porta adentro do apartamentinho que dividia com os pais. O pai, sentado em sua poltrona, lia calmamente o *Hsi Hua Pao*, o *Seattle Chinese Post*. A mãe estava na cozinha cortando legumes, a julgar pelo som — as batidas ritmadas da faca contra uma tábua de madeira.

Henry entregou o panfleto ao pai enquanto tentava recuperar o fôlego. Esfregou as costelas no lugar que doía depois da corrida de dez quadras. O pai deu uma olhada — Henry pôde ver pela expressão em seus olhos que ele aguardava uma explicação, em *americano*, sobre o porquê da grande aflição do filho. Não agora. *Fale comigo, só isso*, foi tudo que Henry pensou. Verbalizou o pensamento em chinês.

O pai balançou a cabeça, sisudo, interrompendo Henry quanto o garoto tentou explicar.

— Não! Não me ignore. Já chega — exclamou Henry em inglês antes de retomar o chinês. — Estão levando todo mundo. Todos os japoneses. O exército está levando todo mundo embora!

O pai devolveu o panfleto ao filho:

— Antes eles do que nós.

A mãe veio lá da cozinha, falando chinês e buscando uma explicação.

— Henry, que diferença isso faz? Estamos em guerra. E somos uma comunidade. Cuidamos uns dos outros. Você está farto de saber.

Henry não achou nada para dizer, nem soube em que língua falar. Olhou para os pais, e as palavras lhe saltaram da boca:

— Faz diferença para mim — disse em chinês.

Depois retornou ao inglês:

— Faz diferença porque *ela é* japonesa.

Correu para o quarto e bateu a porta, com a imagem gravada da expressão confusa dos pais. Do outro lado da porta dava para ouvir o casal discutindo.

Abriu a janela e passou para a escada de incêndio, descansando o corpo contra o corrimão duro de metal, deprimido. À distância, ouviu o trovejar dos caminhões militares. Além do beco, nas ruas de Chinatown, as pessoas simplesmente continuavam cuidando da vida. Algumas olhavam, falavam ou apontavam na direção de Nihonmachi, mas de modo geral, todos estavam calmos.

Henry observou um carro abarrotado de caixas até o teto chegar de mansinho até a porta dos fundos do restaurante Kau Kau. Surpreso, viu um jovem casal japonês saltar enquanto funcionários do restaurante enchiam o beco para tirar do carro caixas e mais caixas do que Henry só podia imaginar serem objetos pessoais e levá-las para o restaurante. Foram as coisas que não estavam encaixotadas que deram a pista. Um abajur de pé. Um tapete comprido, enrolado e amarrado ao teto do sedã verde enferrujado. Tudo foi levado, menos quatro malas, que o casal pôs nos ombros da melhor maneira que pôde. Depois vieram os abraços efusivos entre o casal japonês e seus amigos chineses.

O casal japonês partiu a pé. Saiu do beco e desceu a rua, parecendo estar sendo arrastado para a estação ferroviária. Henry olhou para um lado e para o outro do beco uma última vez, pensando em Keiko e sua família, que haviam saído do restaurante American Garden para tentar tomar suas próprias providências.

Henry voltou para o quarto e se esparramou na cama, justo quando a mãe ia entrando. Remexeu numa pilha de gibis e viu a capa do nº 30 do Capitão Marvel, o último que comprara: o Tocha Humana combatendo um submarino japonês. A guerra está por todo lado, pensou, enfiando o gibi debaixo da cama enquanto a mãe pousava uma travessa de amanteigados de amêndoa na mesinha de cabeceira.

— Está precisando conversar, Henry? Se estiver, fale comigo, por favor — pediu ela em cantonês, sem conseguir disfarçar a preocupação no olhar.

Henry olhou para a janela aberta. As cortinas pretas, pesadas, mal se mexiam com a brisa. Não conseguia entender a conversa das pessoas na rua lá embaixo. O som entrava e saía, como o seu desejo de saber o que se passava à volta.

— Por que ele não fala comigo? — indagou Henry em cantonês, ainda olhando pela janela.

— Quem? Seu pai?

Após uma longa pausa, Henry encarou a mãe e assentiu com a cabeça.

— Ele fala com você todo dia. O que você quis dizer com essa pergunta?

— Ele fala, mas não me escuta.

Henry ficou imóvel enquanto a mãe lhe afagava o braço, depois o peito, procurando palavras que fizessem o filho entender.

— Não sei como dizer isto de um jeito que faça sentido. Você nasceu aqui. *Você é americano*. Na terra do seu pai, é só guerra. Guerra com o Japão. Eles invadiram o norte da China, mataram muita, muita gente. Não soldados, mas homens e crianças, os velhos e os doentes. Seu pai cresceu desse jeito. Ele viu isso acontecer com a *própria família*.

Tirando um lenço de tricô da manga, ela enxugou o canto dos olhos, embora não estivesse chorando. Talvez não consiga mais chorar, pensou Henry, e agora o gesto não passa de um hábito.

— Seu pai veio para cá órfão, mas nunca esqueceu quem foi, de onde veio. Nunca esqueceu do *lar*.

— *Aqui* é o lar dele agora — protestou Henry.

A mãe se pôs de pé e olhou pela janela antes de fechá-la.

— Aqui é onde ele *mora*, mas jamais será seu lar. Veja o que está acontecendo no bairro japonês. Seu pai tem medo de que um dia possa acontecer conosco. Por isso, por mais que ame a sua China, ele quer que este seja o seu lar. Quer que *você* seja aceito aqui.

— Há outras famílias...

— Eu sei. Existem algumas famílias. Famílias chinesas. Famílias americanas. Famílias que neste exato momento estão escondendo japoneses. Guardando seus pertences. *É muito perigoso*. Você, eu, todos nós corremos o risco de acabar na prisão se os ajudarmos. Sei que você tem uma amiga. A que liga para você. A menina da escola Rainier. *Ela é japonesa?*

Henry já não via Keiko como japonesa.

— Ela é apenas minha amiga — disse ele em inglês.

E sinto saudades dela.

— Hã? — fez a mãe, sem entender.

Henry voltou ao cantonês, pensou no que dizer, no quanto deveria dizer. Olhou a mãe nos olhos:

— Ela é a minha melhor amiga.

A mãe olhou para o teto, deixando escapar um suspiro pesado. O tipo de suspiro que alguém dá quando acaba de aceitar algo ruim. Quando um parente morre e a gente diz: "Ao menos ele teve uma vida longa." Ou quando a nossa casa é destruída por um incêndio e pensamos: "Ao menos temos saúde." Um suspiro de decepção resignada. Um prêmio de consolação por chegar em segundo lugar e nada ter para comprovar o feito. De nadar e morrer na praia, tendo perdido tempo à toa, porque, no final, o que você faz e o que você é não mudam coisa alguma. Nada muda coisa alguma.

PELO RESTO DA SEMANA, o pai de Henry se recusou a falar do que vinha acontecendo no bairro japonês. Henry tentou discutir, mas o pai o interrompia toda vez que o filho ensaiava falar cantonês. A mãe cedera um pouco, quando menos não fosse para aliviar a infelicidade de Henry. Tivera uma briga com o marido, ocorrência rara, sobre Keiko — sobre a amiga de Henry —, mas já era hora de seguir em frente e até ela achava que de nada adiantaria Henry insistir no assunto. Ouvir em cantonês que ele entenderia tudo quando crescesse só fazia enfurecer o menino. E tudo que lhe restava era resmungar a respeito em inglês, para ninguém.

Henry chegou a tentar ligar para Keiko antes que os pais acordassem no domingo, mas ninguém atendeu. A telefonista achava que o telefone tinha sido desligado. Ir à escola na segunda-feira em nada diminuiu a ansiedade dele. Keiko também não estava lá. Todos em Nihonmachi andavam ocupados fazendo malas — ou vendendo o que não poderiam levar.

Assim, na terça de manhã, em lugar de ir para a escola, Henry foi correndo até a Union Station, que se tornara o ponto de reunião dos moradores de Nihonmachi. Descendo a South Jackson a toda, ele viu fileiras de vagões parados nos trilhos que conduziam ao terminal. Havia também alguns ônibus Greyhound, rangendo e gemendo, atopetados de soldados que pareciam deslocados ao descer com os rifles a tiracolo.

Estão levando todos embora, pensou Henry. Todos eles. Devia haver uns cinco mil japoneses. Para onde seria possível levar tanta gente? Para onde será que eles vão?

A alguns quarteirões da estação, a multidão enchia a rua, numa sinfonia de choro infantil misturado ao ruído de malas arrastadas e às vozes dos soldados que examinavam documentos de cidadãos locais — a maioria vestida em roupas de domingo, as poucas malas permitidas cheias até quase explodir. Cada pessoa ostentava uma etiqueta branca, do tipo que se vê em móveis, pendurada no botão do casaco.

O Comunicado Público nº 1 instruía todos os cidadãos japoneses — os nascidos no estrangeiro e até os americanos de segunda geração, como Keiko — a se reunirem na estação ferroviária até as nove da manhã. Partiriam em ondas, por bairros, até que todos tivessem sido removidos. Henry não fazia ideia para onde. Os japoneses da ilha Bainbridge foram levados para Manzanar — algum lugar na Califórnia, próximo à fronteira com Nevada. Um único campo, porém, não poderia abrigar a multidão que havia sido tocada, como gado, até a estação de trem.

Examinando o local em busca de Keiko, Henry tentou ignorar a turba de brancos furiosos atrás das barricadas, gritando para as famílias que passavam. Toda a expansão da ponte que levava à estação de barcas também estava lotada, ninguém se mexia, todos debruçados sobre o corrimão observando a zona militar isolada por cordões. Havia olhos por todo lado. Homens e mulheres espiavam das janelas abertas dos escritórios, assoviando.

Henry não falava com Keiko desde a despedida dos dois no restaurante. Voltara a ligar de um telefone público no caminho para a estação, mas a campainha tocou e tocou, até que a telefonista interrompeu a ligação perguntando se havia algum problema. Ele desligou. Se queria encontrar os Okabe, o lugar era este. Mas será que já partiram? Precisava encontrá-la. Odiava pensar em voltar para a escola sem ela, e ficou surpreso de ver quanta saudade já sentia.

Havia uns poucos chineses, quase todos funcionários da estação, aqui e acolá. Henry não reconheceu ninguém. Identificou-os na multidão por causa dos *buttons* que usavam, idênticos ao dele. Depois que o exército e a polícia militar chegaram, o estoque da lojinha que os fabricava esgotou. Esta é a sensação que o ouro dá, pensou Henry, tocando com o dedo o próprio *button*. Pequeno e precioso.

Empoleirado numa caixa de correio vermelha, azul e branca, quase histérico, Henry examinava a multidão que lentamente se dirigia para a estação. Viu um outro caminhão militar enorme passar rugindo impiedosamente e parar. Só que em vez de soldados, a caçamba coberta de lona estava cheia de japoneses idosos. Alguns davam mesmo a impressão de aleijados tamanha era a sua dificuldade para caminhar. Foram ajudados pelos soldados, que os acomodaram em cadeiras de rodas, e tinham o cabelo despenteado e sujo. Um médico japonês liderava o grupo. Henry se deu conta do que acontecera. Haviam esvaziado o hospital. Os doentes também estavam sendo evacuados. Muitos pareciam confusos, obviamente ignorando o que acontecia ou o porquê daquilo tudo.

Henry observou um homem branco de mãos dadas com uma japonesa. Não pôde deixar de pensar no que vinham passando as famílias em que um caucasiano escolhera por esposa uma japonesa. Os casamentos mistos eram ilegais. Por outro lado, talvez acabassem, afinal, poupando o casal das agruras do confinamento. Viu, porém, que estava errado, ao reparar na mala que a mulher segurava e no carrinho de bebê.

Enquanto contemplava a multidão que passava, ouviu o apito das nove horas soar na fábrica Boeing, a milhas de distância. Há quanto tempo procurava Keiko? Quarenta minutos. Henry sabia que o tempo estava passando e começou a entrar em pânico.

— Keiko! — gritou ele, do seu posto de observação, atraindo alguns olhares.

Vão achar que sou louco. Talvez eu seja. Talvez não faça mal ser louco.

— Keiko! Keiko Okabe! — gritou novamente, até que um soldado lhe lançou um olhar que parecia acusá-lo de perturbar o plácido despertar da manhã.

Então, viu alguma coisa. Uma imagem conhecida.

Sim, lá está! O chapéu Cary Grant do sr. Okabe tinha um ar imponente até quando ele atravessou a rua carregando seus únicos pertences remanescentes. Henry reconheceu a postura altiva, mas a expressão garbosa havia sido substituída por um olhar perdido. Ele andava devagar, de mãos dadas com a mulher, que, por sua vez, segurava a mão de Keiko. O irmãozinho da menina caminhava na dianteira, brincando com um avião de madeira, girando a hélice, sem se dar conta de que o dia de hoje era diferente de qualquer outro.

Henry agitou os braços e gritou. Não adiantou, eles não notaram. Talvez não notassem se estivesse chovendo ou se os prédios à volta ardessem em chamas. Como a maioria das famílias japonesas que se dirigiam para a estação, tinham a cabeça baixa, os olhos fixos à frente, ou cuidando para não se perderem uns dos outros.

Uma pessoa, contudo, avistou Henry.

Chaz. Mesmo de onde estava, Henry reconheceu o rosto corado e cheio de espinhas do encrenqueiro. Chaz, atrás das barricadas, se esbaldava de rir, acenando para Henry e sorrindo, antes de voltar a gritar impropérios para as crianças e mães chorosas que passavam do outro lado.

Henry registrou o *button* usado por Chaz e desceu da caixa de correio, esgueirando-se na multidão, de olho no cabelo cortado à escovinha de Chaz, e seguindo o som da gargalhada do valentão. *Ele vai me matar*, pensou. Ele é maior, mais rápido. Mas pouco me importa agora. O ódio inflamara os brios de Henry.

Chaz sorriu com desdém quando Henry passou pela barricada bem à sua frente.

— Sabia que ia encontrar você aqui, Henry, meu chapa. Como vai seu pai?

— O que você está fazendo aqui? — perguntou Henry.

— Apreciando a vista, como todo mundo. Resolvi dar uma chegadinha para ver quem não está indo embora. Mas parece que todo mundo vai dar *bye-bye*. Acho que vou me ocupar um bocado tomando conta das coisas deles até que voltem — disse Chaz, fingindo um muxoxo de pena.

Henry tinha ouvido falar dos saques iniciados na noite da véspera em alguns bairros. As famílias nem haviam partido e algumas pessoas já estavam roubando abajures, móveis, qualquer coisa que não estivesse pregada ao chão. E se fosse esse o caso, também não faltavam ferramentas para dar um jeito.

— Desde que o exército lacrou a japalândia, não há muito para ver. Pensei em dar um pulo aqui para dizer *sayonara*. Encontrar você foi um bônus.

Dito isso, Chaz agarrou Henry pelo colarinho.

Henry lutou para se libertar. Chaz era uns bons trinta centímetros mais alto, olhava-o de cima. Henry procurou na multidão um rosto amistoso, mas ninguém reparou nele. Ninguém deu bola. *Quem sou eu nisto tudo? Que diferença faço?*

Foi quando seus olhos pousaram no *button* pregado na camisa de Chaz. O *button* roubado de Henry. Um troféu, preso ao peito como uma medalha de honra de crueldade. Mais ouro.

Henry fechou os punhos com tamanha força que as unhas cravaram pequenas meias-luas na carne macia da palma das mãos. Esmurrou Chaz com toda força, sentindo o impacto do soco viajar de volta até o próprio ombro. Tinha mirado no nariz, mas acabou acertando a maçã do rosto do outro. Antes que pudesse desferir outro golpe, o chão colidiu com as suas costas. A cabeça bateu no concreto, e tudo que ele viu foi uma chuva de murros.

Defendendo-se como pôde, Henry estendeu os braços para agarrar Chaz e sentiu uma dor aguda na mão. Apesar dos golpes na cabeça, só sentia a dor perfurante na mão. Só essa dor importava.

Quando rolou para longe dos socos com o intuito de se proteger, Chaz pareceu flutuar e se afastar. A multidão abriu espaço. Aparentemente ninguém se importava de ver um garoto branco tirando o couro de um menino chinês. Ninguém, salvo Sheldon — que viu Henry e tirou o garoto maior de cima dele.

Chaz empurrou o negro.

— Tire estas patas sujas de cima de mim! — exclamou o garoto branco.

Limpou a poeira da camisa, parecendo envergonhado e humilhado — um gato depois de um banho gelado. Procurou na multidão à volta um rosto solidário, mas os poucos espectadores que repararam nele reviraram os olhos diante do flagelo escandaloso em que Chaz se transformara.

— Me esqueci que você era amigo deste crioulo — resmungou Chaz, quase em lágrimas.

Afastando-se sorrateiramente, acrescentou:

— A gente se vê amanhã, Henry. Da próxima vez, você vai levar a pior.

— Tudo bem, garoto? — indagou Sheldon.

Henry rolou de lado e se pôs de pé, enxugando com a manga o sangue que havia no nariz. O olho estava inchado e com certeza ficaria roxo. Passou a língua nos dentes, avaliando o estrago. Nada quebrado, nada faltando.

Abriu a mão e olhou para o *button*, o alfinete parcialmente enfiado na palma. Sorriu e disse em seu melhor inglês:

— Nunca me senti melhor.

Henry saiu correndo no meio da multidão, sem chamar atenção naquele caos — procurando a família de Keiko, temendo que o embate com Chaz tivesse acabado com sua única chance de vê-la. Sabia para onde a família estava indo, mas, dentro da estação, haveria um monte de trens nos quais embarcar. Pensou no pessoal do restaurante Kau Kau, o pessoal que guardou os pertences do casal japonês. Ouvira a mãe falar de outras famílias chinesas que escondiam japoneses — tinha que haver um jeito.

A cada passo, Henry bolava um jeito de convencer os pais. Será que eles esconderiam Keiko? A primeira preocupação dos dois era proteger a si mesmos, depois os outros membros da comunidade. Henry teria que fazê-los entender, sabe-se lá como. Como não entenderiam? O pai era turrão, mas quando soubesse que os soldados estavam desterrando milhares de pessoas para um local desconhecido, um destino desconhecido... Isso mudaria tudo. Como iriam cruzar os braços e não fazer nada quando tanta gente estava sendo levada embora — quando eles mesmos poderiam ser os próximos?

Henry passou correndo por uma montanha de bagagens. Baús, sacolas e malas empilhadas até quase a altura do teto dos ônibus prateados que passavam devagar. As famílias discutiam sobre a quantidade de bagagem que lhes permitiam levar. O excesso acabava indo parar no topo da montanha, que não parava de crescer. Ao lado dela, havia uma montanha de rádios confiscados. Consoles Philco gigantes e pequenos rádios portáteis Zenith com antenas retorcidas se amontoavam uns sobre os outros como sapatos velhos. Do outro lado da rua ficava a Union Station, uma massa de tijolinhos vermelhos, de aparência palaciana, com seu enorme toldo de ferro sustentado por grossos pilares negros ancorados ao prédio. Na fachada, um enorme relógio. Nove e quinze. O tempo estava passando.

Da escadaria de mármore da estação, Henry contemplou o mar de gente em movimento, grupos de parentes e entes queridos tentando desesperadamente permanecer juntos. Uma ou outra criança perdida chorava sozinha enquanto os soldados passavam indiferentes. O restante se amontoava como sardinhas em lata, sendo embarcado, grupo a grupo, em quatro enormes trens de passageiros — para onde? Crystal City, no Texas? Winnemuca, em Nevada? Corriam tantos boatos. O último dava conta de que o destino dos trens era uma velha reserva indígena.

Henry tornou a ver o chapéu. Um de muitos, sem dúvida, mas o andar e a postura pareciam pertencer ao pai dela. Descendo as escadas em desabalada carreira, imaginou que seria interceptado por um soldado, mas a confusão era grande demais. Embarcar toda essa gente, despachá-la. Já. Isso era tudo que interessava aos homens de uniforme.

Henry se meteu no meio dos adultos, alguns de pé, outros sentados sobre as bagagens, com expressão assustada e confusa. Um padre rezava um terço com uma jovem japonesa. Outros casais tiravam fotos entre si, fazendo o possível para sorrir, antes de trocar abraços e apertos de mão corteses.

Lá estava ele.

— Sr. Okabe!

Dolorido e sem fôlego, Henry sentiu as costelas reclamarem.

O idoso derrotado que se virou tinha um vasto bigode. A decepção de Henry foi acompanhada pelo sino de um carregador. Pela primeira vez naquela manhã, Henry parou de examinar a multidão e caiu de joelhos, olhando para o chão sujo de azulejos. Ela já foi, não é?

— Henry?

Virou-se e lá estavam eles. Keiko e a família. O irmãozinho imitando com os lábios o barulho de um avião. Os quatro sorriram, cada um usando uma etiqueta onde se lia “Família no 10.281”, aparentemente encantados de ver um rosto que não iria partir para o mesmo lugar desconhecido.

Henry levantou-se sem jeito.

— Achei que já tinham ido.

Olhou para Keiko, para toda a família, sem querer que eles se fossem.

— Eu trouxe isto. Pregue na roupa que eles deixam você sair daqui — disse ele, entregando a Keiko o *button* que arrancara de Chaz.

Insistiu depois com o sr. Okabe:

— Ela pode ficar conosco, ou com a minha tia. Eu acho um lugar para ela. Vou conseguir outros. Eu volto e pego *buttons* para vocês todos. Podem ficar com o meu. Pegue, que eu vou arrumar mais.

O coração de Henry lhe saltava no peito, enquanto ele tentava, nervoso, despregar da camisa seu *button*.

O sr. Okabe olhou para a esposa e depois tocou o ombro de Henry, que viu a fagulha de um talvez no olhar dos dois. Só um talvez. Depois a viu apagar-se. Eles iriam embora. Como os demais. Iriam embora.

— Você acabou de me dar esperança, Henry.

O sr. Okabe apertou a mão pequena de Henry e olhou-o nos olhos:

— E às vezes basta ter esperança para superar qualquer coisa.

Henry deixou escapar um suspiro profundo, baixando os ombros, desanimado, enquanto desistia de tirar o próprio *button*.

— O que é isso no seu rosto? — perguntou a mãe de Keiko.

— Não foi nada — respondeu Henry, lembrando-se dos arranhões e hematomas da briga.

O sr. Okabe tocou com o dedo a etiqueta que trazia pendurada no casaco.

— Não importa o que nos aconteça, Henry. Continuamos americanos. E precisamos ficar juntos... aonde quer que eles nos levem. Mas temos orgulho de você. E sei que seus pais também devem ter.

Henry se engasgou ante a ideia e olhou para Keiko, que escorregara a mão para dentro da dele. A mão dela era mais macia e quentinha do que ele jamais imaginara. A menina encostou o dedo na camisa de Henry, no lugar do *button*, acima do coração, e sorriu, com um brilho no olhar:

— Obrigada. Posso ficar com ele, mesmo assim? — indagou, mostrando o *button* que tinha na mão.

Henry concordou de cabeça:

— Para onde vão levar vocês?

O pai de Keiko olhou para o trem que já estava quase cheio.

— Sabemos apenas que vão nos levar para um centro temporário de realocação, chamado campo Harmony. Fica no terreno da Feira

Estadual em Puyallup, a umas duas horas daqui. De lá... Não sabemos, não nos disseram. Mas a guerra não pode durar para sempre.

Henry não tinha tanta certeza. Não conhecia outra coisa desde que era pequeno.

Keiko o envolveu num abraço e sussurrou em seu ouvido:

— Não vou esquecer você.

Pregou o *button* "Sou chinês" na parte de dentro da capa do diário, aproximando-o do peito.

— Vou estar aqui.

Henry viu a família embarcar no trem com dezenas de outras. Soldados de luvas brancas e cassetete em punho sopravam apitos e apontavam para as portas enquanto estas iam se fechando. Henry ficou ali na área de embarque, acenando em despedida, enquanto o trem se afastava da estação, sumindo de vista. Enxugou lágrimas quentes que lhe escorreram pelo rosto, a própria tristeza diluída no mar de famílias à espera do próximo trem. Centenas de famílias. Milhares.

Evitou olhar os soldados nos olhos quando saiu caminhando, imaginando o que diria aos pais, e em que língua. Talvez, se *falasse em americano*, não precisasse dizer nada, afinal.

Ruas vazias
(1942)

Henry caminhou contra a corrente de famílias japonesas que continuava a fluir na direção da Union Station. Quase todos estavam a pé, alguns empurrando carroças ou carrinhos de mão atulhados de bagagens. Uns poucos carros e caminhões passavam com malas e sacolas presas ao capô, aos para-choques, ao teto — toda e qualquer superfície plana transformada em amplo espaço de carga para os parentes dos donos e seus pertences. Os automóveis, depois de embarcar seus passageiros, partiam rumo ao centro militar de realocação — o campo Harmony, como chamara o sr. Okabe.

Henry contemplou o inacabável mar de gente. Não sabia aonde ir. Queria apenas *sair dali*, fosse para onde fosse.

Ir à escola estava fora de questão hoje. A ideia de chegar atrasado e encarar a zombaria dos colegas era quase tão horrível quanto a ideia de suportar a alegria deles — o contentamento e a satisfação de saber que a família de Keiko, bem como todo os seus vizinhos, estavam sendo levados embora. Só sorrisos. Vitoriosos na batalha no *front* doméstico contra um inimigo odiado. Ainda que esse inimigo falasse a mesma língua e tivesse prestado juramento de lealdade à bandeira ao lado deles desde o jardim de infância.

Claro que, no fundo, Henry não sabia se as escolas estariam abertas no momento. A comoção no centro da cidade aparentemente criara uma atmosfera de feriado — uma comemoração monstruosa, carnavalesca. Um toca-discos em algum lugar tocava aos berros "Stars and Stripes Forever", em agudo contraste com a melancolia e a tristeza silenciosa dos japoneses.

Ao se afastar da estação ferroviária, Henry achou pouco provável ser pego pelos inspetores escolares à procura de crianças cabulando aula. Havia muita coisa acontecendo, gente demais abarrotando as ruas. O comércio fechou e os funcionários dos escritórios interromperam sua atividade para observar a comoção. Os que partiam. Os que assistiam. E os soldados nas ruas aparentemente se concentravam por completo na tarefa imediata — conduzir os grupos de pessoas com etiquetas penduradas nos próprios casacos. Gritavam ordens para que todos fizessem fila, sopravam apitos de vez em quando para chamar a atenção dos que falavam pouco ou nenhum inglês.

Henry foi se afastando lentamente e se viu levado a descer a avenida Maynard até a periferia de Nihonmachi, onde encontrou Sheldon sentado no banco de um ponto de ônibus, bebericando café na tampa de uma garrafa térmica, a maleta do sax acomodada entre os pés. O músico olhou para Henry e balançou a cabeça, enquanto os moradores remanescentes de Nihonmachi prosseguiam em seu êxodo.

— Sinto muito, Henry — disse Sheldon, soprando o café para esfriá-lo.

— A culpa não é sua — atalhou Henry, sentando-se ao lado do amigo.

— Sinto muito, assim mesmo. Você não podia fazer nada. Ninguém podia. Vai dar tudo certo. Logo a guerra termina e eles voltam, você vai ver.

Henry sequer conseguiu concordar de cabeça.

— E se mandarem todos de volta para o Japão? Keiko nem fala japonês. O que vai acontecer com ela? Lá ela será mais inimiga do que aqui.

Sheldon ofereceu café a Henry, que balançou a cabeça, recusando.

— Não sei, Henry. Não tenho como saber. Só sei que todas as guerras têm um fim. Esta também terá. Aí vai ficar tudo bem de novo.

Sheldon tampou a garrafa.

— Quer que eu leve você até a escola?

Henry ficou contemplando o nada.

— Vai para casa?

— Mais tarde — disse Henry, sacudindo a cabeça.

Sheldon olhou rua acima, como se aguardasse um ônibus que estava atrasado e talvez nunca chegasse.

— Então venha comigo.

Henry sequer perguntou aonde. Seguiu Sheldon pela avenida Maynard, caminhado sobre a faixa branca pintada no asfalto até o coração do bairro japonês. A rua estava coalhada de panfletos do Comunicado Público nº 1, e pequenas bandeiras americanas de papel grudadas ao chão molhado. Ruas desertas, calçadas, idem. Henry olhou para um lado e para o outro. Nenhum carro, nenhum caminhão, nenhuma bicicleta. Nenhum entregador de jornal. Nenhum fruteiro ou peixeiro. Nenhum carrinho de flores ou barraquinha de macarrão. Tudo vazio — do mesmo jeito como ele se sentia por dentro. Não sobrou ninguém.

O exército tinha desmontado as barricadas nas ruas, salvo as das vias que levavam à estação. Todos os prédios haviam sido lacrados, as janelas cobertas por tábuas, como se os moradores tivessem se preparado para um tufão que jamais chegou. Faixas onde se lia "Sou americano" continuavam penduradas sobre a porta da barbearia Sakoda e dos escritórios da Oriental Trading Company, juntamente com placas que diziam "Negócio encerrado".

Tamanho era o silêncio que reinava nas ruas que dava para ouvir as gaivotas grasnarem lá em cima, no céu. Henry podia ouvir os apitos dos carregadores na estação ferroviária, a vários quarteirões de distância. Podia ouvir até os sapatos rangendo no asfalto molhado de Seattle, ruído logo abafado pelo de um jipe militar que virou a esquina e entrou na avenida Maynard. Ele e Sheldon pularam para a calçada, olhando para os soldados quando estes passaram devolvendo o olhar de ambos. Por um instante Henry achou que pudessem levá-lo, como haviam feito com os demais cidadãos japoneses da cidade. Baixou os olhos e tocou o *button* preso ao casaco. Não seria tão ruim assim, seria? Talvez o mandassem para o mesmo campo de Keiko e sua família. Mas a mãe sentiria saudades dele e, quem sabe, o pai também. O jipe passou. Os soldados não pararam. Vai ver sabiam que ele era chinês. Vai ver tinham coisas mais importantes a fazer do que prender um garotinho perdido e um saxofonista negro desempregado que fazia ponto na South Jackson.

Os dois caminharam até a escadaria do teatro Nippon Kan, em frente ao parque Kobe e à sombra do Hotel Astor, propriedade de um japonês, que se erguia silencioso como um caixão vazio. A área mais charmosa do bairro japonês, mesmo deserta como agora, ainda parecia bonita à tarde. Botões de cerejeira cobriam as calçadas e as ruas cheiravam a vida.

— O que estamos fazendo aqui? — perguntou Henry, ao ver Sheldon abrir a maleta e tirar o sax.

Sheldon enfiou a palheta no bocal do sax:

— Vivendo.

Henry olhou para as ruas desertas à volta, lembrando-se das pessoas, dos artistas, dos dançarinos, dos velhos fofocando e jogando cartas. Das crianças correndo e brincando. De Keiko sentada no morrinho desenhando em seu caderno. Rindo de Henry. Implicando com ele. As lembranças o aqueceram, ao menos um pouquinho. Talvez houvesse vida a viver.

O ouvido se aguçou quando Sheldon respirou fundo e depois atacou um lento lamento no sax. Uma peça triste e melancólica que Henry jamais escutara o amigo tocar na rua ou nos clubes. Foi de cortar o coração, mas passou rápido. Sheldon emendou numa música festiva — animada, plena de emoção e ritmo. O músico tocava para ninguém mas, ao mesmo tempo, deu-se conta Henry, para todo mundo.

Henry acenou em despedida, enquanto Sheldon continuou tocando ao longe. A meio caminho de casa, entrou em Chinatown. Estava longe dos soldados da estação ferroviária, e por isso tirou o *button* e o guardou no bolso, não querendo pensar nele.

Parou, então, e comprou para a mãe outro lírio oriental.

O caderno de desenho
(1986)

No porão mal-iluminado do Hotel Panamá, Samantha respirou fundo e soprou a poeira que cobria a capa de um livrinho.

— Vejam isto! — exclamou.

Ela e Marty não estavam ajudando tanto quanto Henry esperara. Ficavam presos nos detalhes de cada objeto encontrado, tentando achar algum significado — determinar seu valor histórico ou, no mínimo, imaginar por que aquilo teria sido guardado ali, quer se tratasse de um documento de aspecto importante ou de um simples ramo de flores secas.

Henry explicara que boa parte do que muitas famílias consideravam de valor havia sido vendida por tostões na pressa dos dias que antecederam a chegada do exército para levar todos embora. Era difícil encontrar depósitos, e ninguém podia garantir a segurança do que ficasse para trás. Afinal, ninguém sabia quando seria o retorno. Ainda assim, muito do que Henry, Marty e Samantha encontraram obviamente tinha grande valor afetivo — álbuns de fotos, certidões de nascimento e casamento, cópias-caborno de documentos de imigração e naturalização e até diplomas emoldurados da Universidade de Washington, incluindo um punhado de certificados de doutorado.

Henry fizera uma pausa no primeiro dia para folhear alguns álbuns de fotos, mas a enorme quantidade de pertences o mantinha concentrado no que realmente viera procurar. Se não passasse batido por todo o resto, ficaria semanas preso ali.

— Isto é incrível! Vejam estes livros — exclamou Marty do outro lado do porão. — Pai, venha ver estas coisas.

Fazia duas horas que Henry e a sua equipe improvisada vinham garimpando a bagagem atrás de discos antigos. Durante esse tempo,

Henry fora chamado para dizer ohs e ahs diante de pilhas de bijuterias, uma espada japonesa que por milagre escapara do confisco e uma maleta de instrumentos cirúrgicos de metal. Já estava ficando cansado da novidade.

— É um disco? — resmungou.

— Não exatamente. É o registro de *alguma coisa* — um caderno de desenhos. Na verdade uma caixa cheia deles. Venha ver.

Henry largou a assadeira de bambu que acabara de tirar de um velho baú de navio e abriu caminho entre caixotes e malas o mais rápido que pôde.

— Deixe-me ver...

— Calma, tem para todo mundo — disse Marty.

Henry segurou nas mãos o caderninho de desenhos — a capa preta empoeirada estava velha e quebradiça. Dentro havia esboços de Chinatown e do bairro japonês. Dos píeres que se projetavam na baía Elliot. E de operários das fábricas de latas, além de barcas e flores no mercado.

Os desenhos pareciam rudimentares e imperfeitos, de vez em quando salpicados de anotações breves sobre datas e lugares. Não havia nenhum nome, ao menos que se visse.

Marty e Samantha se sentaram em algumas malas sob a luz de uma única lâmpada que pendia do teto, folheando os cadernos. Henry não conseguiu sentar-se. Nem ficar de pé, parado.

— Onde você encontrou estes cadernos? Em que pilha?

Marty apontou, e Henry começou a escarafunchar um caixote cheio de mapas antigos, telas parcialmente pintadas e potes com velhos utensílios de pintura.

— Pai?

Henry se virou e viu uma expressão confusa nos olhos do filho. O rapaz olhou para a folha que tinha diante de si, depois para o pai, e novamente para a folha. Samantha também parecia confusa.

— Papai? — disse Marty, olhando para Henry sob a luz mortiça. — *Este é você?*

Marty mostrou ao pai uma página aberta, bastante manuseada. Nela havia um desenho a lápis de um menino sentado nas escadas de um prédio com uma expressão tristonha e solitária.

Para Henry foi como olhar para um fantasma. Não conseguia tirar os olhos do desenho.

Marty virou a página. Mais dois retratos, menos detalhados, mas obviamente do mesmo garoto. O último era um *close* de um rosto jovem e bonito. Embaixo, estava escrito "Henry".

— É você, não é? Vi logo, porque conheço suas fotos da adolescência.

Henry engoliu em seco e respirou fundo, sem se importar mais com a poeira do porão, que fazia o nariz comichar e os olhos coçarem. Já não sentia mais a secura do lugar. Encostou o dedo nas linhas traçadas no papel, alisou as marcas de lápis, a textura do grafite esfumaçado para definir sombra e luz. Pegou da mão do filho o caderno e virou a página. Botões de cerejeira, velhos e secos, escuros e frágeis estavam grudados ao papel. Fragmentos de alguma coisa que um dia viveu.

O tempo não foi generoso, pensou Henry.

Fechou o caderno de desenhos e olhou para o filho, concordando de cabeça.

— Encontrei uma coisa! — gritou Samantha, que havia voltado a trabalhar nas caixas onde achara os cadernos.

— É um disco!

Puxou da caixa uma capa de disco branca e encardida. O tamanho era estranho para os padrões contemporâneos. Um velho disco 78. Samantha o entregou ao futuro sogro. Pesava duas vezes mais que os discos atuais, mas ainda assim Henry sentiu o disco envergar. Nem precisou tirá-lo da capa para saber que estava partido ao meio. Henry abriu o invólucro e viu duas metades vergadas, mantidas juntas unicamente pelo rótulo. Um punhado de pedacinhos ficara no fundo da capa. Cuidadosamente retirou o disco, que, apesar de tudo, parecia novinho em folha. Não havia arranhões nem poeira nas grossas ranhuras. Pousou-o, levemente torto, na palma da mão. Quando o objeto refletiu a luz, Henry pôde ver impressões digitais nas extremidades. De dedos pequeninos. Henry tocou-as, avaliando o tamanho. Depois a mão deslizou pelo rótulo, que dizia "Oscar Holden & the Midnight Blue, *Alley Cat Street*".

Henry soltou um suspiro de alívio silencioso e sentou-se num velho caixote de leite. Como muitas coisas que desejara na vida — como o pai, seu casamento, sua vida —, o disco chegou um pouco danificado. Imperfeito. Não faz mal, concluiu, é tudo que eu sempre quis, que esperei encontrar, e encontrei. Não importa em que estado.

Uwajimaya
(1986)

Pai e filho estão encostados no capô do Honda de Marty no estacionamento do armazém Uwajimaya. Samantha foi comprar algumas coisinhas, tendo insistido em preparar para os três um jantar chinês. Henry não faz ideia do porquê ou o que ela está tentando provar, mas, honestamente, não dá a mínima. Se a nora tivesse proposto cozinhar *huevos rancheros* ou *coq au vin*, aceitaria de bom grado. Tão ansioso ficou com o que pudesse vir a encontrar no porão do Hotel Panamá que se esqueceu por completo de almoçar. Agora está quase na hora do jantar e ele está excitado, emocionalmente exausto... E faminto.

— Lamento que você tenha encontrado seu Cálice Sagrado e ele esteja naquele estado.

Marty tenta consolar o pai, que na verdade está de excelente humor, a despeito da avaliação do filho.

— Encontrei, isso é o que interessa. Não me importo com o estado...

— É, mas não vai poder ouvi-lo — interrompe Marty. — E nesse estado ele não vale nada, zero.

Henry reflete um instante, olha de esguelha o relógio enquanto os dois esperam Samantha voltar.

— O valor é fixado pelo mercado, e o mercado jamais vai fixá-lo, porque eu *jamais* o venderia, mesmo que estivesse em perfeitas condições. Passei anos querendo encontrá-lo. Décadas. Agora encontrei. Prefiro ter achado uma coisa quebrada do que perdê-la para sempre.

Marty sorri enviesado:

— Tipo "melhor ter amado e perdido do que nunca ter...".

— Amado — completa Henry. — É por aí. Não exatamente um momento "amar é...", como vocês dizem, mas na mesma linha.

Pai e filho remexeram no restante dos baús e caixas próximos ao lugar onde encontraram os cadernos de desenho e o velho disco, mas nada estava claramente identificado. Henry conseguiu descobrir vários crachás soltos, inclusive um onde se lia "Okabe", mas estava jogado sobre uma pilha de revistas. Provavelmente um rato ou camundongo confiscara o barbante das etiquetas muito tempo antes. A maioria das maletas vizinhas continha utensílios de pintura. Provavelmente pertencentes a Keiko ou à mãe. Quando tivesse mais tempo, Henry planejava voltar e ver o que mais poderia encontrar, mas por ora já tinha encontrado exatamente o que queria.

— Então, vai explicar aquela caixa no banco traseiro? — indagou Marty, apontando para o pequeno caixote de madeira com os cadernos de desenho dentro do Honda Accord.

A sra. Pettison deixou que Henry ficasse, temporariamente, com a coleção de cadernos e desenhos de Keiko, depois de ver o retrato com o nome dele. Pediu apenas que os trouxesse de volta para que fossem catalogados com o restante e que permitisse que um fotógrafo os registrasse. O velho 78 de vinil de Oscar Holden conseguiu entrar na caixa também, sem chamar atenção. Mas o velho disco de jazz está quebrado e não vale nada, certo? Ainda assim, Henry sente uma pontinha de culpa, embora Marty o tenha convencido de que certas regras merecem ser quebradas.

Henry se recosta no capô, cuidando para não deixar nenhuma mossa ou arranhão na lataria e arrumando uma posição confortável:

— O dono daqueles cadernos foi meu melhor amigo quando eu era garoto, durante *os anos da guerra*.

— Um amigo japonês, imagino, não? — indaga Marty, mais afirmando que perguntando.

Henry ergue as sobrancelhas e assente, reparando na expressão compreensiva do filho. Os olhos de Marty brilham com uma ponta de tristeza e pena. Henry não entende bem por quê.

— O *Yay Yay* deve ter subido nas tamancas quando descobriu — diz Marty.

Henry sempre admirou a forma como o filho se mantém com os pés firmes entre dois mundos. Um deles tradicionalmente chinês, o outro contemporaneamente americano. Moderno, mesmo. Gerencia um quadro de avisos eletrônico para o curso de Química da Universidade de Seattle, mas continua a usar o nome chinês honorífico *Yay Yay* para se referir ao avô (e *Yin Yin* para falar da avó). Por sua vez, a avó sempre endereçou as cartas que enviava para Marty na faculdade ao "Ilustríssimo Martin Lee". Aparentemente a formalidade tinha mão dupla.

— Seu avô andava ocupado na época, combatendo em dois *fronts*, nos Estados Unidos e lá na China.

Mas é verdade, você não sabe da missa a metade.

— Como era ele, o seu amigo? Como vocês se conheceram?

— Ela.

— Quem?

— O amigo era amiga. O nome dela era Keiko. Nós nos conhecemos porque éramos os únicos asiáticos numa escola secundária só de brancos. No auge da guerra. Nossos pais queriam que crescêssemos e fôssemos educados como *americanos*, e o mais rápido possível.

Henry sorri, ao menos por dentro, quando o filho desencosta de um salto do capô, vira de costas, tenta falar e depois torna a encará-lo.

— Deixe-me entender direitinho. Sua melhor *amiga* era uma japonesa enquanto você vivia a Revolução Cultural de *Yay Yay* na sua própria casa? Quer dizer...

Henry percebe que o filho não encontra as palavras, pasmo, boquiaberto, ante a revelação do pai.

— Ela era... tipo... uma namorada? Quer dizer, esta conversa não é exatamente muito confortável para se ter com o próprio pai, mas preciso saber. Você já não estava praticamente comprometido com um casamento arranjado? Foi a impressão que sempre me deu quando falava de como você e mamãe se conheceram.

Henry olha para um lado e para o outro da South King. Gente de todo tipo passeia pela avenida. De todas as raças. Chineses e japoneses, mas também vietnamitas, laosianos, coreanos e, lógico, um monte de caucasianos e uma boa quantidade de *hapas*, como se diz nas ilhas do Pacífico, ou seja, "mesclados". Gente que é um pouco de tudo.

— Éramos muito jovens — diz ele. — Os namoros não eram como os de hoje.

— Então ela foi... uma pessoa *especial*.

Henry não responde. Tempo demais se passou, e ele não sabe como explicar as coisas de um jeito que o filho entenda. Principalmente agora que foi apresentado a Samantha. Na época de Henry, era comum conhecer os pais de uma moça antes de começar a namorá-la, em vez do contrário. E namorar era cortejar, e cortejar era...

— A mamãe sabia disso tudo?

Henry sente a lacuna em forma de Ethel no seu coração esvaziar um pouquinho, esfriar um pouquinho. Quanta saudade tem dela.

— De uma parte. Mas depois que me casei com sua mãe nunca mais olhei para trás.

— Pai, você anda cheio de surpresas ultimamente. Quer dizer, surpresas grandes, que mudam os conceitos. Estou pasmo. Esse tempo todo, a gente procurando o disco... Era por causa do disco mesmo ou você queria encontrar lembranças de Keiko, da sua *amiga* há tanto tempo perdida?

Henry fica meio sem graça com o jeito como o filho pronuncia *amiga*, como se insinuasse mais que isso. Mas ela *foi mesmo* mais que uma amiga, não foi?

— Tudo começou com o disco, o disco que eu sempre quis tornar a ver — explica Henry, sem saber se está sendo totalmente honesto. — Eu queria o disco para alguém. Uma espécie de último desejo de um irmão há muito perdido. Eu me lembrava vagamente de que as coisas dela estavam guardadas lá, mas supus que já tivessem sido levadas há anos, há décadas. Nunca sequer sonhei que *ainda* pudessem estar ali, bem debaixo do meu nariz. Durante anos passei pela porta do hotel, sem saber. Então, quando trouxeram para cima todas aquelas coisas... A sombrinha de bambu. Todos os pertences que ficaram para trás. Eu não sabia o que iria encontrar, mas fico grato pelos cadernos de desenho. Pelas lembranças.

— Espere aí — interrompe Marty. — Em primeiro lugar, você é filho único e, segundo, acabou de dizer que jamais venderia aquele disco, não importa o estado dele.

— Mas não disse que não o *daria*, principalmente a um velho amigo...

— Voltei!

Samantha está de volta, segurando em cada mão várias sacolas de plástico pesadas. Henry pega algumas e Marty outras tantas.

— Vocês terão um banquete esta noite. Vou fazer a minha especialidade: caranguejo com feijão preto.

Metendo a mão na sacola, tira dela um embrulho que, pelo tamanho, parece ser um caranguejo de Dungeness fresquinho.

— E também vou fazer *choy sum* com molho picante de ostras.

Dois dos pratos prediletos de Henry. Ele, que estava faminto, agora está faminto *e* impressionado.

— Comprei até sorvete de chá verde para a sobremesa.

O rosto de Marty congela num sorriso educado. Henry sorri e agradece a bênção de uma futura nora tão gentil e atenciosa, por mais que ela ignore que o sorvete é japonês. Não faz mal. Uma coisa ele aprendeu faz tempo: não é a perfeição que faz uma família.

O campo Harmony
(1942)

Henry fingiu estar doente no dia seguinte, chegando mesmo a recusar-se a comer. Sabia, porém, que não enganaria a mãe por muito tempo, se é que a enganava agora. Provavelmente não. Ela só estava sendo boazinha o bastante para engolir os sintomas, fabricados, do filho. Assim como a desculpa que ele usou para justificar o rosto arranhado e olho roxo cortesia de Chaz. Henry contara à mãe que havia "esbarrado" em alguém nas ruas apinhadas. E parou por aí. A mentira só funcionaria se ela fosse uma cúmplice de boa vontade, e ele não quis abusar da sorte.

Assim, na quinta-feira, Henry fez o que vinha temendo fazer a semana inteira. Deu início aos preparativos para voltar à escola, à classe de sexta série da sra. Walker. Sozinho.

Na mesa do café da manhã, a mãe não perguntou se ele estava melhor. Ela sabia. O pai comeu uma tigela de mingau de arroz *jook* e leu o jornal, atormentado por uma série de vitórias japonesas em Bataan, Burma e nas Ilhas Salomão.

Henry encarou-o, mas não disse uma palavra. Mesmo que pudesse se dirigir ao pai em cantonês, não teria dito coisa alguma. Queria culpá-lo por terem levado embora a família de Keiko. Por nada fazer. Mas, no final, não sabia por que condená-lo. Por não se importar? Como podia culpar o próprio pai, quando ninguém mais parecia se importar também?

O pai deve ter sentido o olhar do filho. Pousou o jornal na mesa e olhou para Henry, que o encarou, sem piscar.

— Tenho uma coisa para você — disse, olhando para o filho.

Meteu a mão no bolso da camisa e tirou um *button*. Nele estava escrito "Sou Americano" em letras de forma vermelhas, brancas e azuis. Entregou o *button* a Henry, que fechou a cara e se recusou a pegá-lo. O pai calmamente pôs o novo *button* na mesa.

— Seu pai quer que você use isto. É melhor, agora que os japoneses estão sendo evacuados de Seattle — disse a mãe, enchendo uma tigela com o mingau de arroz grudento e sem gosto e pousando-a, fumegante, diante de Henry.

Aquela palavra de novo. *Evacuados*. Mesmo quando a mãe a pronunciou em cantonês não fez nenhum sentido. Evacuados de quê? Keiko havia sido tirada dele.

Henry agarrou o *button* de cima da mesa e pegou a sacola de livros, saindo porta afora. Deixando intocada a tigela de mingau. Nem sequer se despediu.

No caminho para a aula, as outras crianças que vinham em sentido contrário, em direção à escola chinesa, não implicaram com ele ao passar. A expressão em seu rosto provavelmente aconselhou-as a desistirem da ideia. Ou quem sabe tivessem perdido a voz ao verem os prédios vazios e lacrados de Nihonmachi alguns quarteirões atrás.

A umas poucas quadras de distância, Henry jogou o novo *button* na lixeira mais próxima, sobre a montanha de lixo que transbordava dela — garrafas quebradas que não podiam ser recicladas como contribuição para a guerra e cartazes que quarenta e oito horas antes estavam nas mãos da multidão que saudava a evacuação.

A SRA. WALKER FALTOU à escola naquele dia, motivo pelo qual foi dado aos alunos um substituto, o sr. Deacons. Aparentemente, os colegas de Henry só estavam interessados em saber quanta balbúrdia o novo professor toleraria enquanto, aos trancos e barrancos, dava conta do conteúdo programado para o dia, deixando Henry em paz no fundo da sala. O menino sentiu-se como se tivesse sumido. E talvez este fosse mesmo o caso. Ninguém o chamou. Ninguém disse uma palavra, e Henry ficou agradecido.

A cantina, porém, foi outra história. A sra. Beatty parecia genuinamente aborrecida com a ausência de Keiko. Henry não soube dizer ao certo se o desapontamento da merendeira se devia às circunstâncias injustas da súbita partida da menina ou simplesmente ao fato de precisar trabalhar mais na limpeza da cozinha. Ela soltou um palavrão baixinho quando pôs no balcão de servir a última panela do almoço do dia, que batizou de "galinha *katsu-retsu*". Henry não sabia o significado do nome, mas soava como alguma comida japonesa. Nipo-americana, no mínimo. Pedaços empanados de galinha num molho gorduroso marrom. Por incrível que pareça, tinha boa aparência. E bom aroma, também. "Que provem. Vejamos o que vão dizer", foi tudo que resmungou antes de sumir de vista com seus cigarros.

Se os colegas de classe sabiam que o prato principal do almoço era japonês, não repararam e nem pareceram se importar. Mas a ironia acertou Henry como um martelo. Ele sorriu, se dando conta de que a sra. Beatty não era exatamente o que parecia.

Os outros garotos, porém, não se deixaram impressionar tanto com a surpresa.

— Vejam, esqueceram um aqui! — zombou um grupo de quatro alunos quando Henry encheu seus pratos. — Chamem os soldados, um deles escapou!

Henry não estava usando o *button*. Nem o velho nem o novo. Também não faria diferença. Quanto tempo será que falta?, perguntou-se ele. Sheldon havia dito que a guerra não duraria para sempre. Durante quantos dias ainda vou ter que aguentar isso?

Como uma prece atendida por um deus cruel e vingativo, Chaz surgiu empurrando sua bandeja diante de Henry.

— Levaram sua namorada embora, Henry? Talvez agora você aprenda a não confra... confar... A *não andar com o inimigo*. Esses japas sujos, traidores... Provavelmente ela vinha envenenando a nossa comida.

Henry encheu até a boca uma concha com galinha e molho e estendeu o braço, de olho na testa ossuda, símia, de Chaz. Foi quando sentiu uns dedos grossos como salsichas lhe apertarem o braço, impedindo-o de servir. Ergueu os olhos e viu a sra. Beatty às suas costas. Ela tirou a concha da mão de Henry e desafiou Chaz.

— Cai fora. Não sobrou comida — disse ela.

— Como assim? Tem muita...

— A cozinha já fechou para você. Fora!

Henry olhou para a merendeira e viu aquilo que só conseguiu descrever como a cara de guerra da sra. Beatty. Uma expressão dura, como as estampadas nos rostos dos soldados em treinamento mostrados nos cinejornais, uma expressão empedernida de alguém cuja ocupação consiste em matar e aleijar.

Chaz fez a cara de um cãozinho flagrado sujando o chão e forçado a esfregar o nariz na própria porcaria e bateu em retirada levando a bandeja vazia, empurrando um garotinho para abrir caminho.

— Nunca gostei dele mesmo — disse a sra. Beatty enquanto Henry continuava a servir os últimos alunos da fila, que pareciam encantados em ver o valentão da escola de crista baixa.

— Você quer ganhar uns trocados no sábado? — perguntou a merendeira corpulenta.

— Quem? Eu? — perguntou Henry.

— É, você. Por acaso tem algum outro emprego no sábado?

Henry simplesmente fez que não com a cabeça, num misto de confusão e medo daquele tanque de mulher que acabara de carimbar um pontapé no traseiro da calça de brim de Chaz.

— Pediram que eu ajudasse a montar um refeitório como prestadora de serviços para o exército, e preciso de alguém que trabalhe duro e faça as coisas do jeito que eu gosto.

Olhou para Henry, que não entendeu direito o que estava ouvindo.

— Tem algum problema para você?

— Não — respondeu ele.

E foi sincero. Ela cozinhava, Henry arrumava e servia, recolhia tudo e limpava. Era um trabalho pesado, mas estava habituado. E por mais que o fizesse dar duro na cozinha da escola, a sra. Beatty jamais lhe dirigira uma palavra grosseira. E, claro, nenhum elogio também.

— Ótimo. Me encontre aqui às nove da manhã no sábado. E não se atrase. Posso lhe pagar dez centavos por hora.

Dinheiro é dinheiro, pensou Henry, ainda pasmo com a saída de Chaz com o rabo entre as pernas.

— Onde vamos trabalhar?

— No campo Harmony. É no terreno da Feira Estadual em Puyallup, perto de Tacoma. Tenho a impressão de que você já ouviu falar dele.

A sra. Beatty encarou Henry com a mesma expressão empedernida de sempre.

Henry sabia direitinho onde o campo ficava. Descobrira no mapa. Estarei aqui no sábado de manhã, às nove em ponto. Não perderia esse compromisso por nada no mundo, quis dizer à merendeira, mas "obrigado" foi a única palavra que conseguiu encontrar.

Se sabia o que isso significava para ele, a sra. Beatty não demonstrou.

— Ah, achei...

Passando a mão numa caixa de fósforos, ela foi para o pátio dos fundos levando seu almoço.

— Me chame quando acabar aqui.

Quando o sábado chegou, Henry tinha um objetivo. Uma missão: encontrar Keiko. Depois, quem sabe? Pensaria em alguma coisa.

Henry não sabia ao certo que conclusão tirar da proposta da sra. Beatty, mas também não ousou perguntar. A mulher era uma montanha em forma de gente — e uma pessoa de poucas palavras. Mesmo assim, estava agradecido. Disse aos pais que a merendeira iria lhe pagar para ajudá-la na cozinha aos sábados. Isso não chegava a ser totalmente verdade, mas não chegava a ser mentira. Ele iria ajudá-la na cozinha — do campo Harmony, a uns setenta quilômetros de distância.

Quando a sra. Beatty chegou em uma picape Plymouth vermelha, Henry a aguardava sentado nos degraus da escada, do lado de fora da cozinha. O veículo caindo aos pedaços havia sido lavado recentemente, mas seus enormes pneus estavam cobertos de lama por causa das ruas molhadas.

A sra. Beatty jogou uma guimba de cigarro na poça mais próxima, e observou a brasa se apagar com um chiado.

— Entre — rosnou ela, enquanto fechava a janela, fazendo o carro balançar com o movimento do braço gorducho.

Bom dia para a senhora também, pensou Henry enquanto dava a volta pela frente do carro, esperando ocupar o banco do carona e não o de trás. Lançando um olhar para a caçamba da picape, Henry só conseguiu ver silhuetas de caixas escondidas debaixo de uma lona e amarradas com uma corda grossa. Ele pulou sobre o assento. Os pais não tinham carro, embora suas economias lhes permitissem comprar um. Com o racionamento de gasolina, a compra não fazia sentido agora, ao menos segundo o pai. Em vez disso, usavam o lotação ou o ônibus. Muito de vez em quando, pegavam uma carona com a tia King, mas em geral só quando o destino era alguma reunião de família — um casamento, um enterro, o aniversário ou as bodas de um parente idoso. Andar de carro era moderno, excitante. Não fazia diferença aonde iam nem quanto tempo levava a viagem. A experiência sempre deixava o coração de Henry acelerado, como hoje. Ou será que isso tinha a ver com a esperança de ver Keiko?

— Não vou lhe pagar pelo tempo gasto na viagem.

Henry não soube ao certo se era uma pergunta ou uma afirmação.

— Tudo bem — respondeu.

Para mim, já basta ir. *Na verdade, eu faria isso de graça.*

— O exército não me paga a quilometragem, apenas completa o meu tanque de gasolina na ida e na volta.

Henry assentiu como se tudo aquilo fizesse sentido. A sra. Beatty era empregada no refeitório, um emprego de meio expediente, supunha Henry.

— A senhora já foi do exército? — indagou o garoto.

— Da Marinha Mercante. Meu pai foi, antes de passarem a Comissão Marítima. Era o chefe dos cozinheiros no navio *City of Flint*, e eu ajudava sempre que eles estavam ancorados, fazendo as listas de compras, o planejamento de cardápio, preparando a comida e cuidando da armazenagem. Cheguei a ficar dois meses a bordo numa viagem ao Havaí. Papai dizia que eu era sua "pequena sombra".

Henry não conseguia conceber o adjetivo "pequeno" aplicado à sra. Beatty.

— Acabei ficando tão treinada que ele me chamava toda vez que seu velho navio estava no porto. Me botava para trabalhar aqui e ali durante alguns dias. Seu melhor amigo, o camareiro do navio, que é praticamente meu tio, também é chinês. Você ia gostar dele. Nesses navios é assim, todos os cozinheiros são de cor ou chineses, eu acho.

Henry ficou atento:

— A senhora se encontra muito com eles?

A sra. Beatty mordeu o lábio, olhando para a frente.

— Ele costumava me mandar postais da Austrália, da Nova Guiné, lugares assim. Nunca mais recebi nenhum — disse ela com um tremor de tristeza na voz. O velho navio do meu pai foi capturado pelos alemães há dois anos e meio. A Cruz Vermelha me mandou uma foto dele num campo de prisioneiros de guerra. No início, chegaram algumas cartas, mas há um ano não tenho notícias.

Sinto muito, pensou Henry, mas nada disse. A sra. Beatty tinha a tendência de entabular conversas de mão única, e ele estava habituado a ouvir calado.

Ela pigarreou, enchendo de ar as bochechas. Depois jogou pela janela um cigarro pela metade e acendeu outro.

— Seja como for, alguém ouviu dizer que eu dava conta de cozinhar para uma manada, além de controlar as porções das refeições da garotada, e então me ligaram e não tive como dizer não.

Ela olhou para Henry como se de alguma forma a culpa fosse dele.

— Por isso estamos aqui.

E estavam mesmo. Na picape da sra. Beatty, sacolejando pela autoestrada, atravessando a zona rural ao sul de Tacoma. Henry pensou na sra. Beatty e seu pai desaparecido enquanto contemplava os pastos, as vacas e os cavalos de tração, maiores e mais musculosos do que todos os que vira na vida. Essas eram fazendas genuínas, não as hortas caseiras das casas de Seattle.

Henry não sabia o que esperar. Seria algo parecido com o lugar onde o pai da sra. Beatty estava preso? Não podia ser ruim assim. Ouvira dizer que o campo Harmony era um acampamento temporário, até que o exército descobrisse como e onde construir campos permanentes, mais para o interior. *Permanente*. Ele não gostava do som dessa palavra. Ainda assim, todos continuavam falando em "campo" — o que soava bacana, mas de um jeito que até Henry entendia ser, provavelmente, falso. Contudo, o belo cenário campestre lhe devolveu as esperanças. Ele nunca havia estado em uma colônia de férias, mas vira uma foto certa vez na revista *Boy's Life*. Cabanas à beira de um belo lago cristalino que refletia o pôr do sol. Fogueiras e pescaria. Gente sorrindo, despreocupada, aproveitando e se divertindo.

Nem de longe lembrava a pitoresca cidadezinha de Puyallup, uma pequena comunidade rural cercada por belas plantações de narcisos. Estufas salpicavam os vastos campos amarelos, e o monte Rainier, com sua coroa de neve, dominava o horizonte. Quando o carro desceu a avenida principal, passando por casas e mais casas de artesãos, a caminho do parque Pioneer, os cartazes em várias vitrines de lojas diziam: "Voltem para casa, japoneses!" Os cartazes eram lembretes sombrios de que o campo Harmony nada tinha de colônia de férias. E ninguém iria para casa tão cedo.

Henry baixou o vidro e foi tomado de assalto pelo forte odor de estrume de cavalo. Ou seria de vaca? Será que existe de fato alguma diferença?, pensou. O fedor podia ser também de cabra ou de galinha, a seu ver. De toda maneira, um bocado diferente do ar fresco e marinho de Seattle.

Próximo ao coração de Puyallup, os dois entraram em um enorme estacionamento de cascalho. Henry observou, estupefato, os compridos estábulos e as construções que cercavam a Feira Estadual Washington. Dava para ver, pelos gigantescos silos de grãos, que este era, definitivamente, um território rural. Ele nunca estivera na feira, e o lugar era maior do que jamais imaginara. Provavelmente tão grande quanto o próprio bairro chinês, se não maior.

Foi quando viu gente entrando e saindo dos prédios pequeninos. Gente de cabelo escuro e pele azeitonada. E reparou nas torres próximas à cerca. Mesmo a distância podia ver os soldados e suas metralhadoras. Os holofotes apagados miravam o terreno baldio abaixo. Henry nem precisou ler a placa sobre os portões guarnecidos de arame farpado. Aquele era o campo Harmony.

Ele nunca estivera numa prisão. Na única vez em que foi à prefeitura com o pai para pegar uma licença para uma reunião, a atmosfera solene do lugar lhe causou calafrios. A fachada de mármore, as placas de granito no chão, tudo tinha uma imponência ao mesmo tempo estimulante e intimidadora.

Henry sentiu a mesma coisa quando o carro entrou numa área de espera ladeada por dois grandes portões de metal. Ambos ostentavam um arremate novo de arame farpado, do qual se projetavam pontas que pareciam tão afiadas quanto facões de cozinha. Ele estava tenso — ou melhor, aterrorizado. Não se mexeu quando o policial militar se aproximou da janela do carro para examinar os documentos da sra. Beatty. Nem ao menos ergueu a mão para se assegurar de que o *button* "Sou chinês" estivesse claramente visível. Este é um lugar em que gente como eu entra, mas não sai, pensou. Apenas mais um prisioneiro de guerra japonês, ainda que eu seja chinês.

— Quem é o menino? — perguntou o soldado.

Henry olhou para o sujeito de uniforme, que não parecia nadinha com um homem — era mais um garoto, de rosto imberbe e coberto de espinhas. Como ele, o rapaz não dava a impressão de achar emocionante estar estaqueado num lugar desses.

— Um ajudante de cozinha.

Se estava preocupada com a entrada de Henry no campo Harmony, a sra. Beatty nada demonstrou.

— Ele veio comigo para ser estafeta, ajudar a trocar as travessas e tudo mais.

— Tem documentos?

É agora que vão me prender, pensou Henry, olhando para o arame farpado, imaginando em qual galinheiro o enfiariam.

Viu a merendeira parruda pegar um pequeno maço de papéis embaixo do banco do motorista.

— Este é o registro escolar dele, provando que se trata de um ajudante de cozinha. E esta, a caderneta de vacina.

Olhando para Henry, ela explicou:

— Todo mundo aqui precisa primeiro se vacinar contra tifo, mas eu verifiquei e você está em dia.

Henry não entendeu bem, mas ficou subitamente agradecido por ter sido mandado para aquela escola idiota. Agradecido pela *bolsestudo* que o manteve na cozinha durante todos aqueles meses. Sem o trabalho na cozinha, jamais teria chegado tão longe — tão perto de Keiko.

O soldado e a sra. Beatty discutiram por um momento, mas o mais forte — ou, neste caso, *a* mais forte — venceu, tendo o jovem soldado simplesmente acenado, mandando-a passar para a área de espera seguinte, onde outros caminhões estavam descarregando.

A sra. Beatty entrou de ré numa vaga e puxou o freio de mão. Henry saltou diretamente na lama, que lhe chegava ao tornozelo e fazia um barulho oco, gorgolejante, conforme ele enfiava e tirava um pé de cada vez, até chegar ao corredor de tábuas 2x4 que formavam um piso improvisado. Sacudindo a lama o melhor que pôde e enxugando os pés nas tábuas enquanto andava, Henry seguiu a sra. Beatty até o interior do prédio mais próximo, as meias e os sapatos molhados rinchando a cada passo.

No caminho, sentiu o aroma de alguma coisa sendo cozinhada. Não necessariamente alguma coisa gostosa, mas *alguma coisa*.

— Espere aqui — disse a sra. Beatty, entrando na cozinha industrial. Momentos depois, voltou acompanhada de um funcionário uniformizado que a seguiu até o carro onde ela desamarrou a lona, revelando caixas de *shoyu*, vinagre de arroz e outros ingredientes japoneses.

Os dois carregaram para dentro os mantimentos, ajudados por Henry e alguns jovens de aventais brancos e quepes — soldados encarregados de trabalhar na cozinha. Montaram um refeitório de uns doze metros de comprimento, com fileiras e mais fileiras de mesas e cadeiras de armar marrons e amassadas. As pranchas de madeira do assoalho eram uma tapeçaria de manchas de gordura e pegadas de botas enlameadas. Henry ficou surpreso ao perceber como estava à vontade. O campo era intimidador, mas a cozinha... A cozinha era seu lar. Ele sabia se virar ali.

Espiou sob as tampas das várias travessas fumegantes, duas vezes mais numerosas do que na escola. Evidentemente, o almoço já estava pronto. Olhou boquiaberto a enorme maçaroca úmida, metade marrom, metade cinzenta — salsichas enlatadas, batatas cozidas e pão seco bolorento. Só o cheiro já o fazia aguar pela comida da escola Rainier. Pelo menos os condimentos trazidos pela sra. Beatty ajudariam um pouquinho.

Henry observou enquanto ela e um outro jovem soldado folheavam papéis e formulários de encomendas. Havia sido encarregado de servir, juntamente com um soldado de avental, que olhou para Henry e fez uma expressão surpresa. O que teria levado o rapaz de uniforme a hesitar? A idade do garoto ou sua etnia? Não importava. O soldado apenas deu de ombros e começou a servir. Estava habituado a cumprir ordens, calculou Henry.

Quando os primeiros prisioneiros japoneses entraram numa única fila, seus cabelos e roupas estavam salpicados de chuva. Alguns conversavam ansiosos entre si, embora quase todos franzissem a testa e uns poucos torcessem o nariz ao ver o que Henry punha em seus pratos. O garoto sentiu vontade de se desculpar. Conforme a fila avançava, Henry viu que havia crianças lá fora, brincando na lama enquanto os pais aguardavam.

— *Konichiwa*... — disse um menino, empurrando a bandeja na bancada de metal em frente às travessas de Henry.

Henry apontou o dedo para o próprio *button*. Vez após vez. Em todas elas, a pessoa que dizia *oi* com uma expressão esperançosa e satisfeita se desapontava e depois parecia confusa. Talvez isso fosse bom. Talvez eles falem de mim. E talvez Keiko saiba onde me encontrar, pensou Henry.

Ele tinha certeza de que veria Keiko na fila. A cada menina que entrava, a esperança crescia e murchava, o coração enchia e esvaziava como um balão de gás. Mas ela não apareceu.

— Você conhece os Okabe? Keiko Okabe? — perguntava de vez em quando.

Quase sempre recebia em resposta olhares confusos ou desconfiados. Afinal, os chineses eram Aliados, lutavam contra o Japão. Até que um idoso sorriu e assentiu com a cabeça, tagarelando excitado sobre alguma coisa. Henry nem desconfiou de qual era o assunto da conversa, já que o velho só falava japonês. Talvez soubesse precisamente onde estava Keiko, mas não conseguiu se explicar de um jeito capaz de ajudar.

Assim, Henry continuou servindo, durante duas horas, das 11h30 às 13h30. Próximo ao final do seu turno, impacientou-se, balançando-se para a frente e para trás em cima do engradado de maçãs no qual estava empoleirado a fim de ficar mais alto que as travessas. Nessas duas horas não viu nenhum sinal dos Okabe.

Observou a multidão entrar, alguns com esperança no olhar, um otimismo logo apagado ante a visão da comida, que aos poucos lhes revelava a realidade de onde estavam. Ainda assim, ninguém reclamou do almoço, ao menos com ele ou com o jovem que servia a seu lado. Henry se perguntou como estaria se sentindo o soldado branco, agora que *ele* era a minoria no refeitório. Em compensação, poderia ir embora quando acabasse seu turno. E tinha um rifle com uma longa baioneta na ponta.

— Vamos lá, precisamos arrumar o jantar no salão ao lado — disse a sra. Beatty, que surgiu justo quando ele estava encerrando o serviço e recolhendo bandejas deixadas para trás.

Henry estava habituado a cumprir ordens na cozinha. Na companhia da sra. Beatty, seguiu para um outro setor do campo Harmony, onde havia menos prédios atarracados e mais árvores frondosas e áreas de piquenique, agora vazias. O mapa da merendeira estampava a totalidade do campo, dividido em quatro setores — cada um com seu próprio refeitório. Ainda havia uma chance de encontrar Keiko. Três chances, para ser exato.

No refeitório seguinte, o almoço já acabara. A sra. Beatty mandou Henry lavar e enxugar bandejas enquanto, juntamente com o gerente da cozinha, partiu para coordenar a lista de ingredientes necessários e os cardápios.

— Fique lá fora se acabar cedo — disse ela. — Não saia vagando por aí, a menos que queira passar o resto da guerra aqui dentro.

Henry desconfiou de que ela não estava brincando e fez que sim com a cabeça, educadamente, finalizando o trabalho.

O refeitório aparentemente era território proibido aos japoneses, exceto na hora das refeições. A maioria ficava confinada aos alojamentos, embora Henry visse gente patinando na lama de vez em quando a caminho das latrinas.

Quando encerrou o expediente, Henry sentou-se na escada dos fundos e contemplou a fumaça que saía das chaminés de fogão instaladas nos telhados dos lares improvisados — a bruma enfumaçada enchia o céu chuvoso e cinzento acima do campo. O cheiro de madeira queimada pairava no ar.

Ela está aqui. Em algum lugar. No meio de... Quanta gente? Mil pessoas? Cinco mil? Henry não sabia. Queria gritar o nome da amiga, ou bater de porta em porta, mas os guardas, no alto das torres, não davam a impressão de levar seus postos na brincadeira. Vigiavam o tempo todo. Para proteger os internos — pelo menos foi isso que disseram ao menino. Mas então por que tinham as armas apontadas para dentro do campo?

Não fazia diferença. Henry se sentiu melhor sabendo que chegara até aqui. Ainda havia uma chance de encontrá-la. Em meio aos rostos tristes, chocados, talvez reencontrasse o sorriso dela. Mas estava escurecendo. Talvez fosse tarde demais.

Horário de visita
(1942)

Depois de sete dias de angústia, Henry repetiu o processo — com a mesma esperança de antes. Esperou pela sra. Beatty sentado na escadaria dos fundos da escola e, juntos, os dois foram de carro até Puyallup e adentraram os portões cercados de arame farpado do campo Harmony — dessa vez para chegar ao terceiro e ao quarto setores, ainda maiores que os anteriores. O último incluía os pavilhões para o gado e fora convertido em moradia, abrigando uma família em cada baia, segundo lhe disseram.

Em casa, os pais estavam orgulhosos do filho.

— Se continuar economizando, você vai conseguir comprar a nossa volta para a China — elogiou o pai em cantonês.

A mãe simplesmente concordava de cabeça e sorria toda vez que via o filho depositar o dinheiro ganho em um vidro de geleia na mesa de cabeceira. Henry não sabia mais o que fazer com tanto dinheiro para gastar numa época em que o açúcar e o couro de sapatos estavam sendo racionados. Usá-lo para comprar balas ou mais gibis parecia simplesmente desperdício, principalmente no campo Harmony, onde havia tão pouco de tudo.

— Mais do mesmo hoje — resmungou a sra. Beatty, enquanto começava a descarregar os diversos ingredientes japoneses que enchiam a caçamba da picape. Durante a semana, Henry descobrira de onde vinham. A merendeira andava encomendando gêneros extras na escola para depois levá-los para os campos, discretamente entregando-os aos prisioneiros e suas famílias. Trocava-os pelos cigarros fornecidos a cada lar. Se os vendia ou fumava todos sozinha, Henry nunca soube.

O que Henry não demorou a descobrir foi que o quarto setor abrigava o maior número de evacuados. Ocupava a maior parte do local de feiras, com um enorme salão de troféus transformado em refeitório.

— Seus pais aprovarim você trabalhar alguns dias extras quando começarem as férias? — perguntou a sra. Beatty, extraindo dos dentes os restos do café da manhã com um palito de fósforo, cuja caixa trazia estampado o nome do clube Ubangi.

— Sim, senhora — concordou, ansioso, Henry.

Essa era a vantagem de ser incapaz de comunicar-se com os pais, que suporiam que ele teria um curso de verão ou trabalho extra na escola Rainier — trabalho remunerado. Os dois faziam todo tipo de perguntas malucas. Que aulas extras eram essas? Aulas particulares para outros alunos? *Imagine só! O filho deles dando aulas a crianças brancas!* Henry apenas sorria assentindo, deixando que achassem o que quisessem.

Outra barreira linguística que Henry encontrou foi no campo Harmony. Ver um garoto chinês empoleirado sobre um engradado de maçãs atrás do balcão de servir já era estranho o bastante, mas quanto mais ele insistia nas perguntas sobre os Okabe aos que passavam em fila à sua frente, mais frustrado ficava. Poucos lhe davam bola, e os que o faziam não pareciam entender. Ainda assim, como um navio perdido que vez por outra manda um S.O.S., Henry continuou a disparar a mesma pergunta enquanto servia.

— Alguém conhece os Okabe?

Para Henry o sobrenome era único, mas, na verdade, poderia haver centenas de Okabes ali. Vai ver dava no mesmo que perguntar por sobrenomes comuns como Smith ou Lee.

— Por que está procurando os Okabe? — perguntou uma voz vinda da fila comprida.

Um homem se aproximou empunhando uma bandeja, obedientemente olhando adiante. Usava, abotoada até o pescoço, uma camisa que um dia foi branca, mas agora era da mesma cor do céu plúmbeo. A calça estava amarfanhada e enlameada na barra. O cabelo em desalinho só era contrabalançado pela barba cortada rente e o bigode — o preto cedendo lugar ao grisalho, o que emprestava a ele uma aparência erudita e digna, apesar do seu estado.

Quando lhe serviu o almoço, um ensopado de milho e ovos cozidos, Henry reconheceu o homem. Era o pai de Keiko.

— Henry?

Henry assentiu.

— Quer um pouco de ensopado?

Henry não acreditou que isso foi tudo que lhe ocorreu dizer. Sentiu vergonha da situação do sr. Okabe, como se entrasse na casa de um amigo e o flagrasse nu.

— Como vai o senhor? E a sua família? Como vai Keiko?

O sr. Okabe passou os dedos pelo cabelo, tentando penteá-lo. Cofiou a barba e depois abriu um sorriso largo.

— Henry, o que está fazendo aqui?

Foi como se uma camada de sofrimento cristalizada à volta dele durante as duas últimas semanas se rachasse e virasse pó. Estendendo o braço por sobre o balcão de servir, o sr. Okabe segurou os braços de Henry, com um brilho vital nos olhos.

— Não acredito... Quer dizer... Como veio parar aqui?

Henry viu a fila crescer atrás do sr. Okabe.

— A sra. Beatty, a merendeira da escola, me pediu para trabalhar um período com ela. Do seu jeito, acho que pretende ajudar. Tenho andado em todos os setores, tentando encontrar vocês e a Keiko. Como ela está, como estão vocês todos?

— Bem, bem — respondeu o sr. Okabe sorrindo, aparentemente esquecido do magro almoço que Henry pôs em seu prato, acompanhado de um pedaço extra de pão. — São as primeiras férias que tiro depois de anos. Eu bem que gostaria de estar em um lugar ensolarado.

Henry sabia que o sr. Okabe talvez realizasse seu sonho. Ouvira dizer que o exército estava construindo campos permanentes no Texas e no Arizona. Lugares quentes, horríveis.

O sr. Okabe saiu da fila para deixar que os outros fossem atendidos. Henry continuou servindo enquanto falava.

— Cadê a Keiko, ela está almoçando?

— Ficou com a mãe e o irmãozinho. Está passando bem. Metade das pessoas deste setor adoeceu com algum tipo de intoxicação ontem, inclusive nós. Mas Keiko e eu estamos bem agora. Ela ficou para ajudar, e vou dar a ela a minha porção.

O sr. Okabe olhou desconfiado para a comida antes de tornar a encarar Henry:

— Ela sente falta de você.

Agora foi o rosto de Henry que se iluminou. Ele não deu cambalhotas nem saltos triplos, mas nunca na vida experimentou uma sensação tão boa.

— Você sabe onde fica o salão de visitas? — indagou o sr. Okabe.

As palavras soaram como uma nota perfeita, produzida por um instrumento de cordas magistralmente afinado. *Visitas?* Henry nunca havia pensado nessa possibilidade.

— Existe um local para visitas? Onde?

O próximo na fila foi obrigado a pigarrear educadamente para que Henry continuasse a servir.

— Saindo daqui, vire à esquerda, na direção do portão principal no lado oeste da Área Quatro. É um pátio cercado, logo depois do portão. É provável que se chegue lá dando a volta por trás do prédio. Quando você termina aqui?

Henry olhou para o velho relógio pendurado na parede, sobre a porta da frente.

— Daqui a uma hora...

— Vou dizer a Keiko para encontrar você lá — completou o sr. Okabe, dirigindo-se para a porta. — Preciso voltar. Obrigado, Henry.

— Obrigado pelo quê?

— Só estou agradecendo para o caso de demorar a ver você novamente.

Henry soltou o ar em um grande suspiro e acenou para o sr. Okabe, que saía levando consigo a bandeja do almoço. Os outros prisioneiros da fila agora encaravam Henry como uma espécie de celebridade, ou, quem sabe, um confidente, e sorriam e saudavam em japonês e inglês.

Depois de servir a todos e recolher, limpar e guardar todos os pratos, Henry foi ter com a sra. Beatty, que fazia uma reunião com um jovem oficial encarregado do refeitório. Como acontecera na semana anterior, os dois planejavam cardápios e debatiam se seria melhor cozinhar batatas (cujo estoque era grande) ou arroz, que a sra. Beatty insistia em encomendar, ainda que não constasse da lista. Henry supôs que a conversa demoraria, e o aceno da sra. Beatty dispensando-o porta afora só confirmou tal suposição.

Henry seguiu pela trilha de terra até o portão mais próximo e continuou pelo caminho margeado de cercas de arame farpado. Essa terra de ninguém era, na verdade, uma trilha pouco movimentada de algumas centenas de metros que levava a uma área cercada destinada aos visitantes dos prisioneiros (como eles próprios se intitulavam) ou evacuados (como, de hábito, o exército os chamava).

O caminho conduzia a um lugar com bancos ao longo do lado interno da cerca, diante da qual uma pequena procissão de visitantes ia e vinha para conversar, e às vezes chorar, de mãos dadas com os prisioneiros por entre o arame farpado que os separava de quem estava do lado de fora. Uma dupla de soldados uniformizados ocupava uma mesa no lado dos prisioneiros, seus rifles encostados a uma trave da cerca. Pareciam para lá de entediados, jogando cartas e interrompendo o jogo de vez em quando para examinar bilhetes e cartas entregues pelos internos ou quaisquer pacotes recebidos por estes.

Como estava trabalhando dentro do campo, Henry podia ter se dirigido diretamente aos soldados na mesa, mas teve medo de se aventurar tão longe e ser confundido com um residente do campo Harmony. Por isso a sra. Beatty mandava que ele a esperasse nos fundos do refeitório, fosse na escada, próximo à cozinha, onde era conhecido, ou na picape. Mesmo com esse acesso especial, dava a impressão de ser mais seguro visitar os residentes do campo do jeito correto, ainda que apenas para satisfazer a sra. Beatty, de modo a garantir que ela continuasse a trazê-lo.

Henry ficou de pé junto à cerca, cutucando o arame com um graveto, temeroso de que a cerca fosse eletrificada — tinha certeza do contrário, mas um pouco de cautela não faz mal a ninguém. Verificou, surpreso, que os soldados nem pareciam notar sua presença. Mas também estavam ocupados discutindo com uma dupla de mulheres de uma igreja batista local, que tentava entregar uma Bíblia japonesa a uma interna, que, aos olhos de Henry, parecia uma anciã.

— Nada impresso em japonês é permitido aqui! — insistiu um dos soldados.

As mulheres apontaram para suas cruzes e tentaram entregar aos jovens soldados alguns panfletos. Ambos recusaram.

— O que eu não puder ler no inglês de *Deus* não entra no campo. — Henry entreouviu um dos soldados dizer.

As mulheres disseram algo à senhora japonesa em sua língua nativa. Depois trocaram apertos de mão e acenaram em despedida. A Bíblia deixou o campo do jeito que entrou, e a mulher idosa ficou de mãos vazias. Os soldados voltaram ao carteado.

Henry observou e esperou até ver uma gracinha de moça se aproximar pela trilha enlameada, usando um vestido amarelo desbotado, galochas vermelhas cobertas de lama e uma capa marrom. Ela ficou de pé do outro lado da cerca, o rostinho risonho, pálido devido à intoxicação alimentar, emoldurado pelo metal frio e o arame farpado. Uma borboleta capturada. Henry sorriu e soltou um lento suspiro.

— Sonhei com você na semana passada — disse Keiko, com uma expressão aliviada, mas feliz e até mesmo meio confusa. — E continuo achando que isso deve ser um sonho.

Henry desviou o olhar para a cerca, depois voltou a encarar Keiko, tocando o metal pontiagudo entre os dois.

— Isto *é* real. Eu também preferia que fosse um sonho.

— Foi um sonho agradável. Oscar Holden estava tocando. E nós, dançando...

— Não sei dançar — protestou Henry.

— No *meu* sonho você sabia. Estávamos dançando num clube, com todo tipo de gente, e a música... Era aquela que ele tocou para nós. A música do disco que compramos. Só que, de alguma forma, mais lenta... nós éramos mais lentos.

— Que sonho bacana — comentou Henry, concordando com ela.

— Fico pensando nesse sonho. Penso tanto que acabo sonhando com ele de dia, quando ando por este campo sujo, entrando e saindo da enfermaria com a minha mãe para ajudar os velhos e os doentes. Sonho esse sonho o tempo todo, não só à noite.

Henry descansou as mãos na cerca de arame farpado:

— Talvez eu também passe a ter o mesmo sonho.

— Não é preciso, Henry. Acho que aqui o meu sonho é grande o bastante para nós dois.

Henry ergueu os olhos para a torre de vigia mais próxima, com suas metralhadoras ameaçadoras e sacos de areia de proteção. Proteção contra o quê?

— Sinto muito por você estar aqui — lamentou ele. — Fiquei sem saber o que fazer depois que você partiu. Por isso vim aqui para tentar te encontrar. Continuo sem saber o que fazer.

— Tem uma coisa que você pode fazer...

Keiko também tocou com as mãos a cerca, cobrindo com as suas as de Henry.

— Pode nos trazer algumas coisas? Não tenho papel nem envelopes. Aliás, também não tenho selos, mas se você me trouxer tudo isso, vou poder lhe escrever. E tecidos, tecidos de qualquer tipo, alguns metros apenas. Não temos cortinas, e a luz dos holofotes entra pela janela e não nos deixa dormir à noite.

— Faço qualquer coisa...

— Tenho um pedido especial.

Henry passou os polegares sobre as costas das mãos macias de Keiko, olhando dentro daqueles olhos castanhos do outro lado das farpas da cerca.

— Semana que vem é meu aniversário. Será que você pode trazer isso tudo até lá? Vamos fazer um concerto de discos ao ar livre nesse dia, logo depois do jantar. Nosso vizinho conseguiu um toca-discos numa troca com os soldados, mas eles só têm um velho disco todo arranhado, horrível. Os soldados vão nos deixar fazer esse concerto aqui fora, se o tempo abrir. Talvez até usem alto-falantes. E eu adoraria uma visita no meu aniversário. A gente pode sentar aqui e ouvir.

— Que dia é o seu aniversário? — perguntou Henry.

Sabia que a menina era uns meses mais velha que ele, mas havia esquecido por completo o aniversário dela no tumulto dos últimos dias.

— Em uma semana a partir de amanhã, mas estamos tentando organizar o nosso primeiro evento social, algo que torne isto aqui mais um assentamento e menos uma prisão. Pedimos para o concerto de discos ser no sábado que vem, por isso vamos comemorar o meu aniversário nesse dia.

— Você está com o disco que compramos? — indagou Henry.

Keiko mordeu o lábio e balançou a cabeça.

— Onde ele está? — insistiu Henry, lembrando-se das ruas vazias de Nihonmachi, do monte de prédios lacrados.

— Provavelmente no porão do Hotel Panamá. Tem um bocado de tralha lá. Foi onde o papai guardou parte das coisas que não couberam nas nossas malas, coisas que também não quisemos vender por causa do valor afetivo. Mas o hotel estava sendo lacrado quando partimos. Garanto que continua fechado. Você nunca vai conseguir entrar lá, e mesmo que consiga, não sei se vai ser capaz de encontrar o disco no meio de tanta bagunça.

Henry pensou no velho hotel. Na última vez em que passou por ele, o térreo estava totalmente lacrado. As janelas dos andares superiores — as que não haviam sido tapadas — foram quebradas pelas pedras atiradas por crianças nos dias que se seguiram à evacuação.

— Tudo bem, eu trago tudo que conseguir no sábado que vem.

— No mesmo horário?

— Mais tarde. Na semana que vem, estaremos no Setor Quatro, ajudando com o jantar, mas posso me encontrar com você aqui, por volta das seis. Provavelmente vou te ver no jantar se você entrar na minha fila.

— Estarei lá. Aonde mais eu iria, afinal?

Keiko olhou à volta, observando a comprida extensão de arame farpado, depois baixou os olhos, aparentemente se dando conta de como estava enlameada. Em seguida, meteu a mão no bolso.

— Tenho uma coisa para você.

Henry relutantemente soltou a outra mão dela, enquanto Keiko puxava do bolso um raminho de dentes-de-leão amarrados com uma fita.

— Eles crescem entre as tábuas do assoalho da nossa casa. Não é bem um assoalho, são pranchas de madeira enfileiradas na terra. Minha mãe acha horrível todo esse mato crescendo sob os nossos pés, mas eu gosto. São as únicas flores que brotam aqui. Colhi estas para você — disse ela, estendendo o buquezinho para Henry por uma brecha entre o arame e o solo.

— Desculpe — disse Henry. De repente ele se sentiu um tolo por ter vindo de mãos abanando. — Não trouxe nada para você.

— Não faz mal. Já basta você ter vindo. Eu sabia que você viria. Talvez tenha sido o sonho. Talvez fosse só um desejo, mas eu sabia que você me encontraria.

Keiko olhou para Henry e depois respirou fundo:

— Seus pais sabem que você está aqui? — perguntou.

— Eles não sabem — confessou Henry, com vergonha da ambivalência da mãe e da satisfação do pai. — Sinto muito por não ter contado a eles. Não pude... Eles jamais me deixariam vir. *Odeio* o meu pai, ele é...

— Tudo bem, Henry, não faz mal.

— Eu...

— Tudo bem. Eu também não iria querer o meu filho num campo de prisioneiros.

Henry virou as palmas das mãos para cima, deixando Keiko descansar as dela nas suas, enquanto ambos sentiam o metal afiado do arame balançar entre eles, resistente. Baixando os olhos, o menino reparou que havia lama seca sob as unhas da amiga. Ela também notou, escondendo os dedos e erguendo os olhos para encontrar o olhar de Henry.

O momento, fosse qual fosse, encerrou-se bruscamente quando Henry ouviu as buzinadas ao longe. Era a sra. Beatty em sua picape, fazendo sinal para chamá-lo. Evidentemente imaginava onde poderia encontrá-lo.

— Preciso ir. Na semana que vem eu volto, está bem? — disse Henry.

Keiko assentiu com a cabeça, engolindo as lágrimas, mas conseguindo sorrir.

— Estarei aqui.

Em casa novamente
(1942)

Henry acordou no domingo de manhã sentindo-se um novo homem, ainda que só tivesse doze anos — quase treze, na verdade. Encontrara Keiko. Estivera cara a cara com ela. E, sabe-se lá por quê, só o fato de saber onde ela estava era um consolo, mesmo que esse lugar fosse um campo de prisioneiros cheio de lama.

Agora tudo que precisava fazer era achar um punhado de coisas para levar ao campo Harmony no sábado. E quanto ao disco de Oscar Holden? Seria um belo presente de aniversário, pensou. Se conseguisse encontrá-lo.

Deparou com o pai na cozinha, ainda de robe, estudando o mapa da China em um exemplar da *National Geographic* que o mantinha atualizado sobre a guerra. O pai pregara o mapa num quadro de cortiça com pequenos alfinetes de costura presos estrategicamente para indicar as principais batalhas — azuis para as vitórias e vermelhos para as derrotas. Havia vários alfinetes azuis novos. Mesmo assim, o pai balançava a cabeça.

— Bom dia — saudou Henry.

— *Jou san* — respondeu o pai, batendo com a unha gasta num ponto do mapa.

Ficou repetindo uma expressão em cantonês que Henry não entendeu:

— *Sanguang Zhengce.*

— O que quer dizer isso? — perguntou o filho. Soava como "três luzes".

Os dois haviam estabelecido um padrão de não comunicação meses antes. Henry sabia que o pai estava se lamentando. Tudo que precisava fazer era perguntar. Mesmo que fosse em inglês, se o tom *sugerisse* uma pergunta, Henry sempre recebia algum tipo de explicação.

— Quer dizer "três luzinhas". É uma piada — disse o pai em cantonês. — Os japoneses chamam de "três fogos". Eles chamam isso de: "Matem todos. Queimem tudo. Saqueiem." Fecharam a estrada de Burma, mas, desde os bombardeios em Pearl Harbor, estamos finalmente recebendo suprimentos dos americanos.

Você não é americano?, pensou Henry. Não somos americanos? Eles não estão recebendo os suprimentos de *nós*?

O pai continuou falando, mas Henry não soube ao certo se era com ele ou se falava sozinho.

— E não são apenas suprimentos. Aviões também. Os Tigres Voadores estão ajudando Chiang Kai-shek e o exército nacionalista a derrotar os invasores japoneses, mas eles estão destruindo tudo agora. Os japoneses estão matando civis, torturando milhares de pessoas, incendiando cidades.

Henry viu o conflito no olhar do pai, no jeito como ele contemplava o mapa, feliz e triste, vitorioso e derrotado.

— Mas as notícias são boas para nós. Hong Kong está garantida. Os japoneses há meses estão retidos no norte. No próximo semestre escolar, você pode ir para Cantão.

Disse isso como se significasse aniversário, Natal e Ano-Novo chinês, todas as datas juntas. Como se fosse uma notícia bem-vinda. O pai passara a maior parte dos anos escolares na China, completando seus estudos. Um rito de passagem previsto. Mandar os filhos para a casa de parentes a fim de frequentarem a escola chinesa era o que a maioria das famílias — famílias chinesas tradicionais como a de Henry — fazia.

— E a minha bolsa de estudos na Rainier? Por que não posso simplesmente ir para a escola chinesa na King Street como as outras crianças? E se eu não quiser ir?

Henry disse todas essas palavras sabendo que o pai entenderia apenas algumas: *bolsa de estudos, Rainier, King Street*.

— Hã? — indagou o pai. — Não, não, não. Para *Cantão*.

A ideia de viajar para a China era assustadora. Para Henry, a China era um país estrangeiro. Sem jazz nem gibis — sem Keiko. Imaginou a estadia na casa do tio, que provavelmente não passava de uma choupana, e a implicância dos chineses por ele não ser suficientemente chinês. O oposto daqui, onde não era suficientemente americano. Henry não sabia o que era pior. Isso fazia a situação de Keiko, por mais sombria que fosse, parecer muito mais atraente. Henry se pegou sentindo uma pontinha de inveja. Ao menos ela estava com a família. Por enquanto. Ao menos eles entendiam. Ao menos não seria *ela* a ser mandada embora.

Antes que Henry pudesse insistir na discussão bilíngue, a mãe surgiu da cozinha e lhe entregou uma lista de compras e alguns dólares. Com frequência mandava o filho ao mercado quando havia pouco a comprar, principalmente porque Henry parecia saber pechinchar. Ele pegou a lista e um *bau* de porco que sobrara do café da manhã para comer no caminho e desceu as escadas para o frio ar matutino, aliviado por poder escapar por algum tempo.

DESCENDO A SOUTH KING na direção da Sétima Avenida e do mercado chinês, Henry pensava no que comprar de presente de aniversário para Keiko — afora o papel de carta, o tecido para cortinas e o disco de Oscar Holden, que estava decidido a encontrar. As duas primeiras encomendas seriam fáceis. Podia comprar papel de carta e tecido no Woolworth's, na Terceira Avenida, durante a semana. E sabia onde procurar o disco. Mas o que será que Keiko gostaria de ganhar de aniversário? O que poderia comprar que a distraísse no campo Harmony? Economizara todo o dinheiro ganho da sra. Beatty. O que comprar? Quem sabe um novo caderno de desenho e um conjunto de aquarelas... Sim, quanto mais pensava nisso, mais se convencia de que material de pintura seria um presente perfeito.

Como *efetivamente* ele pegaria o disco era a pergunta que continuava sem resposta quando Henry passou pelo mercado e entrou em Nihonmachi. Mais dois quarteirões, e se viu diante da fachada cercada de tapumes do Hotel Panamá. Não havia como entrar — seria preciso um pé de cabra e ombros mais musculosos do que os de um menino como Henry. E mesmo que conseguisse entrar, onde iria procurar?

Tinha dinheiro, então por que não comprar um disco novo? Fazia muito mais sentido do que invadir o hotel. Mas isso também lhe pareceu inviável no caminho entre Nihonmachi e o centro da cidade — e o magazine Rhodes. Duvidava de que lhe vendessem o disco, sobretudo depois das dificuldades enfrentadas por ele e Keiko da primeira vez. Suas dúvidas aumentaram depois que ele passou pelo teatro Admiral. Os cartazes na marquise anunciavam um novo filme chamado *Little Tokyo, USA*, o que atiçou sua curiosidade ao mesmo tempo que o deixou temeroso e inquieto.

As fotos de publicidade mostravam dois grandes astros de Hollywood — Harold Huber e June Duprez — maquiados para parecerem japoneses. Faziam o papel de espiões e conspiradores que ajudavam a planejar o bombardeio a Pearl Harbor. A julgar por todos os ingressos rasgados e guimbas de cigarro espalhados na calçada, o filme era um sucesso.

O magazine Rhodes estava fora de questão. Henry não seria bem-vindo deste lado da cidade. E o clube Black Elks continuava fechado, não lhe dando a chance de recorrer direto à fonte, o próprio Oscar Holden, para comprar um novo disco. Henry chutou uma lata na calçada, sentindo um nó de frustração na boca do estômago.

E Sheldon, quem sabe?

Henry voltou ziguezagueando em direção à South Jackson, onde Sheldon às vezes tocava nas tardes de domingo, em geral quando havia um navio recém-ancorado no porto, enchendo as ruas de marujos inquietos e suas namoradas.

Passou novamente pelo Hotel Panamá. A imponente entrada de mármore pela qual jamais teve permissão de passar estava agora lacrada com tábuas. Henry leu a lista que recebera da mãe. Provavelmente dispunha de uma meia hora extra até que os pais começassem a se preocupar com seu atraso.

Imaginando que devia haver uma porta nos fundos no prédio, Henry entrou sorrateiramente no beco atrás da Agência de Empregos Togo, também lacrada. O próprio beco estava cheio de caixas empilhadas e sacos de lixo, montes de roupas e sapatos velhos, pertences que ninguém queria, jogados fora, mas ainda ali, já que a coleta de lixo por essas bandas evidentemente fora suspensa. Atrás do hotel, Henry procurou uma entrada de cargas ou uma escada de incêndio por onde subir até uma das muitas janelas quebradas do segundo andar.

Em vez disso, encontrou Chaz, Will Withworth e um pequeno grupo de garotos também tentando invadir o hotel. Eles olhavam e apontavam para as janelas do segundo andar. Alguns atiravam pedras, enquanto outros remexiam nas caixas abandonadas no beco. Um menino, que Henry não reconheceu, tinha encontrado uma caixa de pratos e começou a atirá-los contra uma parede de tijolinhos, reduzindo a louça a uma chuva de cacos de porcelana fina.

Antes que Henry pudesse gritar, correr ou se esconder, os garotos o viram. Primeiro um, depois todos eles.

— É um japa! — gritou um dos meninos. — Peguem ele!

— Não, é um china — interveio Will, fazendo o outro hesitar um momento, enquanto os demais correram na direção de Henry.

Chaz assumiu o controle da situação.

— Henry! — exclamou sorrindo, mais feliz que surpreso. — Cadê sua namorada, Henry? Ela não está em casa, se é que anda à procura dela. E o crioulo seu amigo também não apareceu hoje, certo? — provocou o encrenqueiro. — É melhor se acostumar comigo. Meu pai vai comprar todos estes prédios. Podemos acabar virando vizinhos.

Os joelhos de Henry amoleceram, mas o queixo estava mais firme do que os punhos cerrados. Sobre uma pilha de lixo havia um velho cabo de vassoura, quase tão comprido quanto Henry. Ele o pegou com ambas as mãos e segurou como se fosse um taco de beisebol. Balançou-o uma vez e depois mais outra, para garantir. Era leve e resistente. Resistente o bastante para rebater uma bola do tamanho da cabeça de Chaz.

Todos os garotos pararam, exceto Chaz, que se aproximou mais de Henry, ficando pouco além do alcance do cassetete improvisado do menino.

— Vá para casa, Chaz.

A raiva na própria voz surpreendeu Henry, que sentiu o sangue fugir dos punhos que seguravam o cabo da vassoura até as juntas dos dedos empalidecerem.

Chaz falou numa voz suave, com um falso tom cortês:

— Esta *é* a minha casa, estamos nos Estados Unidos da *América,* não nos Estados Unidos de Tóquio. E meu pai provavelmente vai mesmo virar o dono de todo este bairro. O que você vai fazer? Enfrentar todos nós? Acha que dá conta?

Henry sabia que não tinha como vencer os sete.

— Você pode até me pegar, mas sei que um de vocês vai voltar para casa mancando.

Henry balançou o cassetete, acertando o chão sujo e coberto de cascalho entre ele e o garoto maior. Lembrou-se nitidamente da bochecha lanhada e do olho roxo adquiridos, como cortesia de Chaz, no lado de fora da estação ferroviária.

Os outros meninos hesitaram. Recuando, deixaram cair as coisas que haviam roubado no beco e em seguida viraram as costas e fugiram dobrando a esquina. Henry rodou ferozmente o bastão mirando Chaz, que também recuou, empalidecendo e demonstrando até um certo medo. O cabelo cortado à escovinha pareceu se arrepiar. Sem uma palavra, Chaz cuspiu no chão entre os dois e depois foi embora.

Henry continuou segurando o cabo de vassoura, que pousou no chão. O corpo todo tremia e o coração batia acelerado. As pernas estavam dormentes. *Consegui.* Derrotei todos eles. Me impus. Venci.

Henry deu meia-volta e bateu de frente em um soldado — dois soldados, na verdade — exibindo braçadeiras da Polícia Militar. Traziam rifles a tiracolo, e cada um tinha um comprido cassetete negro pendendo de um pequeno cordão de couro preso ao pulso. Um deles baixou os olhos, cutucando o peito de Henry com o cassetete e batendo de leve no *button.*

Henry largou o cabo de vassoura, fazendo um pequeno ruído no chão.

— Chega de saque, garoto. Não me importa quem você é, dê o fora daqui.

Henry deu um passo atrás e saiu caminhando até onde suas pernas bambas aguentaram levá-lo. Na South Main, apressou-se em tomar a direção da Jackson, onde Sheldon costumava ficar. Viu as luzes de um carro de polícia refletidas na rua molhada e nas poças que tentava evitar. Olhando para trás, reparou que Chaz e os amigos, sentados na calçada, estavam sendo interrogados por um guarda que tomava notas num bloquinho. Pelo visto, quaisquer que fossem, as desculpas de Chaz não estavam convencendo o guarda. Vandalismo e saques vinham ocorrendo em demasia. E ele havia sido pego em flagrante.

O JANTAR
(1986)

PARA SURPRESA DE HENRY, Samantha era uma cozinheira de mão cheia. Henry nutria uma afinidade especial com qualquer pessoa talentosa na cozinha, já que ele próprio era o principal responsável pelo preparo da comida em casa. Mesmo antes de Ethel cair doente, Henry já gostava de cozinhar. Mas depois que o câncer se abateu sobre a esposa, a tarefa, bem como limpar e lavar roupa, ficou a cargo dele. Henry não se importava. Ethel sentia muitas dores, sempre adoentada, sempre sofrendo por causa do câncer e da radioterapia destinada a matar partes de suas entranhas. Tanto um quanto a outra devastavam seu corpo pequeno e frágil. O mínimo que Henry podia fazer era preparar seus pratos favoritos de massa ou a torta de manga com menta. Mesmo perto do fim, por mais maravilhosa que fosse a iguaria, o apetite dela era pouco. Só restava a Henry conseguir que ela se alimentasse de líquidos. No finalzinho, Ethel realmente queria partir, precisava partir.

Estava pensando nisso e lutando contra uma onda de melancolia quando o filho propôs um brinde, erguendo o copo de *heung jou*, um vinho cujo sabor mais parecia o de álcool de cereais.

— A uma busca bem-sucedida na cápsula do tempo do porão do Hotel Panamá.

Henry ergueu o copo, mas sorveu apenas um golinho, enquanto Marty e Samantha esvaziavam os deles, piscando e fazendo caretas por causa do gosto forte, de encher os olhos d'água.

— Nossa, isso queima — resmungou Marty.

Sorrindo, Henry encheu novamente o copo do filho com o líquido transparente, de aparência inocente, que bem podia ser usado para limpar a graxa de peças de carro usadas.

— A Oscar Holden e discos há muito perdidos — brindou Samantha.

— Não, não. Chega. Conheço meus limites — disse Marty, baixando o braço da noiva.

Os três estavam sentados em torno da mesa redonda no canto da pequena sala de jantar, que também servia de sala de estar para Henry. Era um lugar sereno, próprio para reflexões, cheio de plantas em vasos, como a planta-jade que Henry cultivava desde o nascimento de Marty. As paredes estavam cobertas de fotos de família, coloridas e brilhantes, contrastando com a superfície outrora branca, mas agora encardida e amarelada, escurecida nas bordas, como dentes manchados de café.

Henry olhou para o filho e a jovem que, obviamente, encantava o rapaz. Segurando seus copos. Sentindo a ardência da bebida. Como eram diferentes. E quão pouco isso importava. Suas diferenças passavam despercebidas. Tão afins e tão felizes. Difícil dizer onde começava um e terminava o outro. Marty estava feliz. Bem-sucedido, com ótimas notas *e* feliz. O que mais um pai poderia desejar para o próprio filho?

E quando contemplou a enorme pilha de cascas de caranguejo e a travessa de *choy sum* vazia, deu-se conta de que o talento culinário de Samantha era páreo para o de Ethel no auge de sua forma — e mesmo para o dele. Marty soube escolher.

— Então, quem vai querer sobremesa?

— Estou empanzinado — gemeu Marty, empurrando o prato.

— Sempre cabe mais um pouquinho — provocou Henry, quando Samantha foi até a cozinha e voltou com uma pequena travessa.

— O que é isto? — indagou Henry, impressionado. Estava preparado para o sorvete de chá verde.

— Fiz especialmente para o meu futuro sogro. O sorvete é para mim. Mas isto aqui — disse ela, pousando docinhos brancos, delicadamente trançados, diante de Henry —, isto aqui é para uma ocasião especial. É barba do dragão!

Henry não provava um docinho barba do dragão desde muito antes de Ethel ficar doente. Enquanto mordia os fios fininhos de açúcar que envolviam o recheio de coco ralado e sementes de gergelim, viu o filho sorrir, assentindo com a cabeça e aprovando, como se dissesse: "Viu, pai? Eu sabia que você ia gostar dela."

Estava delicioso.

— Leva-se anos para aprender a fazer isto, como foi que você...

— Andei treinando — explicou Samantha. — Às vezes a gente tem que arriscar. Tem que tentar fazer o que é mais difícil. Como você e a sua namorada de infância.

Henry quase se engasgou com a sobremesa, saboreando o recheio açucarado e pigarreando.

— Vejo que meu filho andou contando histórias.

— Ele não teve como não contar. E o senhor? Nunca se perguntou o que aconteceu com ela? Com todo respeito à sua esposa, mas essa menina, seja ela quem for, talvez ainda esteja por aí em algum lugar. O senhor não tem curiosidade de saber onde ela pode estar?

Henry olhou para o copo de vinho e depois o esvaziou de uma só vez. Lutando contra a ardência e a sensação úmida nos olhos, sentiu as vias aéreas descongestionarem com a queimação. Pousando o copo na mesa, olhou para Marty e Samantha. Ponderou suas expressões, um misto de esperança e pensamento positivo.

— Já pensei nela — respondeu Henry, escolhendo as palavras, inseguro quanto à reação de Marty, sabendo o quanto o filho amava Ethel. Não queria macular sua memória.

Penso nela. O tempo todo. Na verdade, neste exato momento. Seria errado lhe dizer isto, *não é*?

— Faz muito tempo. As pessoas crescem, se casam, constituem família. A vida continua.

Ao longo dos anos, Henry nunca deixou de pensar em Keiko, passando da saudade a uma aceitação serena, pesada, e chegando a ponto de desejar sinceramente o melhor para ela, de desejar que ela fosse feliz. Foi então que se deu conta de que realmente a amava. Mais do que a havia amado tantos anos antes. Amava Keiko o bastante para abrir mão dela, para não ficar revolvendo o passado. Além disso, tinha Ethel, que sempre foi uma esposa amorosa. E, é claro, ele a amava também. E quando Ethel adoeceu, teria trocado de lugar com ela, se pudesse. Para vê-la levantar-se e voltar a andar, Henry se deitaria com prazer naquela cama de hospital. Mas no final foi ele quem precisou continuar vivendo.

Quando viu aquelas coisas serem trazidas do porão do Hotel Panamá, permitiu-se sonhar. Por causa de um disco de Oscar Holden que ninguém acreditava existir. Por causa das provas da existência de uma garota que um dia amou Henry pelo que ele era, ainda que pertencesse ao lado oposto do bairro.

Marty contemplou o pai perdido em pensamentos.

— Sabe, pai, você está com as coisas dela, os cadernos de desenho, pelo menos. Quer dizer, mesmo que ela esteja casada e tudo o mais, acho que gostaria de tê-los de volta. E se for você a pessoa a entregá-los, que bela coincidência, não?

— Não faço ideia de onde ela possa estar — protestou Henry, enquanto o filho lhe servia mais vinho. — Talvez nem esteja viva. Quarenta anos é muito tempo. E praticamente ninguém apareceu para reclamar os pertences guardados no Panamá. Praticamente ninguém. As pessoas não olham para trás, e não há por que voltar, por isso seguem em frente.

Verdade. Henry sabia disso. E pelo olhar do filho, Marty também. Ainda assim, ninguém imaginara que o disco existisse, e eles o encontraram. Se procurassem com afinco, quem sabe o que mais poderiam achar?

Os degraus
(1986)

Depois do jantar, Henry insistiu em lavar os pratos. Samantha tinha se saído divinamente bem. Entrou na cozinha, meio que esperando encontrar embalagens "para viagem" do restaurante Junbo Seafood escondidas debaixo da pia ou, no mínimo, livros de receitas manchados de molho de ostra. Em vez disso, o lugar estava limpo e arrumado. Samantha lavara as panelas enquanto cozinhava, como Henry fazia. Ele enxugou e guardou os poucos pratos remanescentes e deixou algumas travessas de molho na pia.

Quando entrou na sala para agradecer, era tarde demais. Depois de tirar os sapatos, a moça adormecera no sofá, roncando baixinho. Henry olhou para a garrafa de vinho pela metade e sorriu antes de cobrir a futura nora com a manta verde tricotada por Ethel. A mulher sempre foi prendada, mas o tricô acabou se tornando um passatempo necessário. Dava a ela o que fazer com as mãos enquanto se submetia à quimioterapia. Henry ficava pasmo de ver como a esposa era capaz de tricotar tão bem com uma agulha espetada no braço, mas, aparentemente, isso não a incomodava.

Henry sentiu uma corrente de ar e notou que a porta da frente estava aberta. Podia ver a silhueta do filho através da porta de tela. Mariposas dançavam em torno da luz da varanda, indo de encontro à lâmpada, inevitavelmente atraídas por algo que jamais poderiam ter.

— Por que vocês não dormem aqui? — perguntou Henry, abrindo a porta de tela. Sentando-se ao lado do filho, aguardou uma resposta. — Ela está dormindo, e já é muito tarde para sair por aí de carro.

— Quem disse? — rebateu Marty.

Henry franziu o cenho, levemente desconcertado. Sabia que o filho detestava quando ele se punha a dar ordens, ainda que o convite fosse oportuno. Nessas horas, ele e Marty aparentemente discutiam apenas pelo prazer de discutir. E nenhum dos dois ganhava com isso.

— Eu só disse que é tarde...

— Desculpe, pai — disse Marty, arrependido da própria reação. — Acho que estou cansado. Este ano foi difícil.

Tinha na mão um cigarro apagado. Ethel finalmente sucumbira ao câncer quando a doença lhe atingiu os pulmões. Henry parara de fumar muitos anos antes, mas Marty ainda lutava contra o vício, depois de largá-lo quando a mãe adoeceu, embora continuasse filando um ou outro cigarro de vez em quando. Henry sabia como o filho se sentia culpado por fumar, enquanto via a mãe morrendo de câncer no pulmão.

Marty jogou o cigarro na calçada.

— Não consigo deixar de pensar na mamãe e em como as coisas mudaram nesses últimos anos.

Henry assentiu, contemplando o outro lado da rua. Podia ver, pela janela da frente, a casa do vizinho. A televisão estava ligada, e a família assistia a um programa qualquer de auditório, falado em espanhol. A vizinhança não para de mudar, pensou Henry, passeando o olhar pelo quarteirão e registrando a padaria coreana e a tinturaria pertencente a uma simpática família armênia.

— Posso lhe perguntar uma coisa, pai?

Henry assentiu novamente.

— Você manteve a mamãe em casa para me contrariar?

Henry observou uma picape atarracada descer o beco fazendo estardalhaço.

— O que você acha? — perguntou, conhecendo a resposta, mas surpreso com o fato de o filho lhe dirigir uma pegunta tão direta.

Marty se levantou e caminhou até o cigarro atirado na rua. Henry achou que ele talvez o pegasse do chão e acendesse. Em vez disso, Marty pisou o cigarro, que ficou em frangalhos.

— Eu costumava pensar assim. Não fazia sentido para mim, sabe? Quer dizer, este bairro não é propriamente chique, podíamos ter posto a mamãe num lugar com uma vista bonita, com uma sala de recreação — disse ele, meneando a cabeça. — Acho que agora entendo. Não importa se a casa da gente é *bacana*, mas sim se ela faz a gente *se sentir* em casa.

Henry ouviu o estrondo da picape ao longe.

— *Yay Yay* ficou sabendo da Keiko? — perguntou Marty. — A mamãe sabia?

Henry alongou o corpo e tornou a sentar.

— Seu avô soube, porque contei a ele — explicou, olhando para o filho e tentando antecipar sua reação. — Ele parou de falar comigo por isso...

Henry pouco contara ao filho sobre a própria infância, e as histórias do avô de Marty raramente eram partilhadas. Marty quase não perguntava. A maior parte do que sabia ouvira da mãe.

— E a mamãe?

Henry soltou um grande suspiro e passou a mão no rosto que esquecera de barbear no tumulto dos últimos dias. A barba por fazer relembrou-lhe todos aqueles meses, anos, em que cuidou de Ethel. Como às vezes ficava dias sem sair de casa, como se barbeava sem motivo especial, apenas por hábito. Então, de vez em quando, deixava para lá — morando com alguém que não notava, que não podia notar.

— Não tenho certeza se a sua mãe sabia. Não falávamos disso.

— Não falavam de antigas paixões? — insistiu Marty.

— Que antigas paixões? — indagou Henry, rindo de leve. — Fui o primeiro rapaz que ela namorou na vida. Era diferente naquela época, diferente de agora.

— Mas ela não foi sua primeira namorada, é óbvio — disse Marty, estendendo um caderno de desenhos até então pousado nos degraus, ao lado da sua jaqueta.

Henry pegou o caderno, folheou as páginas, tocando os sulcos onde o lápis de Keiko traçou seu percurso no papel. Sentindo a textura das figuras, perguntou-se por que ela teria deixado para trás os cadernos de desenho. Por que deixou tudo para trás. E por que ele também fez o mesmo.

Durante todos esses anos, Henry amou Ethel. Foi um marido fiel e dedicado, mas fazia de tudo para evitar o Hotel Panamá e as lembranças de Keiko. Se soubesse que os seus pertences ainda estavam lá...

Henry devolveu o caderno de desenhos ao filho.

— Não quer ficar com ele? — perguntou Marty.

Henry deu de ombros.

— Tenho o disco. Já basta.

Um disco quebrado, pensou. Duas metades que jamais tocarão de novo.

O disco de Sheldon
(1942)

Quando chegou a segunda-feira, Henry continuava encantado por ter encontrado Keiko e flagrado o assédio de Chaz pela polícia. Saiu animado da escola e correu, depois caminhou e correu mais um pouco, desviando-se dos peixeiros da South King no caminho até a South Jackson. Todos na rua pareciam felizes. O presidente Roosevelt anunciara que o tenente-coronel James Doolittle havia comandado um esquadrão de aviões B-25 num bombardeio a Tóquio. Aparentemente o moral andava alto por todo lado. Quando perguntado de onde os aviões haviam decolado, o presidente brincara, dizendo aos repórteres que eles tinham saído da mítica *Shangri-La* — que por acaso era o nome de um clube de jazz pelo qual Henry passou à procura de Sheldon.

Localizar o músico naquele final de tarde não foi difícil. Henry simplesmente seguiu o próprio ouvido, concentrando-se nas notas chorosas saídas do instrumento de Sheldon, uma melodia que logo reconheceu. O nome da música era "Writin' Paper Blues". Sheldon a tocara no clube com Oscar. "Blues do Papel de Carta." Nada mais apropriado, considerando-se a encomenda que Henry ainda teria que providenciar para Keiko, entre outras coisas.

Empoleirado nas escadas de um prédio residencial, próximo ao local onde Sheldon fazia seu show, Henry viu uma pequena montanha de moedas na maleta aberta do sax. Isso e um disco de vinil, um 78, exposto sobre um cavalete de madeira, do mesmo tipo dos que a mãe usava na cozinha para exibir as poucas peças de porcelana que o dinheiro da família podia comprar. Um cartaz escrito à mão dizia: "O mesmo repertório do novo disco de Oscar Holden."

Para Henry, a multidão parecia a mesma, mas para sua surpresa, os aplausos foram muito mais vigorosos quando Sheldon deu vazão à emoção. Os espectadores aplaudiram ainda mais quando a música acabou numa nota doce, lacrimosa, que fez eco ao som metálico das moedas de cinco, dez e vinte e cinco centavos que choveram na maleta do sax. O monte de moedas representava mais dinheiro do que Henry já vira na vida, ao menos em termos de trocados.

Sheldon agradeceu com um floreio aos últimos ouvintes quando a plateia se dispersou.

— Henry, meu jovem, por onde tem andado? Já faz umas duas ou três semanas que não o vejo correndo pelas ruas no fim de semana.

Era verdade. Henry vivia tão ocupado no campo Harmony e escondendo o fato dos pais que desde o Dia E não tinha notícias de Sheldon. Sentiu uma leve culpa pelo sumiço.

— Arrumei um emprego de fim de semana. No campo Harmony. É aquele lugar...

— Eu sei. Sei tudo sobre *aquele* lugar. O jornal fala dele há semanas. Mas me diga uma coisa: como, em nome de Deus, essa coisa surgiu do nada... Esse emprego...?

Era uma longa história. E Henry nem conhecia o final.

— Posso contar depois? Preciso fazer umas compras e já estou meio atrasado. *E preciso de um favor*.

Sheldon se abanava com o chapéu.

— Dinheiro. Pegue o que precisar — disse ele, apontando para a maleta repleta de moedas prateadas.

Henry tentou adivinhar quanto haveria ali, vinte dólares, no mínimo, só em moedas de cinquenta centavos. Mas não era desse objeto plano e circular que Henry precisava.

— Preciso do seu disco.

Fez-se um momento de silêncio atordoado. À distância, Henry podia ouvir o som de percussão vindo de um ensaio, no andar superior de um dos outros clubes.

— Engraçado. Tive a impressão de ouvir você dizer: "Preciso do seu disco" — disse Sheldon. — Tive a impressão de ouvir você dizer: "Preciso do seu *último* disco." O único que tenho do meu próprio show. O único que sobrou nas lojas, depois que Oscar vendeu todos como água na semana passada.

Henry olhou para o amigo, mordendo o lábio.

— Foi isso que ouvi? — perguntou Sheldon, aparentemente brincando, mas Henry não soube dizer com certeza.

— É para a Keiko. Um presente de aniversário...

— Aiiii! — exclamou Sheldon como se tivesse sido apunhalado.

Fechou os olhos e crispou os lábios com uma careta de dor:

— Você me acertou, me acertou bem aqui!

Pôs a mão no coração e abriu um sorriso cheio de dentes para Henry.

— Isso quer dizer que me deixa ficar com ele? Posso devolver. Keiko e eu compramos um juntos, mas ela não pôde levá-lo para o campo de prisioneiros e agora está guardado num lugar onde não posso pegar, perdido, por enquanto.

Sheldon pôs o chapéu na cabeça e ajustou a palheta no sax.

— Pode ficar com ele. Mas só porque a causa é mais nobre.

Henry não entendeu a insinuação de Sheldon. Do contrário teria corado intensamente e negado estar sendo movido pelo *amor*.

— Obrigado. Um dia eu devolvo — disse ele.

— Vá tocar esta coisa. Toque esta coisa nesse tal de campo Harmony. Vá logo. Eu até gosto da ideia — disse Sheldon. — Pela primeira vez na vida vou tocar em um estabelecimento *branco,* mesmo que seja para um bando de japoneses, uma plateia meio cativa.

Henry sorriu e olhou para Sheldon, que obviamente aguardava uma reação à própria piada. Henry enfiou o disco sob o casaco e correu, gritando para o amigo:

— Obrigado, meu senhor, tenha um bom dia.

Sheldon balançou a cabeça e sorriu, antes de começar o aquecimento para o próximo show vespertino.

Henry parou no Woolworth's na volta da escola no dia seguinte. O velho magazine estava anormalmente cheio — lotado, para ser exato. Henry contou doze balcões diferentes vendendo selos de obrigação de guerra. O Elks tinha um, assim como o clube Venture. Cada grupo possuía um gigantesco termômetro de papel *craft* mostrando o volume das vendas, e concorriam para ver quem superava quem. Num deles havia até um cartaz em tamanho real de Bing Crosby usando um uniforme do exército. "Transforme o contracheque em obrigação de guerra!", gritava um sujeito enquanto distribuía fatias de torta e copinhos de café.

Henry passou pela multidão, pelos balcões de vinil vermelho vivo com tamboretes diante das máquinas de refrigerante, a caminho dos fundos da loja. Ali, comprou papel, utensílios de pintura, tecido e um caderno de desenho cujas páginas em branco lhe pareceram promissoras, um futuro a ser escrito. Pagou rapidamente a uma jovem que simplesmente sorriu ao ver seu *button* e depois correu o restante do caminho até em casa, chegando com uns dez minutinhos de atraso. Nada de mais. Nada que sequer fizesse a mãe começar a se preocupar. Escondeu as coisas de Keiko junto com o disco numa velha banheira sob as escadas no beco dos fundos, depois galgou os degraus, dois de cada vez, satisfeito.

A situação vinha melhorando desde que correra o boato de que Chaz e os amigos haviam sido pegos pela polícia de Seattle e responsabilizados ao menos por parte dos danos causados pelo grupo em Nihonmachi. Se foram ou não punidos mesmo, ninguém sabia dizer. Os cidadãos japoneses, embora fossem também americanos, eram agora considerados inimigos estrangeiros — alguém de fato se importava com o que fosse feito de suas casas? Ainda assim, o pai de Chaz provavelmente descobriria em breve que o seu menino de ouro tinha um coração de pedra, e isso já seria um bom castigo, ponderou Henry, sentindo mais alívio que satisfação.

Outra boa notícia é que Sheldon finalmente estava colhendo os frutos financeiros da sua atividade musical. Sempre atraíra boas plateias, mas agora tinha plateias *pagantes*, não apenas curiosos que pingavam moedinhas.

E, juntamente com o presente de aniversário, a última cópia do disco 78 de Oscar Holden logo estaria nas mãos de Keiko. A música era algo que os dois podiam partilhar, ainda que a cerca de arame farpado os mantivesse apartados e uma torre com metralhadoras os vigiasse lá de cima.

Apesar da amargura de tudo que havia visto e da tristeza do êxodo forçado para o campo Harmony, a situação era administrável e a guerra não duraria para sempre. Um dia Keiko voltaria para casa, não é mesmo?

Henry abriu a porta do apartamentinho assoviando e viu os pais. Foi quando o assovio morreu em seus lábios e ele perdeu o fôlego. Ambos estavam sentados à mesa de jantar, tendo à frente, abertos, os álbuns de fotos da família de Keiko. Os que ele cuidadosamente escondera sob as gavetas da cômoda. Centenas de fotos de famílias japonesas em que havia gente trajando vestes tradicionais e gente envergando uniformes militares. Pilhas e pilhas de imagens em preto e branco. Poucos retratados sorriam, mas nenhum tinha a expressão carrancuda dos pais de Henry — os semblantes congelados num misto de choque, vergonha e mágoa por terem sido traídos.

A mãe murmurou algo, indignada, a voz embargada pela emoção, enquanto batia em retirada para a cozinha, meneando a cabeça.

Os olhos de Henry encontraram o olhar furioso do pai, que pegou o álbum, partiu ao meio a lombada e o atirou no chão, gritando alguma coisa em cantonês. Dava a impressão de estar mais zangado com as próprias fotos do que com Henry. Mas sua vez chegaria, Henry não duvidou.

Bem, ao menos vamos ter, provavelmente, uma conversa de verdade, pensou o garoto. Para ser franco, pai, *já não é sem tempo*.

Henry pôs as compras na mesinha ao lado da porta, despiu o casaco e sentou-se na cadeira em frente ao pai, baixando o olhar para as fotos de Keiko e sua família — sua família japonesa — espalhadas no chão. As fotos do casamento dos pais, em quimonos. De noivas por correspondência. De um homem idoso, provavelmente o avô da menina, envergando o uniforme de gala da Marinha Imperial japonesa. Algumas famílias japonesas tinham queimado essas coisas. Outras esconderam as lembranças valiosas de quem eram e de onde vinham. Havia mesmo quem tivesse enterrado seus álbuns de fotos. *Um tesouro enterrado*, pensou Henry.

Fazia quase oito meses que o pai insistira para que ele falasse apenas inglês. Isso estava para mudar.

— O que você tem a dizer? Fale! — ordenou ele agora em cantonês.

Antes que Henry pudesse responder, o pai atacou:

— Mandei você para a escola. Consegui que aceitassem você numa escola *especial*. Fiz isso por *você*. E você fez o quê? Em vez de estudar, resolve se engraçar com essa garota japonesa. Japonesa! Ela é filha dos carrascos do meu povo. Do *seu* povo. As mãos dela estão sujas do sangue do nosso povo! Ela fede a sangue!

— Ela é americana — protestou Henry, falando baixinho em cantonês.

As palavras soaram estranhas. Estrangeiras. Foi como pisar num lago congelado, sem saber se o gelo aguenta o peso do corpo ou se vai rachar e fazer você cair nas profundezas gélidas.

— Veja! Veja com seus próprios olhos — exclamou o pai, estendendo uma página do álbum, praticamente esfregando-a no nariz de Henry. — Isto não é americano!

Apontou para a foto de um homem imponente usando uma vestimenta tradicional.

— Se o FBI encontra isto aqui, na nossa casa, no nosso lar sino-americano, podemos ser presos. Perder tudo. Podem nos jogar na cadeia e cobrar cinco mil dólares de multa por ajudarmos o inimigo.

— Ela não é o inimigo — disse Henry, falando um pouco mais alto, com o coração aos pinotes e um leve tremor nas mãos.

Um tremor de frustração, de ódio, ódio que jamais se permitira sentir.

— Você não a conhece. Nunca a viu — insistiu Henry, cerrando os dentes.

— Não preciso conhecer. Ela é japonesa!

— Ela nasceu no mesmo hospital que eu, no mesmo ano que eu. Ela é *americana*! — gritou Henry de volta, tão alto que ele mesmo se assustou.

Nunca falara assim com um adulto, muito menos com o pai, a quem tinha aprendido a reverenciar e respeitar.

A mãe surgiu da cozinha para pegar o vaso de flores da mesa de jantar. Ele a viu, o choque e a decepção estampados no rosto dando conta de que jamais imaginara que o filho pudesse ser tão desobediente. A expressão logo cedeu lugar a uma resignação silenciosa, mas tal transformação pôs um enorme fardo de culpa sobre os ombros infantis do filho, que descansou a cabeça nas mãos, envergonhado de ter falado tão alto na frente da mãe. Ela virou as costas, como se ele nada tivesse dito, como se nem sequer estivesse ali. Voltou para a cozinha antes que Henry pudesse dizer uma palavra.

Quando Henry se virou, o pai já havia aberto a janela, tendo nas mãos um punhado das fotos de Keiko. Ele olhou para o filho com uma expressão vazia que provavelmente escondia seu desapontamento. Então, jogou tudo lá embaixo, as fotos, os álbuns e as caixas, que caíram espalhados no chão, enchendo o beco de retângulos brancos, rostos perdidos olhando para ninguém.

Henry abaixou-se para pegar o álbum rasgado. O pai arrancou-o de suas mãos e também o jogou pela janela. Henry ouviu os pedaços se espatifarem no asfalto com um ruído molhado.

— Ela nasceu aqui. A família dela nasceu aqui. *Você* nem nasceu aqui — sussurrou Henry para o pai, que desviou o olhar, indiferente às palavras do filho.

Dali a poucos meses Henry faria treze anos. Talvez seja esse o significado de deixar de ser criança e se tornar outra coisa, pensou Henry enquanto vestia o casaco e se dirigia para a porta. Não podia deixar as fotos lá fora.

Virando-se para o pai, disse:

— Vou lá embaixo pegar as fotos. Prometi guardá-las até ela voltar. E vou cumprir essa promessa.

O pai apontou para a porta:

— Se você sair por esta porta, se sair por esta porta *agora*, não será mais um membro desta família, não será mais um chinês. Não é mais nosso parente, não é meu filho.

Henry sequer titubeou. Pôs a mão na maçaneta, sentindo o metal frio e duro. Olhou para trás e disse em seu melhor cantonês:

— Sou o que você fez de mim, pai.

Abriu a porta pesada e concluiu:

— Sou... Sou um americano.

Apesar de tudo, um campo
(1942)

Henry conseguiu salvar a maioria das fotos de Keiko. Limpou a lama e o lixo que se grudara nelas com a manga do casaco e escondeu-as na velha banheira sob a escada do beco, até poder entregá-las a Sheldon para que fossem guardadas em um lugar seguro. Mas daquele momento em diante, começou a sentir-se um fantasma no apartamentinho que dividia com os pais. O casal não falava com ele. Na verdade, mal notava sua presença. Falavam um com o outro como se o filho não estivesse ali, e quando olhavam em sua direção, fingiam ver através dele. Ao menos era essa a esperança dele — que estivessem fingindo.

No início, Henry continuou falando com ambos, em inglês — apenas na hora das refeições. Depois, passou a suplicar, em chinês. Não fez diferença. A grande muralha de silêncio dos pais se manteve impermeável a todas as tentativas do filho de reverter a situação. Por isso, ele também parou de falar. E como as conversas dos pais quase sempre tinham a ver com os *estudos* de Henry, as *notas* de Henry, o *futuro* de Henry, a *ausência* de Henry, pouco sobrou para dizer. Os únicos sons ouvidos no lar diminuto vinham do jornal diário sendo folheado ou do ruído do rádio transistor transmitindo os últimos boletins da guerra e as notícias locais sobre racionamento e simulações da Defesa Aérea Civil. No rádio, jamais se mencionava os japoneses levados de Nihonmachi. Era como se jamais tivessem existido.

Passados alguns dias, a mãe acabou admitindo a existência do filho, à sua maneira. Lavou sua roupa e preparou-lhe um almoço. Mas fez tudo isso sem muita ostentação, supostamente para não desafiar o desejo do marido, que cumprira a ameaça de deserdar o filho no sentido figurado, se não literalmente.

— Obrigado — disse Henry, quando a mãe pôs diante dele uma tigela de arroz.

Quando, porém, a esposa fez menção de pegar outro par de pauzinhos...

— Está esperando visita para o jantar? — interveio o marido, baixando o jornal que lia. — Responda! — exigiu ele.

A mãe olhou sem graça para o pai de Henry e depois, em silêncio, retirou o prato, evitando encarar o filho.

Sem querer passar o recibo de rejeição, Henry adotou o hábito de servir-se por conta própria. Comia calado, cuidando para que o único som viesse dos pauzinhos batendo ocasionalmente na lateral da tigela semivazia de arroz.

O silêncio ensurdecedor prosseguia na escola Rainier. Henry chegou a considerar a ideia de seguir os antigos colegas e ingressar na escola chinesa, ou mesmo na Bailey Gatzert, no alto do morro, uma escola para alunos de várias etnias, frequentada por alguns dos garotos mais velhos. Mas seria preciso fazer matrícula, e sem a cooperação dos pais isso parecia impossível. Quem sabe, quando o ano letivo acabasse, conseguisse convencer a mãe a trocá-lo de colégio. Não, o marido se orgulhava em demasia da *bolsestudo* do filho. Ela jamais concordaria.

Por isso, Henry aceitou o fato de que terminaria as duas últimas semanas da sexta série no lugar onde estava. Tinha de fazer isso, não tinha? A sra. Beatty continuava a levá-lo ao campo Harmony nos fins de semana, e se ele não trabalhasse na cantina do colégio a semana toda, talvez pusesse em risco suas escapadas para visitar Keiko.

Quando o sábado enfim chegou, Henry mal cabia em si de vontade de conversar com alguém — com qualquer um. Havia tentado encontrar Sheldon durante a semana, mas nunca sobrava tempo antes da aula. Depois da escola, Sheldon estava sempre ocupado tocando no clube Black Elks, que acabara de reabrir.

Quando a sra. Beatty apareceu, Henry viu nela a interlocutora tão aguardada. Ela fumava enquanto dirigia, batendo a cinza pela janela aberta e soltando a fumaça pelo canto da boca. O vento sempre acabava trazendo-a de volta, e ela se assentava sobre os dois passageiros do carro. Henry abriu um tantinho o vidro, na tentativa de manter a fumaça longe dos presentes que levava no colo.

Além das sacolas de compras do Woolworth, havia duas caixas, cada uma embrulhada em papel cor de lavanda e arrematada por uma fita branca que ele subtraíra da caixa de costura da mãe. Uma delas continha um caderno de desenho, lápis, pincéis e um estojo de aquarelas. Na outra estava o disco de Oscar Holden, o que Sheldon lhe dera. Henry o embrulhara com cuidado para que não quebrasse.

— Está meio longe do Natal — comentou a sra. Beatty, jogando a guimba do cigarro pela janela da picape em movimento.

— Amanhã é aniversário da Keiko.

— É mesmo?

Henry assentiu com a cabeça, abanando os restos de fumaça.

— Muito delicado da sua parte — disse a sra. Beatty.

Justo quando Henry já ia fazer um comentário, ela o interrompeu:

— Sabe que eles não vão deixar você entrar com estas coisas assim, não é? Quer dizer, podem achar que se trata de um revólver, uma ou duas granadas, vai saber... Tudo embrulhado para presente, entrega especial...

— Mas eu achei que só teria que abrir na cerca...

— Nada disso, meu bem. Todos os presentes são abertos pelo guarda de plantão. Regras são regras.

Henry sacudiu a caixa maior que levava no colo, a que continha o disco, pensando que podia arrancar logo a fita e acabar de vez com isso.

— Não se preocupe, deixe comigo — garantiu a sra. Beatty.

E cumpriu a promessa.

Nos arredores de Puyallup, a sra. Beatty entrou no estacionamento de um posto de gasolina Shell. Escolheu uma vaga no canto, próximo ao fundo do terreno, longe das bombas e do frentista, que os observava cismado.

— Pegue estas caixas e venha comigo — rosnou ela, puxando o freio de mão da picape antes de descer e caminhar até a traseira do veículo, que continuava ligado.

Henry a seguiu, segurando os presentes enquanto ela subia na caçamba da picape. Grunhindo ao arredar uma saca de 25 quilos, a sra. Beatty puxou-a na direção de Henry, desamarrando o nó para abri-la. Henry pôde ver que havia dentro vários sacos de arroz *calrose*, um arroz japonês cultivado na Califórnia.

— Me dê isso aqui.

Henry lhe passou os presentes e a viu enfiar cada um num saco, sob camadas de arroz, antes de lacrar novamente as sacolas. Olhou aqueles sacos todos, imaginando o que mais haveria ali. Tinha visto a sra. Beatty permutar ferramentas com soldados e, vez por outra, com residentes do campo. Coisas como limas, pequenos serrotes e outros utensílios de marcenaria. Para uma fuga?, perguntou-se Henry. Não, ele vira alguns homens idosos trabalhando do lado de fora dos barracões na confecção de cadeiras e prateleiras. Provavelmente era daqui que saíam suas ferramentas. Do quiosque da sra. Beatty no mercado negro.

— Ei, o que a senhora está fazendo aí com esse japa? — gritou o frentista, que dera a volta no posto e devia estar curioso sobre a senhora com o menino asiático.

— Ele não é japa coisa nenhuma. É chinês. E os chineses são nossos aliados. Dá o fora, moço!

A sra. Beatty pegou o último saco, o que continha o disco, e o encostou na parte de trás da caçamba com um ruído pesado.

O frentista se afastou imediatamente, recuando alguns passos na direção das bombas e acenando amedrontado.

— Eu só queria ajudar. Para isso estou aqui.

Ignorando-o, Henry e a sra. Beatty subiram na picape e foram embora.

— Nem uma palavra, entendido? — disse ela.

Henry assentiu. Manteve a boca fechada o restante do percurso, até chegarem ao campo Harmony e atravessarem o portão principal.

NA ÁREA QUATRO, HENRY cumpria a rotina habitual de servir o almoço. Aos poucos, a sra. Beatty conquistara o chefe de cozinha local, que agora encomendava mantimentos do agrado dos residentes japoneses

— basicamente arroz, mas também sopa de missô com tofu, que para Henry tinha um aroma delicioso.

— Henry!

O menino ergueu os olhos e viu a sra. Okabe na fila. Vestia uma calça empoeirada e um pulôver com um enorme *O* costurado em um dos lados.

— É você o responsável pelo fim daquela abominável carne de panela? De repente começamos a comer arroz e peixe mais regularmente... É por sua causa? — perguntou ela, sorrindo para Henry.

— Não mereço o crédito, mas fico feliz por servir alguma coisa que eu mesmo comeria.

Henry encheu o prato da sra. Okabe de arroz e *katsu* de porco.

— Trouxe uns presentinhos de aniversário para a Keiko. A senhora entregaria a ela por mim?

Henry pousou por um instante a concha de servir e se virou para pegar os presentes no chão, junto a seus pés.

— Por que não entrega pessoalmente? — indagou a sra. Okabe, apontando para o final da fila.

Keiko espichou o pescoço, sorrindo e acenando para ele.

— Obrigado, vou entregar. A senhora está precisando de alguma coisa? Sua família está precisando de alguma coisa? Às vezes dá para trazer coisas para o campo, coisas que normalmente são proibidas.

— Você é um amor, Henry, mas por enquanto está tudo bem. No início, alguns homens queriam ferramentas, mas agora já têm. Há poucas semanas, um martelo seria um tesouro inestimável, mas no momento o barulho de martelos e serrotes é tanto que é um espanto que eles se deem ao trabalho...

— Que trabalho? — indagou Henry, sem compreender.

— Eles vão nos levar daqui, de todo jeito. Esta instalação é provisória. Não dá para dormir num estábulo enquanto a guerra durar, dá? Ao menos, assim espero. Um mês já é ruim o bastante. Daqui a alguns meses, vão nos mandar para campos permanentes que estão sendo construídos no interior. Nem sabemos exatamente onde. No Texas ou em Idaho, mais provavelmente Idaho, que é o que preferimos, por ser mais perto de casa, ou do que era a nossa casa. Talvez até separem alguns homens, aqueles cujas habilidades estejam fazendo falta em outros lugares. Obrigam a gente a construir nossas próprias prisões, você acredita?

Henry balançou a cabeça, descrente.

— Como vai o velho bairro?

O menino não soube o que dizer. Como contar a ela que Nihonmachi parecia uma cidade fantasma? Tudo lacrado por tapumes — um pesadelo de janelas e portas quebradas, e outros tantos atos de vandalismo.

— Vai bem. — Foi tudo o que conseguiu responder.

A sra. Okabe aparentemente captou a relutância do garoto. Os olhos ficaram por um instante embaçados de tristeza, e ela enxugou o canto de um deles, como se um cisco a incomodasse.

— Obrigada por vir até aqui, Henry. Keiko sente tanta saudade de você...

Henry observou-a sorrir com coragem e depois desaparecer na multidão levando sua bandeja.

— *Oai deki te ureshii desu!*

Lá estava Keiko, do outro lado do balcão de servir, sorrindo, quase cintilando:

— Você voltou!

— Eu disse que voltaria. E você está linda. Tudo bem?

Henry olhou para ela e se descobriu meio zonzo e sem fôlego.

— É tão engraçado. Eles nos jogam aqui porque somos japoneses, mas eu sou *nisei*, de segunda geração. Nem sei *falar* japonês. Na escola, implicavam comigo por ser estrangeira. Aqui, algumas crianças, os *issei*, de primeira geração, implicam comigo porque não sei falar a língua delas, porque não sou suficientemente japonesa.

— Sinto muito.

— A culpa não é sua, Henry. Você já ajudou muito depois que vim para cá. Tive medo que se esquecesse de mim.

Henry pensou nos pais. Que há quase uma semana não lhe dirigiam uma palavra sequer. O pai era teimoso e tradicional. Não havia simplesmente ameaçado deserdá-lo. Cumprira a ameaça. Tudo porque

Henry não conseguia parar de pensar em Keiko. A mãe sabia. De um jeito ou de outro, ela sabia. Talvez por causa da perda de apetite do filho. As mães reparam essas coisas. Na melancolia. Existe um limite para se esconder os sentimentos daqueles que realmente prestam atenção na gente. Mesmo assim, a mãe obedecia ao pai, e Henry agora estava só. *Tudo por sua causa,* pensou ele. Como eu gostaria de poder pensar em outra coisa — em outra pessoa —, mas não posso. Será que isso é *amor*?

— Como eu poderia esquecer você? — perguntou.

Um velho atrás de Keiko começou a bater com a bandeja no corrimão de metal do balcão, pigarreando.

— Acho melhor ir andando — disse Keiko, empurrando adiante a bandeja enquanto Henry a enchia.

— Eu trouxe o que você pediu. E um presente de aniversário também.

— Sério? — exclamou Keiko, sorrindo encantada.

— A gente se encontra na cerca das visitas uma hora depois do jantar, certo?

Keiko disparou um sorriso fulgurante antes de sumir no refeitório lotado. Henry voltou ao trabalho, servindo refeição após refeição, até que todos tivessem se alimentado. Depois, levou as cubas para o tanque de pratos, onde as lavou com a água gelada de uma mangueira, pensando que Keiko iria partir novamente — partir para algum lugar desconhecido.

Keiko dessa vez passou por um grupo diferente de guardas e se encontrou com Henry na área de visitantes cercada, exatamente como tinham combinado. Havia uns três ou quatro outros grupos de visitantes ao longo da cerca, separados por dois ou três metros, criando nichos íntimos para suas conversas através do arame farpado que mantinha os internos afastados do mundo exterior.

Estava ficando tarde, e um vento gélido trouxera nuvens de tempestade que agora enchiam o céu normalmente sombrio e enfarruscado. Ia chover.

— Acabaram de cancelar o nosso concerto de discos por causa do mau tempo.

Henry ergueu os olhos para o céu que escurecia, decepcionado mais por Keiko do que por ele mesmo.

— Não se preocupe — disse ele. — Marcarão outro dia, pode ter certeza.

— Espero que você não esteja desapontado — suspirou Keiko. — Você veio de tão longe. Eu realmente adoraria sentar junto à cerca e ouvir a música com você.

— Eu... Eu não vim por causa da música — atalhou Henry.

Esfregou os olhos, tentando esquecer a notícia de que ela e a família logo partiriam novamente. Tudo parecia tão sério... E tão definitivo. Então, pôs fim ao momento com um sorriso:

— Isto é para você. Parabéns.

Entregou a Keiko o primeiro dos presentes que trouxera, passando-o com cuidado por entre as fileiras de arame farpado, para evitar que o papel de presente se rasgasse. Keiko pegou o embrulho com delicadeza e cuidadosamente desamarrou a fita, enrolando-a como um novelo perfeito.

— Vou guardar. No campo, uma fita como esta já é, sozinha, um presente.

Henry observou-a fazer o mesmo com o papel cor de lavanda do embrulho, antes de abrir o pacote do tamanho de uma pequena caixa de sapato.

— Oh, Henry...

Ela pegou o caderno de desenho, o estojo de aquarelas e o conjunto de pincéis de crina de cavalo. Depois veio um conjunto de lápis de desenho, cada um com um grafite de grau diferente.

— Gostou?

— Adorei, Henry. Que maravilha...

— Você é uma artista. Achei que era uma pena você estar aqui, longe daquilo que sabe fazer tão bem. Abriu o caderno?

Keiko pousou a caixa sobre um lugar seco na terra. A lama da semana anterior endurecera, dando ao solo a aparência de um deserto crestado. Abriu o caderninho preto de capa dura e leu a etiqueta de preço:

— Um dólar e vinte e cinco...

— Epa, espere...

Henry estendeu a mão e descolou a etiqueta da papelaria onde comprara o presente.

— Não era para você ver isso. Olhe na outra página.

Keiko virou a página e leu a dedicatória em voz alta:

— "Para Keiko, a mais doce, a mais linda americana que já conheci. Com amor, do seu amigo Henry."

Ele viu os olhos da menina se umedecerem enquanto ela lia.

— Que graça, Henry. Não sei o que dizer.

Ele se sentira constrangido ao escrever a palavra *amor* no caderno. Deve ter ficado uns bons vinte minutos encarando a página em branco, preocupado quanto ao que escrever, antes de finalmente pegar a caneta e se decidir. Depois, não houve como voltar atrás.

— Diga só obrigado e está ótimo.

Ela olhou para ele por entre o arame. O vento levantou seu cabelo e o soprou para longe do rosto. Dava para ouvir o barulho de trovões em algum lugar nas montanhas, mas nenhum dos dois desviou o olhar.

— Acho que obrigado não basta. Você veio de longe para me trazer isto. E sei que a sua família... O seu pai...

Henry baixou os olhos e soltou devagarinho um suspiro.

— Ele não sabe, sabe? — indagou Keiko.

Henry confirmou de cabeça.

— Mas somos apenas amigos.

Henry olhou-a nos olhos.

— Somos mais que amigos. Somos iguais. Mas ele não consegue ver. Só consegue ver você como a filha do inimigo. Ele me deserdou. Meus pais pararam de falar comigo esta semana. Mas minha mãe ainda age como se eu existisse.

As palavras saíram de um jeito tão natural que mesmo Henry se surpreendeu com a sensação de normalidade. A comunicação em casa, porém, nada tinha de normal havia quase um ano. Esse era apenas um novo percalço, o mais recente.

Keiko olhou para Henry chocada, com tristeza no olhar.

— Sinto muito. Nunca tive a intenção de causar nada disso. Estou péssima. Como é que um pai pode tratar um filho...

— Tudo bem. Ele e eu nunca conversamos muito, para começar. Não é culpa sua. Eu queria estar com você. Quando você apareceu na escola, fiquei chocado e meio surpreso. Mas ir à escola sem você não tem sido a mesma coisa. Eu... eu sinto sua falta.

— Estou tão feliz por você estar aqui — disse Keiko, tocando o metal pontiagudo da cerca. — Também sinto sua falta.

— Eu trouxe uma outra coisa para você — anunciou Henry, entregando a Keiko o outro embrulho por entre o arame farpado. — É só uma surpresinha, talvez não seja muito útil agora, com o mau tempo e tudo mais.

Keiko desembrulhou o segundo presente com o mesmo cuidado que teve com o primeiro.

— Como encontrou isto? — sussurrou impressionada, erguendo o disco de Oscar Holden em sua capa desbotada.

— Não consegui entrar no Hotel Panamá e eles estavam esgotados, mas Sheldon me deu o dele. Acho que é presente de nós dois. Que pena que você não possa ouvir hoje à noite, já que cancelaram o concerto.

— O toca-discos ainda está no nosso alojamento. Vou tocar o disco, só para você. Na verdade, para nós dois.

Essas palavras fizeram Henry sorrir. Pais? Que pais?

— Você nem imagina como estou feliz pelo disco. É quase como ter você aqui comigo. Não que eu quisesse ver você preso num lugar como este. Mas não ouvimos música. Agora vou tocar este disco todo dia.

Trovões ecoaram no céu, transformando o que até então era um chuvisco num temporal, que caiu primeiro em gotas esparsas e depois numa torrente forte, de encharcar. Henry deu a Keiko a última sacola, a do Woolworth's, com o papel de carta, os selos e o tecido para as cortinas de blecaute.

— É melhor você ir agora — insistiu ele.

— Não quero deixar você. Acabamos de chegar.

— Você vai adoecer nesta chuva, num lugar como este. Eu volto na semana que vem. Eu te acho.

— O horário de visitas está encerrado! — rosnou um soldado, enrolando-se numa capa verde e juntando seus papéis. — Afastem-se todos da cerca!

A chuva alagava o solo, o som pesado afogando todas as vozes.

Henry teve a impressão de que em vez de seis da tarde era noite fechada agora, tamanha a escuridão provocada pelas nuvens que escondiam por completo o sol. Um reflexo cinza opaco iluminava o solo, que de novo ia virando um lamaçal mole e grudento, como acontecera no início da semana.

Keiko esticou a mão por entre a cerca e segurou as de Henry.

— Não me esqueça, Henry. Eu não vou te esquecer. E se os seus pais não quiserem falar com você, eu converso com eles e digo como você é maravilhoso por fazer isso tudo.

— Virei toda semana.

Soltando as mãos dele, Keiko fechou o botão de cima do casaco.

— A gente se vê na semana que vem?

Henry assentiu.

— Vou escrever para você — prometeu Keiko, acenando em despedida, enquanto os últimos visitantes se afastavam da cerca a caminho do portão principal. Henry foi o último a partir, ficando ali de pé, encharcado, vendo Keiko se encaminhar para um prediozinho próximo ao pavilhão do gado, que agora era seu novo lar. Ele quase podia ver a própria respiração virando vapor com o aumento do frio, mas por dentro estava aquecido.

À medida que escurecia, Henry reparou que os holofotes nas torres guarnecidas de metralhadoras se acenderam. Eles fizeram uma varredura na cerca, de cima a baixo, iluminando Henry e os outros visitantes, enquanto todos pulavam poças na saída pelo portão principal. Henry se dirigiu para a picape da sra. Beatty. No escuro, pôde ver a silhueta volumosa da merendeira acomodando caixotes de frutas vazios na caçamba da picape, o rosto visível à luz vermelho-cereja da brasa do cigarro aceso que pendia de sua boca.

Em meio ao barulho da chuva, Henry ouviu uma música vinda do campo. O som ficou cada vez mais alto, testando os limites dos alto-falantes que o emitiam. Era o disco. O disco deles. *Alley Cat Street*, de Oscar Holden. Dava quase para identificar o sax de Sheldon interpretando sua parte. Gritando para a noite. Mais alto que o temporal. Tão alto que um guarda junto ao portão começou a vociferar: "*Desliguem essa música.*" Os holofotes varreram os prédios da Área Quatro com seus olhos ameaçadores, buscando a fonte do som.

A mudança
(1942)

Henry finalmente recebeu a notícia que temera durante todo o verão. Sabia que era apenas questão de tempo. Keiko se mudaria para o interior.

Sempre se pretendeu que o campo Harmony fosse provisório, que cumprisse seu papel somente até que ficassem prontos os campos permanentes — longe das zonas costeiras, vistas como alvo vulnerável a bombardeios ou invasões. Nessas comunidades costeiras, todo cidadão japonês era um espião potencial, capaz de monitorar as idas e vindas de navios de guerra e linhas de suprimento que dependiam do mar. Por isso, quanto mais para o interior pudessem ser mandados os japoneses, melhor. Mais seguros ficaremos todos, dizia o pai de Henry, ao menos na época em que ainda falava com o filho. Tudo bem. As palavras ainda ecoavam em seus ouvidos, mesmo no silêncio estranho que reinava no apartamentinho do Beco Cantonês.

Keiko adotara o hábito de escrever para ele uma vez por semana. Às vezes incluía uma lista de coisas que ele e a sra. Beatty conseguiam contrabandear para dentro do campo. Coisas triviais, como um jornal, ou coisas importantes, como registros esquecidos ou cópias de certidões de nascimento. Outras vezes, eram coisas práticas, como pasta de dente e sabonete. Havia escassez de tudo nos campos.

No início, Henry não tinha sequer certeza de que receberia as cartas de Keiko. Podia jurar que o pai rasgaria qualquer carta ou bilhete oriundo do campo Harmony. De algum jeito, porém, a mãe, que separava a correspondência primeiro, achava a carta semanal e a enfiava sob o travesseiro do garoto. Ela nunca disse uma palavra, mas Henry sabia que a responsável era a mãe, que fazia o possível para ser uma esposa obediente, satisfazer os desejos do marido, mas, ao mesmo tempo, também cuidar do filho. Henry gostaria de agradecer, mas expressar sua gratidão, ainda que exclusivamente para ela, seria de mau gosto. O mero reconhecimento de que a mulher descumpria as regras impostas pelo marido equivaleria a uma admissão de culpa. Por isso, Henry não dizia nada. Mas era sinceramente grato.

A última carta de Keiko dava conta de que o pai já havia partido, tendo se apresentado como voluntário para mudar-se para o campo Minidoka, em Idaho, próximo à fronteira com o Oregon. Oferecera-se para participar das obras — ajudar a construir o acampamento, o refeitório, as moradias e até mesmo uma escola.

Keiko comentou que o pai era advogado, mas agora trabalhava ao lado de médicos, dentistas e outros profissionais, todos atualmente operários, labutando sob o sol escaldante de verão em troca de uma diária de centavos. Evidentemente tal esforço valia a pena. Os voluntários queriam permanecer o mais perto possível de seus lares originais. Além disso, havia a promessa de que suas famílias se juntariam a eles tão logo o campo ficasse pronto. Outras famílias haviam sido separadas, uma parte indo para o Texas, outra para Nevada. Ao menos os Okabe continuariam juntos.

Henry sabia que não tinha muito tempo. Este sábado provavelmente seria sua última visita ao campo Harmony. Sua última chance de ver Keiko em muito tempo.

HENRY JÁ ESTIVERA NA ÁREA QUATRO mais de uma dezena de vezes agora, na cozinha, no refeitório ou na área de visitantes, conversando com Keiko, e vez por outra com os pais da garota, pela cerca de arame farpado, perdido entre meia dúzia de outros grupos de visitantes que em geral enchiam o local durante o dia. Mas nunca entrara no campo propriamente dito, na grande área comum, nos locais de desfile que um dia foram o núcleo da feira estadual e agora não passavam de um pedaço de terra (às vezes, um lamaçal) açoitado pelos milhares de passos dos internos inquietos.

Hoje vai ser diferente. Henry já se habituou à estranheza do lugar. Aos cães de guarda que patrulham o portão principal. Às torres com suas metralhadoras e até mesmo a ver por todo lado homens portando rifles com baionetas. Tudo parece tão normal agora. Hoje, porém, durante a rotina dos sábados no refeitório, Henry planeja visitar Keiko. Não próximo à cerca. Ele vai entrar no campo. Vai encontrá-la.

Por isso, depois de servir o jantar à maioria dos prisioneiros, quando a multidão começa a rarear, Henry pede licença para ir ao banheiro. O outro ajudante de cozinha dará conta dos poucos retardatários. Keiko ainda não veio jantar. Ela costuma aparecer mais tarde, de modo a poder ficar mais tempo conversando com Henry sem empatar a fila.

Henry volta para a cozinha e sai pela porta dos fundos, passando direto pela sra. Beatty, que fuma um cigarro do lado de fora enquanto fala com um dos sargentos encarregados dos suprimentos. Se repara nele, nada diz, mas, para ser exato, isso não é novidade.

Em lugar de dirigir-se ao banheiro, Henry dá a volta por trás do prédio e se mistura a um grupo de prisioneiros japoneses que se encaminha para o grande estábulo dos campeões, que virou um lar improvisado para umas trezentas pessoas, segundo a estimativa de Henry. O *button* "Sou chinês" foi parar dentro do bolso.

Se eu for pego, pensa Henry, provavelmente jamais me deixarão voltar aqui. A sra. Beatty vai ficar furiosa. Mas se Keiko está de partida, eu não voltarei mesmo, portanto que diferença faz? De um jeito ou de outro, este é o meu último fim de semana no campo Harmony — e o de Keiko também.

Se os homens e as mulheres estranham o fato de serem seguidos por um menino chinês até seus alojamentos, nada dizem. Simplesmente conversam entre si em inglês e japonês sobre a mudança iminente, conversa que aparentemente ecoa em cada canto do campo. Agora, Henry tem certeza de que não passa desta semana.

Aproximando-se do prédio imponente onde a maioria das famílias da Área Quatro mora, Henry se surpreende ao ver como a vida se tornou normal aqui. Idosos com aparência de avôs sentam-se em cadeiras artesanais fumando cachimbos enquanto crianças pequenas brincam de pular amarelinha. Grupos de mulheres cuidam de compridas fileiras de varais de roupa lavada e até mesmo de pequenos jardins plantados no solo estéril.

Henry passou pela entrada principal do prédio — uma enorme porteira, aberta para permitir que o ar fresco penetre no interior sufocante. Dentro existe um enorme corredor de baias, a maioria escondida atrás de cortinas improvisadas penduradas por cordas, a fim de prover uma certa privacidade. Henry se dá conta de que os sortudos têm janelas, por onde entra ar fresco. Os menos sortudos... Ora, estes se viram como podem. Alguém toca uma flauta em algum lugar, em meio ao burburinho da multidão, curiosamente abafado à medida que ele penetra mais e mais no prédio. Cada baia acomoda uma família, mas sem dúvida foi limpa pelos novos residentes e não cheira nadinha a cavalos nem vacas, para surpresa de Henry.

Atravessando os corredores que separam as fileiras de lares improvisados, Henry não faz a mínima ideia de como encontrar Keiko ou a família dela. Algumas famílias penduraram placas ou faixas — em japonês, em inglês e, às vezes, em ambas as línguas. Mas muitas baias nada ostentam. É quando vê uma placa encimando uma cortina e percebe na hora que é ali que Keiko mora. Uma faixa onde se lê em inglês: "Bem-vindo ao Hotel Panamá."

Bateu na trave de madeira que forma a lateral da baia. Como não há resposta, volta a bater:

— *Konichi wa*.

— *Donata deu ka?* — diz a voz do outro lado da cortina.

Henry conhece a tradução: "Quem é?"

É a voz de Keiko. Quando será que ela aprendeu a falar japonês? Por outro lado, de onde Henry tirou esse "*Konichi wa*"?

— Há vagas neste hotel? — pergunta ele.

Faz-se uma pausa.

— Talvez, mas pode não ser do seu agrado. O banheiro *sento* no porão anda abarrotado atualmente.

Ela sabe.

— Estou só de passagem, não me incomodaria de ficar uns dias se houver um quarto.

— Vou verificar com meu gerente. Não, lamento, o hotel está lotado. Tente o barracão dos porcos, dois prédios adiante. Ouvi dizer que eles têm quartos ótimos.

Henry se afasta com passadas exageradamente ruidosas:

— Certo, obrigado pela sugestão, tenha um bom dia...

Keiko abre a cortina.

— Para o garoto que foi me procurar na estação de trens com aquele monte de soldados por perto, você desiste com muita facilidade!

Dando meia-volta, Henry refaz o caminho até Keiko. Em seguida contempla o lugar, registrando-o mentalmente:

— Cadê a sua família?

— Minha mãe foi levar meu irmão ao médico por causa de uma dor de ouvido, e o meu pai, você sabe, partiu na semana passada. Ele está terminando o telhado no campo em Idaho. Nossa próxima parada. Eu sempre quis viajar. Acho que esta é a minha oportunidade.

Henry vê o rosto de Keiko ficar sério.

— Você cometeu uma espécie de infração vindo até aqui, não foi, Henry?

Ele simplesmente a encara. Keiko usa um vestido amarelo de verão e sandálias, o cabelo amarrado num rabo de cavalo com a fita do presente de aniversário que ganhou dele. Mechas de cabelo negro emolduram seu rosto, bem mais bronzeado depois da vinda para o campo Harmony.

Henry dá de ombros:

— Quebrei um monte de regras para estar aqui agora, mas tudo bem...

— Lógico que você sabe, então, que vou me mudar, não é? — indaga Keiko. — Recebeu a minha carta. Sabe que *todos* estamos de mudança.

Henry assente, triste, mas sem querer demonstrar, temendo fazer com que Keiko se sinta ainda pior.

— Vão nos levar para Minidoka na semana que vem. Algumas famílias de outras áreas até já partiram em ônibus. Como eu gostaria que você pudesse ir conosco.

— Eu também — confessa Henry. — Eu iria se pudesse. Não diga que não pensou nisso.

— Em você vir conosco ou em ficar com você?

— Nas duas coisas, acho.

— Não tenho para onde ir, Henry. Nihonmachi não existe mais. E preciso ficar com a minha família. E você com a sua. Eu entendo. Não somos tão diferentes assim, sabia?

— Não tem muita coisa que me prenda em casa. Mas também não posso ir com você, embora já tenha pensado em tentar me misturar aos prisioneiros. Como seria fácil simplesmente me deixar levar com todo mundo, seguir atrás. Mas sou chinês, não japonês. Eles descobririam. Todo mundo acabaria descobrindo. Não posso esconder o que sou. Meus pais também descobririam e saberiam onde me achar. Não conseguiríamos lidar com tantos problemas.

— Então, o que trouxe você até aqui? A sra. Beatty veio também? — pergunta Keiko, olhando para os dois lados da fileira de baias.

Como é que eu vou dizer isto?, pensa Henry. O que posso dizer que faça alguma diferença para qualquer pessoa?

— Eu só tinha que ver você, cara a cara. Para dizer como lamento o meu comportamento naquele primeiro dia na escola.

— Não estou entendendo...

— Tive medo de você. Honestamente. Medo do que o meu pai poderia dizer ou fazer. Ele já tinha falado tantas coisas. Eu não sabia o que pensar. Nunca tive amigos japoneses, muito menos uma...

Henry não consegue se obrigar a dizer a palavra *namorada,* mas deixa a frase no ar, convencido de que Keiko entenderia.

Ela sorri e o encara. Os olhos castanhos nem piscam.

— É que provavelmente este é o nosso último encontro durante um bom tempo. Quer dizer, não sei quando você vai voltar ou se vão sequer deixar que você volte. Quer dizer, tem senadores querendo mandar vocês todos para o Japão, com vitória ou sem vitória.

— É verdade — concorda Keiko. — Mas vou escrever. Se você quiser. Seu pai sabe das cartas?

Henry balança a cabeça em negativa. Estende o braço e toma as mãos dela nas suas, sentindo a pele macia, admirando os dedos esbeltos, levemente sujos do trabalho no campo.

— Sinto muito ter causado tantos problemas na sua família — disse Keiko. — Paro de escrever, se isso melhorar a sua situação em casa.

Henry solta um suspiro profundo:

— Vou fazer treze anos. Meu pai tinha essa idade quando saiu de casa e começou a trabalhar em horário integral lá na China. Já estou na idade de tomar minhas próprias decisões.

Keiko se aproxima dele.

— E que decisão é essa, Henry?

Ele busca as palavras. Nada do que aprendeu na aula de inglês da escola Rainier é capaz de descrever o que se passa em seu coração. Já assistiu a filmes em que o herói ergue a mocinha nos braços e a música de fundo aumenta de tom. Como queria abraçá-la, prendê-la. De alguma forma impedi-la de partir. Por outro lado, mora numa casa em que a demonstração mais efusiva de emoção não vai além de um aceno de cabeça e um eventual sorriso. Sempre achou que todas as famílias fossem assim, todo mundo. Até conhecer Keiko e a família dela.

— Eu... É que... — gagueja ele.

O que estou fazendo? Preciso deixar que ela vá, que fique com a família, com a sua gente. *Preciso deixar que ela siga em frente*.

— Vou sentir sua falta — diz ele, soltando as mãos dela e enfiando as suas nos bolsos, os olhos fixos no chão.

Keiko parece arrasada:

— Mais do que você imagina, Henry.

Durante a hora seguinte, Henry fica ali ouvindo Keiko falar dos pequenos detalhes. Do tipo de brinquedos que o pai está fazendo para o irmãozinho dela. De como é difícil dormir com a velha barulhenta que ronca e solta pum a noite toda, ainda que ela mesma não acorde.

O tempo passou depressa. Nem uma única vez os dois voltaram a falar de saudade ou dos próprios sentimentos. Estavam juntos, sozinhos até, mas bem que poderiam estar de pé junto à cerca dos visitantes — Henry de um lado e Keiko do outro —, separados pelo arame farpado.

O ESTRANHO
(1942)

A VIAGEM DE VOLTA PARA CASA foi mais silenciosa do que de hábito. Olhando pela janela do banco do carona, Henry viu o sol se pôr uma última vez. Observou a zona rural ceder lugar ao cenário da fábrica Boeing, seus enormes prédios envolvidos pelas redes de camuflagem — uma tentativa débil de manter fábricas inteiras escondidas dos bombardeiros inimigos. Henry não disse uma palavra, e a sra. Beatty, talvez por solidariedade, também não, deixando o garoto entregue aos próprios pensamentos. Todos eles centrados em Keiko.

Depois da partida dos últimos prisioneiros para campos mais afastados do litoral, o campo Harmony voltaria a ser o local da Feira Estadual Washington, bem a tempo da colheita de outono. Henry se perguntou se alguém que visitasse a feira este ano teria uma sensação diferente ao percorrer o estábulo dos campeões para admirar as cabeças de gado premiadas. Se alguém sequer se lembraria de que, dois meses antes, famílias inteiras haviam dormido ali. Centenas delas.

Mas... e agora? Dentro de poucos dias, Keiko estaria a caminho de Minidoka, em Idaho. Um campo de trabalho menor, em algum lugar nas montanhas próximas à fronteira com o Oregon, supunha ele. Era mais perto que Crystal City, no Texas, mas mesmo assim parecia a um mundo de distância.

A despedida dos dois havia sido formal. Depois de decidir deixá-la partir (para o bem dela, recordou Henry a si mesmo), ele guardara uma distância educada, sem querer dificultar as coisas para nenhum dos dois. Keiko era sua melhor amiga. Mais que uma amiga, na verdade. Muito mais. A ideia de vê-la partir era uma morte para ele, mas mesmo pensar em lhe confessar o que realmente sentia e *depois* vê-la partir era mais do que o seu coraçãozinho podia aguentar.

Em vez disso, despediu-se com um aceno e um sorriso. Nem sequer um abraço. Ela desviou os olhos, enxugando-os com as costas das mãos. Ele fizera o melhor, certo? O pai tinha dito uma vez que as escolhas mais difíceis na vida não são entre o que é certo e o que é errado, mas entre o que é certo e o que é melhor. A melhor coisa era deixá-la ir. E Henry fez precisamente isso.

Mas a cabeça fervilhava de dúvidas.

Para sua surpresa, ninguém havia notado a ausência dele. Ou, se notou, não se deu ao trabalho de dizer coisa alguma. A verdade é que os residentes do campo Harmony estavam de mudança, e os operários, os soldados, todos só pensavam em voltar à vida de antes. Haviam cumprido seu dever e estavam prontos para se livrar desse assunto desagradável de uma vez por todas.

A sra. Beatty foi atenciosa o bastante para deixá-lo na periferia de Chinatown, a um quarteirão do apartamento que dividia com os pais. Ela jamais fizera isso antes.

— Muito bem — disse ela. — Não arrume confusão nestas férias e nem pense em trocar de escola. Não vai fazer isso comigo. Estou contando com você na cozinha quando as aulas começarem, viu?

A sra. Beatty deixou o carro ligado enquanto apagava o cigarro num cinzeiro improvisado que mantinha no console sobre o painel para o caso de o cinzeiro da picape ficar cheio demais.

— Vou me cuidar. Espero que a senhora tenha notícias do seu pai. Garanto que ele está bem — disse Henry, pensando no pai da sra. Beatty e na tripulação do *SS City of Flint*, marinheiros mercantes presos em algum lugar da Alemanha, tão presos quanto Keiko e a família dela.

A sra. Beatty esboçou um sorriso, assentindo:

— Obrigada, Henry. É muita delicadeza sua. Tenho certeza de que ele vai superar tudo isso. E você também.

Ela penou para engatar a marcha da picape e depois olhou novamente para Henry:

— E a Keiko também.

Henry viu-a arrancar com o carro, sacolejando pelas ruas esburacadas, o braço para fora da janela, acenando. Depois virou a esquina e sumiu. As ruas estavam tranquilas. Henry tentou ouvir o sax de Sheldon lá na Jackson, mas seu ouvido captou apenas o ruído dos caminhões, o guincho de freios e um cachorro latindo a distância.

Subiu as escadas e atravessou o corredor na direção do apartamento, sentindo no ar o aroma de arroz cozido. Quando se aproximou, viu que a porta estava parcialmente aberta e a luz, acesa. Uma sombra se moveu — a silhueta de um homem mais velho, que não era o pai.

Henry entrou. Sentada à mesa da cozinha, a mãe fungava num lenço, os olhos vermelhos e o nariz inchado de chorar. Henry reconheceu imediatamente o homem por causa do estetoscópio que lhe pendia do pescoço. Era o dr. Luke, um dos poucos médicos chineses que tinha consultório na South King e ainda atendia em domicílio. Aparecera uma vez quando Henry "caiu do balanço" na escola (com efeito, uma surra, cortesia de Chaz Preston) e sofreu uma concussão. O menino vomitou e desmaiou, e a mãe imediatamente chamou o médico do bairro. Mas Henry sarou, e a mãe, apesar das lágrimas, encarou a situação aparentemente bem. Agora, porém, parecia assustada, seu corpo todo tremia. Foi então que Henry entendeu.

— Henry, sua mãe acabou de falar em você. Cresceu um bocado desde a minha última visita, hein?

O dr. Luke estava sendo educado, falava em chinês, mas também parecia nervoso. O que ele *não está* me dizendo?, pensou Henry.

A mãe levantou da cadeira e caiu de joelhos, abraçando o filho com tanta força que até doeu.

— O que houve? Cadê o papai? — perguntou Henry, adivinhando a resposta.

Ela se pôs de pé, enxugou os olhos e falou num tom positivo que, de alguma forma se adequava à notícia que estava prestes a dar.

— Henry, seu pai teve um derrame. Você sabe o que é isso?

Ele fez que não com a cabeça, embora se lembrasse vagamente do Velho Wee no mercado de peixes, que falava engraçado e usava apenas o braço direito para pesar o produto da pescaria do dia.

— Henry, foi um derrame muito sério — disse o dr. Luke, pousando as mãos sobre os ombros frágeis do menino. — Seu pai é durão e teimoso. Acho que sai desta, mas vai precisar de repouso, no mínimo durante um mês. E mal consegue falar. Talvez recupere parte da fala, mas no momento será difícil para todos, pricipalmente para ele.

As únicas palavras que Henry ouviu foram "ele mal consegue falar". O pai mal dizia alguma coisa antes, quando tinha condições para isso, e nos últimos dois meses não trocara uma palavra sequer com Henry. Nem um boa-noite. Nem um oi ou um até logo.

— Ele vai morrer? — indagou Henry, sem conseguir pensar em outra coisa para dizer, com a voz embargada.

O dr. Luke balançou a cabeça, mas Henry captou a verdade. Olhou para a mãe, e ela lhe pareceu aterrorizada, sem dizer palavra. Dizer o quê, afinal?

— Por que aconteceu isso? Como? — perguntou Henry à mãe e ao dr. Luke.

— Essas coisas acontecem, Henry — respondeu o dr. Luke. — Seu pai se aborrece com muitas coisas, e ele não é mais um rapazinho. Levou uma vida difícil lá na China. Isso envelhece o corpo. E agora com tanta aflição, com a guerra...

Uma onda de culpa se abateu sobre Henry, afogando-o. A mãe segurou-lhe a mão.

— A culpa não é sua. Não pense assim. Não é culpa sua. É culpa dele, entendeu?

Henry assentiu para fazer a mãe se sentir melhor, mas por dentro sangrava. Tão pouco tinha em comum com o pai! Nunca o entendera, mas, ainda assim, era seu pai, o único pai que teria na vida.

— Posso ver o meu pai? — perguntou.

Henry observou o olhar da mãe encontrar o do dr. Luke. O médico hesitou, mas depois concordou de cabeça. Da porta do quarto dos pais, Henry podia sentir o aroma do incenso budista misturado a algum tipo de solução desinfetante. A mãe acendeu um pequeno abajur no canto. Quando seus olhos se ajustaram à luz mortiça, Henry viu o pai, parecendo pequeno e frágil, deitado como um prisioneiro da própria cama — o cobertor puxado até o queixo, envolvendo o peito, que se movia num ritmo ab-rupto, irregular. A pele estava pálida, e um lado do rosto parecia inchado, como se tivesse participado de uma briga, enquanto o outro lado apenas assistia sem nada fazer. O braço descansava ao lado do corpo, com a palma da mão virada para cima, e um tubo comprido ligava o pulso a um frasco de líquido transparente preso à cabeceira da cama.

— Entre, Henry. Ele pode ouvir — disse o dr. Luke, com um leve empurrãozinho.

Henry se aproximou da cama, com medo de tocar o pai e machucá-lo ou empurrá-lo para mais perto dos seus ancestrais.

— Tudo bem, Henry, acho que ele sabe que você está aqui — incentivou a mãe, acariciando o ombro do filho e pegando-lhe a mão para colocá-la entre os dedos inertes e frágeis do pai. — Diga alguma coisa para ele saber que você está aqui.

Dizer alguma coisa? O quê, por exemplo? E em que língua? Henry tirou o *button* "Sou chinês" da camisa e o pôs na mesinha de cabeceira, próximo ao que supôs ser o remédio do pai. Havia ali vários frascos marrons, alguns com rótulos em inglês, enquanto outros, poções de ervas, tinham rótulos em chinês.

Henry viu o pai abrir os olhos, piscando duas vezes. Não dava para saber o que espreitava por trás daquele rosto combalido, sem expressão. Ainda assim, o menino sabia o que dizer:

— *Deui mh jyuh.*

Queria dizer "Não posso encarar", um pedido de desculpa formal usado por alguém que assume uma culpa ou falha. Henry sentiu a mão da mãe em seu rosto, uma carícia confortadora.

O pai olhou para ele, a mente se esforçando para obrigar o corpo desobediente a agir. Cada movimento da boca demandava um esforço incrível. O mero ato de inspirar e expirar para gerar algum som parecia quase impossível. Seus dedos seguraram os de Henry tão de leve que a pressão era quase imperceptível. E uma única frase lhe escapou dos lábios:

— *Saang jan.*

"Estranho." Como em "Você para mim é um estranho".

Treze anos
(1942)

Um mês depois, Henry virou adulto, ou sentiu ter virado. Fez treze anos, a idade em que muitos operários haviam partido da China, duas gerações antes, em busca da *Chinshan*, a Montanha de Ouro, na tentativa de fazer fortuna na América. Quase a mesma idade que tinha o pai quando se empregou como operário, a idade em que o pai considerava que um menino virava um homem. Ou uma menina, uma mulher, já que os casamentos arranjados em geral aconteciam por volta dos treze anos — a idade em que a instrução de uma moça quase sempre chegava ao fim — e apenas para aqueles que tinham condições para tanto.

O aniversário de Henry chegou e se foi sem grande fanfarra. A mãe preparou um *gau*, o bolo gelatinoso de arroz, normalmente reservado para ocasiões especiais, como o ano-novo lunar, e uma das sobremesas prediletas do filho. Tios e primos apareceram para jantar galinha com feijão preto e *choy sum* com molho de ostras, outros pratos prediletos de Henry. Tia King, a rica, deu ao sobrinho um envelope *lai see,* recheado com dez notas novinhas de um dólar, mais dinheiro do que Henry jamais recebera de uma só vez. A mãe também ganhou um envelope, que agradeceu efusivamente, mas não abriu. Foi quando Henry se deu conta de que a tia King e o marido, Herb, provavelmente vinham ajudando a sustentar sua família, agora que o pai estava acamado.

O pai de Henry vivia confinado à cama ou a uma cadeira de rodas que a esposa empurrava pelo apartamento, posicionando o marido junto ao rádio ou então à janela, para que de vez em quando apanhasse ar fresco. Ele nada dizia a Henry, mas sussurrava algumas palavras para a mulher, que o paparicava na medida do possível.

Vez por outra, Henry pegava o pai a observá-lo, mas quando seus olhares se encontravam, o pai desviava o dele. Henry queria dizer alguma coisa, pois sentia-se culpado por ter desobedecido, por ser responsável pelo estado em que o pai se encontrava. De certo modo, porém, era filho de seu pai, e podia ser igualmente teimoso.

Keiko já partira havia mais de um mês, em 11 de agosto, com os últimos prisioneiros do campo Harmony, de mudança para Minidoka. E não tinha escrito nem uma vez. Claro que ninguém podia ter certeza do motivo *real*. Talvez não houvesse serviço de correios por lá. Ou talvez Henry tivesse sido claro demais em sua despedida, fazendo com que ela decidisse ir em frente sem ele, esquecê-lo de uma vez por todas. De todo jeito, a saudade que sentia dela era tão grande que chegava a doer.

Principalmente na escola, quando as aulas recomeçaram. Henry ainda teria que esperar dois anos para entrar na Escola Secundária Garfield, que, segundo diziam, era bem mais integrada e acabava recebendo a maioria da garotada chinesa e negra. Uma classe inter-racial seria uma baita mudança em relação à Rainier, onde, mais uma vez, ele era o único aluno não branco. Ainda trabalhava na cozinha na hora do almoço com a sra. Beatty, que jamais falava de Keiko.

Henry quase não via mais Chaz. Depois que foi pego praticando vandalismo em Nihonmachi, a Rainier o expulsou. Corriam boatos de que agora infernizava a vida dos alunos da Bailey Gatzert, reduto dos filhos de operários. De vez em quando, Henry o via caminhando à sombra do pai pela cidade, só isso. Ele fazia uma careta para Henry, que já não tinha mais medo. Chaz era o que seria pelo resto da vida, refletia Henry, um sujeito amargo e derrotado. Henry, por outro lado, achava que ainda tinha muito a aprender.

De todo jeito, os deveres extracurriculares haviam perdido a graça, e a volta para casa era solitária. Só lhe restava pensar em Keiko, em como era bom quando tinha a sua companhia. E como se sentira paralisado e triste ao vê-la enxugar as lágrimas quando os dois se despediram. Doía menos perdê-la do que não ter dito o quanto gostava dela. Que importância a garota tinha para ele. O pai era um péssimo comunicador. Depois de se rebelar durante tanto tempo contra os desejos do pai e o seu jeito de ser, Henry odiava o fato de não ser tão diferente assim dele — não que isso importasse, afinal.

Henry percorreu o caminho de volta até os arcos de ferro negro de Chinatown, novamente sozinho, seguindo o som inconfundível do sax de Sheldon e o ruído dos aplausos que atualmente sempre acompanhavam os shows do músico. Sheldon vinha tocando em pequenos clubes na South Jackson, mas Oscar Holden agora fazia parte de uma lista de pessoas vigiadas pela polícia, depois de ter reclamado do tratamento dado aos residentes de Nihonmachi, e estava cortando um dobrado para arrumar emprego. É o preço que se paga pela franqueza — perde-se o privilégio de fazer a própria voz cantante ser ouvida. Uma tragédia, pensou Henry. Não, mais que uma tragédia. Era um crime privar Oscar Holden desse privilégio. O disco havia esgotado e virado uma espécie de objeto de colecionador, ao menos durante algum tempo.

— Notícias de longe? — indagou Sheldon ao ver Henry, apontando com o queixo na direção de Idaho. Na direção de Minidoka.

Henry negou de cabeça, tentando não demonstrar o próprio desânimo.

— Estive uma vez em Idaho. Não é tão ruim assim. Um primo meu contrabandeava bebida alcoólica passando pela fronteira para Post Falls anos atrás, durante a Lei Seca. É bonito, com todas aquelas montanhas.

Henry desabou no meio-fio. Sheldon lhe entregou a lancheira vazia.

— Nossa, faz um bocado de tempo que já não sou o que alguns chamariam de "um jovem" — disse ele —, mas, meu garoto, dá para ver nos seus olhos. Sei que você está tentando fazer cara de durão, aquela cara que nem sua mãe desconfia ser falsa. Mas, Henry, já vi muito sofrimento na vida. Sei que está doendo, doendo *para valer*.

Henry olhou de esguelha para o amigo:

— O quê? É tão óbvio?

— Todos nós sentimos, garoto. Assistir a todo mundo ser levado assim. Para alguns, é tristeza para durar uma vida inteira. Aqui, no *chamado Distrito Internacional,* você, eu, os filipinos, os coreanos que chegam e até os judeus e os italianos, todos sentimos. Mas em você dói de um jeito diferente ver a partida *dela*.

— Eu a deixei partir.

— Henry, ela *iria*, quer você deixasse ou não. A culpa não é sua.

— Não. *Eu a deixei partir*. Praticamente, do jeito que me despedi, eu a mandei embora.

Fez-se um momento de silêncio enquanto Sheldon dedilhava as teclas do sax.

— Então arrume papel e lápis e escreva para ela...

— Nem sei o endereço — interrompeu Henry. — Deixei que ela fosse embora e ela nem escreveu para mim.

Sheldon fez um muxoxo e deixou escapar um grande suspiro, fechando a maleta do sax e sentando-se ao lado de Henry no cimento frio do meio-fio.

— Você sabe onde fica Minidoka, não sabe?

— Posso encontrar no mapa...

— Então vamos visitá-la. Devem ter horário de visita lá como tinham em Puyallup. Que tal pularmos na *barriga do cachorrão* e ir visitá-la?

— Cachorrão?...

— De um ônibus Greyhound, garoto. Como a raça de um cachorro. Vou ter que soletrar para você? Pegamos um ônibus, já que tempo é o que não me falta no momento. Saímos daqui numa sexta e voltamos no domingo. Você nem precisa faltar à escola.

— Não posso...

— Por quê? Você tem treze anos, não é? Um homem, aos olhos do seu pai. Pode tomar decisões de homem e fazer o que é preciso. É o que eu faria.

— Não posso abandonar a minha mãe. Depois, tem o meu pai.

— O que tem ele?

— Não posso abandoná-lo. Se ele descobre que vou até Idaho para visitar uma garota japonesa, o coração dele para de vez...

— Henry — disse Sheldon, com uma seriedade que jamais usara antes. — Seu pai ter tido um troço no coração não foi culpa sua. Ele luta uma guerra na própria cabeça, no coração, desde que tinha a sua idade e morava na China. Você não pode se responsabilizar por coisas que aconteceram quando você nem era nascido. Está me entendendo?

Henry levantou-se e limpou a poeira do fundilho da calça.

— Preciso ir. A gente se vê por aí — disse ele com um sorriso contrafeito, tomando o caminho de casa.

Sheldon não discutiu.

Ele está certo, pensou Henry. Já *tenho* idade suficiente para tomar minhas próprias decisões. Mas Idaho é longe demais, perigoso demais. Por que sair correndo assim para um lugar que não conheço? Se alguma coisa me acontece, quem vai cuidar da minha mãe? Com meu pai preso a uma cama, sou o homem da casa agora. Posso até ter que largar a escola e começar a trabalhar para ajudar a pagar as contas. Além disso, fugir assim não é coisa de gente responsável. Quanto mais pensava no assunto, mais Henry se dava conta de que dinheiro não era problema. O que ganhara trabalhando no campo Harmony dava de sobra para pagar a viagem, e o presente da tia King cobriria as outras despesas.

Não, não posso fazer isso. Simplesmente, não dá agora.

Quando chegou em casa, o pai estava na cama, dormindo profundamente. Desde o derrame, ele nem sequer roncava alto, como acontecia antes. Aparentemente, tudo o que fazia era uma sombra opaca da pessoa que havia sido. Salvo quanto ao seu farol de reprovação, sempre apontado para Henry. Onde quer que estivesse, Henry o sentia.

A mãe subiu a escada atrás dele com uma cesta de roupa limpa tirada do varal compartilhado com outras famílias no beco.

— Você recebeu um cartão de aniversário — disse ela em cantonês, tirando a correspondência do bolso do avental e entregando ao filho.

Era um envelope amarelo forte, ligeiramente amassado e sujo. Henry reconheceu o selo.

Só de olhar a caligrafia, percebeu de quem era. Vinha de Minidoka. De Keiko. Ela não se esquecera dele.

Olhou para a mãe, meio sem graça, mas sem qualquer pedido de desculpa no olhar.

— Tudo bem — foi tudo que ela disse enquanto se afastava com a cesta de roupa limpa.

Henry nem esperou chegar ao quarto para cuidadosamente abrir o envelope e ler a carta que ele continha. No alto da página, viu um pequeno desenho em bico de pena de um bolo de aniversário, colorido com aquarela. Nele estava escrito: "Feliz Aniversário, Henry! Eu não queria me separar de você, mas sabia que iria embora de qualquer jeito, então que escolha eu tinha? Não quis preocupar a sua família ou piorar as coisas entre você e o seu pai. Só quero que saiba que penso em você. E você nem imagina a saudade que sinto."

O restante contava da vida no campo de confinamento. Sobre a escola que havia lá e sobre as atividades do pai. O fato de ser advogado não valia muita coisa na hora de colher beterrabas diariamente.

"Não vou escrever novamente", leu Henry no final da carta, "não quero incomodar você. Talvez seu pai tenha razão. Keiko".

Os dedos de Henry estremeceram quando ele leu várias vezes aquela última linha. Olhou para a mãe, que estava agora na cozinha e o observava pelo canto do olho. Ela levou a mão à boca, com uma expressão preocupada.

Henry esboçou um meio sorriso e retirou-se para o quarto, onde contou o dinheiro que economizara durante todo o verão e os dólares do presente da tia King. Depois achou uma velha mala no alto do armário, na qual pôs roupas, cuecas e meias suficientes para uns poucos dias.

Ao sair do quarto, sentiu-se uma pessoa totalmente diferente da que era ao entrar. A mãe apenas observou, perdida, confusa.

De mala na mão, Henry se encaminhou para a porta:

— Vou para a rodoviária. Volto daqui a alguns dias. Não se preocupe.

— Eu sabia que você faria a coisa certa — exclamou Sheldon, sorrindo, sentado no outro lado do corredor do ônibus da Greyhound, com destino a Walla Walla. — Vi logo nos seus olhos.

Henry apenas olhou pela janela, enquanto as ruas de Seattle davam lugar aos morros verdejantes que levavam ao desfiladeiro que separa o oeste do leste de Washington. Encontrara Sheldon, e a mala em sua mão foi argumento suficiente para o amigo.

— Vou pegar meu chapéu — foi a resposta do músico.

Os dois juntaram suas tralhas e foram para a rodoviária, onde compraram duas passagens de ida e volta para Jerome, Idaho, a cidade mais próxima do campo Minidoka. As passagens custaram doze dólares cada. Henry se ofereceu para pagar a de Sheldon com o dinheiro ganho pelo trabalho nas férias, mas Sheldon não aceitou.

— Obrigado por vir comigo. Você não precisava pagar, tenho o suficiente...

— Tudo bem, Henry. Quase nunca tenho a oportunidade de passar uns dias fora.

Henry ficou grato. No fundo, sua intenção era economizar. Ao menos o suficiente para *três* passagens de volta. Ia pedir a Keiko que voltasse com ele. Daria a ela seu *button* e tentaria tirá-la do campo às escondidas durante a visita. Ela poderia se hospedar na casa da tia King em Beacon Hill, supunha Henry. Ao contrário do pai, a tia nada tinha contra os vizinhos japoneses. Ouvira isso dela mesma, uma vez, para sua grande surpresa. Sabe-se lá como, a tia era mais tolerante, mais cordata. Uma aposta temerária, mas era sua última tacada, a única que lhe restava na situação atual.

— Você sabe onde fica esse lugar? — indagou Sheldon.

— Sei como era o campo Harmony, em Puyallup. Chegando perto, não é difícil saber onde fica.

— Como pode ter tanta certeza...

Henry interrompeu o amigo:

— Supostamente há nove mil pessoas presas lá. É uma pequena cidade. Não vamos ter problema para encontrar o campo. O problema vai ser achar Keiko no meio dessa gente toda.

Sheldon assoviou, irritando uma senhora idosa de chapéu de pele, que se virou e o repreendeu.

Henry não se incomodou de sentar nos fundos do ônibus. No entanto, por algum motivo Sheldon ficou aborrecido com isso. Resmungando de vez em quando sobre *isto aqui é o nordeste, não o sul racista,* reclamou várias vezes que o motorista não devia ter apontado para os fundos do ônibus quando ele e Henry embarcaram. Mas lá se foram os dois. Viajar para tão longe, para um lugar desconhecido, já era potencialmente problemático. O bom de sentar-se nos últimos bancos é que não havia ninguém atrás para ficar de olho neles nem fazer perguntas. Henry praticamente sumiu lá no fundo, apreciando a paisagem pela janela, e os passageiros que se viravam para trás nem sequer olhavam Sheldon nos olhos.

— E se a gente chegar lá e ninguém quiser nos alugar um quarto para descansarmos o corpo durante a noite? — perguntou Henry.

— A gente dá um jeito. Não seria a primeira vez que durmo ao relento, sabia?

Mas apesar da postura otimista de Sheldon, Henry tinha uma genuína preocupação. Pouco antes de todos os japoneses serem evacuados da ilha Bainbridge, o tio de Keiko e a família haviam tentado se estabelecer em algum lugar afastado do litoral — onde os japoneses eram menos perseguidos. Algumas famílias japonesas foram encorajadas a partir voluntariamente. O problema é que ninguém queria vender gasolina ou alugar quartos para as famílias fugidas da cidade. Mesmo os hotéis nitidamente vazios as recusavam ou penduravam placas de "fechado" quando os japoneses desciam dos carros. O tio de Keiko havia chegado até Wenatchee, Washington, onde foi obrigado a voltar porque não encontrou quem lhe vendesse gasolina. Voltou e foi pego juntamente com os demais.

Henry pensou na possibilidade de dormir ao relento e ficou grato por ter trazido roupas extras. O mês de setembro era chuvoso e frio, ao menos em Seattle. Quem sabe como será o clima em Idaho nesta época do ano?

Seis horas mais tarde, os dois aportaram em Walla Walla, uma pequena comunidade rural famosa pelos pomares de maçãs. Henry e Sheldon tiveram quarenta e cinco minutos para almoçar e embarcaram novamente com destino a Twin Falls, depois a Jerome, em Idaho, de onde, supunham, chegariam ao campo Minidoka.

Assim que pisou na calçada, Henry sentiu constrangimento. Como se os olhos do mundo estivessem sobre ele e também sobre Sheldon. Não havia uma única pessoa de cor à vista. Nem mesmo índios, que Henry imaginou que pudesse encontrar numa cidade batizada com o nome de uma tribo indígena. Em vez disso, foram recebidos por brancos sisudos, todos aparentemente atentos. Apesar de tudo, ninguém lhes pareceu hostil. Simplesmente lançavam um olhar para a dupla e seguiam em frente com seus afazeres. Mesmo assim, Henry ficou brincando, impaciente, com o *button* "Sou chinês", e Sheldon sugeriu:

— Vamos arrumar algo para comer. Procure não encarar ninguém, entendido?

Henry sabia que Sheldon não era de Seattle. Havia sido criado em Tacoma, mas nascera no Alabama. Os pais se mudaram do sul quando o menino tinha cinco ou seis anos, mas evidentemente ele já vira o suficiente para jamais pensar em voltar. Continuava chamando adultos e garotos de "senhor" e levava a mão ao chapéu, murmurando "minha senhora" quando passava por uma mulher, mas afora isso não queria nada com o sul. E a julgar pela reação esquiva de Sheldon às pessoas nas ruas de Walla Walla, bem que os dois podiam estar em Birmingham.

— Vamos aonde?

Sheldon olhou para as vitrines das lojas e dos restaurantes.

— Não sei. Talvez não seja tão ruim quanto pensei.

— Como assim, ruim?

— Ora, veja com seus próprios olhos. Ninguém está preocupado conosco. E não vi nenhum placa dizendo "brancos apenas".

Os dois cruzaram com pessoas que aparentemente reparavam neles, mas em lugar de afastar para bem longe os filhos, apenas cumprimentavam. O que era ainda mais estranho.

Ele e Sheldon finalmente pararam na entrada imponente do que parecia ser o prédio mais alto da cidade, o Hotel Marcus Whitman. Dava para ver nitidamente que havia um café lá dentro.

— O que você acha?

— Tanto faz. Vamos dar a volta e pedir alguma coisa para viagem.

— Nos fundos? — indagou Henry.

— É melhor não correr riscos, Henry, já chegamos até aqui...

— Posso ajudar vocês?

Era um senhor, que provavelmente atravessara a rua atrás da dupla. A pergunta fez Sheldon dar um salto, e Henry se pôs atrás dele.

— Vocês não são daqui, certo?

Henry engoliu em seco.

— Não, senhor, estamos só de passagem. Na verdade, já estamos voltando para o ônibus...

— Já que chegaram até aqui, por que não entrar e tomar alguma coisa quentinha?

Henry viu o homem esticar o pescoço e olhar para o final da rua, na direção da rodoviária.

— Acho que dá tempo. Bem-vindos a Walla Walla. Espero que voltem para nos visitar de novo.

Entregando um pequeno panfleto a Henry e Sheldon, tocou no chapéu e cumprimentou:

— Vão com Deus.

Confuso, Henry viu o homem se afastar. Que lugar é este?, pensou. Será que ele acha que sou japonês? Olhou para o *button*, depois para Sheldon, que estava dando uma lida no panfleto e coçando a cabeça com uma expressão surpresa, mas aliviada, no rosto. O panfleto era de uma igreja adventista, um grupo que Henry sabia estar prestando ajuda humanitária às famílias japonesas confinadas e se oferecendo para trabalhar voluntariamente como professores e enfermeiros. Conforme descobriram depois, havia uma grande congregação e até uma universidade particular religiosa ali.

Enquanto engoliam um rápido lanche de café com torradas, os dois olharam à volta e encararam o pessoal presente. Nem todos pareciam temerosos. Alguns até sorriram para eles.

ENCONTRAR O CAMPO FOI FÁCIL. Tão fácil que, de certa forma, deixou Henry entristecido. Quando ele e Sheldon saltaram do ônibus em Jerome, Henry não pôde deixar de reparar num enorme cartaz onde se lia "Centro de Realocação Minidoka — 30 quilômetros". Dezenas de pessoas embarcavam em picapes e carros, todas a caminho do que se tornara a sétima maior cidade em Idaho.

Sheldon endireitou o chapéu.

— Centro de Realocação. Parece até que a Câmara de Comércio está ajudando essa gente a encontrar um novo lar ou algo do gênero.

— Agora é o novo lar *deles*. — Foi tudo que Henry conseguiu dizer.

Uma mulher com touca de enfermeira baixou o vidro de um sedã azul e indagou:

— Vocês devem estar indo para o campo. Querem carona?

Henry e Sheldon se entreolharam. Seria tão óbvio assim? Aparentemente, todos na rodoviária tinham algo a fazer lá para o norte. Ambos assentiram com vigor.

— O caminhão atrás de mim está levando visitantes, se é o que procuram.

Henry apontou para um grande caminhão atarracado, com bancos improvisados e laterais de madeira bastante precárias.

— Aquele ali?

— Esse mesmo. É melhor se apressarem se quiserem mesmo ir, eles não vão esperar muito tempo.

Sheldon levou a mão ao chapéu e pegou a mala, cutucando Henry.

— Obrigado, minha senhora. Muito obrigado.

Os dois caminharam até a traseira do caminhão e subiram, sentando-se ao lado de duas freiras e um padre que conversavam numa língua que parecia latim, de vez em quando misturando algumas expressões em japonês.

— Acho que vai ser mais fácil do que você pensou — disse Sheldon, acomodando a mala entre os pés. — Maior do que você pensou, também.

Henry assentiu, olhando à volta. Era o único asiático à vista, inclusive no caminhão. Mas era chinês, e a China, aliada dos Estados Unidos. Para completar, Henry era um cidadão americano. Isso devia fazer alguma diferença, não?

Olhando para o horizonte, pôde ver o campo a distância. Uma enorme chaminé de pedra se destacava acima dos campos secos, poeirentos, que aos poucos foram revelando os contornos de uma pequena cidade. Tudo parecia em obras. Mesmo de longe, Henry conseguiu identificar os esqueletos de enormes fileiras de prédios.

Sheldon também viu.

— Aquilo deve ter, fácil, uns mil hectares — comentou.

Henry não fazia ideia de quanto era isso, mas parecia enorme.

— Dá para acreditar? — indagou Sheldon. — É como uma cidade saindo do rio Snake. É tudo tão seco e tão ermo aqui no norte, e agora jogam toda essa gente aqui.

Henry contemplou a paisagem árida. Não havia árvores, grama nem flores. Mal se viam uns poucos arbustos nesse cenário vivo, pulsante, onde barracões de papel betuminado salpicavam o solo desértico. E gente. Milhares de pessoas, a maioria trabalhando nos prédios ou nos campos, colhendo milho, batata ou beterraba. Até criancinhas e idosos podiam ser vistos curvados sobre os sulcos na terra. Todos bem despertos e ativos.

O caminhão se arrastava sobre uma colcha de retalhos de buracos, o freio guinchando quando ele parou com um barulho de chocalho. Quando os passageiros desembarcaram, os trabalhadores se encaminharam numa direção e os visitantes noutra. Henry e Sheldon seguiram o pequeno pelotão de gente que se reuniu em um salão de pedra para as visitas. Com o vento soprando, Henry podia sentir a poeira no ar e a areia na pele. A terra era seca e crestada, mas havia um odor indescritível. Odor de erva-doce e o cheiro que prenunciava chuva. Nascido em Seattle, Henry conhecia direitinho esse cheiro. Estava se armando uma tempestade.

No interior do salão, os visitantes receberam instruções sobre o que podia ou não entrar e sair do campo. Permitiam-se coisas como cigarros e bebidas alcoólicas em pequenas quantidades, mas objetos bastante inocentes como lixas de unha eram proibidos.

— Acho que um baita alicate de cortar arame está fora de cogitação — sussurrou Henry para Sheldon, que apenas assentiu com a cabeça.

Se a presença de um garoto chinês era um fato incomum, ele mal foi notado em meio às idas e vindas caóticas no campo Minidoka. Até Henry, que de início teve certeza de que seria arrastado sob a mira de uma baioneta e levado para o coração do campo, surpreendeu-se ao ver quão pouca atenção lhe deram. E por que seria diferente? Havia milhares de prisioneiros para registrar. E mais ônibus cheios deles chegavam a cada hora. O campo ainda lutava para ganhar vida e descobrir seu próprio ritmo — uma comunidade em expansão atrás de cercas de arame farpado.

— Espero que você tenha tomado banho antes de viajar — disse Sheldon, olhando pela janela. — Porque o pessoal ali está cavando dutos de esgoto.

Henry aproximou o nariz da manga da camisa, sentindo cheiro de suor e bolor, resultado da viagem de ônibus.

Sheldon enxugou a testa com um lenço.

— Vai levar meses até eles terem água quente ou válvula nas privadas.

Henry olhou para os operários japoneses trabalhando ao sol. O que viu o fez agradecer por estar num lugar coberto, aguardando com Sheldon numa fila. Só meia hora mais tarde os dois conseguiram se registrar como visitantes. Finalmente, uma funcionária da recepção verificou na fichas do campo se a família Okabe já chegara.

— Eles são *quakers* — comentou Sheldon com Henry, apontando com a cabeça os funcionários.

— Como o cara da aveia?

— Mais ou menos. Eles foram contra a guerra. Agora trabalham como voluntários nos campos, dando aula, fazendo serviço de enfermagem e coisas do gênero. Ao menos foi o que escutei. Quase todos os brancos daqui são *quakers*, embora aqui *seja* Idaho, o que leva a crer que alguns devam ser adventistas. Mas acho que dá no mesmo.

Henry observou a mulher branca atrás da mesa. Parecia uma dona de casa provinciana, comum, sem graça e simpática.

A mulher ergueu os olhos, sorrindo:

— Os Okabe? Estão aqui, junto com uma dúzia de outras famílias com o mesmo sobrenome, mas acho que encontrei quem vocês procuram.

Sheldon deu uma palmadinha no ombro de Henry.

— Dirijam-se àquele salão de visitas — disse ela, apontando. — Alguém vai ajudá-los a se orientarem. O campo está organizado como uma cidade, com ruas e quarteirões. Em geral, as visitas são programadas por carta ou telefonemas dados, vez por outra, do escritório principal. Caso contrário, um mensageiro é enviado ao setor do campo que abriga a família para colar um aviso do lado de fora do acampamento ocupado por ela.

Henry tentava acompanhar o discurso, piscando os olhos e esfregando a testa.

— Em geral leva no mínimo um dia — prosseguiu a mulher —, já que a maioria das crianças estuda em salas de aula provisórias e os adultos trabalham dentro do campo.

— Que tipo de trabalho? — indagou Henry, recordando-se da atividade que vira do lado de fora.

— Braçal. Na colheita de beterrabas ou em obras de construção. Também não falta serviço de escritório para as mulheres — emendou ela, suspirando, enquanto voltava a atenção para a pilha de papéis à sua frente.

Henry preencheu um pedaço de papel para Keiko, que, segundo haviam lhe dito, estava no Bloco 17 — não muito distante deste ponto do campo Minidoka. Queria fazer uma surpresa à amiga, razão pela qual escreveu apenas "visitante", deixando vazio o espaço para o nome. O mensageiro, um japonês mais velho que tinha de andar para lá e para cá no campo e, ironicamente, mancava, pegou o papel e foi cumprir sua tarefa.

— Isso pode demorar — disse Henry.

Sheldon assentiu e observou os grupos de visitantes que entravam e saíam.

Sentado num banco de madeira, entre um homem mais velho com várias caixas de hinários e um jovem casal com cestas de peras, Henry olhou para Sheldon, que estalava as juntas dos dedos, arrependido por não ter trazido o sax.

— Obrigado por vir comigo — disse.

Sheldon deu uma palmadinha no joelho do garoto.

— Era preciso. Só isso. Seu velho sabe que você anda tão longe?

Henry solenemente balançou a cabeça.

— Eu disse à minha mãe que ficaria fora uns dias. Ela deve saber. Acho que não sabe que estou *aqui*, mas sabe o suficiente. Não digo que ela goste da ideia, mas me deixou vir e não perguntou nada. Fez o melhor que pôde, suponho, é o jeito dela de ajudar. Vai se preocupar, mas dá conta. Eu dou conta. Simplesmente tinha de vir. Talvez nunca mais veja Keiko, e não quero que o que eu disse ou deixei de dizer no campo Harmony seja a última coisa que ela escute de mim.

Sheldon olhou para as pessoas que iam e vinham.

— Ainda há esperança para você, Henry. Espere para ver. Talvez demore um pouco, mas sempre existe esperança.

Esse *um pouco* levou seis horas, o tempo que ele e Sheldon esperaram —, às vezes do lado de dentro, outras andando de um lado para outro na entrada do centro de visitantes. Havia agora nuvens negras no céu, escurecendo o dia, embora ainda faltassem várias horas para o pôr do sol.

Finalmente, Henry bateu de leve com a mão na mala, de olho numa placa que dizia que o horário de visita terminava às 17h30.

— Está quase na hora de voltar. Deixamos o nosso recado. Ela não deve ter visto ainda.

Mas amanhã a gente volta. Ela há de ver o bilhete, pensou ele.

Do lado de fora, pingos de chuva grossos e pesados salpicavam o solo crestado. Conforme batia nos telhados de lata dos prédios improvisados e acampamentos semiprontos, a chuva criava um som gorjeante, rítmico. Por todo lado, havia gente correndo para se abrigar. Henry pensou nos telhados de papel betuminado e nos prédios inacabados. Torceu para que estivessem vazios e para que os moradores do campo ocupassem os prédios abrigados sob telhados prontos.

— Tem um ônibus para visitantes ali — apontou Sheldon, balançando a mala na cabeça com uma das mãos, a fim de se proteger da chuva que agora era torrencial.

Trovões ecoavam ao longe, mas não se viam relâmpagos. Ainda não escurecera o suficiente.

Henry tentou imaginar o que Keiko estaria fazendo naquele exato momento. Voltando da escola para casa, com outros garotos japoneses? Que estranha mistura devia ser esta — alguns sem falar outra língua que não inglês e outros falando apenas japonês. Pensou em Keiko e na família dela se instalando em seus aposentos de um único cômodo, reunidos em torno de um fogão para tentar se aquecer, enquanto a chuva pingava nos baldes, vinda dos buracos no telhado. Pensou nela ouvindo o disco de Oscar Holden dos dois. Será que ela pensa em mim? Será que pensa em mim tanto quanto tenho pensado nela? *Será?* Não. Henry pensava tanto nela que conseguia vê-la nas ruas de Seattle, chegando mesmo a ouvir sua voz. Clara e suave. Reluzente em seu inglês perfeito, como agora, chamando o nome dele em meio ao barulho trovejante da tempestade. Como se estivesse aqui. Como se jamais tivesse partido. Era sempre uma surpresa constatar como gostava de ouvi-la chamar seu nome.

Henry. Desde o dia em que se conheceram na cozinha. *Henry*. Até aquele dia horrível em que ele a viu embarcar com a família no trem para o campo Harmony. *Henry*. E, finalmente, quando ela disse *adeus* de um jeito contido, na defensiva, que ele nunca vira antes. Enquanto ele a deixava ir, sem querer piorar as coisas, querendo ser um *bom filho*.

Aquela voz o assombrara durante todas essas semanas.

— Henry?

Ela estava ali. De pé na chuva, do lado de fora do centro dos visitantes prestes a encerrar o expediente, atrás do portão trancado e de metros de arame farpado. Usando o mesmo vestido amarelo e um suéter cinza encharcado por cima. Então, ela pulou as poças de lama, correndo para a cerca que os separava.

— Henry!

O bilhete do mensageiro estava molhado e amarfanhado em sua mão.

Com os olhos marejados, enxugando a chuva do rosto com a manga do casaco, Henry segurou-lhe os braços por entre a cerca quando ela os estendeu, e as mãos escorregaram para sentir as dela — incrivelmente cálidas, apesar da chuva fria. Encostando a testa na dela no espaço entre duas fileiras de arame farpado, Henry chegou tão perto que quase dava para sentir os cílios de Keiko quando ela piscava. A proximidade dos dois mantinha seus rostos secos enquanto a chuva se derramava sobre eles e encharcava a gola da roupa de ambos.

— O que você está fazendo aqui? — perguntou ela, piscando para afastar as gotas de chuva que teimavam em entrar em seus olhos, escorrendo de uma mecha do cabelo molhado.

— Eu... Eu fiz treze anos — respondeu Henry, sem saber o que mais dizer.

Keiko não disse nada, apenas estendeu os braços por entre o arame e envolveu a cintura dele.

— Saí de casa. Vim ver você. Já tenho idade suficiente para tomar minhas próprias decisões. Por isso peguei um ônibus com Sheldon. Eu precisava lhe dizer uma coisa.

Henry baixou o olhar, e os olhos castanhos de Keiko lhe pareceram refletir algo invisível no céu cinzento de setembro. Algo reluzia de dentro para fora.

— Sinto muito...

— Por quê?

— Por não ter dito adeus.

— Mas você disse...

— Não do jeito que devia. Fiquei preocupado com a minha família. Preocupado com tudo. Confuso. Não sabia o que queria. E não sabia realmente o que era adeus.

— Então, viajou todos esses quilômetros só para me dizer adeus? — perguntou Keiko.

— Não — respondeu Henry, meio zonzo por dentro.

A chuva que o molhava era fria, mas ele não sentia. O casaco prendeu e se rasgou no arame farpado quando suas mãos delicadamente se fecharam em torno da cintura dela, os dedos afundando no suéter empapado. Ele se inclinou, com a testa encostada no metal frio do arame. Se havia ali uma ponta afiada, Henry não saberia dizer. Tudo que sentiu foi o rosto de Keiko, molhado de chuva, quando ela se inclinou também.

— Vim aqui para isto — disse Henry.

Foi seu primeiro beijo.

Sheldon Thomas
(1986)

Henry saiu da chuva e entrou nos corredores sinuosos da Hearthstone Inn, uma clínica para idosos em West Seattle, não muito distante do Terminal das Barcas Fauntleroy, que ligava Seattle à ilha Vashon. As visitas de Henry eram mais frequentes agora, que tinha tempo de sobra, depois da morte de Ethel.

O Hearthstone Inn era um dos asilos mais agradáveis em West Seattle. Agradável para Henry, ao menos, embora ele não fosse nenhum perito em asilos. Henry se especilizara mais naqueles de que não gostava. Os lugares frios, cinzentos, como as instituições públicas das quais tanto lutara para manter Ethel ao largo. Aqueles prédios-caixotes de janelas pequenas, onde as pessoas se reuniam para morrer sozinhas. A Hearthstone, ao contrário, mais parecia um chalé rústico de caça ou um *resort* do que um asilo de idosos.

A entrada ostentava um lustre feito de chifres de veados. Um toque simpático, refletiu Henry, percorrendo o caminho que levava à ala com a qual já estava familiarizado. Não se deu ao trabalho de parar no posto de enfermagem. Em vez disso, dirigiu-se diretamente ao quarto 22, batendo de leve na porta, logo abaixo da placa onde se lia "Sheldon Thomas".

Não houve resposta, mas Henry meteu a cabeça pela porta entreaberta mesmo assim. Sheldon dormia meio sentado em sua cama de hospital. As bochechas, um dia robustas, que se inflavam quando ele tocava o sax, agora meramente lhe encapavam os ossos do rosto. A agulha do soro estava presa ao pulso por um esparadrapo que subia pela pele murcha do braço, enrugada como um saco de papel amassado. Um tubo de plástico transparente preso atrás das orelhas descia até pouco abaixo das narinas, soprando oxigênio para dentro dos pulmões.

Uma enfermeira jovem, funcionária nova que Henry não reconheceu, se aproximou e tocou em seu braço:

— O senhor é amigo ou parente?

Ela sussurrou a pergunta em seu ouvido, atenta para não perturbar Sheldon.

A pergunta pairou no ar como um belo acorde. Henry era chinês. Sheldon obviamente não. Nada tinham de parecidos. Nadinha.

— Sou um parente distante — respondeu Henry.

A resposta aparentemente bastou.

— Já vamos acordá-lo para lhe dar a medicação — disse a enfermeira. — Por isso é uma boa hora para fazer uma visita. Ele provavelmente vai acordar logo, de toda maneira. Se o senhor precisar de alguma coisa, é só chamar.

Henry entrefechou a porta. Uma *lava lamp* arrematada por um laço roxo era a única iluminação no quarto, afora as luzes vermelhas que piscavam nos vários monitores presos ao amigo. As cortinas estavam abertas, e a claridade do início de tarde nublada aquecia o cômodo.

Um disco de ouro de 45rpm pendia da parede numa moldura empoeirada, um *single* que o conjunto de Sheldon gravara no final dos anos 1950. Ao lado viam-se fotos de Sheldon e a família — filhos e netos. Desenhos feitos com lápis de cor e marcador de texto cobriam a porta do banheiro e a parede logo abaixo da televisão presa ao teto. Numa mesinha de cabeceira viam-se pequenas pilhas de fotos e partituras.

Henry sentou-se na cadeira surrada ao lado da cama e viu um cartão de aniversário recente. Sheldon completara setenta e quatro anos na semana anterior.

Um dos vários monitores começou a apitar e depois parou.

Henry viu a boca de Sheldon esboçar um bocejo silencioso e em seguida os olhos se abrirem, piscando para se habituar à claridade. Ele olhou para Henry e deu seu velho sorriso que deixava à mostra o dente de ouro.

— Ora, ora... Há quanto tempo você está aqui? — perguntou ele, se espreguiçando e coçando a cabeça quase careca, assentando o pouco cabelo branco que restava.

— Acabei de chegar.

— Já é domingo? — perguntou Sheldon, agora acordado, e mudando de posição na cama de hospital.

Desde a morte de Ethel, Henry se habituara a visitar Sheldon nas tardes de domingo para assistir com o amigo ao jogo dos Seahawks. Uma enfermeira acomodava Sheldon numa cadeira de rodas e os dois partiam para o grande salão de recreação. O que tinha o enorme telão de tevê. Mas nas últimas semanas, Sheldon perdeu a disposição. Agora os dois assistiam ao jogo na tranquilidade do quarto. De vez em quando, Henry trazia escondido uma quentinha de asinhas de frango com molho picante, sopa de marisco do restaurante Ivar ou algum outro petisco favorito de Sheldon, em geral proibido pelas enfermeiras. Hoje não.

Não era o domingo dos Seahawks, e ele trouxe algo diferente para partilhar com Sheldon.

— Vim antes esta semana — disse Henry, alto o bastante para que Sheldon ouvisse sem o aparelho de surdez.

— Por quê? Acha que não vou durar até domingo? — brincou Sheldon, rindo.

Henry apenas sorriu para o velho amigo.

— Encontrei uma coisa que imaginei que você gostaria de ter. Uma coisa que venho procurando — que você vem procurando — há anos.

Os olhos grandes e injetados de Sheldon fitaram Henry. Uma expectativa juvenil iluminou o rosto flácido. Um olhar que Henry há muito não via.

— Você me trouxe uma surpresa, Henry?

Henry assentiu sorrindo. Sabia que o velho disco de Oscar Holden significava tanto para Sheldon quanto para ele. Talvez por razões diversas, mas o objeto tinha um significado enorme para ambos. Oscar Holden dera a Sheldon sua oportunidade de ouro em 1942. Durante um ano o saxofonista tocou com Holden, depois do fim da guerra e da reabertura do clube. Então Sheldon formou sua própria banda quando Oscar morreu, anos mais tarde. A confiança de Oscar no músico arrumou-lhe um monte de empregos duradouros e até mesmo um contrato de gravação modesto com um selo local.

— Bom, vamos lá, eu não estou ficando mais jovem, e o Natal vem aí — disse Sheldon.

— Ora, encontrei, mas tem um problema. Ele vai precisar de uma restauraçãozinha para poder ser tocado.

— Não faz mal nenhum.

Enquanto falava, Sheldon levou um dedo trêmulo à testa:

— Ainda toco essa música na cabeça toda noite. Eu ouvi. Eu estava lá, lembra?

Henry meteu a mão na sacola e puxou o velho disco de 78, ainda na capa original. Estendeu-o para mostrar a Sheldon, lendo as palavras no rótulo enquanto o amigo tateava na mesinha em busca dos óculos:

— Oscar Holden e...

— The Midnight Blue — completou Sheldon.

Henry entregou o disco ao amigo, que o pousou sobre o peito, fechando os olhos como se estivesse ouvindo a música em algum lugar, em algum momento, muito tempo atrás.

A ESPERA
(1942)

HENRY ACORDOU NUM COLCHÃO VELHO, de palha, no chão, ouvindo a chuva gotejar do teto e fazer plip-plop dentro de uma bacia de roupa meio cheia, no centro do que era a sala de estar dos Okabe. À sua direita, havia uma área fechada por uma cortina, onde Keiko e o irmãozinho dormiam de um lado e seus pais do outro.

Dava para ouvir o ronco suave da mãe de Keiko acompanhar o ruído que a chuva fazia ao cair no telhado de lata — um som sereno, melodioso, que levou Henry a achar que ainda estava sonhando. Talvez fosse um sonho. Talvez estivesse, de fato, em casa, na própria cama, junto à janela que dava para o Beco Cantonês, o vidro entreaberto, contra a vontade da mãe. Henry fechou os olhos e inspirou, sentindo o odor da chuva, mas não o ar salgado, de peixe, de Seattle. Estava aqui. Havia conseguido chegar até Minidoka. Chegara ainda mais longe, até a *casa* de Keiko.

Ela não queria que ele fosse embora, e ele não queria ir. Por isso, encontrou-se com Keiko do outro lado do prédio dos visitantes. Tudo era planejado para impedir que as pessoas fugissem, e não para impedir que as pessoas entrassem às escondidas. E para grande surpresa de Henry, nem sequer foi preciso muito esforço. Ele apenas contou para Sheldon, que ficou surpreso, mas aprovou. Disse que voltaria a encontrá-lo no dia seguinte, pegou uma pilha de livros escolares que um grupo de professores *quakers* carregavam e foi atrás deles, passando pelos guardas. Pela primeira vez na vida computou como vantagem o fato de os caucasianos o considerarem um *deles* — acharem que ele era japonês.

Henry virou de lado, esfregando os olhos, e congelou em meio a um bocejo. Keiko estava deitada em sua cama, de frente para ele, o queixo apoiado nos braços e no travesseiro, enquanto o encarava. Tinha o cabelo totalmente despenteado e eriçado de uma forma estranha, mas, sabe-se lá como, isso não a enfeiava. Ela sorriu, e Henry voltou a si. Não conseguia acreditar que estava ali. Mais que isso, não conseguia acreditar que os pais dela não se importavam com isso. Os dele provavelmente o poriam na rua. Mas ela tinha dito que não havia problema, e não houve mesmo. Os pais pareceram lisonjeados e curiosamente honrados por receberem um hóspede no lar improvisado, cercado de arame farpado, holofotes e torres com metralhadoras.

Quando Keiko entrou em casa, Henry mal teve coragem de passar pela porta. Os pais dela ficaram abismados e envaidecidos por ele vir de tão longe, mas, por algum motivo, não demonstraram uma surpresa *demasiada*. Henry deduziu que Keiko não se esquecera dele. Na verdade, talvez fosse precisamente o oposto.

Henry se virou por completo e ficou mais perto de Keiko, enrolando-se na manta feita à mão, enquanto se acomodava de frente para ela. A apenas alguns centímetros de distância, Keiko afastou o cabelo dos olhos.

— Sonhei que você vinha me visitar ontem à noite — sussurrou ela. — Sonhei que você vinha de tão longe porque estava com saudade de mim. E quando acordei, certa de que era um sonho, olhei para o lado e você estava aí.

— Não acredito que estou aqui. Não acredito que seus pais...

— Henry, isso não tem nada a ver conosco. Quer dizer, tem sim, mas eles não definem você pelo *button* na sua camisa. Eles definem você pelo que você faz, pelo que suas ações dizem a seu respeito. E vir até aqui, contrariando seus pais, diz um bocado a eles. E a mim, também. E eles são, acima de tudo, americanos. Não veem você como um inimigo, mas como uma pessoa.

As palavras soaram estranhamente confortantes. Seria aceitação? Seria isso mesmo? A ideia de pertencer a algum lugar lhe era desconhecida, algo alheio e estranho, como escrever com a mão esquerda ou vestir a calça do lado avesso. Henry observou os pais de Keiko dormindo. Pareciam mais serenos aqui, neste lugar frio e úmido, do que os pais dele na casa quentinha e aconchegante.

— Preciso ir embora hoje. Sheldon e eu temos que pegar o ônibus à noite.

— Sei disso. Eu sabia que você não poderia ficar para sempre. Além disso, alguma outra família poderia nos denunciar. Você é um segredo que não teríamos como guardar eternamente.

— Você é capaz de guardar um segredo? — perguntou Henry.

Keiko sentou-se. Consegui a atenção dela, pensou ele, enquanto a menina afofava o travesseiro no colo, arrumando o cobertor em volta dos ombros. Ela ergueu dois dedos e disse:

— Palavra de escoteiro, Kemosabe.

— Vim preparado para tirar você daqui, não para você me fazer ficar.

— E como achou que faria isso?

— Sei lá. Acho que pensei em dar a você o meu *button*, como na estação de trens...

— Você é um amor, Henry. Eu queria poder ir, realmente. Mas você já vai arrumar encrenca suficiente quando chegar em casa. Se chegasse comigo, seria um horror. Nós dois acabaríamos na cadeia. *Você* quer ouvir um segredo?

Henry gostou do jogo e assentiu.

— Eu iria. Por isso não peça, porque eu voltaria com você. Ao menos tentaria.

Henry se sentiu lisonjeado. Emocionado, mesmo. Aquilo significava muito para ele.

— Então, acho que vou esperar por você.

— E eu vou escrever — disse Keiko.

— Isso não pode durar para sempre, certo?

Os dois se voltaram para a janela, contemplando os prédios próximos, lá fora, através da vidraça riscada de chuva. O sorriso de Keiko se apagou.

— Não me importa quanto tempo leve. Vou esperar por você — disse Henry.

A mãe de Keiko parou de roncar e se mexeu, acordando. Olhou para Henry, por um momento confusa, mas depois sorriu satisfeita.

— Bom dia, Henry. Que tal ser prisioneiro por um dia?

Henry olhou para Keiko.

— Foi o melhor dia da minha vida.

O sorriso de Keiko voltou a iluminar-lhe o rosto.

O CAFÉ DA MANHÃ COM A FAMÍLIA DE KEIKO teve arroz e *tamago* — ovos duros. Nada muito chique, mas substancial, e Henry adorou. Os Okabe aparentemente estavam mais felizes com uma acomodação permanente do que com as baias de cavalo da Feira Estadual em Puyallup. A mãe de Keiko fez um bule de chá, enquanto o pai lia um jornal que era impresso dentro do campo. Afora o aposento simples e a roupa modesta, não havia diferença entre eles e qualquer outra família americana.

— É bom não ter que se deslocar para o refeitório o tempo todo? — indagou Henry, fazendo o possível para entabular uma conversa em inglês durante a refeição.

— Nos dias chuvosos, sem dúvida — respondeu a mãe de Keiko, sorrindo entre as garfadas.

— Ainda não acredito que estou aqui. Obrigado.

— Somos quase quatro mil, Henry, e você é o nosso primeiro hóspede. Estamos encantados — disse o sr. Okabe. — Dizem que chegarão mais seis mil no mês que vem, dá para acreditar?

Dez mil? Para Henry esse número ainda parecia inimaginável.

— Com tanta gente, o que impede que vocês simplesmente assumam o comando do campo?

O sr. Okabe serviu outra xícara de chá para a esposa.

— Esta é uma pergunta muito profunda, Henry. E sobre a qual já refleti. Existem provavelmente duzentos guardas e funcionários armados. E somamos muito mais que isso. Se você contar só os homens, já temos um regimento inteiro aqui. Sabe o que nos impede de fazer isso?

Henry balançou a cabeça. Não fazia a mínima ideia.

— Lealdade. *Ainda* somos leais aos Estados Unidos da América. E por quê? Porque nós também somos americanos. Não concordamos com as decisões, mas demonstraremos a nossa lealdade com a obediência. Entende, Henry?

Não restou a Henry senão suspirar e assentir com a cabeça. Conhecia muitíssimo bem esse conceito. Dolorosamente bem. Obediência como sinal de lealdade, como expressão de reverência, até mesmo como prova de amor, era um conceito já remoído em casa. Principalmente entre ele e o pai. Mas não era esse o caso agora, certo? Será que causei o derrame do meu pai? Foi por causa da minha desobediência que ele adoeceu? Por mais que argumentasse em contrário, foi difícil convencer-se de que não. A culpa permaneceu.

— Mas mesmo isso não basta para eles — interveio a mãe de Keiko.

— É verdade, de certa forma — concordou o sr. Okabe, sorvendo um gole do chá. — Corre um boato de que o Departamento de Realocação de Guerra planeja obrigar todos os homens de dezessete anos ou mais a assinar um juramento de lealdade aos Estados Unidos.

— Por quê? — indagou Henry, confuso. — Como podem botar vocês aqui e depois pretender que jurem lealdade a eles?

Keiko interrompeu a conversa:

— Porque querem que a gente lute ao lado deles na guerra. Querem recrutar os homens para combater os alemães.

O que fazia tanto sentido para Henry quanto o pai mandá-lo para uma escola só de brancos usando o *button* "Sou chinês".

— E nós iríamos, com a maior boa vontade. Eu iria — disse o sr. Okabe. — Muitos se ofereceram para entrar para o exército depois dos bombardeios a Pearl Harbor. A maioria foi recusada, e muitos, ostensivamente atacados.

— Mas por que vocês iriam querer fazer isso? — indagou Henry.

O sr. Okabe riu:

— Olhe à volta, Henry. Não estamos propriamente morando na Park Avenue. E qualquer coisa que eu pudesse fazer para aliviar a dor e, sobretudo, a perseguição e a desonra que a minha família sofre, eu faria. E tem mais. Para alguns de nós, a única maneira de provar que somos americanos é sangrar pela causa americana, apesar do que está sendo feito conosco. Na verdade, comparado ao que está sendo feito conosco, isso é ainda mais importante.

Henry começou a entender e admirar o sentimento vigente naquela rede complexa de injustiça e contradição.

— Quando vão deixar vocês lutarem? — perguntou.

O sr. Okabe não sabia, mas desconfiava de que seria pouco depois da conclusão do campo. Concluído esse trabalho, eles poderiam ser usados em outro lugar.

— Já chega de tanta luta, Henry — interrompeu a mãe de Keiko. — Precisamos descobrir como tirar você daqui hoje.

— Ela tem razão — concordou o sr. Okabe. — Ficamos honrados por você vir de tão longe para cortejar Keiko, mas este é um lugar muito perigoso. Estamos tão habituados que os soldados nos parecem normais, mas mataram uma pessoa na semana anterior à nossa chegada.

Henry empalideceu um tantinho, sentindo a cor lhe fugir do rosto. Não sabia ao certo o que o deixava mais nervoso: a sua visita ser considerada parte de um namoro formal, o que ele supunha ser mesmo, ou alguém ter sido morto.

— Hã... Acho que não pedi permissão para... — começou Henry.

— Sair? — indagou a mãe de Keiko.

— Não... Para namorar a sua filha — esclareceu Henry, lembrando-se de que tinha a mesma idade do pai quando este e a mãe foram prometidos um ao outro. — Me dariam essa permissão?

Henry sentiu-se constrangido e estranho. Não porque se sentisse jovem demais, mas porque crescera em meio à tradição dos casamenteiros — alguém que servia de intermediário entre as famílias. O namoro tradicional envolvia uma troca de presentes entre as duas famílias, como sinal de compromisso. Nada disso era possível agora.

O sr. Okabe lançou-lhe um olhar de orgulho, do tipo que Henry sempre desejou receber do pai.

— Henry, você nos deixa imensamente honrados com suas intenções quanto à minha filha, e é uma ajuda constante para nós como família. Você tem a minha permissão incondicional, se é que ainda precisa disso depois de ter dormido aqui, no chão.

Henry se empertigou, sem acreditar no que pedira e no que ouvira em resposta. Fez uma pequena careta quando pensou no pai, mas depois viu Keiko sorrir para ele do outro lado da mesa. Ela estendeu o braço e lhe serviu mais uma xícara de chá.

— Obrigado. Por tudo.

Ainda em choque, Henry tomou o chá. Os Okabe se portavam de um jeito muito natural e tranquilo, muito americano. Mesmo quando mencionavam as coisas horríveis que aconteciam no campo Minidoka.

— Como foi a história do tiro? — perguntou Henry.

— Ah, essa história...

A maneira como o sr. Okabe contou fez a coisa parecer mais estranha ainda. Obviamente era algo ruim, mas ele estava habituado a suportar a dor. Viver aqui faz isso com as pessoas, pensou Henry.

— Um homem, acho que o nome dele era Okamoto, foi morto por impedir um caminhão de obra de tomar a direção errada. Um dos soldados que escoltava o comboio atirou nele. Matou o homem na hora — disse o sr. Okabe, engolindo em seco.

— O que aconteceu com ele? — indagou Henry. — Com o soldado, não com o homem que morreu.

— Nada. Foi multado pelo uso não autorizado de propriedade do governo e pronto.

Henry sentiu o silêncio se assentar pesadamente sobre eles.

— Que uso? Que propriedade? — perguntou, passado um momento.

O sr. Okabe se engasgou ao olhar para a esposa e respirou fundo.

— A bala, Henry — concluiu a mãe de Keiko. — Ele foi multado pelo uso não autorizado da bala que matou o sr. Okamoto.

O ADEUS
(1942)

COMO ERA SÁBADO, KEIKO NÃO TINHA AULA, e como Henry era uma visita muito especial, seus pais a deixaram tirar uma folga de suas tarefas habituais, só dessa vez. Por isso, enquanto a mãe lavava roupa e costurava e o pai ajudava famílias recém-chegadas a se instalarem no bloco em que moravam, Henry sentou-se na escada na parte externa do prédio e conversou com Keiko durante boa parte da tarde. Se existisse um local mais tranquilo e romântico no campo, os dois o teriam encontrado; mas não havia um parque e nem mesmo uma árvore mais alta que um arbusto. Assim, ambos se sentaram lado a lado no chão de cimento, os pés se tocando.

— Quando você vai embora? — perguntou Keiko.

— Vou sair com os voluntários quando soar o apito das cinco e meia. Vou me misturar a eles no portão, botar meu *button* e torcer para dar certo. É lá que Sheldon estará me esperando, então ao menos terei alguém para me avalizar.

— E se pegarem você?

— Não seria tão ruim assim, seria? Eu ficaria aqui com você.

Keiko sorriu e apoiou a cabeça no ombro de Henry.

— Vou sentir sua falta.

— E eu a sua — disse Henry. — Mas estarei esperando por você lá fora quando tudo isso acabar.

— E se levar anos?

— Eu espero. Além disso, preciso de tempo para arrumar um bom emprego e juntar dinheiro.

Henry mal acreditou no que estava dizendo. Um ano atrás, trabalhava na cozinha da Escola Rainier. Agora falava em cuidar de alguém. Parecia uma coisa muito adulta e, de certa forma, assustadora.

Nem sequer namorou Keiko, de verdade, quando ambos viviam do lado de fora das cercas. Mas um namoro podia durar um ano, ou vários. Mesmo na sua família, em que os pais viviam discutindo sobre usar uma casamenteira tradicional para Henry, nada estava decidido. Será que deixariam que ele namorasse garotas americanas? Não fazia diferença agora que o pai andava tão debilitado. Apesar da culpa que sentia, Henry teria que tomar sozinho as próprias decisões dali para a frente. Faria o que o seu coração mandasse.

— Quanto tempo vai esperar por mim, Henry?

— O tempo que for preciso. Não me interessa o que o meu pai possa dizer.

— E se eu já estiver velha? — indagou Keiko, rindo. — E se eu ficar aqui até envelhecer, meu cabelo ficar branco...

— Eu lhe trago uma bengala.

— Você me esperaria?

Henry sorriu, assentiu e pegou a mão dela. Nem precisou olhar para que as mãos dos dois simplesmente se encontrassem. Eles passaram boa parte do dia sob o céu nublado. Henry ergueu os olhos imaginando que choveria, mas o vento, que deixava ambos gelados, soprou as nuvens para o lado sul do campo. Não haveria mais chuva.

Com o passar das horas, falaram de música, de Oscar Holden e de como seria a vida quando a família de Keiko retornasse a Seattle. Henry não encontrou coragem para contar a ela que Nihonmachi vinha desaparecendo. Prédio a prédio e quarteirão a quarteirão, o bairro estava sendo transformado, comprado e reformado. Ele se perguntava quanto ainda restaria dele quando a família fosse libertada. O Hotel Panamá, como o restante do bairro japonês, havia sido lacrado, agonizando como um doente em coma, que nunca se sabe se vai acordar ou simplesmente continuar dormindo para sempre.

Quando aconteceu a troca de turno para os vários voluntários que trabalhavam dentro do campo Minidoka, Henry mais uma vez se despediu da família de Keiko. O irmãozinho dela o olhou com uma expressão melancólica. *Acho que até ele sabe que tenho um* vínculo com o mundo lá fora, uma liberdade que não lhe é permitida, pensou Henry.

Segurando a mão de Keiko, caminhou com ela até o mais próximo do portão dos voluntários aonde seria possível chegar sem ser visto. De pé atrás de um prédio, os dois aguardaram a passagem de um grupo de trabalhadores e missionários, para que Henry sumisse na multidão e se encaminhasse para o portão. Ele torceu para que Sheldon o estivesse esperando do lado de fora.

— Não sei quando verei você novamente. Gastei tudo o que tinha para vir desta vez — disse ele a Keiko.

— Não venha. Espere e escreva. Vou estar aqui, não precisa se preocupar comigo. Estou em segurança, e isto não vai durar para sempre.

Henry puxou-a para si e sentiu os bracinhos dela lhe envolverem os ombros. Inclinando-se, sentiu a quentura do rosto da menina no ar frio de outono. Suas testas se tocaram quando ele olhou nos olhos dela, vendo ali o reflexo das nuvens pesadas que se moviam lentamente. Henry virou a cabeça para a esquerda quando Keiko fez o mesmo, e um beijo singelo uniu os lábios de ambos. Quando abriu os olhos, Henry viu o brilho no olhar dela. Abraçou-a uma vez mais e depois a soltou, caminhando de costas, acenando, tentando não sorrir muito ostensivamente, mas incapaz de conseguir se controlar.

Amo essa garota. O pensamento o fez parar. Ele nem sabia o que era isso, ou o que significava, mas sentia arder em seu peito, sentia-se derreter por dentro. Nada mais importava. Nem a multidão sombria dos operários do campo caminhando na direção do portão de arame farpado. Nem as metralhadoras nas torres lá em cima.

Henry começou a acenar, depois baixou a mão quando as palavras "amo você" lhe rolaram da língua. Keiko estava demasiado distante para ouvir, ou quem sabe ele nem tenha chegado a dizê-las, mas ela soube, e sua boca ecoou a mesma declaração enquanto a mão tocava o coração e apontava para Henry. Ele apenas sorriu e assentiu, tornando a se virar para o portão.

O LAR TEMPESTUOSO
(1942)

HENRY AFUNDOU EM SEU ASSENTO E FALOU muito pouco durante a longa viagem de volta para casa. Sentia-se genuinamente mal, imaginando a preocupação que causara. Mas precisava ter vindo. E aguentaria as consequências. Havia um consolo estranho, resignado, no fato de saber que já não decepcionaria o pai. Não mais. O que mais poderia fazer para desapontá-lo? O que mais o pai poderia lhe tirar para castigá-lo?

A mãe, porém, era outra história. Preocupava-se com ela. Havia deixado um bilhete adicional no travesseiro, para ela encontrar depois. Só uma coisa à toa para que não se preocupasse — pelo menos não tanto. O bilhete avisava que ele ia visitar Keiko, que levaria um amigo para lhe fazer companhia e que, se tudo corresse bem, estaria em casa no domingo, tarde da noite. O pote de moedas na cômoda estava vazio, o que a levaria a deduzir que não faltaria ao filho dinheiro para a viagem. Mas em toda a sua vida, Henry jamais passara uma noite longe de casa. Isso a preocuparia muitíssimo, principalmente com o marido doente.

Quando saiu de Seattle, Henry imaginou que teria a mesma sensação que o pai ao sair de casa aos treze anos. Amedrontado, excitado e confuso. Para o pai, partir com aquela idade foi uma questão de orgulho, embora, no fundo, Henry percebesse aí um bocado de vazio e tristeza também. Agora, no ônibus que o levava para casa, entendeu o que o pai havia sentido. Melancolia e solidão — mas igualmente a necessidade de fazer a coisa certa. Para o pai isso significava ajudar as causas chinesas na pátria. Para Henry significava ajudar Keiko.

Quando ele e Sheldon finalmente se despediram na rodoviária de Seattle, Henry estava exausto, apesar de ter dormido no ônibus o dia todo.

— Vai dar tudo certo na sua casa? — perguntou Sheldon.

Henry bocejou e assentiu.

Sheldon olhou para o garoto, a testa franzida de preocupação.

— Estou bem — tranquilizou-o Henry.

Sheldon se espreguiçou e disse:

— Obrigado, meu senhor, tenha um bom dia — saudou ele, partindo, então, para sua casa, tomando a direção da South Jackson, de mala na mão.

Henry garantira ao amigo que tudo ficaria bem. Agora, porém, subindo a escada que levava ao apartamento, deu-se conta de que o lugar mal parecia a sua casa. Parecia menor. Confinado. Mas Henry sabia que era o mesmo lugar de onde partira.

A porta estava destrancada. Bom sinal.

Dentro, só escuridão e silêncio. O apartamentinho estava impregnado do odor úmido de arroz em cozimento e do cheiro acre de tabaco dos cigarros Camel que o pai apreciava. A mãe também fumava, mas com menos frequência que o marido. Foi a única coisa que mudou quando o pai adoeceu. Sua capacidade de fumar desapareceu, juntamente com a vontade. A força de vontade que restou parecia destinada a negar a existência de Henry e concentrar-se nos mapas da guerra na China.

A única iluminação vinha da cozinha — um pequeno abajur de cerâmica que a mãe havia feito na loja de artesanato Yook Fun anos atrás, antes de Henry nascer. Sua vida era tão diferente antes da chegada do filho. Ele se perguntava se ela voltaria àquela vida caso ele partisse de vez. Junto ao abajur, havia um pequeno prato de comida: arroz frio e linguiça de pato defumada. O quitute favorito de Henry.

Olhando à volta, ele percebeu que a porta do quarto dos pais estava praticamente fechada. Não soube dizer o que mais o espantou, se o fato de a mãe ter lhe deixado um jantar tão gostoso ou de não estar sentada à sua espera, pronta para rebater todos os seus argumentos.

O silêncio era entorpecente.

Pegando um par de pauzinhos, Henry levou o prato para o quarto, onde pousou a mala pequena, logo na entrada. Ficou pasmo e confuso ao ver sobre a cama um terno preto. No chão, havia um par de sapatos de couro marrom, aparentemente dois números maior do que o tamanho que ele usava. O terno tinha um corte ocidental, mas ostentava um desenho em espiral bordado no bolso. Coisa da mãe — moderno, mas com um toque oriental. Como se quisesse marcar lugar em um mundo moderno.

Foi quando entendeu. *Meu pai morreu.*

Henry jamais usara um terno tão bom na vida. Suas melhores roupas eram as que usava até surrar para ir à aula na Escola Rainier. Ele as vestia vários dias seguidos, fazendo o possível para mantê-las limpas até que a mãe as lavasse a mão para que pudesse usá-las de novo. Para ela, a aparência do filho era mais importante do que o fato de zombarem dele sem dó nem piedade por ser pobre demais para ter outras roupas com que ir à escola.

Mas quando tocou o tecido fino do terno, Henry se deu conta de que o traje não era branco. Se fosse o caso de vestir um terno para comparecer ao enterro tradicional do pai, sem dúvida a mãe insistiria para que ele, como primogênito, se apresentasse nas cores tradicionais do pai. Branco era uma cor fúnebre, preto não. Esse terno jamais serviria.

Henry abriu a porta e cruzou o corredor para chegar ao quarto dos pais. Enfiando a cabeça pela porta entreaberta, viu a mãe dormindo e vislumbrou a silhueta do pai. Ouviu a respiração ofegante do doente, nada melhor, mas também nada pior do que quando ele partira três dias antes. O pai não tinha morrido. Henry suspirou e sentiu a culpa ceder lugar a um alívio sereno.

De volta ao próprio quarto, Henry sentou-se na cama, olhando para o terno e comendo o jantar frio. A linguiça estava gostosa e tenra. Além de fresquinha. A mãe devia tê-la preparado enquanto ele estava fora. Mastigando o último pedaço, notou a ponta de um pequeno envelope enfiado no bolso de dentro do paletó.

Esticando o braço, abriu o paletó, que agora parecia grande demais para ele. Era o jeito da mãe. Tudo precisava ter espaço para o corpo crescer. Tudo precisava durar.

Puxando o envelope, tocou o cabeçalho, onde se lia "China Mutual Steam Navigation Co." — uma empresa de navegação. Henry não precisou abri-lo para saber o que continha. Uma passagem. Uma passagem para a China.

— É para você. Presente meu e do seu pai.

A mãe estava de pé à porta do quarto, envolta em um robe florido, falando com Henry no cantonês familiar, língua que ele não usara durante todo o fim de semana.

— O Japão está perdendo — disse ela. — O Kuomintang obrigou o Exército Imperial Japonês a recuar para o norte definitivamente. Seu pai decidiu que você pode ir para Cantão. Para terminar sua instrução chinesa.

Henry, de pé junto à cama, encarou a mãe. Na volta para casa de ônibus, ouvira as últimas notícias do combate em Guadalcanal. Para os pais, contudo, a guerra com o Japão era sempre encarada do ponto de vista chinês. Os dois lutavam uma guerra diferente. De todo jeito, Henry agora tinha treze anos, era um homem aos olhos do pai. Os mesmos olhos que já não viam Henry como filho. Ainda assim, cá estava ele recebendo aquilo que o pai sempre desejou mais que tudo para Henry — a oportunidade de voltar à China, um lugar que o menino nunca vira, onde jamais estivera, para morar com parentes desconhecidos. Para o pai, este era o bem mais precioso que podia dar ao filho. E por mais que Henry temesse que este dia chegasse, parte dele queria ir, ao menos para voltar e ser capaz de entender o que fizera o pai ser quem era.

Mas Henry não tinha nada de ingênuo.

— Ele só está fazendo isso para me afastar dela — disse ele.

Estudou o rosto da mãe, buscando uma confirmação na sua expressão, na sua reação.

— É o sonho dele. Seu pai trabalhou e economizou durante anos para lhe dar isso. Para fazer isso *por* você. Para que você soubesse de onde vem. Será que já não desonrou seu pai o bastante?

As palavras doeram. Mas Henry já tinha sido ferido antes.

— Por que agora?

— O exército... Os japoneses... Finalmente é seguro...

— Por que agora? Por que hoje? Não está mais seguro viajar para lá. Os submarinos japoneses andam afundando metade dos navios que entram e saem do sul da China. Como eu sei tudo isso? Porque não fiz outra coisa a não ser ouvir o meu pai falar disso desde que nasci!

— Esta casa é dele. Você é filho dele! — atalhou a mãe, sem altear a voz para não acordar o marido, mas com uma veemência que Henry nunca vira antes.

A mãe sempre se manteve em cima do muro do conflito entre pai e filho. Caminhava com um pé firmemente plantado em cada lado da zona neutra que Henry e o pai jamais cruzavam. Agora exercia a própria vontade. Amava Henry como filho, ele não duvidava disso, mas não lhe restava escolha senão satisfazer os desejos do marido. O pai de Henry estava preso a uma cama, mal falava ou se movia, mas continuava sendo o chefe da casa.

— Não quero ir. Este sonho é dele, não meu! Nasci *aqui*, nem falo o dialeto da aldeia de onde ele saiu. Não vou me encaixar *lá* mais do que me encaixo na escola de brancos para onde ele me mandou. Será que já não fiz o bastante?

— Bastante? Você fez mais que o bastante! Ficou do lado do inimigo. O inimigo da China *e* dos Estados Unidos. Somos *aliados*. Eles são o inimigo. Você se tornou inimigo do seu pai. E mesmo assim ele faz isto por você. Por você!

— Não é por mim — insistiu Henry, baixinho. — E não fiz nada a ele.

Quando as palavras lhe saíram da boca, ele quase acreditou nelas. Quase. Mas olhando para a mãe — as lágrimas descendo por seu rosto, a raiva e a frustração tão controladas que a faziam tremer —, Henry soube que para sempre seria assombrado pelo efeito dos seus atos sobre o pai.

Baixou os olhos e fitou o terno. Feito à mão e caro. As passagens também eram caras. Não fazia ideia de aonde iria, onde ficaria nem por quanto tempo. E observando a mãe chorosa, que agora passava os dias a cuidar do marido moribundo, do moribundo que era seu pai, Henry sentiu ruir sua decisão. Talvez treze anos não o tornasse suficientemente adulto para escapar da dor e das pressões da sua família. Talvez nunca conseguisse escapar.

— Quando viajo?

As palavras lhe escorreram da boca como uma bandeira branca de rendição. Henry pensou em Keiko, sentindo-se mais distante dela a cada momento, como se o seu coração já se encontrasse a bordo do transatlântico, longe, a caminho do escaldante mar da China Meridional.

— Na semana que vem — sussurrou a mãe.

— Por quanto tempo? — perguntou Henry.

Viu a mãe hesitar. Obviamente a situação também era difícil para ela. Estava mandando o filho embora, satisfazendo os desejos do marido, abrindo mão do único filho. Henry encarou-a, sem vontade de partir.

— Três ou quatro anos.

Silêncio.

Henry refletiu. Realisticamente, não fazia ideia de quando Keiko voltaria para casa, se é que voltaria. Afinal, que casa tinha ela para voltar? Talvez a guerra não acabasse nunca. Talvez ela fosse mandada para o Japão. Tudo era uma incógnita. *Mas quatro anos?* Impensável. Henry jamais estivera longe dos pais durante *quatro dias*.

— Eu... eu não posso.

— É preciso. Você não tem escolha. Está decidido.

— Eu vou decidir. Tenho a mesma idade que o papai tinha quando partiu, quando fez a própria escolha. Se eu for, será por escolha minha, não dele — disse Henry.

Sentiu o conflito em que se debatia a mãe, querendo satisfazer o desejo do marido, mas não querendo perder o filho.

— A escolha é minha, não dele. Não sua.

— O que eu digo a ele? O que você quer que eu diga?

— Que eu vou, mas não agora. Não até a guerra acabar. Não até que ela volte. Eu disse a ela que esperaria. Prometi.

— Mas você nem vai vê-la. Talvez demore anos.

— Então vou escrever para ela toda semana.

— Não posso dizer a ele...

— Então faça como eu tenho feito esses anos todos. Não diga nada.

A mãe pôs a cabeça entre as mãos, esfregando as têmporas. Balançando o corpo para a frente e para trás.

— Você é teimoso. Igualzinho a seu pai.

— Foi ele quem me fez ser o que sou — disse Henry, se odiando por isso. Mas era verdade, não?

Cartas
(1943)

Henry escreveu para Keiko, contando da ideia inoportuna do pai de mandá-lo embora. De volta para a China, para a pequena aldeia onde o pai fora criado, nos arredores de Cantão. Henry ainda tinha parentes distantes por lá. Gente que não conhecia. Alguns nem tinham o mesmo sangue, mas eram *calabash*, como chamava o pai, usando uma gíria estranha em semi-inglês. Eram unidos. Pensavam como um só. Todos na aldeia eram considerados parentes. E recebiam de braços abertos visitantes dos Estados Unidos. Pelas histórias que o pai contava, Henry sabia que teria uma *recepção* calorosa. E um bocado de trabalho também. Estava dividido. Por um lado, tinha vontade de ir, mas ao mesmo tempo não queria ter nada a ver com o que o pai manipulador planejara para ele.

Além disso, viajar agora seria impossível. Keiko ou a família podiam precisar dele. Conheciam muito pouca gente fora dos campos. Henry era tudo o que tinham.

Para sua grande surpresa, Keiko achou que ele devia ir. *Por que não?*, perguntava ela na última carta que chegou do campo Minidoka. Com ela presa, os dois já estavam mesmo separados. *Por que, então, ele não aproveitava esta época* para completar sua instrução, satisfazendo o mesmo desejo de tantos pais cujos filhos nasceram nos Estados Unidos?

Teimosamente, Henry recusou-se a ceder aos desejos do pai, que não queria saber de Keiko. E o deserdara, o que Henry não conseguia esquecer. Por isso ficou e levou adiante a *bolsestudo*.

Também escrevia para Keiko. Toda semana.

Henry passava os dias estudando e ajudando a sra. Beatty. À noite vagava para cima e para baixo na South Jackson, ouvindo os melhores músicos de jazz que a cidade tinha a oferecer. Sempre que podia, assistia aos shows de Oscar Holden e Sheldon, mas havia noites em que ficava em casa e escrevia para Keiko.

Por sua vez, Keiko mandava bilhetes para Henry, com desenhos do interior do campo e até da parte de fora, quando lhe permitiam atravessar as cercas. As regras rígidas haviam sido um pouco flexibilizadas quando o campo foi totalmente concluído. A tropa de bandeirantes da qual Keiko fazia parte ganhou até permissão para atravessar as grades de arame farpado para um acampamento noturno, do lado de fora. *Curioso*, pensou Henry. Prisioneiras com licença para sair voltam por espontânea vontade. Mas era ali que estavam suas famílias, não? Além disso, aonde mais iriam?

Ao menos, ela está ocupada. Henry também se ocupava, indo e voltando da velha agência dos correios na South King, perto da fábrica de macarrão Yong Kick. Com o passar dos meses, sua jornada semanal se tornou um hábito, um hábito sempre recheado de expectativa.

— Uma carta. Via terrestre expressa — pedia Henry, entregando o pequeno envelope contendo a carta escrita para Keiko na noite anterior.

A moça magrinha que normalmente atendia no balcão dava a Henry a impressão de ser da mesma idade que ele, ou um ano mais velha, e tinha cabelo escuro e uma bela pele azeitonada. Henry supunha que ela fosse filha do chefe dos correios designado para Chinatown e estivesse ali para ajudar os pais conforme o costume chinês.

— Outra carta? Via expressa, você disse? Vai custar caro. Doze centavos desta vez.

Henry contou as moedas que tirou do bolso, enquanto ela colava os selos. Não achou mais nada para dizer, já passara por isso dezenas de vezes, o bastante para saber o que viria em seguida, antecipando o desapontamento nos olhos da jovem funcionária.

— Sinto muito, Henry. Não há correspondência para você hoje. Quem sabe amanhã...

Já fazia três semanas e nada de carta de Keiko. Ele sabia que a correspondência militar gozava de prioridade sobre todas as remessas civis, sobretudo cartas endereçadas a alguém com sobrenome japonês, sem falar que o correio de entrada e saída dos campos de prisioneiros era notoriamente vagaroso. Mas isso era aflitivo, quase de cortar o coração. Tanto que Henry passou a enviar todas as suas cartas por via terrestre expressa — um serviço rodoviário especial que custava dez vezes o preço da postagem normal, mas era mais rápido. Ou assim diziam.

Apesar de tudo, nenhuma notícia do campo Minidoka. Nenhuma palavra de Keiko.

No caminho para casa, Henry encontrou Sheldon encerrando um show vespertino na esquina da South Jackson.

— Achei que você andava tocando no clube Black Elks — comentou Henry, parando na rua onde costumava dar, diariamente, seu almoço a Sheldon.

— E estou. Se estou! O clube vive mais lotado que nunca. O Oscar enche a casa toda noite, principalmente agora que um monte de brancos está vindo para essas bandas para fazer negócios.

Henry assentiu solenemente, lançando um olhar para o que restou do bairro japonês. A maioria dos pontos comerciais havia sido vendida por mixaria ou retomada pelos bancos, que depois venderam os imóveis com lucro. Aqueles financiados por bancos de origem japonesa foram os últimos, mas também tiveram o mesmo destino depois que os próprios bancos faliram, porque seus proprietários foram enviados para lugares como Minidoka, Manzanar e o Lago Tule.

— Acho que gosto de vir para cá com o meu sax para matar as saudades de vez em quando. Para pensar nos bons tempos, sabe? — disse Sheldon, com uma piscadela para Henry, que não sentiu qualquer vontade de sorrir.

Os bons tempos se foram. As coisas agora estavam diferentes. *Eu estou diferente*, pensou Henry.

— Parece que está voltando para casa de mãos abanando — observou Sheldon, meio indagando, meio constatando, como se o triste caminho de volta do correio pudesse ser amenizado assim.

— Não estou entendendo. Achei que a gente fosse se escrever mais. Será que é errado pensar assim? Sei que ela anda ocupada. Na última carta, contou que agora frequenta a escola, faz esportes e até colabora no anuário escolar.

Henry deu de ombros:

— Só não achei que fosse me esquecer tão depressa.

— Henry, não há como ela ter esquecido de você. *Eu garanto*. Talvez só esteja ocupada, com mais coisas para fazer, agora que são dez mil japoneses espremidos num lugar só. Nem se compara ao que ela estava habituada a fazer naquela escola de brancos de sangue azul que vocês frequentavam.

— No mínimo estávamos juntos.

— No *máximo* estavam juntos, e isso é lindo — emendou Sheldon. — Não se preocupe, ela acaba voltando. Não perca a fé. Continue escrevendo. Tempo e espaço não são coisas fáceis de lidar, acredite em mim. Sei direitinho o que é uma mudança lá do sul para cá. O relacionamento humano é um negócio difícil, difícil de ser cultivado. Mas não desista. Alguma coisa de bom vai sair daí. No final, acaba dando tudo certo, você vai ver.

— Eu gostaria de ter a mesma esperança que você — disse Henry.

— Esperança é tudo que eu tenho. A esperança faz a gente acordar de manhã. Agora, trate de ir para casa cuidar da sua mãe. E tenha um bom dia, meu senhor!

Henry acenou em despedida, imaginando se devia tentar ver Keiko de novo. Depois pensou em como estaria a vida dela agora. Como devia ser maravilhoso voltar para a escola só com crianças japonesas como ela. Toda uma comunidade crescendo no deserto. Talvez Keiko tenha mais oportunidades lá do que aqui comigo, não é? Talvez ela esteja melhor. Talvez.

— TENHO BOAS NOTÍCIAS, HENRY — disse a jovem funcionária chinesa, afastando o cabelo dos olhos e estendendo com ambas as mãos o envelope amassado. — Parece, afinal, que ela se importa com você.

Henry ergueu os olhos e pegou a carta, deixando escapar um minúsculo suspiro.

"Obrigado" foi tudo que conseguiu dizer. Fazia três semanas que recebera a última carta. Já estava começando a ficar nervoso e às vezes chegava mesmo a se preparar para uma carta "Prezado Missivista", o tipo de demissão sumária normalmente reservada aos alistados.

Segurou o envelope na mão, sem saber se o abria ou não. Depois saiu e virou a esquina, avistando um banco no ponto de ônibus mais próximo.

Enquanto abria o envelope, Henry respirou fundo e soltou o fôlego devagarzinho, ao mesmo tempo que desdobrava a carta. Reparou imediatamente na data. Era da semana anterior. Aparentemente o correio ainda funcionava, às vezes.

"Querido Henry..."

Nada de "Prezado Missivista". Apenas mais uma das cartas sinceras de Keiko, pondo Henry a par da agitada vida cotidiana no campo. Contando a Henry que todos os homens haviam sido obrigados a assinar juramentos de lealdade, o que os capacitava a serem recrutados para combater os alemães. Alguns, como o pai de Keiko, assinaram de imediato, ansiosos para provar a própria lealdade. Outros resistiram, recusando-se a assinar. Os mais renitentes foram levados embora e encarcerados em algum outro lugar.

No bilhete, Keiko mal mencionava as cartas de Henry, dizendo apenas que morria de saudades e esperava que ele estivesse bem.

Henry voltou a escrever para ela naquela noite e postou a carta no dia seguinte.

Dessa vez esperou meses pela resposta, e quando ela veio, Keiko lhe pareceu mais confusa e ocupada que nunca. Durante a espera, Henry escrevera mais duas cartas e não soube dizer a qual delas a amiga estava respondendo. Será que uma se perdeu?, perguntou-se.

Henry vinha descobrindo que a separação tem o dom de criar distância — uma distância maior que as montanhas e o fuso horário a separá-los. Distância de verdade, do tipo que dói e faz a gente parar de imaginar. Uma saudade tão grande que acaba fazendo mal a quem gosta desse jeito.

Anos
(1945)

Henry virou a esquina da South King e esbarrou em Chaz, na volta do correio. Crescera trinta centímetros desde seu último encontro com Chaz e se deu conta de que agora podia olhar seu ex-carrasco nos olhos. Na verdade, precisava mesmo baixar um tantinho o olhar. Chaz parecia pequeno e fracote, embora continuasse pesando uns dez quilos mais que Henry.

Cara a cara, tudo que Chaz conseguiu foi resmungar um "oi". Nem sequer esboçou um sorriso. Henry simplesmente retribuiu o olhar, esforçando-se ao máximo para expressar indiferença e intimidar o outro. Chaz, ao contrário, dava a impressão de balofo e molengão, baixando os olhos primeiro, antes de desviar de Henry e continuar andando.

— Meu pai ainda vai ser dono da sua namorada, Henry — rosnou ao passar, alto o bastante para Henry ouvir.

— O que foi que disse? — desafiou Henry, agarrando Chaz pelo braço e obrigando-o a encará-lo, numa manobra que surpreendeu a ambos.

— Meu pai não desistiu de comprar o que sobrou da Japalândia, e quando a sua namorada voltar daquele campo de concentração onde está se escondendo, não vai encontrar nada que valha a pena.

Livrando-se de Henry, deu um passo atrás, de um jeito mais patético e entediante do que ameaçador:

— E aí, você vai fazer o quê?

Ferido pelo comentário, Henry deixou o garoto ir embora, vendo-o afastar-se, subir o morro, virar a esquina e sumir de vista. Depois olhou à volta para o que restara de Nihonmachi. Pouca coisa. As únicas construções remanescentes eram os prédios grandes, caros demais para serem comprados, como o Hotel Panamá, que se erguia como o único indício sobrevivente de uma comunidade viva, dinâmica. Pouca coisa resistia sem ser pilhada, derrubada ou tomada pelos chineses ou por outros negociantes brancos.

Henry mal acreditava que dois anos haviam se passado. Para o pai, dois anos de bombardeios aéreos e relatórios de guerra — da Indochina a Iwo Jima. Para Henry, vinte e quatro meses de cartas para Keiko, respondidas vez por outra, talvez a cada dois ou três meses. Só para mantê-lo atualizado, cada vez menos interessada nele.

Toda vez que visitava a agência do correio, a mesma jovem funcionária contemplava Henry com o que lhe parecia uma triste mistura de pena e admiração.

— Ela deve ser muito especial para você, Henry. Você nunca desistiu dela, não é?

A funcionária pouca coisa sabia de Henry, além da dedicação e do hábito de escrever cartas do rapaz. E talvez percebesse seu vazio angustiante, um quê de solidão, quando, toda semana, Henry saía da agência de mãos vazias.

Henry pensou em fazer uma nova viagem de ônibus. Voltar à *barriga do cachorrão,* como Sheldon gostava de chamar a longa viagem no ônibus Greyhound, passando por Walla Walla até o distante campo Minidoka. Mas afastou da cabeça esses pensamentos. Andava ocupado ajudando a mãe a dar conta da vida, e Keiko parecia bem, a julgar pelas poucas notícias que mandava.

Nas primeiras cartas, a menina cobrava notícias atualizadas da vida em Seattle. Da escola e do velho bairro. Henry aos poucos havia revelado à amiga o pouco que sobrara daquilo que um dia ela chamou de lar. Keiko parecia não acreditar ser possível tudo sumir assim, em tão pouco tempo. Gostava tanto do bairro, um lugar tão cheio de lembranças... Como podia ter desaparecido? Como contar a ela?

Quando ela perguntava "o que foi feito do velho bairro, continua deserto?", ele dizia apenas "está mudado. Tem lojas novas, gente nova". Aparentemente, ela entendia o que isso queria dizer. A impressão era de que ninguém se importava com o que pudesse acontecer com o que sobrou de Nihonmachi. Chaz se livrara das acusações de vandalismo anos antes — o juiz nem sequer quis saber do assunto. Henry não comentou essa notícia, preferindo manter Keiko atualizada sobre o cenário jazzístico na South Jackson. Agora Oscar Holden estava de volta ao clube Black Elks. Sheldon fazia parte do conjunto e chegava até a tocar um punhado de suas próprias composições. A vida seguia em frente. Os Estados Unidos estavam ganhando a guerra. Corriam boatos de que a guerra na Europa chegaria ao fim antes do Natal, e o conflito no Pacífico, logo depois. Talvez, então, quem sabe, Keiko voltasse para casa. Voltasse para o quê? Henry não sabia ao certo, mas com certeza continuaria aqui, esperando.

Em casa, Henry falava educadamente com a mãe, que parecia considerá-lo o homem da família, agora que já tinha quinze anos e a ajudava com as contas. Arrumara um trabalho de meio expediente no restaurante Min's BBQ, embora não se sentisse especialmente útil. Principalmente quando outros garotos da mesma idade falsificavam a data do nascimento e se alistavam para lutar no *front*. Mas era o mínimo que lhe restava fazer. Apesar das boas intenções da mãe e do desejo do pai, Henry permaneceu em casa — sua instrução na China podia esperar. Teria de esperar. Prometera esperar por Keiko, e essa era uma promessa que pretendia cumprir, não importava quanto tempo levasse.

O pai continuava sem lhe dirigir a palavra. Por outro lado, depois do derrame, ele falava muito pouco com quem quer que fosse. Havia tido mais um, menos sério, e a voz mal passava de um sussurro. Ainda assim, a mãe de Henry ligava e desligava o rádio perto da sua cama quando o noticiário falava dos combates nas Filipinas ou de Iwo Jima. Cada batalha no Pacífico tornava um tantinho mais próxima a esperada invasão do próprio Japão, uma missão assustadora, já que o primeiro-ministro Suzuki anunciara que o Japão lutaria até o derradeiro minuto. Quando acabava o noticiário, a mãe lia o jornal para o marido e o punha a par das atividades para angariar fundos nas associações beneficentes, que fervilhavam em Chinatown. Contava que o Kuomintang havia expandido o escritório, transformando-o num posto avançado, onde expressões de orgulho nacionalista eram impressas e distribuídas, juntamente com a promoção de numerosos esforços a fim de levantar recursos para armar e equipar as facções que lutavam no continente.

Henry às vezes se sentava e conduzia conversas de mão única com o pai. Era o máximo que lhe restava fazer. O pai nem sequer olhava para ele, mas Henry tinha certeza de que o homem não podia desligar o ouvido. Era obrigado a escutar, já que estava fraco demais para mexer-se por conta própria. Assim, Henry falava calmamente, e o pai, como sempre, olhava para a janela, fingindo não prestar atenção.

— Esbarrei em Chaz Preston hoje. Você se lembra dele?

O pai permaneceu imóvel.

— Ele e o pai estiveram aqui alguns anos atrás. O pai veio atrás da sua ajuda para comprar alguns dos terrenos vazios, aqueles que ficaram desocupados quando os japoneses se foram.

Henry prosseguiu apesar da ausência de reação do pai.

— Ele me disse que estão comprando o que sobrou de Nihonmachi, talvez até o Hotel Northern Pacific. Talvez mesmo o Panamá.

A despeito do silêncio e da fragilidade, o pai ainda era um membro altamente respeitado da Associação Beneficente Bing Kund e da Câmara Chinesa de Comércio. Sua idade e saúde só o tornavam ainda mais reverenciado em certos círculos, onde é preciso honrar e respeitar aqueles que tanto contribuíram. Tendo angariado um bocado de dinheiro para os esforços de guerra, a opinião do pai de Henry contava. Henry vira muitas vezes os membros da comunidade empresarial aparecerem para pedir a bênção do pai para transações comerciais no bairro.

— Você não acha que vão deixar a família de Chaz, os Preston, comprar o Panamá, acha?

Henry tinha a esperança de que o hotel não fosse vendido até a volta de Keiko, ou, no mínimo, que seus compradores fossem chineses. Mas a verdade é que poucos tinham condições financeiras para fazer uma proposta decente.

Henry olhou para o pai, que se virou para ele e, pela primeira vez em vários meses, o encarou. Foi o que bastou para o filho saber. Mesmo antes que o pai reunisse energia para esboçar um sorriso torto, Henry soube. Alguma coisa estava para acontecer. O Hotel Panamá seria vendido.

Henry ficou sem saber o que pensar. Havia esperado Keiko durante quase três anos. Ele a amava. Esperaria mais tempo, se preciso fosse. Mas, por outro lado, queria que quando ela voltasse houvesse mais a esperá-la do que apenas ele, que parte da sua vida antiga, parte da sua infância, ainda existisse. Que houvesse, quem sabe, um punhado dos lugares que ela desenhara em seu caderno, aquelas lembranças que lhe eram tão caras.

O encontro no Panamá
(1945)

Depois do café da manhã, Henry ajudou a mãe a subir com a roupa lavada que ela pendurara para secar no Beco Cantonês. Em seguida sentou-se junto ao rádio Emerson da família para ouvir o programa *Texaco Star Theater*, um show de variedades — não era o que o pai estava habituado a escutar. Henry ergueu os olhos quando a mãe entrou na sala com o pai na cadeira de rodas, que pôs ao lado da velha poltrona de leitura. Atrás da orelha, ela trazia um lírio oriental fresquinho que Henry lhe comprara de presente mais cedo no mercado.

— Ponha no programa do seu *pai* — implorou em cantonês.

Henry apenas baixou o volume e depois desligou o rádio com um safanão.

— Preciso falar com ele. É sobre uma coisa importante. Pode me dar licença? — indagou Henry, o mais educadamente possível.

A mãe ergueu as mãos num gesto de impotência e saiu da sala. Henry sabia que ela considerava um desperdício essas conversas de mão única.

O pai observou-o durante um momento, baixando depois o olhar frustrado na direção do rádio, como se Henry fosse um cobrador ou uma visita que já deveria ter se despedido há muito tempo.

— Depois — disse Henry, olhando o rádio, que deixou desligado, para se certificar de que o pai o ouviria sem distrações. — Primeiro quero falar sobre outra coisa.

Tinha nas mãos o envelope da China Mutual Steam Navigation Co. — sua passagem para a China.

Henry deixou pairar sobre ambos um momento de silêncio. Um ponto final numa frase imaginária que resumia o relacionamento falido dos dois.

— Eu vou.

Quando as palavras golpearam o ar, Henry não soube ao certo se o pai as ouviu. Ergueu o envelope das passagens para que o pai visse.

— Eu disse que vou.

O pai ergueu os olhos para o filho, à espera.

Henry ponderara a oferta do pai de enviá-lo à China para concluir os estudos. Agora que estava mais velho, só ficaria por lá um ou dois anos. Cruzar o oceano de navio e começar uma nova vida, bem longe de tudo que o fazia lembrar de Keiko, parecia uma razoável alternativa a andar para cima e para baixo na apinhada South King.

Ainda assim, parte dele odiava a ideia de ceder ao pai, tão teimoso, tão preconceituoso. No entanto, quanto mais pensava no assunto, mais Henry se dava conta de que talvez houvesse algo de bom a tirar de todo esse caso triste.

— Eu vou, mas com uma condição — disse ele.

Agora conseguira a atenção do pai, por mais frágil e inconstante que fosse.

— Sei que o Hotel Panamá está à venda. Sei quem quer comprá-lo. E já que você é um dos membros mais antigos das associações do bairro, sei que acatarão o que disser — desembuchou Henry, respirando fundo em seguida. — Se conseguir impedir a venda, farei o que você quer: vou para a China e termino meus estudos lá. Acabo o que resta do ano letivo aqui em Seattle e em agosto embarco no navio para Cantão.

Henry examinou a expressão paralisada do pai. O derrame já levara muito do que ele havia sido.

— Eu vou.

A mão do pai começou a estremecer no colo. A cabeça inclinada se aprumou sobre a frágil haste do pescoço enfraquecido. Os lábios tremeram com o esforço para emitir sons, para dizer palavras que Henry há anos não ouvia.

— *Do jeh* — agradeceu.

E depois perguntou:

— *Por quê?*

— Não me agradeça — disse Henry em chinês. — Não faço isso por *você*, mas por mim e pela garota, aquela que você tanto odiava. Você conseguiu o que queria. Agora *eu* quero algo. Quero que o hotel fique como está. Que não seja vendido.

Henry não sabia exatamente por quê. Ou será que sabia? O hotel era uma lembrança viva, pulsante, para ele. E um lugar que o pai desejava fazer sumir. Por isso, de certa forma, poupá-lo lhe era conveniente. De certa forma deixava as coisas quites. Henry iria para a China. Começaria de novo. E talvez, se o hotel continuasse de pé, Nihonmachi também pudesse começar de novo. Não para ele. Não para Keiko. Mas porque era preciso haver um ponto de partida. Em algum momento no futuro. Depois da guerra. Depois que as lembranças agridoces de Henry e Keiko há muito estivessem sepultadas, restaria uma. Um lugar cativo com o qual contar, eventualmente, no futuro.

No dia seguinte, Henry postou sua carta para Keiko. Havia seis meses que ela não escrevia. E antes só vinha falando de como adorava a escola no campo, como era bom se divertir nos arrasta-pés e nos bailes. A vida andava cheia e movimentada para ela. Aparentemente, Keiko não precisava dele.

Mesmo assim, Henry queria vê-la. Na verdade, nutria uma enorme esperança de que isso de fato acontecesse. Quem sabe tivesse novamente um momento com ela. Corriam boatos de que várias famílias seriam liberadas já em janeiro. E como Minidoka era considerado um campo para "internos leais", Keiko podia até já ter saído. Caso contrário, logo estaria de volta. A Alemanha vinha sendo derrotada. A guerra em ambos os *fronts* não demoraria a terminar.

Henry não escrevia havia semanas, mas essa carta era diferente.

Esta carta não continha apenas um até breve, era um adeus. Desejava a ela uma vida feliz e contava que embarcaria para a China dentro de alguns meses. Dizia, também, que se ela estivesse prestes a voltar, ele a encontraria uma última vez. Em frente ao Hotel Panamá. Henry escolheu uma data em março — dali a um mês. Se estivesse para voltar em breve, ela receberia o convite a tempo. E se continuasse no campo e precisasse escrever em resposta, haveria tempo para isso também. Era o mínimo que ele podia fazer. Afinal, ainda a amava. Havia esperado dois anos por ela, poderia esperar mais um mês, certo?

A funcionária pegou a carta e grudou o selo de doze centavos de remessa especial.

— Espero que ela saiba o quanto você se importa com ela. Espero que lhe tenha dito isso.

Ergueu o envelope e depois, reverentemente, o pôs sobre uma pilha de correspondência a ser enviada.

— Espero que ela seja digna da espera, Henry. Há todos esses meses vejo você ir e vir. Ela é uma garota de sorte, ainda que não responda suas cartas com a frequência esperada.

Quando responde, pensou Henry, sorrindo para esconder a tristeza.

— Provavelmente esta é a última vez que a gente se vê, porque esta foi a minha última carta para esse endereço.

A funcionária pareceu arrasada, como se viesse seguindo uma novela cuja trama tivesse sofrido uma guinada para o pior.

— Oh... Por quê? Ouvi dizer que os campos estão liberando gente a três por dois. Talvez ela esteja para voltar, voltar para Seattle, não é?

Henry contemplou pela janela as ruas apinhadas de Chinatown. Se as pessoas estavam mesmo sendo liberadas dos campos, poucas voltavam para seus lares originais. Porque eles já não existiam. Além disso, ninguém lhes alugaria lugar algum para morar. As lojas ainda se recusavam a lhes vender mercadorias. Os japoneses já não eram bem-vindos no bairro japonês.

— Não acho que ela vá voltar — disse Henry e, virando-se para a funcionária do correio, sorriu. — E acho que não vou poder esperar mais. Vou para Cantão daqui a alguns meses terminar meus estudos. Está na hora de pensar no futuro, não no passado.

— Terminar sua instrução chinesa?

Henry assentiu, mas percebeu que era quase uma desculpa. Desculpa por ceder. E por desistir.

— Então seus pais devem estar muito orgulhosos...

Henry a interrompeu:

— Não estou fazendo isso por eles. Foi um prazer conhecer você.

Forçando um sorriso, virou-se para a porta. Olhou para trás e detectou mais que um indício de tristeza no rosto da jovem funcionária. Algumas coisas não são feitas para durar, pensou Henry.

Um mês depois, exatamente como disse que faria, Henry sentou-se para esperar na escadaria do Hotel Panamá. Do lugar onde estava, a vista mudara totalmente. Nada de lanternas de papel, nem placas de neon na barbearia Uji-Toko e no estúdio fotográfico Ochi, substituídos pela alfaiataria Plymouth e a lanchonete Cascade. Mas o Panamá continuava como um baluarte contra a maré crescente de empreendimentos oportunistas.

Henry limpou a poeira da calça e arrumou a gravata. Estava quente demais para o paletó, por isso o segurava no colo, de vez em quando afastando o cabelo que o vento vira e mexe lhe jogava no rosto. O terno, aquele que o pai comprara e a mãe arrematara à mão, lhe caía bem, finalmente no seu tamanho. Logo ele o estaria envergando na viagem para a China. Para morar com parentes e frequentar uma nova escola. Um lugar onde ele seria, novamente, *especial*.

Sentado ali, contemplando casais bonitos passarem de braços dados, Henry se permitiu sentir saudade de Keiko. Tinha afastado esse tipo de sentimento meses atrás, quando as cartas dela cessaram, com a certeza de que tempo e espaço nem sempre trazem saudade ao coração — às vezes é justamente o contrário. A ideia de Keiko não voltar, ou a alternativa mais temida, embora bastante real, de ser esquecido por ela fez Henry ficar menos preocupado e simplesmente entrar em desespero. Depois das aulas, às vezes sozinho e outras com Sheldon, descia a avenida Maynard, observando o que restou de Nihonmachi, antes tão vibrante. O tempo passado ali, acompanhando Keiko na volta para casa após a escola ou sentado admirando-a pintar ou desenhar em seu caderno, parecia pertencer a uma outra vida: a vida de outra pessoa. Ele realmente não achou que ela fosse aparecer. Mas precisava tentar, esboçar um derradeiro gesto nobre, para que quando embarcasse naquele navio pudesse partir sabendo ter feito todo o possível. Uma última esperança. Esperança era tudo que lhe restava, e como tinha dito o sr. Okabe, quando, junto com a família, subiu naquele trem há quase três anos, a esperança é capaz de nos fazer superar tudo.

No bolso do paletó trazia o relógio de prata do pai. Pegando o relógio, Henry o abriu, atentando para o som ritmado do tique-taque para se assegurar de que estava funcionando. Estava. Era quase meio-dia, o horário em que dissera que estaria aqui. Observou o próprio reflexo no cristal polido do relógio de bolso. Parecia mais velho. Mais adulto. Parecia com o pai no auge da vida, e isso o surpreendeu. Os segundos passavam e, à distância, ele pôde ouvir o apito do meio-dia soar na fábrica Boeing e depois ecoar no vento quando os estaleiros Todd anunciaram o horário de almoço.

A hora chegou e se foi. A espera terminou.

Foi quando Henry ouviu passos. O inconfundível *clip-clop* do salto alto de uma mulher batendo na calçada. Uma sombra alta e esbelta se espalhou pelos degraus e encobriu o reflexo no relógio, revelando o segundo ponteiro e o ponteiro das horas, retinho. Meio-dia.

Ela estava ali. Uma jovem, calçando elegantes sapatos altos de couro preto, as pernas nuas sob a saia azul pregueada que roçava seus quadris, indo e vindo, no ritmo da brisa primaveril. Henry não encontrou coragem para erguer os olhos. Esperara tanto. Prendeu a respiração, fechou os olhos e aguçou o ouvido, percebendo os sons da rua movimentada, os carros que passavam, a conversa dos ambulantes, o lamento de um saxofone em alguma esquina próxima. Sentiu o aroma do perfume de jasmim dela.

Abriu os olhos, captando a imagem de uma blusa branca de manga curta salpicada de azul e com botõezinhos de pérola.

Fixando o olhar naquele rosto, ele a viu. Por um breve momento, viu o rosto de Keiko. Mais velho, o cabelo preto repartido do lado, um leve toque de maquiagem, o bastante para definir as maçãs do rosto delicadas, algo em que nunca reparara antes. A moça deu um passo para o lado e Henry piscou, olhando diretamente para o sol antes que ela o encobrisse e ele pudesse vê-la novamente.

Não era Keiko.

Podia vê-la claramente agora. Era jovem e bonita, mas *chinesa*, não japonesa. E segurava na mão uma carta, que estendeu para ele.

— Sinto muito, Henry.

Era a funcionária, a jovem da agência do correio. Aquela que havia mais de dois anos Henry cumprimentava em suas idas e vindas para enviar cartas para Minidoka. Henry nunca a vira tão arrumada. Parecia diferente.

— Voltou na semana passada, sem ser aberta. Está carimbado aqui "Devolver ao remetente". Acho que ela não está mais lá... ou...

Henry pegou a carta e examinou o feio carimbo negro, que maculara o endereço que ele havia escrito, com tanto carinho, na sua melhor caligrafia. A tinta manchara o envelope, escorrendo como lágrimas pelo papel. Quando virou o envelope na mão, Henry notou que a carta havia sido aberta.

— Desculpe, sei que não devia ter feito isso, mas fiquei aflita. E não me conformei com a ideia de você sentado aqui, esperando alguém que nunca viria.

A decepção deixou Henry entorpecido e meio confuso.

— Quer dizer que veio até aqui só para me trazer a carta?

Ali na calçada, olhou-a diretamente nos olhos, vendo-os de um jeito como nunca vira antes, notando a expressão sofrida.

— Na verdade, vim lhe trazer *isto* — disse ela, estentendo para Henry um raminho de lírios orientais amarrados com uma fita azul. — Vejo você comprá-los de vez em quando no mercado. Acho que são suas flores favoritas, e talvez *você* mereça ganhá-las, para variar.

Espantado, Henry aceitou os lírios, olhando cada um deles, inspirando a fragrância doce, sentindo o peso das flores nas mãos. Não pôde deixar de reparar no sorriso frágil, esperançoso e sincero da jovem.

— Obrigado — agradeceu Henry, emocionado.

A decepção se dissolveu.

— Eu... Eu nem sei o seu nome.

O sorriso dela se iluminou:

— Meu nome é Ethel... Ethel Chen.

O DIA DA VITÓRIA
(1945)

CINCO MESES. FAZIA CINCO MESES que Henry namorava Ethel.

Ela estava no segundo ano do terceiro grau da Escola Garfield e morava no alto da ladeira da Oitava Avenida com a família, família esta que os pais de Henry aprovaram imediatamente. Sob vários aspectos, Henry sentia que Ethel era a sua segunda chance. Torcera, chegara mesmo a rezar, pela volta de Keiko, ou, no mínimo, por uma carta dizendo para onde fora e por quê. Ignorar doía quase tanto quanto perdê-la, porque nunca descobriu o que realmente acontecera. A vida se complicou, concluiu. No entanto, de um jeito estranho, carinhoso, ele esperava que ela fosse feliz onde quer que estivesse e na companhia de quem porventura escolhesse.

Henry, por sua vez, tinha Ethel agora. E Sheldon, de vez em quando, claro — como sempre. Ainda assim, não conseguia esquecer Keiko. Na verdade, toda manhã, ao acordar, pensava nela e sofria com a sua perda. Então, se obrigava a pensar em Ethel e a imaginar que dali a alguns anos seria de fato capaz de esquecer Keiko durante um dia, uma semana, um mês e até mais, quem sabe.

Em um banco do parque na esquina da South King com a avenida Maynard, ele e Sheldon se sentaram ao sol da tarde quente de agosto. O amigo já não tocava muito na rua. Seu emprego regular no Clube Black Elks pagava as contas, e as ruas não eram mais as mesmas, queixava-se Sheldon. Ele chegara até a tentar o cais, em busca de novos recantos para seus shows, novos turistas para entreter, mas seu ânimo diminuíra. O clube era seu lugar agora.

— Vou sentir falta de ver você por aqui, Henry — disse Sheldon, quebrando um amendoim torrado, jogando a casca no chão e estendendo o saquinho para o amigo.

Henry pegou um punhado.

— Eu volto. Aqui é o meu lar. Bem aqui. Vou para a China aprender tudo o que puder, ver alguns parentes há muito perdidos, mas isto não é a minha vida. Este lugar é o que sou. Para mim, lar é isto aqui. Só que é difícil acreditar que daqui a uma semana embarco para o sul da China, para uma aldeia cheia de parentes que nunca vi, com nomes que nem sei pronunciar.

— Você percebe a ironia, não é? — perguntou Sheldon, cuspindo um pedaço de casca de amendoim pelo canto da boca.

— De eu ter esperado por Keiko e agora pedir a Ethel que espere por mim? Sei que não faz propriamente sentido, mas ela disse que vai esperar, e eu acredito. Ela vai esperar. Meus pais a adoram. E por mais que eu deteste ver meu pai tão feliz nessas circunstâncias, é o que está acontecendo. E ele se esforçou. Eu disse que iria se ele me fizesse um favor em troca, e ele cumpriu o trato. Agora quer falar comigo o tempo todo, mas não sei...

— Sobre o seu velho?

— Moramos debaixo do mesmo teto, mas ele ficou sem falar comigo quase três anos, ignorando a minha presença. Agora, orgulhoso, quer de volta o filho, e não sei dizer *como* me sinto. Por isso deixo a Ethel falar com ele, e isso aparentemente funciona.

Sheldon partiu outro amendoim, balançando a cabeça, lambendo o sal da casca antes de jogá-la fora.

— Por falar nela...

Henry ergueu os olhos e viu Ethel correndo pela rua, atravessando no meio do tráfego.

Os dois começaram a sair juntos no dia em que se encontraram no Hotel Panamá. Ela o convidou para almoçar e ele a convidou para jantar. Embora frequentassem escolas diferentes, viam-se sempre que podiam. Passavam o dia juntos aos sábados, caminhando de braço dado no cais, ou pegavam o ônibus numero 6 até o parque Woodland, para molhar os pés na água rasa dos lagos e brincar de pega-pega nos jardins do zoológico. Trocaram o primeiro beijo na torre Smith, no trigésimo quinto andar, apreciando o sol se pôr sobre a cidade, iluminando o porto e sombreando as montanhas a distância. Henry guardou na carteira o tíquete de admissão, um canhoto bem manuseado pelo qual pagou cinquenta centavos, como lembrança daquele dia perfeito.

Um lugar, porém, aonde Henry jamais levou Ethel foi o clube Black Elks. Jamais sequer mencionou o cabaré enfumaçado em que Oscar Holden era o anfitrião e Sheldon tocava na banda que acompanhava o pianista. Essa lembrança era especial para Henry, algo que ele não partilhava com facilidade. Sheldon nunca fez perguntas a respeito. Parecia entender sem precisar de explicação.

Quando Henry se pôs de pé, Ethel o abraçou, apertando-o, sacudindo-o, com uma expressão de êxtase e nervosismo ao mesmo tempo.

— Ei, ei... Que pressa é essa? Perdi alguma coisa? O que houve, está tudo bem com você? — indagou Henry, enquanto a moça tentava falar.

— Psiu... — foi tudo que ela conseguiu dizer, segurando a mão de Henry. Estava quase histérica, jubilosa em sua espontaneidade. — Ouçam, ouçam! Estão ouvindo?

Estendendo a mão, pegou a de Sheldon também.

Henry observou a rua, pasmo e curioso. Todos os carros na South King haviam parado, congelados, alguns bem no meio do cruzamento com a Sétima Avenida. As pessoas corriam para a rua, vindas de lojas e prédios de escritórios.

Por todo lado, a distância, Henry ouvia sinos tocando e carros buzinando. As barcas ancoradas no terminal fizeram soar suas sirenes. As janelas abertas e as portas das lojas despejavam sons que em nada se pareciam ao da sirene estridente anunciando um bombardeio aéreo, nem ao ruído agudo e ameaçador do alerta disparado dos telhados. Não, era um grande "hurra" que ressoava qual uma onda quebrando em todos os lados de Chinatown, no Distrito Internacional e em toda a cidade de Seattle.

A notícia se espalhou boca a boca, casa a casa, quadra a quadra: os japoneses se renderam. Para onde quer que olhasse, Henry via as pessoas inundando a rua, dançando sobre os capôs de carros estacionados. Homens adultos gritavam como crianças, mulheres adultas, até mesmo as estoicas chinesas, choravam abertamente lágrimas de alegria.

Sheldon pegou o sax, atarrachou o bocal e começou a tocar com emoção, andando de um lado para outro no meio da South King, entre um caminhão de leite e um carro de polícia, cuja sirene luminosa girava em círculos lentos, preguiçosos.

Ethel envolveu Henry num abraço. Ele baixou os olhos e a beijou. Todos faziam o mesmo. Estranhos abraçavam estranhos e choravam. Outros providenciavam taças de vinho, de qualquer bebida.

No fundo, Henry há muito sabia que o fim da guerra era iminente. Todos desconfiavam disso. Perguntava-se o que sentiria então. Alegria? Alívio? Imaginava o que o pai faria para ocupar o tempo, agora que os japoneses haviam se rendido. Pior ainda, sabia que a guerra prosseguiria na cabeça do pai. Desta vez entre o Kuomintang, dos nacionalistas, e os comunistas. A luta da China continuaria, bem como a do pai.

Apesar dos anos de *bolsestudo* na Rainier e das hordas de crianças chinesas que o chamavam de "diabo branco" a caminho da escola toda manhã, Henry nunca se sentira mais americano que agora, comemorando a maior vitória da história. Era uma alegria simples, inesperada, carregada de uma paz enorme. Um final feliz que prometia um novo começo. Assim, quando Ethel finalmente o soltou, com os lábios ainda úmidos e macios do beijo de Henry, as palavras saíram como uma confissão secreta. E, sabe-se lá por quê, fizeram sentido. Sabe-se lá por quê, se encaixaram. Se Henry tinha dúvidas, elas foram obliteradas pelo badalar dos sinos das igrejas e pelos gritos da multidão.

— Ethel...

Ela passou a mão no cabelo e ajeitou as costuras do vestido, tentando parecer composta, em meio ao frenesi reinante.

— Quer se casar comigo?

Mal Henry pronunciou as palavras, alarmes dispararam em sua cabeça e ele se deu conta de que com palavras não se brinca, como não se brinca com o coração. Não se arrependeu da pergunta, ficou apenas um tantinho surpreso consigo mesmo. Afinal, ambos eram jovens, porém não mais jovens do que muitas noivas vindas do Japão para se casar com desconhecidos. Além disso, dentro de uma semana partiria para a China. Ficaria fora dois anos no mínimo, e ela prometera esperá-lo. Agora a espera valeria a pena.

— Henry, eu poderia jurar que você acabou de me pedir em casamento.

Músicos de jazz começaram a encher as ruas, saídos dos clubes da South Jackson, alguns aplaudindo, outros improvisando espontaneamente.

— Pedi. Estou pedindo de novo: quer se casar comigo?

Ela não disse palavra. As lágrimas, que o dia mais feliz da história de Seattle fizera brotar em seus olhos, correram novamente, por uma razão totalmente nova.

— Isto é um sim ou um não? — perguntou Henry, sentindo-se de repente exposto e vulnerável.

Ethel, por sua vez, parecia inspirada. Henry a viu subir no capô de um carro de polícia antes mesmo que o guarda conseguisse descer para impedi-la. Virando-se para a multidão na rua, ela gritou:

— Vou me casar!

A multidão rugiu em aprovação, e homens e mulheres ergueram seus copos num brinde.

Depois de descer do carro, ajudada pelo guarda, Ethel encontrou o olhar de Henry e assentiu:

— Sim — respondeu ela. — Sim, eu espero... E sim, quero me casar com você. Por isso volte logo, porque talvez eu não espere para sempre.

Foi nesse momento, durante esse diálogo, que o silêncio tomou conta da mente de Henry. Os gritos, as buzinas e as sirenes baixaram de volume. E ele reparou pela primeira vez algumas famílias japonesas na multidão. Tentando ao máximo passar despercebidas. Carregando o fardo da má sorte por estarem de alguma forma associadas ao time perdedor, de pertencer ao lado errado da cidade devido a circunstâncias infelizes que escapavam ao seu controle. Algumas famílias japonesas, várias, na verdade, haviam começado a voltar nos meses anteriores. Mas pouco encontraram do que deixaram para trás, e menos ainda em termos de oportunidade para recomeçar a vida. Mesmo com a assistência do Comitê de Serviços dos Amigos Americanos, um grupo *quaker* que oferecia ajuda às famílias japonesas na busca de casas e apartamentos para alugar, poucas ficaram.

Foi durante aquele momento roubado, aquele instante de melancolia silenciosa, que Henry viu o que mais queria e mais temia. Do outro lado da rua, olhando diretamente para ele, encontrou um par de belos olhos castanhos. O que viu neles? Não soube dizer. Tristeza ou alegria? Ou será que estava apenas projetando o que sentia no próprio coração? Ela permaneceu imóvel. Mais alta agora, com o cabelo mais comprido, cabelo que a brisa fresca de verão fazia ondular em seus ombros.

Henry esfregou os olhos e a visão sumiu, perdida na multidão eufórica que ainda inundava as ruas.

Mas não podia ser Keiko. *Ela teria escrito.*

VOLTANDO A PÉ PARA CASA pelas calçadas sujas, cobertas de papel picado, Henry se perguntou como o pai estaria agindo à notícia. Sabia que a mãe provavelmente prepararia um banquete. Motivos para comemoração eram tão raros nesses tempos de racionamento. Mas e o pai? Difícil dizer.

Por dentro, em seus pensamentos silentes, não podia fugir da lembrança de Keiko. Os "se". *E se* ele tivesse dito algo de outra maneira? *E se* tivesse pedido a ela para ficar?

Mas não conseguia esquecer o amor, a emoção sincera de Ethel, encantada com o noivado, abraçando Henry, entregando seu coração de um jeito tão altruísta.

Virando a esquina, Henry ergueu os olhos para a janela do apartamento do Beco Cantonês — ele o trocaria pela China na semana seguinte. Enquanto conjeturava como a mãe enfrentaria a despedida, ele a ouviu chamar seu nome. Gritar, na verdade. Não no mesmo tom de comemoração das outras pessoas na rua. Era um tom diferente.

— Henry! É o seu pai...

Henry a viu acenar aflita da janela aberta, a mesma janela que insistia com ele para que mantivesse fechada.

Ele correu.

Subiu a rua e a escada que levava ao apartamento. Ethel tentou acompanhá-lo, mas depois gritou para que não a esperasse. Ela soube, antes mesmo que Henry soubesse. Passara mais tempo com o pai de Henry do que qualquer outra pessoa, salvo a esposa.

No apartamento que dividia com os pais, Henry encontrou mais uma vez o dr. Luke. Fechando a maleta preta, parecendo alquebrado e vencido.

— Sinto muito, Henry.

— O que está havendo?

Henry irrompeu porta adentro no quarto dos pais. O pai estava deitado, pálido, e tinha os pés virados para dentro de um jeito nada normal, os membros rígidos e sem vida do joelho para baixo. A respiração chiava em seu peito. O outro único ruído que se ouvia era o choro da mãe de Henry. Ele a abraçou, e ela o apertou contra o peito, acariciando-lhe o rosto.

— Ele não tem muito tempo, Henry — explicou o médico, tristonho. — Queria ver você uma última vez. Só estava esperando por você.

Ethel surgiu à porta, sem fôlego e com uma expressão sofrida ao ver o estado do futuro sogro. Afagou o braço da mãe de Henry, cujos olhos já estampavam a expressão vazia de aceitação serena.

Henry sentou-se junto à casca frágil que restara do pai autoritário.

— Estou aqui — disse em chinês. — Pode partir agora, seus antepassados o esperam... Não precisa mais esperar por mim. Os japoneses se renderam. Embarco para a China na semana que vem. E vou me casar com Ethel.

Se as palavras causaram alguma surpresa, ninguém viu motivo no momento para demonstrá-la.

O pai abriu os olhos e encontrou Henry.

— *Wo wei ni zuo* — disse ele com a respiração ofegante.

Fiz isso por você.

Foi quando Henry soube. O pai não estava falando de mandá-lo para a China nem de ter planejado o casamento com Ethel. Era supersticioso e queria morrer com a consciência tranquila para não ser assombrado no outro mundo. O pai estava se confessando.

— Você deu um jeito, não foi? — indagou Henry, com uma resignação serena, incapaz de sentir ódio do pai moribundo.

Queria poder odiá-lo, mas ao contrário do pai, não se permitiria agir movido pela raiva.

— Você usou sua posição nas associações beneficentes para dar um jeito para que minhas cartas nunca chegassem a Keiko. Para que as dela nunca fossem entregues. Foi coisa sua, não foi?

Henry olhou para o pai, convencido de que ele morreria a qualquer momento, deixando aquela pergunta sem resposta. Em vez disso, o pai inspirou uma última vez, inspirou fundo, e confirmou o que Henry já adivinhara. Com seu último suspiro assentiu e voltou a dizer:

— *Wo wei ni zuo.*

Fiz isso por você.

Henry viu os olhos do pai se arregalarem, fixos no teto, e a boca exalar um último e longo suspiro que chiou em seu peito. Para Henry, ele quase pareceu surpreso quando seus olhos se fecharam de vez.

A mãe se agarrou a Ethel, e ambas choraram.

Henry não foi capaz de olhar para nenhuma das duas. Em vez disso, afastou-se da cama e se aproximou da janela. A excitação provocada pela rendição japonesa ainda era palpável, e as pessoas vagavam pelas ruas em busca de um lugar onde continuar a comemorar.

Henry não sentiu vontade de comemorar, sentiu vontade de gritar. Mas não fez nem uma coisa nem outra.

Saiu a toda porta afora, passando por um entristecido dr. Luke. Desceu correndo a escada e pegou a rua King na direção da avenida Maynard, em direção ao que havia sido Nihonmachi.

Se era mesmo Keiko a moça que viu na rua, ela iria até lá pegar suas coisas.

Primeiro foi ao velho apartamento, o que a família desocupara havia mais de três anos. Os apartamentos do bairro agora vinham sendo alugados para famílias italianas e judias. Nenhum sinal de Keiko. Em meio à comemoração e à folia, ninguém reparou em Henry correndo pela rua. Para onde quer que olhasse, todos pareciam felizes, satisfeitos. O oposto do que ele sentia por dentro.

Continuou procurando, mas o único lugar aonde lhe ocorreu ir foi o Hotel Panamá. Se os pertences da família *estivessem* guardados ali, os Okabe teriam que buscá-los, *não teriam*?

Descendo em desabalada carreira a South Washington, passando pelo velho prédio da editora Nichibei, agora ocupado pelo banco Roosevelt, Henry viu a escadaria do Panamá e, em frente a ela, um operário solitário. O hotel estava sendo novamente lacrado.

Está vazio, pensou Henry.

Só lhe restou prender o fôlego e refrear o ódio pelo pai enquanto esquadrinhava as ruas em busca de rostos japoneses. Procurou o sr. Okabe, imaginando-o em um uniforme do exército. A última carta de Keiko dava conta de que ele finalmente tivera permissão para se alistar. Devia ser um dos milhares de internos de Minidoka que se juntaram ao 442º batalhão para lutar na Alemanha, como Henry havia lido. *Um advogado*. Mandaram um advogado japonês combater os alemães na França.

Henry queria gritar o nome de Keiko. Dizer que a culpa era do pai, não dela nem dele. Que tudo isso podia ser desfeito, que ela não precisava partir. Mas não teve coragem de falar. Do mesmo jeito que não se deve causar marolas num lago tranquilo, é melhor não remexer em certas coisas.

Henry deu um passo, só até a beirinha da calçada. Se desse outro na direção do hotel, sabia que partiria o coração de Ethel, e ela não merecia isso.

Quando deu meia-volta, lembrando de respirar novamente, viu Ethel de pé, a uns dois metros talvez, abrindo caminho na calçada apinhada. Ela deve estar preocupada comigo, pensou Henry. Imaginou-a correndo atrás dele, aflita por causa do futuro sogro, aflita com o próprio Henry. Ela se aproximou, mas manteve uma certa distância, como se não soubesse do que Henry precisava. Henry sabia. Segurou a mão dela e a viu relaxar, os olhos úmidos das lágrimas causadas pelas emoções boas e ruins do dia. Se suspeitou, se conjeturou, jamais disse uma palavra. E se, inadvertidamente, teve algum papel no extravio das cartas de Henry, jamais mencionou o assunto. Mas Henry conhecia o coração de Ethel, demasiado inocente para se deixar envolver nas artimanhas do pai dele. Ela simplesmente deixou que Henry sentisse tudo que lhe cabia sentir e nunca fez perguntas. Apenas esteve presente sempre que ele precisou dela.

Voltando para casa com Ethel, Henry estava ciente de que havia muito a fazer. Ajudar a mãe nos preparativos do enterro. Fazer as malas para a viagem à China. E precisava encontrar um anel de noivado adequado. Algo que faria com uma pontinha de tristeza.

Faria o que sempre fez: encontrar o lado doce da amargura.

Discos quebrados
(1986)

Henry não tinha notícias do filho havia uma semana. Marty não ligou para pedir dinheiro emprestado. Nem sequer apareceu para lavar a roupa ou encerar o Honda. Henry pensou no filho chinês noivo de uma caucasiana, dono de um carro japonês. O avô devia estar se revirando no túmulo. A ideia o fez sorrir. De leve.

Marty não tinha telefone no quarto da universidade, e ninguém atendeu o telefone coletivo, que ficava no corredor, todas as vezes em que Henry tentou falar com o filho.

Por isso, depois da visita ao parque Kobe, Henry caminhou até Capitol Hill e passou pela recepção do dormitório Bellarmine da Universidade de Seattle. O vigia estava ocupado estudando quando Henry entrou no elevador e apertou o botão do sexto andar — o último. Henry agradecia pelo fato de o filho ter se mudado do quarto andar antes do último ano; quatro não era um número auspicioso. Em chinês, a palavra "quatro" rima com "morte". Marty não partilhava as superstições arraigadas do pai, mas Henry ficou satisfeito, mesmo assim.

Ele sorriu educadamente ao sair do elevador, quase esbarrando numa dupla de alunos vestidos em roupões, na volta do banho.

— Pai! — gritou Marty do final do corredor. — O que você está fazendo aqui?

Henry caminhou até o quarto do filho, desviando de dois jovens que empurravam um carrinho de compras que transportava um pequeno barril de cerveja, e de uma garota carregando um monte de roupa lavada.

— Tudo bem? Você nunca vem aqui — disse Marty, com um olhar questionador para o pai, de pé à porta, sentindo-se deslocado e ultrapassado. — Quer dizer, eu me formo daqui a uma semana, e você aparece *agora*, quando todo mundo está se esbaldando. Vai achar que todo aquele dinheiro suado que pagou pelo curso foi um desperdício.

— Só vim para trazer isto — disse Henry, entregando ao filho um pequeno cartão de agradecimento. — Para a Sam. Pelo jantar que preparou para nós.

— Ah, pai. Não precisava...

— Por favor — insistiu Henry.

Desde a morte de Ethel, era a primeira vez que ele visitava Marty. Durante o primeiro ano de faculdade, Ethel fazia questão de entregar pessoalmente pacotes com provisões ao filho quando, vez por outra, a saúde lhe permitia sair. Henry, ao contrário, jamais viera sozinho.

Olhando à volta, viu os cadernos de desenho de Keiko espalhados sobre a escrivaninha. Henry não fez comentários. Não gostava de falar dos pertences de Keiko diante de Marty. Era como se a excitação e a alegria de achá-los pudesse, de alguma forma, macular a memória de Ethel. *Cedo demais*. Era realmente cedo demais.

— Desculpe o que a Samantha disse, pai, sobre encontrar a Keiko. Ela só ficou meio empolgada na hora, sabe como é?

Henry sabia. Era compreensível. Os pertences no Hotel Panamá vinham chamando a atenção de um punhado de historiadores locais. Seria de prever um certo fascínio.

— Tudo bem — disse Henry.

— Mas ela está certa?

— Sobre devolver os cadernos à sua devida dona...

— Não, sobre descobrir se ela está viva, onde mora.

Henry contemplou as prateleiras de Marty. Havia ali um serviço de chá chinês e um conjunto de tigelas de arroz de porcelana que ele e Ethel ganharam de casamento. Estavam usadas, lascadas e repletas de rachaduras logo abaixo do acabamento, já gasto.

— Tive a minha chance.

— Quando? Durante a guerra? Ela foi tirada de você. Ela não queria ir e você não queria que ela fosse. E as coisas que *Yay Yay* fez e disse, o jeito como ele interferiu... Como pode, simplesmente, aceitar tudo isso?

Um velho recipiente elétrico de cozinhar arroz fervia sobre uma mesa junto à janela. Henry afastou-o da parede e desligou o fio da tomada, deixando o aparelho esfriar. Uma preocupação que se tornara hábito. Olhou para o filho, sem saber como responder.

— Vocês podiam ter ficado juntos...

Henry interrompeu, enxugando as mãos numa toalha enquanto falava.

— Tive a minha chance. Deixei que ela fosse embora. Ela foi. Mas eu *também* deixei que ela fosse.

Pendurou a toalha na maçaneta do armário, com as mãos limpas. Quantas vezes pensou em Keiko ao longo dos anos! Até mesmo naquelas noites vazias, solitárias, quando Ethel cumpria sua longa e lenta jornada para o destino final. Mal era capaz de abraçá-la, tamanha a dor que ela sentia, e quando abraçava, os remédios pesados que a esposa tomava a impediam de saber que ele estava ali. Foi uma estrada difícil, amarga, que ele percorreu sozinho, do mesmo jeito que percorria o caminho de ida e volta da Escola Rainier quando menino. Keiko! Como gostaria que ela estivesse lá naqueles momentos. Mas tomei a minha decisão, pensou Henry. Eu podia tê-la encontrado depois da guerra. Podia ter magoado Ethel e conseguido o que queria, mas não parecia correto. Não na época. Nem nesses últimos anos.

— Tive a minha chance — disse Henry, aposentando-se de uma vida inteira de carência. — Tive a minha chance, e, na vida, às vezes, não existem segundas chances na vida. A gente olha para o que tem, não para o gostaria de ter tido, e segue em frente.

Henry observou o filho escutá-lo. Pela primeira vez em muitos anos, Marty lhe deu a impressão de se contentar em ouvir. Sem discutir.

— Como o disco quebrado que achamos — disse Henry. — Tem coisas que não podem ser consertadas.

Hearthstone
(1986)

Henry não teve coragem de sair correndo pelos corredores letárgicos, bem-mobiliados, da Hearthstone Inn. Correr lhe pareceu um tapa na cara da dignidade serena que uma clínica de idosos correta e elegante mantinha. Além disso, poderia acabar atropelando alguma velhinha e seu andador.

Velho — que termo mais relativo! Ele se sentia velho sempre que pensava no casamento de Marty. Sentiu-se velho quando Ethel faleceu, mas cá está ele, com a sensação de ser uma criança, prestes a levar uma bronca por correr dentro de casa.

Quando recebeu o telefonema informando da piora do estado de Sheldon, Henry não passou a mão no casaco, na carteira e coisas assim. Apenas pegou a chave e saiu porta afora. Não permitiu que muita coisa o atrasasse no caminho até aqui, por isso avançou dois sinais vermelhos. Não foi a primeira *ligação* que recebeu. Estava habituado a uma variedade de alarmes falsos, mas viu que desta vez não era esse o caso. Reconhecia a morte quando ela aguardava na sala de espera. Tendo percebido a mudança na respiração de Ethel, aquela guinada em seu estado de espírito, ele entendeu. E agora, ao visitar o amigo, sabia que o fim estava próximo.

Sheldon adoecera em várias ocasiões, em geral devido a uma diabetes de que nunca tratou. Quando começou a se cuidar e caiu nas mãos dos médicos certos, o estrago já estava feito.

— Como ele está? — indagou Henry, fazendo uma pausa no posto de enfermagem e apontando para o quarto de Sheldon, de onde uma enfermeira vinha saindo empurrando um aparelho de diálise.

Não adianta mais, pensou Henry. Desligaram todos os aparelhos.

A enfermeira, uma mulher gorducha e ruiva que parecia mais ou menos da idade de Marty, checou a tela do computador e tornou a olhar para Henry.

— Nada bem. A esposa esteve aqui há pouco. Saiu para buscar mais parentes. É engraçado. Depois de todos aqueles pequenos derrames, as pessoas se recusam a fazer visitas, achando que o paciente precisa repousar, esperando que ele se recupere logo. Mas quando chega a hora, quando a hora está perto como agora, nada como a família e os amigos. Acho que chegou a hora, infelizmente.

Henry viu preocupação genuína no olhar da moça.

Com uma leve batida na porta entreaberta, ele entrou devagarinho no quarto. Cuidou para não deixar que seus passos ressoassem no assoalho, enquanto observava a quantidade de equipamentos à disposição de Sheldon. A maioria havia sido desligada e empurrada para um canto amontoado.

Henry sentou-se numa cadeira de rodinhas junto ao amigo, que estava recostado na cama para poder respirar com mais facilidade, a cabeça caída para um lado, aninhada em um travesseiro, de frente para Henry, e com um tubo fino e transparente preso em torno do nariz. O som sibilante do oxigênio era o único que se ouvia no quarto.

Havia, próximo à cama de Sheldon, um aparelho de CD. Henry ajustou o volume e apertou a tecla Play. O ritmo aveludado do *bebop* de Floyd Standifer rompeu o silêncio do quarto vazio como o fluxo constante da areia dentro de uma ampulheta. A cada segundo, menos tempo resta.

Henry afagou o braço do amigo, atento à agulha do soro espetada nas costas da mão de Sheldon, reparando nas minúsculas casquinhas que refletiam na pele o seu estado de saúde e a recente remoção de outros tubos e monitores.

Os olhos de Sheldon se abriram, com um estremecimento das pálpebras. Seu olhar encontrou Henry, que se entristeceu pelo amigo — tristeza atenuada quando vislumbrou o disco quebrado junto à cama.

Estive aqui vezes demais, pensou Henry consigo mesmo. Tantos anos com minha mulher e agora com meu velho amigo. Cedo demais. Era uma vida inteira, mas mesmo assim demasiado cedo para todos. Henry se apegara à dor e à tristeza pela morte de Ethel, e agora isto.

Percebeu a expressão confusa nos olhos de Sheldon. Reconheceu o olhar vazio de quem não sabe quem é nem onde está.

— Para casa... Está na hora de ir para casa — repetia baixinho Sheldon, de um jeito que soava quase como um pedido.

— Aqui é a sua casa por enquanto. Acho que Minnie está para voltar com o restante da sua família.

Henry conhecia Minnie, a segunda esposa de Sheldon, havia anos, mas nunca chegara a visitá-los com a frequência que gostaria.

— Henry... Conserte isso.

— Consertar o quê? — perguntou Henry, sentindo-se estranhamente grato por todas aquelas derradeiras semanas com Ethel. Ter passado por tudo aquilo fazia com que essa conversa pesada parecesse tranquila, normal.

Foi quando viu Sheldon olhando para o velho disco de 78 rotações partido ao meio.

— O disco. Você quer que eu conserte o disco de Oscar Holden, certo?

Sheldon fechou os olhos e novamente caiu num sono pesado, naquele modo de liga-desliga acessível apenas aos que se encontram nesse estado. A respiração era ofegante, difícil. Então, tornou a acordar. A abrir os olhos. Novamente lúcido, como se despertasse para um novo dia.

— Henry...

— Estou aqui...

— O que está fazendo aqui? Hoje é domingo?

— Não — disse Henry, olhando para o velho amigo, sorrindo e tentando parecer animado, apesar das circunstâncias. — Não, não é domingo.

— Que pena. Todas estas visitas de meio de semana. Deve estar na hora do meu último show, hein, Henry?

Sheldon tossiu um pouco e se esforçou para fazer os pulmões doloridos funcionarem como deviam.

Enquanto observava o velho amigo — ainda tão altivo e digno, mesmo deitado, moribundo, na cama de hospital —, Henry olhou para o disco quebrado sobre a mesa de rodinhas ao lado da cama.

— Você estava me pedindo para consertar alguma coisa. Acho que falava do disco quebrado, não? Talvez descobrir um lugar para restaurá-lo...

Olhando para Sheldon, Henry não soube dizer, ao certo, se naquele estado o amigo se lembraria da conversa iniciada minutos antes.

— Acho que está na hora de você consertar isso, Henry. Mas não foi do disco velho que falei. Se você conseguir juntar todos esses caquinhos para ele tocar música de novo, faça isso. Mas eu não estava falando do disco, Henry.

Henry olhou para o disco de Oscar Holden — o mesmo que ele desejou tanto que estivesse no porão poeirento do velho hotel.

Sheldon estendeu o braço e segurou a mão de Henry. Os dedos idosos, ressecados e calejados continuavam fortes.

— Nós dois — disse Sheldon, e fez uma pausa para recuperar o fôlego — sabemos por que você sempre quis encontrar esse velho disco. Sempre soubemos.

E muito baixinho, com a respiração ainda mais lenta, acrescentou:

— Conserte isso.

Foi o que conseguiu dizer antes de adormecer de novo, as palavras sumindo no suave chiado do oxigênio.

Passagens
(1986)

Ao entrar na Bud's Jazz, Henry sentiu o aroma de tabaco de baunilha, o preferido de Bud. O proprietário estava fumando um velho cachimbo e folheando um exemplar do *Seattle Weekly*, manchado de café. Pousou o jornal apenas o tempo suficiente para cumprimentar Henry com a cabeça e dar uma tragada no cachimbo que pendia precariamente de um lado de sua boca de buldogue. Como sempre, parecia estar com uns três dias de barba por fazer. Ao fundo, uma voz de mulher cantava uma música chorosa de outras épocas. Helen Humes? Década de 1930? Henry não soube dizer ao certo.

Debaixo do braço, Henry trazia uma sacola de papel pardo. E dentro dela, o disco quebrado de Oscar Holden. Henry passou anos esquadrinhando a loja de discos de Bud atrás do dito cujo. Claro que se sentiu meio mal surrupiando o disco do quarto de Sheldon, mas o amigo estava dormindo, e quando acordava, parecia cada vez mais desorientado. A lucidez silenciosa cedeu lugar a momentos de confusão e aturdição, como, por exemplo, quando resmungou sobre consertar o que se quebrou. O disco? O próprio Henry? Não dava para saber.

Ainda assim, passados todos esses anos, Henry queria ouvir a música gravada naquela bolacha de vinil partida, e talvez também fosse bom para Sheldon escutá-la uma última vez. Henry não fazia ideia de como restaurar discos antigos, mas Bud trabalhava nessa área havia séculos. Se existia alguém capaz de mostrar a Henry o caminho a seguir, esse alguém era Bud.

Henry se aproximou do balcão e pousou o disco sobre a vitrine de vidro rachada, sob a qual moravam velhas partituras e discos de cera, frágeis demais para serem manipulados.

Bud largou o jornal:

— Veio devolver alguma coisa, Henry?

Henry apenas sorriu, apreciando os últimos acordes da música de fundo. Sempre preferiu a voz grave de tenores, mas de vez em quando uma voz chorosa e aveludada como a dessa cantora o mantinha acordado à noite.

— Você está bem, Henry?

— Tenho uma coisa para lhe mostrar.

Bud bateu o cachimbo para esvaziá-lo.

— Por que será que algo me diz que isso tem a ver com aquele hotel velho e caindo aos pedaços na Main Street?

Henry meteu a mão na sacola e tirou o disco, ainda em seu envelope original de papel. Era pesado. Dava claramente para ver o rótulo pelo buraco do invólucro, um rótulo amarelo desbotado onde se lia: "Oscar Holden & The Midnight Blue."

Henry observou os olhos de Bud se arregalarem e, logo depois, os vincos de amargura de sua testa sumirem, como um veleiro que começa a ser levado por uma brisa. Ele sorriu, perplexo. Ergueu os olhos para Henry e depois tornou a baixá-los para o disco, como se pedisse: "Posso tocar nele?"

Henry assentiu:

— Vá em frente, é de verdade.

— Você o encontrou naquele porão, não foi? Nunca desistiu de procurar, não é mesmo?

Nunca desisti. Sabia que o encontraria um dia.

— Ele estava lá esses anos todos, à espera.

Bud retirou o disco da capa e Henry o viu desmanchar-se na mão do dono da loja. As duas metades ficaram penduradas em direções opostas, unidas apenas pelo rótulo.

— Não, não e não. Você não vai fazer isso comigo, vai, Henry? Ele está quebrado!

Henry apenas assentiu e deu de ombros, como que pedindo desculpas.

— Achei que você pudesse fazer algo para me ajudar. Eu queria alguém que mexesse com restauração.

Bud fez uma cara de quem acabou de descobrir que ganhou na loteria e logo depois é avisado de que vai receber o prêmio em dinheiro de mentira do Banco Imobiliário. Fascinante, mas inútil.

— Se não estivesse *totalmente* partido, eu podia mandar você a um lugar onde usariam um laser para regravar cada nota. Não o tocariam com uma agulha tradicional, nem mesmo com um diamante. Não se arriscariam a fazer mais riscos e mossas. Captariam toda e qualquer nuance gravada aqui e salvariam digitalmente.

Bud coçou a testa e todas as rugas reapareceram.

— Não há nada a fazer com um disco partido, Henry. Se ele se parte, já era.

— Será que não dá para colar ou algo assim...

— Henry, ele já era. Jamais tocará, jamais será o mesmo. Quer dizer, acho uma maravilha segurá-lo na mão, e o lugar dele é num museu ou numa coleção. Um pedacinho de história, sem dúvida. Principalmente porque os que *sabiam* nunca tiveram certeza se ele tinha mesmo sido gravado.

Bud sabia. Henry também, no fundo. Algumas coisas simplesmente não podem ser coladas. Algumas coisas jamais podem ser consertadas. Dois pedaços nunca mais serão uma coisa só. Mas ao menos ele tinha os pedaços.

Henry voltou para casa a pé. Provavelmente percorria-se mais de três quilômetros para subir a South King e dobrar na direção de Beacon Hill, acima do Distrito Internacional. Teria sido muito mais fácil usar o carro, apesar do trânsito, mas sentiu vontade de caminhar. Passara a infância palmilhando o bairro, e a cada passo tentava se recordar dessa época. Atravessou para a South Jackson, observando os prédios que um dia abrigaram o clube Ubangi, o Rocking Chair e até o Black Elks. Com o disco quebrado debaixo do braço, contemplando agora as fachadas impessoais do Seafirst Bank e da All West Travel, tentou se lembrar da música que um dia ocupou sua cabeça o tempo todo.

Ele a esquecera quase toda, salvo uns pedacinhos do refrão. A melodia se foi. Mas não pôde se esquecer dela, não pôde esquecer Keiko.

Como também nunca esqueceu que um dia prometeu esperá-la a vida inteira. Todo verão, Henry pensava nela, mas jamais falou disso com ninguém, nem mesmo com Ethel. E, claro, contar a Marty estava fora de cogitação. Por isso, quando todo ano o filho impetuoso insistia para que fossem à feira em Puyallup e Henry negava, havia um motivo. Um motivo doloroso. Um motivo que Henry nunca compartilhou com ninguém, exceto com Sheldon, nas raras ocasiões em que o amigo tocou no assunto. E agora o amigo também estava de partida. Um outro ex-morador de uma pequena comunidade em Seattle da qual ninguém mais se lembrava. Como fantasmas assombrando um terreno baldio porque o prédio que ali existia há muito desapareceu.

Em casa, exausto da longa caminhada pelas ruas sujas, Henry pendurou o paletó, foi até a cozinha pegar um copo de chá gelado e retirou-se para o quarto que um dia dividiu com Ethel.

Surpreso, viu em cima da cama o seu melhor terno. Arrumado como naquele dia, anos antes. Seu velho sapato de couro preto havia sido engraxado e colocado ao pé da cama, ao lado de uma mala antiga. Por um instante, Henry sentiu-se novamente com quinze anos, naquele velho apartamento do Beco Cantonês em que morou com os pais. Olhando para os apetrechos de um viajante prestes a embarcar para portos desconhecidos. Para um futuro muito distante.

Zonzo, Henry sentiu um arrepio na nuca quando ao virar a lapela do paletó do terno viu, como uma miragem, um envelope de passagens no bolso de cima. Sentando-se na beira da cama, puxou-o e o abriu. Dentro encontrou uma passagem de ida e volta para Nova York. Não era para Cantão, mas para uma outra terra distante. Um lugar onde nunca estivera antes.

— Então, você achou meu presentinho.

Marty estava de pé à porta, segurando o chapéu do pai, o de brim puído.

— A maioria dos filhos manda os pais idosos para um asilo, mas você está me mandando para o outro lado do país — disse Henry.

— Mais que isso, pai. Estou mandando você para uma viagem no tempo.

Henry olhou para o terno, pensando no próprio pai. Só conhecia uma pessoa que tinha lhe falado de Nova York, e ela jamais voltou. Partira havia muito tempo. Numa outra vida.

— Está me mandando de volta para os anos da guerra? — indagou Henry.

— Estou mandando você de volta para encontrar o que lhe falta. Para encontrar aquilo de que abriu mão. Estou orgulhoso de você, pai, e agradecido por tudo, principalmente pela forma como cuidou da mamãe. Você fez tudo por mim, e chegou a minha hora de fazer alguma coisa por você.

Henry olhou para a passagem.

— *Eu a encontrei, pai*. Sei que você sempre foi fiel à mamãe e que jamais faria isso por você mesmo. Por isso eu fiz. Arrume a mala. Vou levar você ao aeroporto, você vai para Nova York...

— Quando? — perguntou Henry.

— Hoje à noite. Amanhã. O quanto antes. Tem outro lugar onde você precise estar?

Henry tirou do bolso um relógio de prata já fosca. O relógio funcionava mal e era preciso lhe dar corda com frequência. Depois de abri-lo, Henry suspirou pesadamente e tornou a fechá-lo.

A última vez que alguém lhe engraxou os sapatos, estendeu em sua cama um terno com uma passagem para um lugar distante, Henry se recusou a partir.

Desta vez, Henry se recusaria a ficar.

A MÚSICA DE SHELDON
(1986)

NÃO RESTAVA MUITO TEMPO A SHELDON, disso Henry tinha certeza. Diante da saúde cada vez mais precária do amigo, o desejo de Henry de embarcar para Nova York para encontrar Keiko ficaria em suspenso. Depois de quarenta anos, ele podia esperar um pouco mais — teria que esperar.

Na Hearthston Inn, Sheldon recebia um fluxo constante de visitas — parentes, amigos, ex-colegas de trabalho e até mesmo um punhado de fãs fiéis que reconheciam o seu lugar na história, hoje enterrada, do cenário jazzístico, outrora vibrante, de Seattle.

Agora, porém, quase todos os seus admiradores haviam partido, depois de prestar as últimas homenagens ao homem que amavam. Ficou somente a família, além do pastor da igreja de Sheldon, que tentava confortar os parentes próximos como podia.

— Como ele está? — perguntou Henry a Minnie, uma mulher de cabelo prateado, dez anos mais moça que o saxofonista.

Ela abraçou Henry na porta e depois o soltou, mas lhe deu o braço. Tinha os olhos inchados e vermelhos de tanto chorar e o rosto ainda úmido.

— Não vai demorar muito, Henry. Sabemos disso. Eu sei disso. Estamos preparados para que ele descanse em paz, que não sofra — disse ela.

Henry sentiu um tremor no lábio, para sua própria surpresa. Mordeu a língua e manteve a compostura, sem querer permitir que suas lágrimas agravassem ainda mais a dor de Minnie.

— Foi coisa sua? A música, quero dizer. O disco.

Henry sentiu-se péssimo. Tinha levado embora o disco e agora todo mundo estava dando pela sua falta. Segurou-o apertado debaixo do braço no caminho, sob o casaco, para protegê-lo da garoa que caía sobre Seattle.

— Eu... Eu posso explicar...

— Não precisa, Henry... — disse ela, buscando as palavras certas. — É incrível, praticamente um milagre. Ouça. Está ouvindo? Para mim, é como um milagre.

E pela primeira vez em quarenta anos, Henry ouviu. A música há muito esquecida, escutada pela primeira vez no clube Black Elks, estava tocando no quarto de Sheldon. A música de Oscar Holden que era dele e de Keiko. A música deles — mas de Sheldon também. E podia ouvi-la, em alto e bom som.

Ao entrar no quarto, Henry viu uma mulher. Mentalmente acreditou que pudesse ser Keiko, com um sorriso quase cintilante. Mas era Samantha, sentada ao lado de um velho toca-discos portátil, do tipo que se podia pegar emprestado na biblioteca pública anos antes. Nele girava uma gravação integral em vinil do clássico perdido de Oscar Holden *Alley Cat Street*, a música que o pianista dedicara a Henry e Keiko.

Sheldon, deitado na cama inconsciente, entrava e saía daquele espaço cinza e vazio entre a vida e qualquer que fosse o destino que o aguardava em seguida. À sua volta tinha os vários filhos e netos, boa parte dos quais Henry reconheceu de ocasiões anteriores ou das fotos que Sheldon mostrava com orgulho sempre que se encontrava com o amigo.

— Eu gosto do disco do vovô — confidenciou uma menina que Henry calculou ter uns seis anos, provavelmente uma bisneta.

— É maravilhoso, Henry — disse Samantha, com um brilho esperançoso nos olhos lacrimejantes. — Devia ter visto o sorriso dele quando tocamos o disco pela primeira vez. Como se estivesse esperando para ouvi-lo, como se precisasse ouvi-lo, esses anos todos.

— Mas...

Henry tirou de dentro do casaco o disco quebrado.

— Onde?

— *Ela* mandou — disse Samantha com uma reverência apaixonada, meio como um músico que emudece de admiração diante do solista prestes a pisar no palco. — Marty descobriu que ela mora na Costa Leste e escreveu. Ela perguntou por você, por todo mundo, inclusive por Sheldon. Quando se inteirou da situação, mandou imediatamente o disco. Dá para acreditar? Esteve com ela todos esses anos, o Cálice Sagrado que você sabia que existia.

Entregando a Henry um bilhete, ela concluiu:

— Isto é para você.

Henry hesitou, sem acreditar realmente no que ouvia. Delicadamente abriu o envelope. Lendo as palavras de Keiko sentiu-se como um sonâmbulo.

Querido Henry,

Rezo para que este bilhete encontre você bem de saúde, de bem com a vida e entre bons amigos. Principalmente Sheldon, que, espero, tire algum conforto deste disco. Na verdade o nosso disco, porque ele pertence a nós três, não é? O mais importante, porém, é que ele pertence a mim e a você. Nunca vou me esquecer do seu rosto naquela estação de trem, ou de como me senti debaixo da chuva do outro lado daquela cerca de arame farpado. Que dupla nós éramos!

Quando tocar o disco, espero que você pense nas coisas boas, não nas ruins. No que foi, não naquilo que não era para ser. No tempo que passamos juntos, não no tempo que passamos separados. Acima de tudo, espero que você pense em mim...

Henry dobrou a carta com mãos trêmulas, incapaz de continuar a leitura. Tinha sido muito difícil revelar a verdadeira natureza do que encontrou no porão empoeirado do Hotel Panamá naquele dia, temendo comprometer a maneira como o filho via o pai e a mãe. No final das contas, porém, como em tantos momentos da sua relação com o pai e com o filho, Henry percebeu que estava errado. Marty queria que o pai fosse feliz. Para Henry, Keiko se perdera no tempo, mas para Marty bastaram algumas horas no computador, um punhado de telefonemas, e lá estava ela, viva e em boa saúde, morando em Nova York, mesmo depois de todos esses anos.

Henry sorriu, estendeu o braço e pegou a mão de Samantha.

— Você é incrível — disse ele, lutando para encontrar as palavras. — Marty escolheu bem. Incrivelmente bem.

Olhando para Sheldon, Henry sentou-se na beira da cama, pousando a mão no braço do amigo, observando a respiração difícil. Aquele corpo estava parando, respirando com mais e mais dificuldade. Sheldon parecia afogueado e febril. O corpo já não tinha mais condições de regular a própria temperatura. Ardia por dentro.

Enquanto observava o amigo moribundo, Henry escutava o disco, esperando um solo de sax que há quatro décadas não ouvia. Quando a banda reduziu o compasso e a melodia suave se impôs, Sheldon abriu os olhos e dirigiu o olhar para Henry, parecendo encará-lo. A boca se mexeu, num esforço para pronunciar as palavras. Henry se inclinou e aproximou o ouvido dos lábios de Sheldon, que sussurrou:

— Você consertou o disco.

Henry assentiu:

— Consertei.

E logo vou consertar tudo.

TRÊS HORAS DEPOIS, COM Minnie a seu lado, cercado de filhos e netos, Sheldon abriu novamente os olhos. Henry estava lá, Marty e Samantha também. Ao fundo, os acordes de Oscar Holden e da Midnight Blue ecoavam nos cantos ensombrecidos do quarto. Os pulmões que um dia encheram de som a South Jackson, deleitando toda uma geração, respiraram lentamente pela última vez e sussurraram as notas finais da música.

Henry viu os olhos de Sheldon se fecharem e o corpo se tornar mais leve, como se todo o arcabouço acenasse um demorado adeus.

Sob os acordes simples da música de fundo, Henry sussurrou para o espírito do amigo e mais ninguém:

— Obrigado, meu senhor. Tenha um bom dia.

Nova York
(1986)

Henry nunca esteve em Nova York. Ou melhor, esteve, sim, uma ou duas vezes em sonhos. Mas na vida real, totalmente acordado, a cidade era um lugar em que pensava com frequência, mas jamais se permitiu visitar. Parecia ficar a um mundo de distância. Não do outro lado do país ou numa outra costa, mas além do horizonte, perdida em um outro tempo.

Durante a corrida de quarenta dólares no táxi que pegou no aeroporto, Henry manteve o disco de Oscar Holden no colo. Foi o som que se ouviu no funeral de Sheldon. E veio na mão de Henry no avião que o trouxe de Seattle — sua única bagagem de mão, assunto de conversa aonde quer que fosse.

Quando explicava a origem do disco, sua história ímpar, bem como as circunstâncias da vida na época, quem ouvia era incapaz de esconder o espanto. Até a jovem loura sentada a seu lado no avião, viajando para Nova York a negócios, duvidou que ele estivesse com o único disco remanescente em condições de ser ouvido. Ela se esquecera de como havia sido terrível o confinamento dos japoneses. Ficou pasma de saber que o Hotel Panamá sobrevivera. Um abrigo para objetos pessoais, lembranças preciosas e tesouros esquecidos.

— É a sua primeira vez em Nova York? — pergunta o motorista do táxi.

Tinha lançado olhares para o passageiro pelo retrovisor, mas Henry estava perdido em pensamentos, apreciando pela janela a paisagem de tijolos e cimento que passava lá fora. Um vaivém ininterrupto de táxis amarelos, limosines luzidias e um mar de pedestres atopetando as calçadas.

— É a primeira vez — responde Henry, simplesmente.

Marty e Samantha queriam que ele ligasse avisando. Com antecedência. Mas Henry não teve coragem de pegar o telefone. Estava nervoso demais. Como agora.

— É aqui — avisa o motorista, cujo braço, pendurado para fora da janela, aponta para um pequeno prédio de apartamentos.

— Aqui é Greenwich Village?

— Acertou, cara.

Henry paga ao motorista trinta dólares extras para deixar sua bagagem na recepção do hotel Marriott. Uma atitude estranha essa de confiar em alguém na cidade grande, pensa Henry consigo mesmo. Mas não é essa a ideia de toda a viagem? Fé cega? E, além disso, o que ele tem a perder? Afinal, o que é uma mala contendo uma muda de roupa, para quem pretende encontrar e consertar um coração partido?

O prédio parece velho e modesto, mas um apartamento aqui deve custar uma fortuna em comparação com a casa simples em que ele mora há quarenta anos.

Conferindo o endereço dado por Marty, Henry entra e vai parar no oitavo andar, um número da sorte para os chineses. De pé no corredor, olha fixo para a porta do apartamento de Kay Hatsune, viúva há três anos. Henry não sabe o que aconteceu com o marido. Se Marty sabe, nada disse.

Só que Kay, na verdade... é *Keiko*.

Henry olha para o disco em suas mãos. Quando o tira parcialmente do invólucro, o vinil parece incrivelmente novo. Ela deve ter tomado um cuidado danado com ele esses anos todos.

Guarda o disco e endireita no corpo o velho terno que o filho separou para ele, passa a mão no cabelo e examina o sapato engraxado. Encosta a mão no rosto que barbeou no avião.

Então, toca a campainha.

Duas vezes, até que ouve os passos abafados de alguém lá dentro. Uma sombra escurece o olho mágico e ele ouve em seguida a porta ser destrancada.

Quando a porta se abre, Henry sente o calor proveniente das janelas que enchem de claridade o apartamento, iluminando o corredor sombrio. Diante dele está uma mulher na casa dos cinquenta, com o cabelo mais curto do que Henry se lembra, com um ou outro fio branco. Ela é esbelta e segura a porta com dedos bem-cuidados, arrematados por unhas pintadas. Os olhos castanho-escuros, apesar de toda uma vida registrada nas belas rugas do rosto, brilham claros e cristalinos, como sempre.

Os mesmos olhos que olharam dentro dele tantos anos antes. Olhos esperançosos.

Ela hesita um instante, sem reconhecê-lo de imediato. Depois, leva as mãos à boca e toca o rosto, surpresa.

Keiko suspira, confessando com um sorriso:

— Eu... Eu já tinha quase desistido de você...

Escancara a porta para Henry entrar.

No minúsculo apartamento, as paredes estão cobertas de aquarelas e óleos. De cerejeiras em flor e umês. De campos solitários e arame farpado. Henry sabe que todos os quadros são de Keiko. Todos têm aquele mesmo traço, do seu jeito de se expressar quando garota, mas numa versão adulta. O seu jeito de se lembrar das coisas.

— Posso pegar um chá gelado para você?

— Seria ótimo, obrigado — responde Henry.

Espanta-se de estar tendo essa conversa e por ela soar tão normal, como uma extensão natural — uma continuação a partir do ponto onde pararam quarenta anos atrás, como se ambos não tivessem passado uma vida inteira separados.

Enquanto ela some na cozinha, Henry se vê atraído pelas fotos sobre a lareira, fotos dela, do marido, da família. Toca um retrato emoldurado do pai, num uniforme do exército, um membro do afamado 442º pelotão. Ele e um grupo de soldados nipo-americanos estão de pé na neve, sorrindo, orgulhosamente segurando uma bandeira alemã capturada, em que está escrito "Valeu o esforço!". Ao lado, há um pequeno porta-retratos de prata. Segurando-o na mão, Henry limpa a fina camada de pó sobre o vidro. É um desenho em preto e branco dos dois — ele e Keiko — no campo Minidoka. O sorriso dele é sereno, satisfeito. Keiko está pondo a língua para fora.

Minidoka não existe mais. Há muito tempo. Mas Keiko conservou o desenho.

Perto de uma janela, um velho som estéreo lhe chama a atenção. Junto a ele, há uma pequena coleção de gravações do jazz de Seattle — discos 78 de vinil de Palmer Johnson, Wanda Brown e Leon Vaughn. Cuidadosamente Henry pousa no prato o disco que trouxe de Seattle. Gira o velho botão que o põe para funcionar e observa o rótulo começar a rodar. Então, posiciona suavemente a agulha na primeira ranhura. Em seu coração, a música começa a tocar — o disco de Sheldon. A música que é sua e de Keiko. Arrematada por tropeços e arranhões.

É velho, soa oco, imperfeito.

Mas basta.

Quando se vira, Keiko está lá. A adulta em que Keiko se transformou — mãe, viúva, artista — lhe estende um copo de chá verde gelado, com gengibre e mel, a julgar pelo sabor.

Os dois ficam ali parados, sorrindo um para o outro, como fizeram há tantos anos, cada um de um lado daquela cerca.

— *Oai deki te...* — começa ela.

— *Ureshii desu* — completa ele, baixinho.

Uma palavra do autor

Embora esta seja uma obra de ficção, muitos dos acontecimentos relatados aqui, sobretudo os que dizem respeito ao confinamento de nipo-americanos, ocorreram como são descritos. Como autor, fiz o possível para recriar a paisagem histórica, sem julgar se foram boas ou más as intenções dos envolvidos à época. Meu propósito não foi criar uma fábula moralizante, em que a minha voz fosse a mais alta no palco, mas deixar as conclusões por conta do senso de justiça do leitor e permitir que os fatos falem por si. E embora tenha me esforçado ao máximo para ser fiel a esses fatos, a culpa por quaisquer erros históricos ou geográficos cabe inteiramente a mim.

Já que muitas pessoas me perguntaram, tenho que dizer que sim, o Hotel Panamá é um lugar bem real. E realmente os pertences de trinta e sete famílias japonesas lá residem, a maioria deles no porão poeirento e mal-iluminado. Se por acaso você o visitar, não deixe de passar na confeitaria, onde muitos deles se encontram em exposição. Recomendo enfaticamente o chá com sabor de lichia. Você não vai se arrepender.

A loja de discos Bud's Jazz também está lá. No início da rua, no coração da praça Pioneer de Seattle. É fácil não reparar nela, mas difícil esquecê-la. Apareci por lá um dia para bater umas fotos de publicidade. O proprietário perguntou apenas:

— É para coisa boa ou ruim?

Ao que respondi, é claro:

— *Boa.*

— Então, por mim, tudo bem — foi sua pronta resposta.

No entanto, se a sua visita a qualquer dos dois lugares tiver como objetivo encontrar uma gravação há muito perdida de Oscar Holden, é provável que você não dê sorte. Embora Oscar tenha sido sem dúvida um dos grandes pais da história jazzística dessa parte do país, que eu saiba não existe nenhuma gravação em vinil.

Mas nunca se sabe...

Agradecimentos

Como dizem por aí, escrever é um ofício solitário. Felizmente, contei com a minha mulher, Leesha, e com nossos filhos — Haley, Karissa, Taylor, Madi, Kassie e Lucas — para me fazerem companhia. Sintam-se à vontade para cantarolar o tema da série de tevê *A família Sol, Lá, Si, Dó* — fazemos isso o tempo todo. Agradeço a vocês por me permitirem escrever essas coisas estranhas chamadas livros, ainda que tenhamos uma tevê mais que decente.

E além das paredes cobertas de desenhos a lápis de cera da minha casa, sou grato às seguintes pessoas por suas contribuições para este livro:

Ao corpo docente e aos alunos desse último bastião da boemia, a Squaw Valley Community of Writers, um grupo ao qual sinto-me honrado de pertencer. Um agradecimento especial vai para Louis B. Jones, Andrew Tonkovich e Leslie Danies. E, é claro, um grande *doh je* ao colega Yunshi Wang, por revisar meu chinês.

Ao Orson Card's Literary Boot Camp e meus companheiros de oficina: Scott Andrews, Aliette de Bodard, Kennedy Brandt, Pat Esden, Danielle Friedman, Mariko Gjorvig, Adam Holwerda, Gary Mailhiot, Brian McClelland, Alex Meehan, Jose Mojica, Paula "Rowdy" Raudenbush e Jim Workman. Obrigado a todos pelo rigor carinhoso.

Aos leitores Anne Frasier, Jim Tomlinson, Gin Petty e ao premiado poeta do Oregon (também um ex-interno em campo de confinamento), Lawson Inada, pelo inestimável tempo que gastaram lendo o manuscrito e os elogios generosos dispensados a ele.

A Mark Pettus e Lisa Diane Kastner, da recém-nascida *Picolata Review*, por aceitarem um naco de uma história que mais tarde se tornaria este livro.

Ao historiador e ativista Doug Chin, pelos seus *insights* carismáticos e estimulantes.

A Jan Johnson, proprietária do Hotel Panamá, por me propiciar um tour de três horas pelo porão e por sua incansável dedicação em preservar o espírito de Nihonmachi. Sem ela, o Panamá teria virado um monte de escombros e estaria hoje totalmente esquecido.

Aos funcionários e voluntários do Wing Luke Asian Museum de Seattle, por recordarem o que outros talvez optassem por esquecer.

A Grace Holden, por me permitir canalizar o espírito de seu pai.

À minha superagente Kristin Nelson, por seu incansável otimismo (bem como a Sara Megibow: afinal, o que seria do Batman sem o Robin, da manteiga de amendoim se não fosse a geleia, do grupo KISS sem a maquiagem?).

E, finalmente, aos incansáveis Jane von Mehren, Libby McGure, Brian Mc Lendon, Kim Hovey, Allyson Pearl, Porscha Burke e à incrível equipe da Ballantine — por acolherem Henry e Keiko de braços abertos.